추풍, 산하에 불다

"역사는 산맥을 기록하고
나의 문학은 골짜기를 기록한다."

지리산 7
이병주

한길사

이병주전집 편집위원

권영민 문학평론가 · 서울대 교수
김상훈 시인 · 민족시가연구소 이사장
김윤식 문학평론가 · 서울대 명예교수
김인환 문학평론가 · 고려대 교수
김종회 문학평론가 · 경희대 교수
이광훈 경향신문 논설위원
이문열 소설가
임헌영 문학평론가 · 중앙대 교수

1권 잃어버린 계절
　　　 병풍 속의 길
　　　 하영근
　　　 1939년
　　　 허망한 진실

2권 기로에서
　　　 젊은 지사의 출발
　　　 회색의 군상
　　　 기로에서
　　　 하나의 길
　　　 바람과 구름과

3권 작은 공화국
　　　 패관산
　　　 화원의 사상
　　　 선풍의 계절
　　　 기로

4권 서림西林의 벽
　　　 빙점하의 쌍곡선
　　　 먼짓빛 무지개
　　　 원색의 봄
　　　 폭풍 전야

5권 회명晦明의 군상
　　　 운명의 첫걸음
　　　 피는 피로
　　　 비극 속의 만화
　　　 어느 전야

6권 분노의 계절
　　　 허망한 정열

지리산 7권 추풍, 산하에 불다
　　　　　　 가을바람, 산하에 불다 | 7
　　　　　　 에필로그 | 365

작가후기 | 377
지리산의 사상과 「지리산」의 사상・김윤식 | 381
작가연보 | 391

가을바람, 산하에 불다

홍행기洪幸基라는 빨치산의 시체에서 나온 수첩에 다음과 같은 글이 적혀 있었다.

―오늘로 나는 3만 780발의 탄환을 쏘았다.

나의 산술하는 버릇, 소학교 때 선생님으로부터 칭찬을 받기도 했던 나의 산술 능력이 마련한 답안이다.

나의 총은 M1 소총. 미국인의 세금으로 미국의 어느 공장에서 만들어져 미국의 병정에 의해 이곳까지 운반된 것이다. 보기에 따라선 탐스러운 노리개를 닮기도 했다.

이 총이 내 손에 쥐어질 줄은, 미국의 납세자는 상상도 못했을 것이다. 이 총으로 인해 자기들의 아들이 죽게 되리라는 것을 꿈엔들 생각하기라도 했을까. 그런데 이 총이 내 손에 있고, 이미 3만 780발의 살의를 뿜어냈다.

이럴 때 '운명'이란 말을 써야 하는지도 모른다.

과연 3만 780발의 살의가 몇 사람이나 죽였을까.

3만 780발이 3만 780명을 해치우진 못했을 것이다.

줄잡아 백 대 일의 성과는 있지 않았을까. 아니, 천 대 일이라고 쳐보자. 그래도 30명은 죽인 셈이 된다.

나 혼자서 30명을 해치웠다면 30 대 1의 전과를 올린 셈이다. 이만하면 대단한 승리라고 할 수 있지 않을까. 만세를 부르기엔 부족하더라도 천세를 부를 만한 공적은 될 것이 아닌가. 그런데도 내가 이처럼 쓸쓸한 까닭은 무엇일까. 분명히 적에게 나를 죽이려는 살의가 있고 보면, 내가 그들을 죽인들 쓸쓸해야 할 까닭이 없다. 적이라고 보면 죽여야 하는 것이 전쟁의 논리이다. 아니, 논리 이전의 본능이다.

그러나 나는 쓸쓸하다. 이 세상에 적의가 있다는 사실 자체가 쓸쓸하다.

인민의 적은 사람이 아니고 짐승이다.

반동은 사람이 아니고 짐승보다도 못하다.

제국주의자는 빈대를 쓸어 없애듯 이 지구 위에서 없애버려야 한다.

나는 이렇게 배웠다. 나는 그 교훈을 실천하고 있다. 그럼 그만이 아닌가. 그런데도 내가 이처럼 쓸쓸하다는 것, 그 까닭을 알 수가 없다.

하지만 나는 내일도 방아쇠를 당길 것이다. 지금까진 3만 780발이지만, 앞으로 30만 발, 40만 발, 어쩌면 백만 발 이상 쏘아댈지 모른다. 어쩌면 3만 780발로 끝장이 날지도 모른다.

나 혼자서 30명을 죽였으면 인제 죽어도 한이 없다고 하고 싶지만 그렇게 안 되는 마음, 혹시 그것이 나를 쓸쓸하게 하는지 모르겠다.

"지리산으로 가면 살길이 있다."
라고 사령관은 말씀하셨다. 그 지리산이 바로 지척에 있다.

아아, 지리산! 과연 지리산에 가면 살길이 있을까?

박태영은 풀잎으로 가려진 바위 틈에 앉아 이 글을 읽고 또 읽었다.

홍행기는 '과연 지리산에 가면 살길이 있을까?'라고 쓴 그 이튿날 지리산을 지척에 두고 죽었다.

박태영은 홍행기가 어떤 사람인지 모른다. 행군하는 도중 홍행기의 시체가 발견되었고, '정중하게 묻어주라.'는 중대장의 명령을 받고 그를 묻기 전에 그의 주머니에서 이 글이 적힌 수첩을 찾아낸 것이다.

그런데 홍행기가 사용한 수첩은 경찰 수첩이었다. 전사한 경찰관의 몸에서 백지가 많이 남아 있는 수첩을 발견하고 자기 것으로 만든 것임이 확실했다. 홍행기는 경찰관의 이름을 지우지 않고 그 수첩을 썼다. 그 수첩엔 이런 기록도 있었다.

—이 수첩의 전 소유자 이상훈 순경은 가회전투에서 죽었다. 분명히 내가 쏜 총탄에 맞아 죽은 것이 아니란 사실은 유기된 시체의 위치로 알 수 있다. 그는 아직 소년 티를 벗어나지 못했었다. 수첩이 새것이고 기록한 것이 거의 없는 점으로 보아 경찰관에 임명되자마자 죽은 것이 아닌가 한다. 그의 가족과 화해할 날이 있을까. 아니, 저승에서 그와 화해할 기회가 있을까.

박태영은, 홍행기란 사람이 감수성이 예민하고 심약한 사람이라고 느껴졌다.

'과연 지리산에 가면 살길이 있을까?'
라는 홍행기의 탄식 섞인 물음이 자기의 물음이 되면서 박태영은 그의 이름 첫 글자인 '행'幸자가 안타까웠다. 동시에, 이상훈이란 경찰관이 전사한 가회전투를 회상하는 마음이 되었다.

남부군은 기백산에서 황석산으로 옮겼다. 거기서 며칠 머무른 뒤 남

계천을 건너 덕갈산으로 이동했다. 덕갈산은 거창, 함양, 산청 3군의 접경에 있는 산이다.

덕갈산을 본거로 보급 투쟁도 하고 경찰대와 소전투도 했다.

다시 능선을 타고 갈전, 철마, 보록의 연봉을 답파해 합천군에 있는 황매산에 도착했다.

한 달에 걸친 이동 중에 수많은 전투를 겪어야만 했다. 혹서라고 할 수밖에 없는 더위가 계속되고 밤에는 모기떼의 습격이 있었다. 때론 전투가 수일 동안 계속되기도 했다.

철마산에서 이태는 아슬아슬한 고비를 넘겼다.

보초로 나갔던 이태는 경찰대의 척후 10여 명이 바로 눈 아래 산 밑에서 쉬고 있는 것을 보았다. 대단한 병력이 아니기도 해서 그들의 행동 방향을 보다 확실하게 파악하고 나서 보고하려고 했는데 깜빡 잠이 들어버렸다. 수면 부족이 며칠씩 계속되고 보면 덮치는 수마를 이겨낼 방법이 없다. 빨치산이 생포되는 것은 정신 없이 잠에 빠져든 경우다.

잠이 들었다가 깨어보니 경찰의 척후대는 이태가 잠들어 있는 곳 바로 밑을 가로질러 저쪽 산으로 이동하고 있었다. 그들이 만일 두세 걸음 위로 올라왔더라면 어떤 일이 생겼을지 몰랐다.

어떤 간부가 보급 투쟁 나갔다가 돌아오는 도중 길 옆 풀밭에서 곯아떨어져 생포된 사건이 있었다.

빨치산 보초가 졸기 쉬운 까닭은, 정규군의 입초처럼 서 있지 않고 앉거나 엎드려 있어야 하는데다가 밤새 보급 투쟁을 하기 때문에 언제나 수면 부족이 겹치기 때문이다.

박태영이 특히 가회전투를 회상한 것은, 그 전투의 양상이 치열하기도 했지만, 그때 자칫했으면 생포당할 뻔했기 때문이다.

전투가 있게 되면 전투원은 경장輕裝을 하고, 환자와 쇠약자는 전투원들의 짐을 맡아주게 돼 있다. 박태영은 수일 동안 설사를 하고 있어서 가회전투 때엔 짐을 맡는 축에 끼었다.

전투가 끝나자 박태영 등은 노획한 무기와 탄약을 운반하기 위해 전투가 있었던 현장으로 갔다. 그런데 그 참상은 그야말로 목불인견이었다. 수십 구에 이르는 경찰관의 시체가 줄줄이 널려 있어 피비린내가 코를 찔렀다. 그런 만큼 노획물도 산더미처럼 쌓여 있었다. 구경口徑이 각각 다른 박격포가 몇 문 있고, 탄약도 많이 있었다. 남부군이 주로 사용하는 것은 60밀리 박격포였다. 81밀리는 너무 무거워 빨치산이 사용하기에 거북하고, 40밀리는 위력이 약하기 때문이었다. 박태영은 60밀리 박격포를 끌고 오는 임무를 맡았다. 어느 지점에까지 왔을 때 박태영은 경사진 풀밭에서 미끄러졌다. 그런데 박태영은 일어나지 못하고 끙끙 앓다가 잠이 들어버렸다. 얼마가 지났는지 모른다. 강한 충격이 어깨에 느껴졌다. 그러나 그건 몽롱한 의식 속의 느낌일 뿐, 잠에서 깨어나진 않았다. 그러나 다음 순간 스르르 눈이 뜨였다. 주위가 훤히 밝아져 있었다. 근처에 몇 사람이 서 있는데, 경찰대원이란 걸 직감했다. 숨을 죽였다. 경찰대원들의 말이 들려왔다.

"죽었어."

"그래도 한 방 쏘아버리지."

"아직 이 근처에 놈들이 있을지 모르니, 총소리를 내는 건 위험하다."

그리고 빠른 걸음으로 멀어져가는 소리가 들렸다.

박태영은 일어나 주위를 살폈다. 새벽이어서 먼 곳까진 시야가 트이지 않았다. 끌어다놓은 박격포는 흔적도 없었다. 살며시 언덕 밑을 기어 대강 방향을 정해 근처 산으로 들어갔다. 거기에 315부대가 매복한 채 쉬고 있었다. 박태영은 위기를 모면했다.

　가회전투를 치른 병력은 남부군과 전북 720부대, 315부대를 합친 약 5백 명이었다.
　315부대는 50명 정도의 독립 부대였다. 원래 인민군 낙오병으로 구성된 이 유격대는 중공군 임표林彪 휘하였던 역전의 전사들로 구성되어 있었다. 그들을 '팔로군'八路軍이라고 불러 다른 빨치산과 구별했는데, 그들의 동작은 실로 기민했다. 주력이 뛰어나 달리는 트럭에 뛰어오르기도 하고, 트럭에서 뛰어내리기도 했다. 인원은 적지만 전투력은 비상했다. 이들은 마산 전선에서 후퇴한 후 퇴로가 막혀 부득이 서부 경남의 산악 지대에 머물러 유격 활동을 하게 되었는데, 전술이 뛰어나 빨치산 전술의 귀감이라고 할 수 있었다.
　8월 10일경, 315부대와 전북 720부대를 합친 남부군 5백 명의 연합 부대는 전암산을 거쳐 둔철산 아래의 척지리에 본거를 두었다.
　이 행군 도중에 있었던 사건―.
　남부군은 장천리 개울가에서, 자전거를 타고 지나가는 경위 한 사람을 생포했다. 5백 명이나 되는 빨치산이 며칠을 두고 이동하고 있었는데, 그 불행한 경찰관은 정보에 아주 어두웠는지 금테를 두른 정모 정복 차림으로 콧노래를 부르며 빨치산 대열의 중간에 뛰어든 것이다.
　생포된 이 경찰관은 남부군 정치부의 심사를 받고 척지리 뒷산에서 총살당하고 말았다. 그 경찰관을 총살한 이유는, 유격대의 이동을 비밀로 해야 하기 때문이었다.

　유격대는 척지리에 들어서기 직전의 전투에서 박종하라는 간부를 잃었다. 이 사람은 김지회와 더불어 여순반란사건의 주동자이다. 박종하는 당시 '강 사령'姜司令이라고 불리고 있었다. 남부군에서 이현상 다음 가는 서열이었다. 그러한 거물을 대수롭지 않은 전투에서 잃은 것이다.

박종하의 전사는 남부군에 커다란 타격이었다. 특히 이현상의 충격이 큰 것 같았다. 이현상은 대원을 모두 모아놓고 침통한 추도 연설을 했다.抗

"동무들, 오늘 위대한 동지를 잃었소. 박종하 동무는 강철 같은 지조, 투철한 지혜, 탁월한 전술에 있어 우리 유격대의 태양과 같은 사람이었으며, 전체 인민의 모범이 되는 사람이었으며, 장차 민족의 거목이 되어 이 나라 역사에 울울창창한 이름으로 남을 인물이었소. 이러한 인물을 잃었다는 것은 우리 모두의 불찰 때문이었소. 우리의 주의력과 경각심이 보다 충분했더라면 결코 이런 결과가 있지 않았을 것이오. 여순병란 이래 햇수로 4년, 박 동무가 걸어온 길은 실로 험난하기 짝이 없었는데, 그는 그 험난을 영웅적으로 극복했소. 그와 더불어 지낸 세월을 회고하니 내 가슴이 찢어지는 듯 아프오. 그러나 지금 우리는 슬퍼만 할 수 있는 처지가 아니오. 박 동무의 지조를 배우고 지혜를 배우고 전술을 익혀, 그가 바라던 바, 그가 성취하고자 한 바를 우리가 이어야 할 것이오. 그렇게 함으로써 그의 이름을 거룩하게 합시다. 박 동무를 죽여선 안 되오. 박 동무를 살리는 길은 우리 가슴속에 박 동무를 새겨넣는 것이오. 그의 뜻을 받드는 일이오. 그는 영원히 우리 가슴속에 살아남을 것이오. 역사에 길이 빛날 것이오……."

이현상은 이윽고 통곡을 터뜨려 연설을 끝맺지 못했다. 머지않아 부대를 개편할 때 기념하기 위해 '박종하부대'란 이름이 나타나게 되었다.

척지리는 산청읍에서 얼마 되지 않는 곳에 있었다. 이곳에서 남부군은 며칠 묵으며 소, 돼지를 잡아 포식하고 휴식을 취했다.

8·15 기념일을 맞아 성대한 기념식을 베풀기도 했다.

8월 16일, 남부군은 다시 행동을 일으켜 둔철산을 넘어 서진을 시작했다. 경호강이 내려다보이는 산마루에 섰을 때였다. 앞서 가던 문춘 참모가 걸음을 멈추고 한참 정면을 바라보더니 뒤를 돌아보고 감격 어린 소리로 외쳤다.

"동무들! 저기가 달뜨기요. 이제 우리는 지리산에 당도했소."

거산巨山의 모습이 강 너머 저쪽에 나타나 있었다. 가까운 곳은 선명한 푸르름이고, 멀어져감에 따라 보라색으로 변하고, 아득한 정상은 신비로운 빛깔 속에 안겨 있었다.

달뜨기는 지리산의 초입이다. 남부군은 드디어 그 긴 여로를 겪어 목적한 곳 지리산에 들어선 것이다. 수백의 눈동자가 일시에 그 신비로운 웅봉雄峯으로 빨려들어갔다.

'아아!' 하는 탄성이 대열 속에서 바람 소리처럼 일었다.

여순병란 이래의 빨치산들이 마치 고향을 그리듯 입버릇처럼 말하던 달뜨기가 아닌가.

박태영으로서도 감회가 없을 까닭이 없었다. 그는 '지리산에 가면 살길이 열린다.'라고 한 이현상의 말과 '과연 지리산에 가면 살길이 있을까?'라고 쓴 홍행기의 탄식이 뒤범벅된 감정으로 넋을 잃고 지리산을 바라보았다.

그때 어깨를 두드리는 사람이 있었다. 지도위원 한찬우였다. 지도위원이면 우수한 당원이라야 될 수 있는 직위이며 참모와 동격이다. 박태영은 긴장한 얼굴로 한찬우를 보았다. 한찬우가 말했다.

"대단히 심각한 얼굴을 하고 있는데, 무슨 시름이라두 있수?"

"일제 때 지리산에 숨어 산 적이 있습니다. 그래서 감개무량합니다."

"일제 시대에 지리산에 있었다구?"

박태영은 대강 설명하고 덧붙였다.

"그때 남도부 장군과 같이 있었습니다."

"그렇다면 선배 빨치산이군."

한찬우는 각별한 흥미를 느꼈는지 그때의 사정을 꼬치꼬치 물었다. 박태영은 자기 자랑이 안 되도록 말을 절약하며 함양경찰서를 습격한 얘기를 했다. 한찬우는 도저히 믿을 수 없다는 표정을 짓고 말했다.

"습격이라고 했자 돌멩이 몇 개 집어던진 정도겠지."

"아닙니다. 당당한 습격이었습니다. 일시 경찰서를 점령하고 유치장에 갇혀 있는 사람들을 구출하기까지 했습니다."

하고 박태영은 덧붙였다.

"누구보다도 그 사실을 선생님이 더 잘 알고 계실 겁니다."

"선생님이라니, 누구요?"

"이현상 선생님 말입니다."

"이 선생이 그걸 어떻게 알아요."

"우리와 같이 계셨으니까요."

"아아, 그럼 당신은 그 뭐라더라, 보 무슨 당?"

"보광당 말인가요?"

"그렇소, 그 보광당 당원이었소?"

"그렇습니다. 한데 그걸 어떻게……?"

"이현상 선생한테서 들었소. 일제 때 지리산에서 기막히게 머리 좋은 대학생들과 같이 지냈다고 가끔 회고담을 했소."

"그때는 참으로 좋았습니다. 일본에 항거해 산속에서 우리의 공화국을 만들었으니까요."

"일제 시대에 그만한 투쟁을 했다면 정말 장하오. 한데 이 선생도 동무를 알고 있겠지요?"

"물론 알고 계실 겁니다."

"당신이 이 부대에 있다는 것도?"

"알고 계십니다. 수도산에서 만나뵙고 인사를 드렸으니까요."

"그렇다면 이상한데?"

한찬우는 고개를 갸웃하며 중얼거렸다.

"왜 당신을 평대원으로 둬둘까?"

"이곳에서 평대원이면 어떻고 간부 대원이면 어떻습니까. 싸움 잘하는 사람이 최고 아닙니까."

"그건 그렇지. 그러나 당신 같은 사람은 본부에 있어야 하는데. 내 이 선생님을 모실 기회가 있으면 말해보겠소."

"안부를 전하는 건 좋지만 그런 부탁 같은 건 하지 마십시오. 나 때문에 신경 쓸 필요 없습니다. 나는 현재의 처지에 만족합니다."

"만족한다니 반갑소."

하고 한찬우는 여순병란 이래 이현상을 쭈욱 모시고 있다면서 자기와는 당을 떠나서도 각별한 사이라고 했다.

"병란 이래 지리산에 계셨다면 고생이 많았겠습니다."

"영광스러운 고생이오. 하지만 숱한 난관이 있었소. 보통 의지로는 도저히 견뎌낼 수 없는 고난이 있었죠. 지난 4년이 40년이나 된 것 같소."

하고 한찬우는 앞에 전개되어 있는 풍경을 바라보더니,

"동무, 몸조심하오. 최후의 승리를 위해 씩씩하게 싸워야죠."

하고, 사령부원들이 쉬고 있는 왼쪽 골짜기로 내려갔다. 몇 마디 말을 주고받았을 뿐이었지만 박태영은 한찬우에게 친근감을 느끼고, 사라지는 그의 등을 한참 지켜보았다.

이 무렵의 국내외 정세를 간추리면—.

8월 15일.
- 한국군, 간성杆城 지구에서 저항하는 적군을 격퇴했다.
- 유엔 공군이 평양과 신막 사이의 철도에 맹공을 퍼부었다.
- 휴전 회담에서 현재의 전선을 기초로 한 경계선 토의에 공산 측이 응할 듯한 움직임이 보였다.

8월 17일.
- 양구 서쪽에서 백병전白兵戰.
- 철의 삼각 지대에서 탐색전 전개.
- 유엔 공군, 적의 수송망을 24시간 연속 폭격.
- 유엔 공군, 신안주·평양·강동 등 보급로와 군사 시설에 야간 폭격.
- 7월 28일부터 8월 17일까지 적의 인명 손해가 9,590명이라고 미군이 발표.
- 휴전 회담 제1차 합동 분과 위원회 개최.
- 미국과 일본의 강화 회의 진척 중.

8월 18일.
- 한국군, 동부 전선에서 국한적인 목적을 가진 공격 개시.
- 양구 북쪽에서 한국군, 적의 반격으로 약간 후퇴.

• 간성 서쪽에서 한국군, 적의 반격을 분쇄하고 진지를 확보 중.
• 한국군, 연천 북쪽에서 완강하게 저항하는 적을 격퇴.
• 한국군, 철원 북쪽에서 침투를 기도하는 적을 격퇴.
• 북한 상공에서 공중전. 미그 제트기 1대 격추.
• 유엔 공군, 전면적인 폭격.
• 휴전 회담 미국 대표 조이 중장, 휴전 교섭에 관한 성명 발표. 유엔군의 유일한 목표는 현재의 군사적 정세에 기초를 둔 휴전이라고 강조.
• 일본, 강화 조약에 파견할 전권 위원 결정. 수석 전권 위원은 길전 수상吉田首相.
• 미국 측의 휴전 견해―현재 경계선에서 한국전란을 휴전시킬 방침. 대개의 참전국이 이 의견에 동조하는 듯함.

　이현상 휘하의 연합 부대는 1951년 8월 18일 경호강을 건너 웅석봉熊石峯 골짜기에 들어가 하룻밤 묵었다.
　지리산을 근거지로 하려면 거림골과 대원삿골 어귀가 되는 시천, 삼장 양면의 경찰 방색防塞을 격파해야 했다.
　웅석봉에서 남쪽으로 뻗은 감투봉 이방산의 산줄기가 덕천강과 맞부딪치는 곳에 시천 면사무소 소재지인 덕산이 있고, 이방산 서쪽 기슭에 삼장 면사무소 소재지인 패포리가 있다. 덕산에서 패포리까지의 거리는 십 리 안팎. 이 두 면사무소 소재지 경찰 지서는 방색으로 둘러쳐져 있었다. 그리고 덕산에서 거림골로 5리쯤 거슬러 오른 곳에 원리院里 경비 초소가 있었다. 이 두 지서와 한 경비 초소는 지리산 어귀의 요충이었다. 그리고 그곳은 인구도 많아서 상당한 수비 병력이 있었고, 방어 장비도 든든했다. 게다가 서로 거리가 가깝기도 해서 단시간에 응원이 가능하기도 했다. 작전 계획은 이 세 목표를 동시에 공략하기로 짜였다. 그런 만큼 치밀한 작전 준비를 필요로 했다.

이때 남부군의 참모장은 14연대 출신인 강 모였지만, 세부에 이르기까지의 작전 계획을 입안한 사람은 승리사단의 문춘 참모였다.

전투 배치 계획은 다음과 같았다. 중심부가 되는 덕산 공격은 승리사단이 맡고, 대포리 공격은 인민 여단과 혁명 지대가 맡고, 원리의 초소는 전북 720부대와 315부대가 맡았다. 그리고 원군이 들이닥칠 경우에 대비해 단성丹城 쪽의 동부 능선과 덕천강 건너편에 약간의 병력을 매복하기로 했다.

이태와 박태영이 소속된 승리사단 서울부대는 덕산 서부 능선에서 시천지서의 보루대를 공략하는 임무를 맡았다.

8월 19일 밤이었다. 김금철 연대장이 서울부대 전원을 모아놓고 작전 명령을 전달하는 동시에 덕산 부근의 지형을 대충 설명하고 명령했다.

"이번 작전을 성공적으로 완수하려면 보루대에 돌격하는 결사대를 조직해야겠다. 결사대는 지원자로 구성하는 것을 원칙으로 한다. 각 소대에서 결사대원을 한 명씩 차출하라."

각 소대는 회의를 시작했다. 박태영의 소대에선 최 소대장이

"지원자는 손을 들라."

라고 두 번 세 번 외쳤지만 소대원들은 서로 얼굴만 훔쳐볼 뿐 손을 드는 자가 없었다.

"그처럼 용기가 없어? 빨랑 손을 들엇!"

최 소대장이 험한 얼굴로 일동을 둘러보았을 때 번쩍 손을 든 사람이 있었다. 이태였다. 이태가 결사대원으로 지원한 것이다.

태영은 가슴이 뜨끔했다.

최 소대장은 이태를 힐끗 본 것 같았으나 곧 고개를 돌려 분대장인 박기선을 쏘아봤다. 뱀에 홀린 개구리 같은 반작용이라고나 할까. 박기선은 움찔하며 손을 들었다.

"우리 소대 결사대원은 박기선으로 결정했다."

최 소대장은 간발의 여유도 없이 이렇게 결정을 내려버렸다. 그리고 덧붙였다.

"이번 돌격조는 신대원으로선 무리다."

무거운 침묵이 뒤따랐지만 잠깐 동안이고, 모두들 작전 지시에 따른 준비를 서둘러야 했다.

얼마 후 단둘이 된 기회를 타서 박태영이 이태에게 물었다.

"서툴게시리 결사대 지원은 왜 했소?"

"결사대에 지원했다고 다 죽나 뭐?"

이태는 부끄러운 듯 말했다.

"그래도 그건 무모한 짓이오. 전투 경험도 별로 없으면서 어려운 임무를 맡는다는 건 여러모로 손해 될 일 아니오?"

"누가 나 혼자만 손을 들 줄 알았겠소. 모두 들 줄 알았지. 선택권은 소대장에게 있는 거구. 그런데 최 소대장은 어째서 박기선을 그렇게 미워할까? 소대를 운영하는 데 개인 감정을 섞는 것은 좋지 못한 일인데."

그 점은 박태영도 걱정해온 바였다.

"그러나 박기선 분대장은 노련한 전사니까 거뜬히 해치울 거요."

"그랬으면 얼마나 좋겠소."

이태의 음성은 여전히 침울했다.

그 후 이태는 그날 밤의 자기 행동에 대해서 이런 말을 했다.

"내가 결사대 지원의 손을 든 것은, 최 소대장의 시퍼런 서슬에 눌려 모두 손을 들지 않곤 배겨내지 못할 것이란 계산 때문도 있었지만, 그 것만은 아니었소. 결사대에 뽑혀 공을 세우면 화선입당이 가능하지 않을까 하는 속셈도 있었기 때문이오."

이 말을 들었을 때 박태영은 아연실색했다. 언제 죽을지 모르는 정황에서 화선입당을 생각한다는 것은 터무니없는 낙천가가 아니면 구제 불능한 머저리의 짓이라고 생각했기 때문이다. 그래 다음과 같이 한마디 쏘아붙였다.

"이 동무는 벅수요, 벅수."

'화선입당'이란 전투에 공훈을 세운 전사에게 베푸는 특전을 말한다. 대원들은 예외 없이 노동당원이 되고 싶어 하지만 누구나 쉽게 입당할 수는 없었다. 그러기에 전사들은 화선입당의 특전을 노려 자기에게 없는 힘까지 발휘하게 된다. 화선입당은 다시없는 영광이기도 했다. 그러나 박태영은 부질없는 짓으로 보였다.

결사대원으로 지명된 박기선은 도살장으로 끌려가는 소의 형상을 하고 결사대원에 끼여 먼저 출발하고, 나머지 대원들은 새벽 두 시에 전투 위치를 향해 웅석봉 골짜기를 출발했다.

서울부대가 배치된 덕산 서부 능선은 잔솔이 듬성듬성 있고 붉은 흙이 드러난 동산이었다. 날이 새었을 때 능선 너머를 보니 경찰 보루대가 뜻밖에도 약 3백 미터 전방에 내려다보였다. 마을 전체가 말목 울타리로 둘러쳐져 있고, 그 서쪽 가장자리에 위치한 보루대 둘레에 또 한 겹 대울타리가 둘러쳐져 있어, 돌격대가 뛰어들 틈이라곤 없었.

울타리가 두 겹으로 둘러쳐지고 돌을 쌓아올린 보루대의 총안銃眼에서 갖가지 자동 화기가 노려보고 있으니 근접할 방법이 없었다. 게다가 보루대를 쌓은 돌이 쌀가마만 한 바윗돌이어서, 방망이 수류탄 정도의 폭파력으로는 어림도 없을 것 같았다.

도리 없이 그날은 서로 대치한 채 심심풀이라도 하는 것처럼 가끔 소총 사격을 주고받으면서 하루를 보내게 되었다. 나무 그늘 하나 없는 동산에 뙤약볕이 사정없이 내리쬐었다. 그런데도 일사병으로 쓰러진 대원이 없었으니 기적 같은 일이었다.

"이러다간 미치겠는걸."

보루대 총안을 겨냥해 소총을 쏘아대던 구빨치 하나가 투덜댔다. 구빨치란, 여순반란사건 때부터 빨치산을 하는 사람을 말했다.

"덥단 소리 안 할라캤더니만……."

하고 겨냥했던 소총을 내려놓고 또 하나의 구빨치가 중얼거렸다.

"농담 마라!"

억센 소리가 날아왔다.

조용하게 되었다 싶었을 때 보루대 쪽에서 한바탕 소총 소리가 요란했다. 언덕 너머에 탄환이 퍽퍽 꽂혔다. 사정 거리를 벗어나고 있었다.

그 총소리 사이사이에 창자를 쥐어짜는 듯한 매미 소리가 마을 쪽에서 들려왔다. 매미 소리를 들으며 박태영은 중학생 시절에 읽은 파브르의 『곤충기』를 생각했다. 파브르는 매미가 청각을 가졌는가 안 가졌는가를 알고 싶어 했다. 궁리한 끝에 마을 축제 때 쓰려고 준비해놓은 대포를 몰래 끌고 와서 매미가 열심히 울고 있는 숲속에서 한 방 터뜨려보았다. 꽝음이 울렸는데도 매미는 울기를 멈추지 않았다. 그 실험을 통해 파브르는 매미에겐 청각이 없다는 것을 실증할 수 있었다.

박태영은, 수염이 하얀 노인이 장난꾸러기 아이처럼 몰래 대포를 끌고 와서 화약을 재어 터뜨려서 매미에겐 청각이 없다는 것을 확인하고 만족해하며 웃었을 표정을 생각하고 빙그레 웃었다. 소총 소리가 콩 볶는 소리를 방불케 요란한데도 저렇게 울고 있는 것을 보면 분명 조선 반도의 매미에게도 청각이 없구나 싶으니 소리내어 웃고 싶은 충동마저 일었다.

박태영의 이상한 웃음을 보았던지 권영식이 포복으로 다가와 낮은 소리로 물었다.

"박 선배, 어떻게 된 것 아닙니까?"

"왜?"

"웃는 표정이 하두 이상해서요."

"설명하려면 얘기가 길어."

"설명할 필요까진 없습니다. 박 선배가 더위에 지쳐 돌지 않았나 걱정돼서 물어본 겁니다."

"더위쯤으론 돌지 않을 테니 걱정 마시오."

"아까 구빨치 동무의 미치겠다는 말도 있고 해서요."

박태영은 이번엔 억지 웃음을 웃었다.

어둠이 깔렸다. 결사대가 포복해 울타리로 접근해갔다. 울타리를 뜯어 돌격로를 만들기 위해서였다. 그런데 보루대에서 계속 조명탄을 쏘아올려 근처가 대낮같이 밝았다. 쉴 새 없이 사격이 계속되었다.

두 번, 세 번 실패하고 물러나지 않을 수 없었다. 그러다가 새벽녘에야 말목 서너 개를 뽑는 데 성공했다.

돌격로가 뚫리면 일시에 보루대를 향해 육박할 작정으로 대원들은 울타리 가까운 언덕 아래까지 진출해 대기하고 있었다. 그러나 겨우 뚫렸다는 돌격로란 것이 사람 하나 비집고 들어갈 정도로 좁았다. 보루대 쪽에 선 돌격로에 집중 사격을 퍼부어왔다. 그런 상황에서 돌격을 감행한다는 것은 자살을 자초하는 거나 다를 바 없었다.

결국 하루를 다시 무위로 지내야만 했다. 모처럼 뚫어놓은 울타리 구멍은 어느새 말끔히 수리되어 있었다.

이튿날 밤, 결사대 대장인 한찬우 훈련 지도원과 김희숙이란 여성 대원이 이중 울타리를 뚫고 보루대에 침투하는 데 성공했다. 김희숙은 보루대 안에 들어가, 졸고 있는 수비대원이 벗어놓은 신발을 바꿔 신고 돌아오기까지 했는데, 한찬우는 돌아오지 않았다. 죽었는지 잡혔는지 알 수 없었다.

그런데 두 사람이 뚫어놓은 돌격로란 것이 말목 한두 개를 뽑은 정도로 좁아서, 전 대원은 돌입할 기회를 다시 놓치고 말았다.

이 무렵 삼장 지서와 원리 초소가 점령되었다는 통보가 날아들었다. 사단장 김복홍이 노발대발 불호령을 내렸다.

"이게 무슨 망신인가! 승리사단이 전투에서 다른 부대에 뒤진 전례가 없다! 당장 전원이 결사 돌입해서 이 밤 안으로 점령하라! 연락병, 빨리 남 포수를 불러왔."

남 포수는 중국의 국공내전 때 무정武亭 장군 휘하에서 박격포를 다루었다는 명사수였다. 그는 조준대 없는 박격포로 달리는 자동차를 명중시켰다는 일화의 소유자이기도 했다. 그래서 포수라는 별명이 붙은 것이다.

사단장의 명령을 받은 남 포수는 60밀리 박격포를 서부 능선으로 메고 와서 보루대에 5, 6발의 포격을 가했다. 귀신 같은 명중률이었다. 이것이 결정적인 보람을 발휘했다.

수비병들이 보루대 밖으로 뛰어나와 도망치는 것이 보였다. 일제 돌입의 명령이 내려졌다. 40여 명의 대원들이 함성을 올리며 울타리를 무너뜨리고 덕산마을로 쇄도했다.

그땐 날이 아직 밝지 않았기 때문에 보루대 근처에선 빨치산들끼리 충돌을 일으켜 여성 대원 하나가 동지의 총에 맞아 죽은 사고가 있었다.

북쪽 능선에 있던 다른 대원들도 거의 같은 시각에 말목 울타리를 젖히고 마을로 들어왔다.

백 명 가까운 수비 경찰대원이 남쪽 덕천강으로 뛰어들어 달아나자, 돌입 부대가 강가에서 사격했다. 624고지에 미리 배치되어 있던 빨치산의 소부대가 강을 건넌 경찰대를 향해 쏘는 총소리가 요란했다.

날이 밝아지자 빨치산들은 덕산마을을 뒤지기 시작했다. 짝이 되어 행동하던 이태와 박태영은 어느 가게에서 큼직한 궤짝 하나를 발견했다.

"무얼까?"

"자물쇠도 없지 않은가."

"열어보자."

뚜껑을 열어보고 이태와 박태영은 기겁을 했다. 피투성이가 된 시체가 맹렬한 부취腐臭를 뿜어내고 있었던 것이다. 얼른 바깥으로 나왔다.

어느 골목 어귀에서 박기선을 만났다. 박기선은 무언가를 어기적어기적 씹고 있었다. 그는 주머니에서 과자 한 움큼씩을 꺼내 이태와 박태영에게 주며 시커멓게 그은 얼굴에 흰 이빨을 드러내고 히죽 웃었다. 세 사람은 같이 걸으며 과자를 먹었다. 그 땅콩 껍데기 모양의 과자는 정말 맛있었다. 박태영은 궤짝 속에서 시체를 보고 기겁했던 기분을 과자의 맛으로 해서 말쑥하게 잊었다.

북쪽에서 돌입한 대원들이 포신이 5미터는 됨직한 야포를 끌고 왔다. 그 야포는 첫날 밤 공격에서 결사대가 잠입해 수류탄으로 중요 부분을 파괴해버린 것이라고 했다. 빨치산에겐 야포가 쓸모없었지만 경찰대에겐 대단히 유용한 무기였다. 그러니 경찰대가 다시 그것을 사용하지 못하도록 처리하러 가는 길이라고 했다.

이 골목 저 골목을 쏘다니는 대원들은 축제 기분에 들떠 있었다. 그럴 만도 했다. 덕산은 지리산 들머리의 요충일 뿐 아니라 그 지방 물산의 집결지인데다 많은 군경이 주둔하고 있었기 때문에 빨치산들의 수요를 채우기 위한 물자가 풍부하게 저장되어 있었으니, 빨치산이 이곳을 점령한 기분은 나라 하나를 점령한 기분이었다.

"나폴레옹이 토스카나를 점령한 기분과 맞먹을까?"

박태영의 말에 이태는

"토스카나가 뭐꼬. 밀라노를 점령한 기분 이상일 거요."

하고 웃었다. 박기선이 물었다.

"토스카나니 밀라노니, 그게 다 무엇이오?"

이태가 간단하게, 그러면서도 자세하게 설명해주었다. 그런데 박기선의 기분은 그쯤에 머무를 수 없는 듯, 한여름 태양 아래 뻗어 있는 백도白道 저쪽을 멍청하게 바라보았다. 박기선의 시선이 간 곳은, 집들에 가려 보이지 않았다가 다시 나타난 도로가 산허리를 돌아 고갯마루에서 사라져버린 그 언저리였다. 걸으면서도 줄곧 그곳만 보고 있었다.

"분대장 동무, 무엇을 보고 있소?"

박태영이 물었다.

"저 길을 따라가면 진주로 가오."

박기선의 대답이었다.

"진주가 어떻단 말요?"

이번엔 이태가 물었다.

"진주에 가서 기차를 타면 오늘 안으로 고향에 돌아갈 수 있을 텐데."

"새삼스럽게 고향은 왜 들먹입니까?"

이태가 핀잔하듯 말했다.

"아까 저 골목을 지날 때……."

하고 박기선은 뒤를 힐끔 돌아보고,

"어떤 할머니가 대문에서 나오려다가 얼른 도로 들어가는 걸 보았어. 그 할머니가 내 어머니를 닮았어요. 짧은 순간이었지만 그 차림새와 얼굴 표정이 꼭 닮았어요."

박태영의 뇌리에 어머니의 모습이 스쳤다. 아버지의 모습도, 그리고 김숙자의 모습도. 지금 걷는 이 길이 그들에게로 통하고 있는 것이다.

"분대장 동무, 어머니와 고향 얘기는 하지 말기로 합시다."

이태의 퉁명스러운 소리에 박태영은 감상의 늪에서 빠져나왔다.

점심 식사 때, 한찬우 지도원이 구출되어 돌아왔다는 소식을 들었다. 전날 밤 결사대원 김희숙과 같이 보루대에 잠입했다가 한찬우는 다리에 부상을 입고 생포되어 꽁꽁 묶여 있었는데, 갑작스러운 포격에 놀란 경찰들이 황망히 도망치느라고 버려두고 간 것이다. 한찬우는 동지들에게 발견되었을 때,

"이 자리에서 나를 쏘아 죽여달라."

라고 애원했다. 그런데 하영태라는 구빨치가 응낙하지 않고 굳이 한찬우를 끌고 돌아왔다. 한찬우와 하영태는 여순반란사건 이래의 동지이며 서로 각별히 친한 사이였다고 했다. 한찬우가

"나는 이제 끝났다. 여기서 죽여달라."

라고 계속 부탁하자, 하영태는

"동무가 할 일이 한 가지 남아 있다."

라며 끝끝내 들어주지 않았다는데, 그 한 가지 할 일이란 빨치산의 규율에 의해 총살당함으로써 그 규율의 엄격함을 대원들에게 경각시키는 것이었다. 요컨대 한찬우는 구출된 것이 아니고 경각용으로 끌려온 것이다. 한찬우는 여순반란사건 이래 역전의 전사이고 우수한 간부 당원이며 사령관 이현상의 총애를 받았을 뿐 아니라 많은 대원들의 존경을 받았을 만큼 솔선수범하는 사람이었는데도, 일단 적에게 넘어갔던 대원은 불문곡직, 이유 여하를 막론하고 처단해버리는 것이 빨치산의 불문율이었다. 한찬우는 그날 해가 질 무렵에 총살당했다.

덕산에서 유격대원들이 들뜬 것은 극히 짧은 동안이었다. 부근에 잠복해 있을지 모르는 경찰을 경계해야 하고, 외부로부터의 공격에 대비하기도 해야 했다.

서울부대는 단성 쪽 동부 능선 방어 부대와 교대하라는 명령을 받고, 아침 식사를 하는 둥 마는 둥 다시 고지로 올라갔다.

단성 면소재지는 전투 경찰 연대의 본거지였다. 대개 경찰대는 이곳에서 발진했다. 덕산 점령에 사흘이나 걸렸기 때문에, 단성에 경찰 응원군이 집결해 있으리라는 것은 당연한 추측이기도 했다. 그러니 서울부대의 임무는 실로 막중했다.

덕산 동쪽엔 수양산으로부터 금계산 402고지에 이르는 3킬로미터 가량의 산줄기가 덕천강까지 성벽처럼 뻗어 있고, 그 산줄기의 끝 부분과 덕천강 사이로 단성과 덕산을 잇는 자동차 도로가 통해 있었다.

서울부대가 그 능선의 방어를 맡게 되자, 이태의 분대는 도로와 강이 내려다보이는 능선의 왼쪽에 배치되었다. 자동차 도로의 목을 지키는 요지였다.

승리사단의 각 구분대는 3개 소대이고 각 소대는 2개 분대 편성이어서, 분대원 수가 5, 6명에 불과했다.

이태가 속한 분대가 방어선에 도착했을 무렵, 경찰 부대의 박격포 공격이 치열했다.

"아침부터 이 고지에 떨어진 박격포탄만 해도 2백 발 이상일 것이어." 하고 교대해서 내려가는 대구부대원 한 사람이 투덜투덜하며 각별히 조심하라고 충고했다.

능선에선 산 아래가 보이지 않았다. 적을 시야에 확보하려면 능선에서 30미터쯤 아래인 사면斜面의 개인호로 내려가야 했다. 제비집을 닮은 개인호는 돌을 쌓아 만든 것으로, 대원 한 사람이 몸을 감추기가 겨우인 크기였다. 그런 호가 사면 이곳저곳에 산재했다.

능선에서 개인호로 내려가는 동안이 극히 위험했다. 적 측에 노출되지 않을 수 없기 때문이었다. 일단 호 속에 들어가면 전후 좌우로 꼼짝할 수 없었다. 식사까지도 종이에 싸서 공처럼 던져주는 주먹밥을 받아 먹어야 했다.

적 측으로 향한 사면엔 검은 바윗돌이 깔려 있어 적이 기어붙기가 불리한 지형이어서, 호 속에 들어가 있는 동안엔 그다지 불안하지 않았다. 포탄이 쉴 새 없이 떨어지긴 해도 호가 드문드문 산재해 별로 피해가 없었다. 포탄이나 총탄은 묘하게도 사람이 없는 곳에 떨어지는 버릇이 있는 것 같았다.

이틀 전 이 능선의 보초가 적을 발견했는데 미처 본대에 보고할 여유가 없어, 혼자서 중대 병력의 공격군에 대항해 이를 격퇴했다고 들었다. 그 보초는 후일 영예 훈장을 받았고, 야포를 파괴한 대원과 함께 사령관으로부터 '덕산전투 수훈 1호'로서 기록으로 남기라는 특명까지 있었다.

이태가 들어 있는 호에서 왼쪽 아래로 7, 8미터 떨어진 호에 정鄭이 들어 있었다. 황석산에서 이태의 쓸모없는 천 원짜리 지폐를 실례한 친구였다. 정은 호에 고개를 파묻은 채 손만 내밀어 사격을 하고 있었다. 이태는 주제넘은 것 같았으나 보다 못해 충고했다.

"정 동무, 그게 뭐야? 조준을 하고 사격을 해야지."

그래도 정은 겸연쩍은 웃음을 띠고 힐끔 돌아보았을 뿐 여전히 손만 내밀고 맹목 사격을 계속했다.

그때 이태 등의 정면에 붙은 전투 경찰 병력이 5백 명이 넘는다는 추산이었으니까 수적으로 말하면 백 대 일의 공방전이지만, 지형 지물의 조건으로 경찰의 공격은 실속이 없었다.

엄폐물이라곤 없는 바위투성이의 사면이어서 이편의 시야가 명료하고 보니, 비록 수는 적어도 이편에서 정확한 저격만 하면 적을 수월하게 퇴치할 수 있었다. 그러니 상대편으로선 산마루까지 올라오려면 대단한 손해를 각오해야 했다. 가끔 경찰대의 지휘관이

"돌격!"

하고 외쳐 금방이라도 돌진해올 것 같았으나 결국 엄포로 끝나고, 이편에서 사격을 퍼부으면 그대로 잠잠해져버리곤 했다.

경찰대로선 이럭저럭 시간을 끌자는 수작이지, 적에게 포위된 그들의 우군友軍을 기어이 구출해야겠다는 전의는 갖지 않은 것처럼 보이기도 했다. 빨치산은 배수의 진이지만 경찰로선 느긋한 싸움이었다.

이태는 침착하게 조준해 한 발 한 발 적을 저격하다가 문득 정 동무 쪽을 보았다. 이태가 볼 수 있는 호는 그것밖에 없었다.

정은 머리만이 아니라 손까지 호 속으로 떨어뜨리고 웅크리고 있었

다. 약간 아래쪽이 돼서 머리를 쑤셔 박고 있는 정의 모습이 똑똑히 보였다.

이태는 '전투 중에 잠을 자다니…….' 하여 음성을 억제하며

"정 동무, 정 동무."

하고 불러보았다. 아무런 반응이 없었다. 자세히 보니 죽어 있었다. 쌓아올린 돌 틈으로 적탄이 새어든 모양이었다.

'저렇게 허무하게 죽는가!'

표적을 피해 떨어지게 마련인 탄환이 돌 틈을 비집고 들어와 사람을 죽이다니. 수많은 죽음을 보아왔지만 정의 죽음에선 보다 절실하게 허무를 느꼈다. 정의 배낭에나 호주머니에 남아 있을 쓸모없는 천 원짜리 지폐에 생각이 미치자 이태는 불쌍하다는 상념이 가슴에 차서 순간 침이 목구멍으로 넘어가지 않았다.

그는 태어나 얼마를 살았을까. 30년 미만의 세월이었어도 많은 과거가 있을 것이다. 아버지와 어머니가 있고, 형제와 애인도 있을 것이다. 시험공부 한답시고 머리를 싸맨 적도 있고, 애인과 더불어 소풍도 가고, 슬픈 이별도 있었을 것이다.

그 모두가 저렇게 끝났다 싶자, 이태는 방아쇠를 잡아당길 힘을 잃었다. 눈물이 시야를 가려 제대로 조준이 되지 않았다. 정이 죽어 이태가 수비해야 할 폭이 배로 넓어진 셈인데, 정의 호를 보충할 방법이 없었다.

그런 가운데서도 시간은 갔다. 긴 여름 해가 서산으로 기울어, 이윽고 어둠이 에워싸기 시작했다. 능선 뒤에서 소대장이 나타나더니 명령했다.

"철수 준비!"

그런데 어떻게 된 일일까. 일어서려고 했으나 이태는 다리가 움직여지지 않았다. 이태는 얼마 전부터 각기병을 앓고 있었다. 원래는 행군에 자신이 있었는데, 근래 와서 다리가 천근처럼 무거워 행군에 보조를 맞추기가 힘겨울 정도가 되었다. 엄지손가락으로 정강이를 누르면 썩은 사과처럼 손톱까지 쑥쑥 들어갈 만큼 부기가 심했다. 그런 상태에서 온종일 호 속에 쪼그리고 앉아 있었으니 오금이 굳어져버린 것이다.

가까스로 총에 의지해 일어나 대원 한 사람의 힘을 빌려 정의 시체를 풀로 덮어주고 기다시피 하며 능선 위로 올라갔다. 거기서 언제나와 같이 경찰 쪽을 향해 일제 사격을 퍼부은 후 어둠을 타고 산에서 내려왔다.

다리가 일어설 때보다 약간 풀린 듯했으나 감각을 거의 잃은 상태였다.

절름거리는 이태를 보고 박태영이 조심스럽게 물었다.

"각기병이 도졌군요."

"도진 게 아니라 악화된 거요."

"그래갖고 걸을 수 있을까?"

"못 걸으면 죽지 별 도리 있겠소."

박태영의 부축을 받아가며 덕산으로 내려갔더니 사단의 주력은 이미 출발하고 없었다. 내일 경찰의 대병력이 덕산을 덮칠 것이란 정보에 따른 신속한 행동이었다. 밤사이에 깊은 산으로 옮겨야 한다는 것이었다.

서울부대는 강행군을 시작했다. 이태는 허둥지둥 대열의 뒤를 쫓는데, 의족이나 다름없는 다리를 허공을 짚듯 옮기는 걸음으론 대열을 따라갈 도리가 없었다.

다리는 빨치산의 생명이다. 서울부대가 이미 맨 뒤에 처져 있으니,

거기서 낙오한다는 것은 죽음을 뜻했다. 기를 쓰고 걷는데도 대열 뒤로 처졌다. 최 소대장의 성화가 대단했다.

"야, 너 죽고 싶냐? 뭐? 걸을 수가 없어? 각기고 뭐고 양쪽 다리를 번갈아 내밀면 가는 거 아닌가. 어물어물하면 한 방 갈기고 갈 테다."

최 소대장의 눈엔 정말 살기가 있었다. 마침 김금철 연대장이 그 꼴을 보고 이태를 부축해주라고 대원들에게 일렀다. 이태의 짐은 박태영과 권영식이 나눠 지고, 나머지 대원들이 이태를 부축해 거의 끌고 가다시피 밤길을 서둘러 걸었다.

빨치산이 병에 걸리면 이만저만한 고통이 아니다. 병에 걸린 본인의 고통도 그렇거니와, 동료들에게도 적잖은 부담을 안기기 때문이다.

남부군은 그날 밤 곡점에서 머물렀다. 곡점은 거림골과 중산골로 가는 길 어름에 있는 조그마한 마을이었다.

그 근처의 개울에서 목욕을 했다. 십여 일 동안 행군과 전투에 지칠 대로 지친 사람들이었다. 그런데도 땀과 먼지가 뒤범벅된 때를 씻게 되어 생기를 되찾았는지, 이곳저곳에서 낮은 웃음소리가 일기도 했다.

시원한 개울물의 감촉은 박태영의 자의식을 일깨웠는데, 그것을 말로 표현하면 기껏, '상황에 따라 인간은 극한적으로 변한다. 신으로부터 곤충에 이르기까지.'라는 것이었다.

박태영은, 물에 몸을 담근 채 말이 없는 이태에게 물었다.

"다리 어때요?"

"모르겠소. 나는 이대로 죽었으면 좋겠소."

나직하게 태영의 귀에 속삭인 이태의 말이었다. 그 말이 얼마나 절실한 감정의 표현인가를 모르는 바 아니었지만, 박태영은

가을바람, 산하에 불다 33

"쓸데없는 소리는 하지 맙시다."

하고

"이 동무, 등을 밀어줄게."

박태영이 팔을 뻗자 물컹 손에 닿는 게 있었다. 이태의 불알이었다.

"죄 없이 달려 고생만 하는 걸 왜 그러우."

하고 이태가 웃었다.

"파르티잔에겐 불알이 소용없지 않을까요."

하며 박태영은 왠지 애처로움을 느꼈다.

"이 동무."

"왜?"

"나는 오늘 확실히 사람 하나를 죽였소."

"……"

"그걸 내 눈으로 확인했소. 호 속에서 총 끝을 돌 틈으로 내놓고 개머리판에 뺨을 대고 있는데, 경찰관의 모습이 백 미터 앞쯤 바위 사이에서 불쑥 나타났어. 무의식중에 방아쇠를 당겼소. 조준할 겨를도 없이 말요. 순간 그자가 벌렁 넘어졌소. 정통으로 가슴을 맞은 모양이었소."

"그래, 기분이 어떻습디까."

"별로 좋은 기분은 아니었소."

"그럴까요. 죽이고 죽고 하는 게 전쟁인데도 막상 자기가 쏜 총에 맞아 죽는 사람을 보면 좋은 기분이 안 되거든."

"이태 동무도 그런 경험이 있소?"

"두 번 그런 일이 있었소."

하고 이태는 회문산과 덕유산에서 겪은 얘기를 했다. 그리고 산다는 사실에 회의를 느꼈다고 했다.

"우린 전사가 될 자격이 없는가보죠?"

태영의 말에 이태는

"전사이면서도 어디까지나 인간이란 얘기가 아니겠소."

"볼테르의 말에 이런 것이 있지요. '사람은 어머니 뱃속에서 식물적인 존재로 10개월, 태어나선 동물적 존재 6년, 그리고 인간의 구실을 하기까진 줄잡아 10년, 그 인간의 육체적인 지식을 현재 정도로 알기까진 약 5천 년이 걸렸는데, 그 영혼의 비밀을 알려면 지구가 끝장날 때까지 기다려야 할지 모른다.'고. 그만큼 인간은 신비로운 존재라는데 조그만 탄환 하나면 만사 끝나니 허무하기 짝이 없지."

태영이 이런 말을 지껄이게 된 것은, 오랜만에 맑은 물에 몸을 담갔기 때문이란 생각을 얼른 했다.

"천체에 비하면 허무에 가까울 만큼 작은 것, 미생물에 비하면 무한에 가까울 만큼 위대한 것, 그러니까 인간은 중간자라고 한 사람은 파스칼 아니었던가요?"

이태의 말이었다. 이때 어둠 속 어디선가에서 말이 있었다.

"대학생 소풍 나온 기분인가?"

아닌 게 아니라 태영과 이태는 잠깐 동안이나마 자기들이 유격대의 일원이란 처지를 잊고 있었다.

입을 다물어버리고 하늘을 보았다. 흘러내릴 듯한 별빛이 있었다. 태영은 천문학에 대한 향수를 새삼스럽게 느꼈다.

'설마 천문학에선 당파성이 문제되진 않겠지.'

이태가 일어서서 엉금엉금 걸어 나갔다. 다리가 몹시 부자유스러운 게 어둠 속에서도 보였다.

"정양을 해야겠소, 이태 동무."

가을바람, 산하에 불다

부축해 이태를 언덕으로 끌어올리며 태영이 말했다.

"소대장 동무에게 내가 의논해볼까요?"

"의논하나 마나 내 각기병은 소대장 동무가 더 잘 알고 있소. 유럽에선 각기병을 전염병이라고 해서 전상자와 똑같이 취급한다는데 여기선 병으로 치지도 않으니……."

하고 이태는 탄식에 장난기를 섞었다.

"아아, 박절하도다."

이튿날은 아침부터 비가 내렸다. 거센 빗발이었다. 그런데 하필 소대장은 다리가 아픈 이태에게 취사 당번을 명했다. 박태영은 자기가 대신하겠다고 나설까 하다가 그만두었다. 성격이 괴팍한 최 소대장이 '내 명령에 대한 불평이냐?'고 신경질을 부릴 게 확실해서였다. 도와주러 같이 나갈 수도 없었다. 병력을 아낀다는 이유로 명령을 받은 사람 외에는 움직이지 못하게 되어 있었다.

이태는 빗속으로 나섰다. 우선 땔나무를 구해야 했다. 가까운 곳의 탈 만한 나무는 다른 소대의 날쌘 취사 당번들이 죄다 거둬가 버려 없었다. 할 수 없이 물에 젖은 검불과 청솔 가지에 불을 지피려고 했다. 그런데 그게 가능할 까닭이 없었다.

천신만고 끝에 만들었다는 것이 끓다 만 생쌀죽이었는데, 그것을 밥이라고 디밀자 최 소대장은 환장한 사람처럼 욕지거리를 퍼부었다. 대원들도 불만이었지만 어쩔 수 없었다. 밥인지 죽인지 모르는 설익은 쌀을 씹어 넘겨야 했다.

박태영은 문득 이런 생각을 했다.

'소대장의 신경질은 대원들의 불만을 꺼버리기 위한 술책이 아닐까.'

사실 최 소대장은 괴팍스럽고 편벽스러워 참기 어려운 성격이었지만, 뭔가 나름대로 원칙은 있었다. 인심을 잃어가면서까지 지키려는 그 무엇, 확실히 그런 게 있었다.

비가 세차게 계속 내렸다. 광목으로 만든 천막을 치고 있었으나, 비가 옆에서 들이치고 위에서 새고 하여 노천에서 그냥 비를 맞고 앉아 있는 거나 다를 바 없었다. 여름철이지만 지리산 속의 비는 차가웠다. 모두들 한기를 느껴 턱을 덜덜 떨었다.

이태는 각기병과 더불어 얼마 전부터 심한 위장병을 앓고 있었다. 얼굴이 창백해졌다. 박태영에게 몸을 기대고 가쁜 숨을 몰아쉬었다. 박태영이 무슨 말을 하려고 하는데 소대장이 먼저

"아무래도 이태 동무는 안 되겠어. 연대장에게 보고해서 '환자트'에 넣어야겠군."

하고 일어섰다.

'환자트'란 병이 심한 환자들을 수용하는 아지트를 말했다. 아지트라고 했자 별게 아니었다. 은밀한 곳에 있는 동굴을 그렇게 이용하고 있었다.

최 소대장이 김금철 연대장에게 보고하고, 김금철이 김복홍 사단장의 허가를 얻어, 이태는 '부첨'명목으로 환자트에 들어가게 되었다. '부첨'이란 한자로 '附添'이었다. 일본말을 그대로 사용한 것인데, 환자들 시중을 드는 사람이었다. 주로 전투 능력을 잃은 병약자, 또는 위생병에게 이런 임무를 맡겼다.

환자트로 가야 하는 이태는 박태영과 곡점에서 헤어졌다. 그들이 다시 만나게 되기까진 상당한 시일이 지나야 했다. 다음은 이태가 쓴 수기의 일절이다.

―지금 생각하면 비교적 강건한 체질인 내가 남달리 각기병과 위장병을 앓은 것은 내 운명이 억세기 때문이었는지 모른다. 왜냐하면, 내가 환자트에서 시종 노릇을 한 한 달 동안에 내가 속해 있던 서울부대가 야지 공격을 계속해서 거의 3분의 1의 병력을 잃었기 때문이다. 또 한 가지 중요한 것은, 환자트에서 승리사단 정치위원 이봉관을 알게 됨으로써 후일 내 신상에 중대한 변화가 있게 되었다는 것이다. 만일 내가 그때 병을 앓지 않았다면 일개 전사로서 그해 겨울을 넘기지 못했을 것이다. 총에 맞아 죽든지 얼어 죽든지 했을 것이다.

곡점에서 왼쪽으로 흘러내리는 물줄기를 따라 십오 리쯤 골짝을 거슬러 오른 곳에 거림巨林이란 산촌이 있다. 그땐 군경들에 의해 마을이 소각되어 없었는데, 외딴집 한 채가 메밀밭 속에 남아 있었다. 거기서 물줄기가 두 갈래로 갈라진다. 우리 환자 일행은 오른쪽 물줄기를 따라 다시 오 리쯤 골짝을 올라가서 숲 사이에 환자트를 잡았다.

물줄기를 따라 사람이 통행할 가능성이 있을 것 같아 개울에서 떨어진 곳을 고르다보니, 바위 사이에서 십여 명의 용수는 될 만한 석간수가 솟는 곳을 발견하여, 그 근처에 산죽과 억새를 베어 초막 두 개를 엮었다.

호송 작업대는 그 작업을 마친 후, 지고 온 쌀과 소금을 근처 바위 틈에 비장해놓고 본대로 돌아갔다. 이 호송대의 일원 또는 치유되어 나간 환자가 생포되는 경우가 있어 환자트의 소재가 노출되기도 하는데, 환자트가 습격을 받으면 절체절명이다. 대항할 전투력이 없기 때문이다. 그런데 후일 환자트가 습격당한 일이 간혹 있었지만, 그 당시만 해도 환자트는 가장 안전한 곳이라고 할 수 있었다.

나는 호송대원으로부터 사단 본부와의 연락 방법을 전달받았다. 거림마을 터의 메밀밭 가에 감나무 한 그루가 서 있는데, 매 홀수 날 정오, 그 감나무 가지에 헝겊 조각을 걸어놓고 기다리면 사단의 선 요원線要員이 나타날 것이라고 했다. 사단에서 환자트에 통신문을 보낼 경우도 같은 방법을 쓴다고 했다. 선 요원조차도 환자트의 위치를 알지 못하게 되어 있었다.

이 환자트에 든 덕산전투 부상자들은 사단 정치위원을 비롯해 말단 대원에 이르기까지 각색이었다. 여성 대원도 있었다. 그리고 부상도 각양이었으나, 다행히 치명상을 입은 중상자는 없었다.

정치위원 이봉관은 자신의 권총 오발로 발뒤꿈치를 다쳐 보행을 못할 정도였고, 부상이 가장 심한 사람은 포탄이 팔뚝을 스치는 바람에 중화상과 파열상을 입은 분대장급 대원이었다.

조그마한 등 너머에 인민 여단과 혁명 지대의 환자트가 따로 만들어져 있다는 사실을 곧 알게 되었다. 그곳엔 위생병이 부첨으로 배치되어 있어서, 치료를 요하는 환자는 그곳으로 치료받으러 다녔다.

환자트에선 할 일이 없었다. 그리고 안전지대였다. 전북 출신인 대원 하나는 언제나 노래만 불렀다. 어린 티가 가시지 않은 고등학교 학생이었는데, 그의 애창하는 노래는 「앵두나무 우물가에」였다. 북한 출신인 이봉관이 싱글벙글 웃으며

"야, 노래 한번 불러봐."

하면 그는 으레

"앵두나무 우물가에 동네 처녀 바람났네."

하고 정색을 하고 뽑아댔다. 그 바람에 모두들 웃음을 터뜨리곤 했다.

환자트에 보총步銃 한 자루가 있었다. 낮엔 보행에 지장이 없는 환자들이 교대로 그 총을 들고 개울이 내려다보이는 언덕에까지 나가 망을

보았다. '앵두나무' 소년은 부상이 가벼운 편이고 나이가 어려서 남의 갑절로 보초 임무를 맡았다. 그런데도 그는 싫어하지 않았다. 언덕 위 나무 그늘에 앉아 아래를 내려다보며 낮은 소리로 연방 노래를 부르며 마냥 즐거운 표정이었다.

정치위원은 사단장과 동격이기 때문에 이봉관은 환자트에서도 특별한 대우를 받았다. 그는 원산元山 민청 위원장을 지낼 당시 25, 6세의 청년이었다. 미남이고 언변이 좋고 이론가이기도 했다. 그는 얼음장과 불덩어리를 함께 지니고 있는 듯한 극단적인 양면을 가진 사나이였다.

양곡에 빗물이 새어 들어간 사건이 있었다. 그때 이봉관이 나에게

"이 쌀은 인민의 땀의 결정이며 동지들의 피와 죽음의 대가이다. 한 톨이라도 소홀히 할 수 없다. 그런데 비가 새 들어간 것을 모르고 썩히다니, 될 말이기나 해? 한 줌의 쌀이라도 중대한 문제이긴 마찬가지다. 동무, 어떻게 책임을 질 텐가?"

하고 준열한 추궁을 했다. 표정부터가 평소 다정하게 잡담을 할 때완 전연 딴 사람이었다. 나는 그에게서 전형적인 공산당원을 본 것 같았다.

사단에서 말단 대원인 나는 감히 그와 어울려 담소할 처지가 될 까닭이 없지만, 좁은 환자트에서 얼굴을 맞대고 지내는 동안 심심하면 그는 나를 불러 얘기 상대로 삼았다. 어느 날 무슨 얘기 끝에 그는 이런 말을 했다.

"동무 같은 사람을 말단 대원으로 두는 건 잘못이오. 내가 원대 복귀하면 정치부로 소환해서 동무의 기능을 살리도록 하겠소."

얼마 후 그는 그 약속을 지켰다. 내가 그해 겨울의 가혹한 추위와 격렬한 전투에서 살아남을 수 있었던 것은 이봉관이 나를 정치부에 소환해주었기 때문이다. 어쨌든 이봉관은 내게 있어서 생명의 은인이다.

팔뚝에 파편상을 입은 여성 대원 김희숙은 드물게 보는 여장부였다. 나이가 스물여섯이라고 했던가. 덕산보루대에 결사대로 침입해 졸고 있는 수비대원이 벗어놓은 신발을 바꿔 신고 돌아왔을 만큼 대담한 아가씨였다. 그녀는 입이 걸어 상스러운 욕을 곧잘 했다. 이 여성 대원이 적진에다 대고 간드러진 목소리로 욕을 퍼붓기 시작하면 어이가 없는지 적진이 조용해지곤 했다. 후일 부대 개편이 있었을 때 대대장이 되어 남자 대원들을 거느리고 전투를 지휘해 국기 훈장을 받을 만한 공을 세웠다.

하지만 여자는 역시 여자여서 내가 혼자 밥을 짓느라고 쩔쩔매는 것을 보면 노상 와서 거들어주었다. 해진 옷을 꿰매주기도 했다. 나는 그녀가 군복 윗도리에 금빛 단추 몇 개를 브로치처럼 달고 좋아하는 것을 본 적이 있다. 용맹스럽고 억센 빨치산 젊은 여심의 기묘한 대조가 내 마음을 처량하게 했다.

환자트에 들어간 초기 나는 위장병이 극도로 악화되어 물만 마셔도 헛배가 부풀어 거북할 지경이어서 밥을 먹을 엄두도 내지 못했다. 물론 식욕도 없었다. 땔나무를 하러 다니다 곱게 익은 다래를 발견하고 그것을 두어 개 따 먹었다가 혼난 적이 있었다. 열흘 동안 물만 마시고 지내고 보니, 가뜩이나 각기 때문에 감각이 둔해진 다리의 힘이 빠져 돌부리에만 걸려도 나가자빠지곤 했다.

취사는 하루 두 번씩 하는데, 지팡이를 끌고 다니며 땔나무를 구해다가 조그만 양은솥 두 개에 열 사람 몫의 밥을 끼니마다 짓는 정도의 일이 나에겐 무척 고된 작업이었다. 보름쯤 지나고부턴 몸이 나은 환자들이 땔나무를 구해다주어 크게 부담을 덜었다.

바람이 부는 날은 불길이 고르지 못해 생쌀밥을 짓기도 했다. 김희숙이 끓지 않은 곳에 꼬챙이로 구멍을 뚫어 골고루 끓게 하는 비법을 가르쳐주어 도움이 되기도 했다.

호송대가 날라다주는 것은 쌀과 소금뿐이었다. 뜨물에 소금을 넣어 뜨물국을 끓일 수밖에 없었는데, 가끔 산나물, 싸리버섯 등을 캐다가 국에 넣기도 했다.

이틀에 한 번씩 홀수 날에 지팡이에 매달려 거림마을 터로 내려가 사단의 통신문을 기다렸으나 보름이 지날 때까지 아무런 연락이 없었다. 어느 날 선을 대러 내려갔다가, 메밀순을 나물로 무쳐 먹을 수 있다는 얘기가 생각나서 한 아름 뜯어다가 삶아 소금으로 무쳐 반찬으로 한 일이 있다. 그런데 이것을 먹은 사람들이 모두 중독을 일으켜 전신이 가려워지는 증상을 나타냈다. 나물을 무친 내 손가락 끝이 저려들었다. 그때까진 가끔 이름 모르는 버섯이나 산채를 국 건더기로 이용했지만, 그 중독 사고 이후엔 뿌연 뜨물국만 끓이기로 했다. 그래도 소금을 핥으며 밥을 먹는 데 비하면 진수 성찬이라고 모두들 좋아했다.

어느 날 밤, 나는 우연히 골짝 맞은편 숲속의 희미한 불빛을 발견했다. 우군의 아지트가 있을 까닭도 없고 인가가 있을 곳도 아니었다. 여하간 이쪽에서 그 불빛을 볼 수 있었다면 저쪽에서도 우리의 소재를 알았을 것이다. 이튿날 경환자 두 명과 같이 한 자루밖에 없는 총을 들고 의문의 불빛을 수색하러 나갔다.

불빛이 보인 자리를 잘 겨냥해놓았지만 맞은편 사면이 숲과 덩굴풀이 우거져 상상 외로 수색이 힘들었다. 가까스로 바위 틈에 있는 귀틀집 둘을 발견했다. 거기에서 어린애까지 거느린 아낙네 두 식구가 살고 있었다. 부역자의 가족이 숨어 살고 있는 은신처였다.

절구통만 한 나무 토막을 사각으로 쌓아올리고 토막 틈을 진흙으로 발라 방풍했는데, 그 흙과 나무 토막에 이끼가 끼여, 옛날얘기에 나오는 산적의 움막 같았다. 그래도 살림 사는 집이라고 절구통, 맷돌 등 기구가 갖추어져 있었다.

오랜만에 어린애를 데리고 있는 일반인 가족을 보니 신기하기도 하고, 심산유곡에서 사회와 격리된 채 살고 있는 그 가족들이 행복해 보이기도 했다. 그렇게 자란 아이들이 장차 어떻게 성장할까. '타잔'처럼 될까, '늑대 소년'처럼 될까. 설마 그렇게야 안 되겠지만, 자꾸만 사람 눈을 피해 살다보면 문명이란 것을 모르는 원시인이 되어버리지 않을까.

소백산맥에서 이동할 때에도 깊은 산속에 움막을 짓고 사는 형제를 발견한 일이 있었다. 그들은 생활할 방도를 달리 찾지 못해 산속에 들어와 화전을 일구어 감자를 심어 먹고 산다고 했다. 사람 구경한 지 오래되었다고 했다.

환자트에선 약간 식량의 여유가 있어서, 우리는 그 후 쌀을 퍼다가 아낙네 집 절구통을 빌려 흰떡을 만들어 먹기도 하고, 간장 된장과 바꿔 먹기도 했다. 그 두 집엔 18, 9세 되는 소년들이 있었는데, 이봉관의 권유로 남부군에 입대했다. 그해 겨울 우리와 같이 행동하다가 그중 한 명은 전사했다. 결국 우리에게 발견된 것이 그 집으로선 화근이었다.

환자트에서 정면으로 우러러 바라뵈는 산마루가 유명한 잔돌평전細石平田이라고 구빨치 출신인 환자가 말했다. 때론 구름이 피어오르고 때론 노을 지는 광경이 무척이나 아름답고 신비스럽기까지 했다. 그런데 고개를 들기만 하면 바라보이는 그 산마루의 빛깔이 어느 때부터인가 하루하루 노랗게 변해갔다. 9월도 중순이 넘으니 고원이 어느덧 가을빛으로 물들기 시작한 것이다.

초막의 밤은 차가워지고 풀벌레 울음소리가 새삼 향수를 일깨웠다.

취사용으로 쓰는 석간수의 양이 날이 갈수록 줄어들더니 이윽고 끊어지고 말았다. 초막을 개울가로 옮기는 역사役事를 해야 했다. 옥같이 맑은 물이 흐르는 개울가의 바위 위가 우리의 얘기 터로 되었다.

그 무렵 어느 날이다. 나는 선을 달기 위해 거림마을 터로 내려갔다. 도중에 산전山田 갈무리를 하러 온 농부들이 점심을 먹는 것을 보았다. 꽁보리밥을 고추장에 비벼 먹는데, 몹시 먹음직스럽게 보였다. 오래간만에 식욕을 느꼈다. 농부들의 권고가 있어서, 나는 그 보리밥을 몇 술 얻어먹었다. 이것이 기적을 나타냈다. 바로 그날 저녁부터 입맛이 되살아났다. 웬만큼 먹어도 배에 가스가 차지 않게 되었다. 소화가 제대로 되었다. 기후의 변화 때문도 있었지만, 그 보리밥을 먹은 이래, 그처럼 지독했던 위장병이 썰물 빠지듯 사라지기 시작했다. 일주일이 지나는 사이 나는 완전히 건강을 되찾았다. 각기 증세도 어느 사이엔가 없어져 버렸다.

환자들이 그동안 몇 사람 완쾌되어 부첨이 따로 필요하지 않게 되었다. 이렇게 되니 멀쩡한 몸으로 환자트에 있기가 거북하게 되었다. 이봉관에게 원대 복귀시켜줄 것을 청했다. 이봉관은 완쾌한 환자 두 사람과 내가 원대로 돌아갈 수 있도록 조치해주었다.

다음 날 선 요원과 접선되어 우리 일행 셋은 정든 거림골 환자트를 뒤로하고 선 요원을 따라 원대 복귀의 길을 떠났다.

거림골은 십 리가 넘는 골짜기가 두 갈래로 갈라져 있고 그것이 또 수많은 가지로 뻗어 있기 때문에, 그 후 토벌대를 피하느라고 여러 차례 거림골에 드나들었지만, 환자트 자리와 그 산중 가족의 귀틀집을 다시 찾을 기회는 없었다.

선 요원은 백전 노졸의 빨치산이었다. 검게 그을린 얼굴에 짙은 주름이 몇 개 그어져 있는데도 웃을 땐 소년 같은 애교가 얼굴에 번졌다.

"지금부터 대지리산의 연봉을 답사하게 되오."

하고 선 요원은 자랑스럽게 말했다. 그곳으로 안내하게 된 자기의 자부심을 나타내는 말같이 들렸다.

"사단 사령부는 어디쯤 있습니까?"

이태가 물었다.

"나는 모르오. 알고 있는 것은 다음 선 요원과 만날 곳뿐이오."

선 요원을 따라 무작정 걸을 수밖에 없었다. 거림에서 북쪽으로 나 있는 가파른 숲속 길을 쉬어 쉬어 몇 시간을 올라가니 고원이 나타났다.

"여기가 잔돌평전이오."

선 요원의 말이었다. 잔돌평전은 이미 해가 저물어가고 있었다. 이태가 아침저녁으로 우러러본 해발 1천5백 미터의 그 산마루는 직경이 2킬로미터가량으로 완만한 경사를 이룬 평원이었다.

"일제 시대에 일본놈들이 이곳에 비행장을 만들 작정을 했다오."

구빨치 출신인 선 요원의 설명이었는데, 그런 얘기가 있을 만도 했다. 관목숲이 시야 아득히 펼쳐진 광활한 고원의 풍경은 정말 장관이었다.

"봄철이 되면 이 고원 전체가 꽃밭이 되오. 정말 아름답지, 아름다워."

하며 선 요원은 황홀한 표정을 지었는데, 지금의 풍경도 그지없이 아름답다고 이태는 느꼈다. 고원 전체를 덮은 노랑과 붉음이 섞인 단풍 바다가 절경이었던 것이다. 이태가 문득 생각한 것은—.

'내가 이 자리에서 죽으면 이태, 단풍 바다에서 죽다가 될까?'

자연의 거창한 아름다움에 비하면 인간이란 허무하기 짝이 없다는 느낌이 사무쳐, '만일 내가 살아남는다면 기필 이 아름다움을 문장으로 남기리라.'고 마음속으로 다졌다.

고원 한쪽에, 고대 그리스의 원형 경기장을 연상케 하는 웅장한 석성이 있었다. 여순사건으로 지리산에 피해 들어온 반란군을 토벌하기 위해 국군이 주둔했던 자리라고 했다.

고원 한복판으로 한 줄기 시내가 흐르고 있었다. 시냇가에 단풍잎에 덮여 보일 듯 말 듯 토막집이 한 채 있었다. 그 집을 찾아갔다. 50대의 중년부부가 살고 있었다. 약초를 캐는 사람이라고 했다. 이태 일행은 그 집에서 하룻밤 묵기를 청했다. 주인 내외는 반갑게 응낙했다. 마침 비어 있는 한 방을 치우고 따뜻하게 군불까지 지펴주었다.

휴대한 쌀을 주었더니 산채나물을 곁들인 밥상이 들어왔다. 오랜만에 상을 받쳐 반찬 있는 밥을 먹게 되었다.

배불리 먹고 뜨듯한 구들에 다리를 펴고 누웠다.

"신선놀음이 달리 없구마."

일행 가운데 하나가 말하자 다른 하나가

"등 따시고 배부르면 그만인 것을……."

까지 말하고 말았는데, 그 심중을 이태는 알 것 같았다. '왜 사서 이 고생인가.'라는 말이 이어질 것이다.

밤이 내렸다. 고원은 태고의 정적으로 돌아가고 바람 소리만 남았다. 낙엽 지고 눈보라치는 밤이면 이 산막은 얼마나 적막할까. 사람은 그 적막마저도 견디어야 하는 것이다.

그날 밤 콩알만 한 호롱불을 사이에 두고 주인과 빨치산 사이에 얘기가 오갔다. 지리산에 관한 이야기, 약초 이야기로 시간 가는 줄을 몰랐다. 이 고원에서 약초를 캐며 20년의 풍상을 살아왔다는 주인 내외는 지리산을 영산靈山으로 알고 산신령이 있다는 것을 믿어 의심하지 않

았다. 빨치산 하나가

"산신령을 보았소?"

라고 물었다. 딴으론 유물론자로서의 견식을 뽐낼 작정이었는지 모른다. 그런데 산막 주인은

"산신령을 보았소."

라고 대답했다.

"어떻게 생겼습디까?"

어리석은 질문이 나왔다.

"산신령은 지리산 크기만 합니다. 아니, 지리산 전체가 산신령의 모습인걸요. 산신령은 또 조그만 꽃의 형상을 하기도 하지요. 산신령은 봄철엔 만발한 꽃으로 핀답니다. 가을철엔 단풍이 되고요. 저 바람 소리는 산신령께서 숨쉬는 소리올시다."

산과 약초밖에 모르는 산막 주인은 자기가 느낀 대로 말을 통해 기실 철학을 설한 것이다.

"지리산이 전쟁터가 되는 바람에 불편이 많겠지요?"

이태가 물었다.

"내가 불편한 것이야 뭐……. 산신령의 진노가 두려울 뿐이오."

주인은 덤덤하게 말했다.

"위험한 일도 있을 텐데 피하시지 않구."

이렇게 말했더니 주인은 정색을 했다.

"내가 지리산을 떠나 어디로 가겠습니까. 죽어도 여기서 죽어야지요."

이태가 위장병을 앓아 고생했다는 얘기를 했다. 주인이 천장에 달아놓은 종이 봉지 하나를 끌러 나무뿌리 하나를 꺼냈다.

"이건 백각록白角鹿이라는 겁니다. 위장병에 특효약이지요. 전엔 이

것 하나로 마을에 내려가서 쌀 한 말을 바꿔 올 수 있었소."

"그걸 그냥 먹습니까?"

"환약을 만들어 먹지요."

하고 주인은 그걸로 만들어놓은 환약이 있다고 했다.

이태는 가회전투 직후에 분대장 박기선으로부터 얻은 돈을 주고 그 약 세 봉지를 샀다. 한 봉지는 자기가 쓰고 나머지는 항상 위장병으로 고생하시는 어머니에게 갖다드릴 날이 있을까 해서였다.

그 산막에서의 밤은 잔돌평전의 풍광과 더불어 두고두고 잊을 수 없는 인상을 이태의 가슴에 새겼다. 그런데 훗날의 얘기가 되지만, 그해 겨울 국군의 대규모 작전이 있은 직후 그곳을 지나게 된 선 요원이 들러봤더니, 산막은 불에 타서 없어지고 주인 내외는 시체가 되어 눈 속에 묻혀 있더라는 것이었다.

이튿날 아침 이태 일행은 잔돌평전을 벗어나 서쪽으로 뻗은 주능선을 타고 20리쯤 갔다. 허리까지 파묻히는 억새풀이 파도를 이뤄 펼쳐진 저쪽에 고갯마루가 나타났다. 웅장한 모습이었다. 선 요원의 말이 있었다.

"저게 벽소령이오. 푸를 벽碧 저녁 소宵라는 벽소령!"

그것은 지리산맥 1천5백 고지를 가로지르는 유일한 고개였다.

벽소령은 함양 마천馬川에서 하동의 화개花開장으로 넘어가는 유일한 길이다. 길이라지만 오랜 전란 통에 통행하는 사람이 없어져서 길의 흔적을 잃을 만큼 잡초가 무성해져 있었다.

고갯마루 가까이에 커다란 바위가 웅크린 자세로 보였다. 선 요원은 이태를 억새풀숲 속에서 기다리라고 하고 그 바위 가까이 가더니 손뼉을 두 번 쳤다. 그곳이 선점線點인 모양이었다. 바위 뒤에서 사람이 나타났다. 그 사람이 다음 코스를 길잡이할 선 요원이었다.

두 선 요원은 인계인수를 마쳤다. 거림골의 선 요원은 온 길로 되돌아갔다. 반나절 길을 같이 걷고 하룻밤을 같이 지낸 인연이었지만, 멀어져 가는 선 요원의 뒷모습을 이태는 감개 어린 눈으로 잠깐 지켜보았다.

제2의 선 요원을 따라 이태 일행은 주능선을 타고 서쪽으로 걷기 시작해 십 리쯤 가서 우뚝한 봉우리를 넘었다.

"이 봉우리를 우리는 꽃대봉이라고 합니다."

제2의 선 요원은 이렇게 말하고 말을 이었다.

"이 일대에 빽빽이 자란 관목들은 모두가 꽃나무요. 봄이 되면 꽃바다처럼 되오."

그 관목들은 진달래 포기를 확대해놓은 것처럼 꼿꼿하고 앙상한 가지가 1미터 내외쯤 뻗어 있었다.

"꽃이 피면 장관이지요. 그런데 꽃을 기다리지 않아도 장관을 볼 수 있소. 눈이 내리면 빙화의 바다를 이룹니다. 꽃바다 못지않게 아름답지요."

하고 선 요원이 설명을 보탰다. 꽃대봉을 넘어 북쪽 사면을 오 리쯤 내려갔을 때 물소리가 들려왔다. 우거진 숲으로 덮인 골짜기가 나타났다.

"전북 남원군의 뱀샛골이지요."

선 요원이 말했다. 길고 아늑하고 운치 있는 계곡이었다.

계류를 따라 얼마쯤 내려가자, 산죽을 둘러친 초막 하나가 오른쪽 숲속에 보였다. 전북사령부에서 객사처럼 쓰고 있는 초막이라고 했다. 전북도당사령부 아지트는 맞은편 사면에 있다고 했다. 전북사령부가 백운산에서 그리로 옮아 와 있었던 것이다.

이태는 그곳에 들러 옛 친구들을 만나보았으면 싶었다. 그런데 선 요원이 어떤 사정이 있는지, 아직 해가 남아 있는데도 그곳에서 묵고 가겠다고 했다. 이태로선 천만다행이었다. 5개월 만에 백운산에서 헤어진 전북사령부를 다시 찾는 기회를 얻게 된 것이다(이 백운산은 광양 백운산이 아니다).

이태는 설레는 가슴을 안고 개울을 건너 잡목 숲을 몇십 미터 올라갔다. 꽤 가파른 비탈에 지붕 없는 '노천트'가 층층이 들어서 있고, 낯익은 얼굴들이 여기저기 눈에 띄었다.

구영근이 그의 애인인 통칭 '목동 동무'와 같이 반갑게 이태를 맞았다. 목동 동무는 김일성대학 학생인데, 동란 초에 문화 공작원으로 내려온 아가씨였다.

『노동신문』의 최 기자도 옆의 트에서 나와 지나간 일들을 들먹이며 얘기꽃을 피웠다. 통신사 신 기사와 무전사 고학진이 '비밀트'를 마련해 통신 업무를 계속하고 있다는 얘기도 이때 들었다.

그동안 죽은 사람도 많고 없어진 사람도 많았다.

남하하는 도중에 있었던 이야기들을 나누는데 어느새 해가 저물었다. 이태는 구영근의 아지트에서 목동 동무가 차려준 저녁밥을 얻어먹고 그날 밤 숙소로 된 '객사트'로 넘어왔다. 풀벌레 소리가 요란했다.

객사트엔 어느 도당에서인가 연락차 왔다는 선객 하나가 있었다. 후방 부연대장을 지냈다는 심한 함경도 사투리의 그 사나이는 그때까지도 중성中星 두 개의 금딱지 찬란한 견장을 달고 있었다.

그날 밤 모닥불 옆에 앉아 그 중성의 사나이가 일제 때 독립군을 따라 두만강을 넘나들었다는 얘기를 구성지게 하는 바람에 시간 가는 줄을 몰랐다. 어디까지가 사실이고 어디부터가 거짓인지 분간 못 할 얘기였지만, 그 사나이의 박력 있고 허풍스러운 화술에 때론 배꼽을 쥐고 웃었다.
 "왜놈 경찰에 잡혀 재판을 받을 때 말이우다. 내 죄목이 여르여섯 가진가 되는데, 어디 그거르 다 외울 수 있어야지비. 검사란 놈이 제 죄목이도 모른다고서리 지라르 치드구만. 뭐, 나무르 찍어 트를 만들었다구 산림법 위반이구, 소르 잡아 먹었다구 도살법 위반에다가 총으르 가주다녔다구 총포 화약법 위반이라, 이렇게 지저분하게시리 여르여섯 가지니 내 돌대가리 개지구 될 재간이 있어야지비. 핫핫하……."
 이튿날 아침 이태 일행이 식사를 마치고 출발할 때까지 그 호걸풍의 사나이는 태평스럽게 드르룽드르룽 코를 골고 있었다.

 뱀샷골 계류를 타고 십 리쯤 내려가면 들돌골이다. 여기서 제3의 선 요원과 접선했다. 이태 일행은 5, 6명의 사단 대원들과 합류했다. 사단 대원들은 이태보다 후에 부상을 입고 다른 환자트에서 치료해 완쾌되어 원대 복귀하는 사람들이었다.
 그 가운데 이태와 안면이 있는 주광식이 끼여 있었다. 그런데 이상스러운 현상을 이태는 눈치챘다. 여순반란사건 이래의 구대원들도 끼여 있었는데, 인솔자가 주광식이었던 것이다. 그런데 그 수수께끼는 곧 풀렸다. 덕산전투 직후 총살된 한찬우의 후임으로 주광식이 훈련 지도원으로 임명되어 있었다. 전북부대 출신으로선 처음으로 간부직에 발탁된 케이스라고 했다.
 여순반란 이래의 역전歷戰 구대원들이 수두룩한데 어떻게 주광식이 발탁되었을까. 전북 출신도 중요한 간부직에 오를 수 있다는 것을 보여 주기 위한 정치적인 의미가 있는 것 같았다. 아무튼 그때까지만 해도 거리를 두고 외경의 눈으로 보아온 구대원들이 '지도원 동무, 지도원 동무.' 하며 주광식에게 복종하는 것이 어색하게 보였다.

주광식은 서툰 함경도 사투리를 써가며 합류된 일행을 지휘했는데, 이태는 호남 출신인 그가 왜 말을 바꾸려고 애쓰는지 궁금했다.

합류된 일행 중에 인민군 전사 출신으로 일제 때 공사판에서 일했다는 중년의 사나이가 있었다. 어느 지점부터인지 그는 이태의 바로 뒤에서 걷고 있었는데, 이런 소리를 지껄여댔다.

"이거 출출해서 못 견디겠는걸. 일제 땐 하루 노동 마치고 공사판에서 돌아오면 술이 없나 계집이 없나, 한 잔 쓱 하고 계집 무르팍 베고 누워 젓가락 장단이나 치면 피로가 단번에 풀렸지. 우리 노동잔 그때가 좋았어. 그게 아마 소화昭和 13년도였지? 평원선 철도 닦을 때였으니까."

공산당의 입장에서 보면 '반동적'이며 '자유주의적'인 당치도 않은 소리였다. 그는 또한 노래도 군가는 부르지 않고 입을 열었다 하면,

"오동동 추야를 달이 동동 밝은데."

하고 떠벌렸다. 이태는 '싱거운 녀석은 어느 세상에도 있구나.' 하는 정도로 생각했는데, 훈련 지도원 주광식이 상을 찌푸리고 내뱉듯 말했다.

"저 동문, 맨날 술하고 계집 타령이야. 사상성이 도무지 돼먹지 않았어!"

그러자 그 사나이는 발끈하여

"아니, 지도원 동문 계집 싫어하시우? 성분으로 말하믄 내사 알짜 노동자 출신이지."

하고 뇌까렸다. 폭소가 터졌다.

들돌고개에서 물길 따라 또 십 리쯤 내려가 자랫골이란 곳에 도착했다. 일행은 시냇가 단풍나무 사이에 자리 잡고 대기하기로 했다.

"남부군 연합 부대가 이리로 오게 돼 있소."

하는 선 요원의 말이었다.

　점심때가 되었을 무렵 시내 건너 잡목숲 사이에 첨병尖兵이 보이더니 잇따라 단풍잎으로 위장한 행군 대열이 나타났다. 정확한 간격을 유지하며 시냇물을 건너왔다. 모두 검게 탄 얼굴이었다.
　이태 일행은 각기 소속 구분대를 찾아가기 위해 흩어졌다.
　서울부대의 지휘자는 연길수라는 젊은 사람이었다. 김금철 연대장은 부상해 어느 환자트에 들어가 있다는 얘기였다. 이태는 연길수에게 신고하고 자기가 소속된 소대 위치를 찾아갔다. 서로 얼싸안고 눈물을 흘릴 만큼 반가워했다. 그런데 16명이던 소대원이 10명밖에 남아 있지 않았다. 다행히도 이태는 그 가운데서 박기선·박태영·권영식의 얼굴을 볼 수 있었다. 한 달 반 만에 그들은 다시 만났는데, 그때가 1951년 10월 2일. 이 무렵의 전황과 국내외 정세는 다음과 같다.

10월 1일.
- 이른바 '단장斷腸의 능선'에서 공방전 치열.
- 국군 부대, 3주일에 걸친 쟁탈전이 있은 후 양구 서북쪽에서 1개 고지 탈환.
- 철원 서쪽에서 국군 부대, 국한된 전진 계속.
- 고랑포 북쪽에서 5회에 걸쳐 단시간의 전투 개시.
- F86 제트 비행기 27대, 신안주 상공에서 적 MIG 약 40대와 공중전. 격추된 적기 1대, 파손된 적기 3대.
- B29 공주 요새 편대, 성천 보조 철교 및 진남포 부두 폭격.
- 브래들리 미 합동 참모부 의장, 리지웨이 장군을 대동하고 한국 전

선 시찰.
- 총사령부 발표—공산군 측이 중단되고 있는 휴전 회담을 결렬시킨다 하더라도 미 제8군은 한국에서 공세를 취할 수 있는 태세와 준비를 갖추고 있다.
- 이탈리아 정부, 한국에 위생 부대 파견 계획 중이라고 발표.
- 미 극동 공군 발표—9월 중에 미 공군이 격파 혹은 파손시킨 적 차량 수는 15,900대 이상. 기관차 113대, 철도 차량 3,500대 포함.
- 영국 『타임스』지, 한국 문제의 유일한 실제적 해결책은 한국의 분할을 인정하는 것이며, 그 분할선은 38선일 수밖에 없다고 사설에서 주장.

10월 2일.
- 수백 문의 유엔군 포, 고랑포 서북쪽 고지대의 공산군에 대해 맹렬한 탄막 사격 개시.
- MIG와 유엔 제트기 193대, 2회에 걸쳐 공중전 전개. 격추된 적기 8대.
- B29 편대, 북한 지역 철교 격파.
- 미 육군 당국 발표—10월 2일 현재 한국 전선에서의 공산군 사상자 수는 134만 6천763명. 최근 12일간에 2만 1천767명 증가.
- 브래들리 의장 언명—만일 정체되어 있는 한국 휴전 회담이 완전히 결렬된다면 유엔군은 한국전을 성공적으로 종결시킬 자신이 있다.

자랫골에서 남부군이 휴식하는 동안 이태는 박태영을 통해 자기가 없었던 동안의 경과를 대강 알 수 있었다. 덕산전투 후 남부군은 하동읍, 구례읍, 화개장터, 곡성, 운봉 등 지리산 주변을 거의 한 바퀴 돌다시피 하며 대여섯 차례 큰 전투를 치렀다.

"그중에서도 곡성전투는 치열했소. 우리가 기습하려다가 거꾸로 기습을 당했지요. 우린 곡성 쪽에만 주의를 집중하고 전면으로만 척후를 내보냈는데 전연 장애물이 없더란 말요. 그래 수월하게 전진하고 있었는데 갑자기 배후로부터 기습을 받았어요. 경찰대가 파르티잔 전법을 쓴 겁니다. 최 소대장 이하 6명이 전사한 것은 그 전투에서였소."

하고 박태영은 최 소대장의 용감함을 칭찬하고 덧붙였다.

"괴팍스럽고 더러는 하는 짓이 아니꼽기도 해서 도저히 봐줄 수 있는 사람이 아니었지만, 죽고 나니 너무나 불쌍한 것, 알지요?"

이태는 잠자코 있었다. 동감이었던 것이다.

박태영은 6명의 대원이 전사한 광경도 자세히 설명했다. 적의 화점火點에 무모하게 돌진하다가 당한 것이다.

"경찰이 전투에 익숙하지 못했을 때는 파르티잔의 억지가 통했지만 이젠 그렇게 안 되오. 서남지구 경찰전투사령부의 전투력은 보통이 아닙니다."

"빨치산이 그렇게 훈련시키지 않았겠소."

그동안의 전투에서 승리사단이 낸 사상자만도 60명이 넘었다. 남부군 3부대의 사상자를 합치면 백 명 이상이었다.

"자랫골에 집결해 있는 남부군은 기껏 250명 정도일 겁니다."

"반년 동안에 250명이 줄어든 셈이군요. 이러다간 앞으로 반년이면……."

하다가 이태는 말을 중단했다. 말은 중단했지만 생각은 이어졌다.

'앞으로 반년이면 전멸 상태가 되지 않겠는가.'

병력 수가 줄어든 만큼 남부군의 전투력이 약화된 것은 물론이지만 분대 또는 소대 단위로 나타난 전투력도 현저하게 떨어졌다.

하동읍을 공격할 때엔 국군의 트럭을 뺏어 타고 자동차 도로에 쳐놓은 바리케이드를 밀어붙이고 읍내의 일각까지 돌입하기도 했지만, 그 밖의 전투에선 한 번도 공격 목표를 점령한 적이 없었다. 운봉雲峯에선 남원의 군당 유격대까지 동원했지만 결정적인 패배를 맛보았다.

"옛날 남부군이 연전연승한 것은, 적정을 정확하게 파악하고 철저히 비밀 보장을 하고 기습했기 때문이죠. 그런데 요즘의 작전은 게릴라전의 원칙에서 벗어난 것 같애요. 무모하게 힘만 믿고 밀어붙이는 전투를 하니, 그게 성공할 까닭이 있겠소. 기왕의 전투에서 배운 게 있을 텐데 왜 그처럼 조급하게 서두는지 알 수가 없어요."

박태영으로선 오랜만에 솔직한 마음을 털어놓았다.

"혹시 자포자기한 게 아닐지······."

이로써 이태도 자기 마음 한구석에 있는 걸 털어놓은 셈이었다.

"이 동무는 그런 생각을 하고 있었군요. 그러나 나는 다르게 생각해. 휴전 회담과 관련이 있지 않을까 해요. 휴전 회담이 성립되면 전쟁이 끝나지 않겠소. 그때 가서 전과 평정戰果評定 같은 것이 있을 것으로 예상하고 간부들이 서두르는 게 아닌가 하는 생각이 들어요."

"그럴지도 모르지요."

하고 이태는 고개를 끄덕였다. 그리고 덧붙였다.

"공산당원들은 실적이란 걸 굉장히 중요시하더만. 보기에 따라선 모든 행동이 훗날 발언권을 얻기 위한 준비 같애요."

"한데 이태 동무, 휴전 회담이 성립되면 유격대는 어떻게 될까요?"

"유격대 문제까지 포함해서 휴전 회담이 성립되지 않을까?"

"물론 그래야죠. 그런데 난 '혹시' 하는 의혹을 지워버릴 수가 없어."
"혹시가 뭔데?"
"뭐라고 형용할 수가 없어, 아직은."
 박태영이 말꼬리를 흐렸다. 이태는 그 이상 추궁하지 않았다.
 숲 사이로 비껴 든 햇살에 자랫골의 시내가 단풍의 반사를 받아 물결이 붉게 물들어 있었다. 이태는 단풍빛으로 물든 물결을 지켜보았다.
 박태영의 가슴엔 이태에게만은 해두고 싶은 말이 있었다. 그러나 털어놓을 수 없었는데, 그 내용은 다음과 같은 것이었다.
 이태가 환자트에 가 있는 동안, 박태영은 은밀하게 이현상의 부름을 받았다. 그때 이현상이
"박 동무를 사령부로 데려오고 싶은 마음이 간절하지만······."
하고 오랜 침묵 후 이런 말을 했다.
"나는 박 동무를 믿는다. 그 순수성을 존경하기도 한다. 일제 때 이래의 투쟁 경력 또한 높이 평가하고 있어. 그런데 과오가 있었지. 당에 복귀하라고 할 때 박 동무는 거부했어. 그전에 있었던 일은 그것이 과오라고 하더라도 당으로 복귀해버렸으면 그로써 끝나는데, 박 동무는 끝끝내 고집을 부렸다. 그러나 나는 그걸 당에 대한 배신이라고 생각하진 않았어. 박 동무의 순수성을 알고 있었으니까. 하지만 주변 사람들은 그렇게 생각하지 않아. 박 동무는 많은 오해를 받고 있다. 박 동무는 그 오해를 평대원으로서 최선을 다함으로써 씻어주어야겠다. 물론 우리 남부군 안엔 박 동무의 과거를 알고 있는 사람이 없다. 그런데 박 동무가 사령부에 와 있게 되면 사정이 달라진다. 내 스스로 박 동무의 과거를 어느 정도까진 설명해야 하니까. 그래서 나는 박 동무를 부르지 않았다. 그런데 훈련 지도원 한찬우가 박 동무 얘기를 하더만. 그만한 인

물을 왜 평대원 속에 두고 돌보지 않느냐구. 때가 있을 거라고만 말해 두었지. 그런데 또 김금철 연대장의 뜻이라면서 승리사단 사단장이 박 동무 얘기를 하더먼. 김 사단장 보곤 '박 동무를 대성시키기 위해선 평대원으로서의 단련이 좀더 필요하다.'고만 해두었지. 박 동무, 세상은 단순한 게 아니오. 얽히고설킨 실꾸리 같은 거라. 아무 말 말고 평대원으로 지낼 생각을 하시오. 우리가 이로써 마지막이라면 박 동무가 사령부에 있으나 평대원으로 있으나 마찬가질 테구, 우리에게 장래가 있다면 지금의 직위나 서열이 문제될 것 없지 않겠나. 문제는 최후의 승리에 있으니까. 최후의 승리를 위해 열성적으로 노력하시우."

이때 박태영은

"제가 무슨 운동이나 한 것처럼 여기시면 곤란합니다. 한찬우 동무완 우연한 기회에 대화한 적이 있었는데, 그때 선생님과 저의 관계를 짤막하게 말했을 뿐이고 다른 말은 일절 하지 않았습니다. 연대장과 사단장에게는 제가 선생님을 사적으로 알고 있다는 걸 비춘 일도 없습니다. 저는 평대원으로 만족하고 있으니 일절 저에 관해선 괘념하지 마십시오."

라고 했다.

"그건 나도 잘 알고 있소. 박 동무가 무슨 운동을 했다고 생각지는 않소. 한찬우 동무의 말도 그랬으니까. 다만 나는 내 심정을 박 동무가 알아주었으면 할 뿐이오."

하고 이현상은 손수 끓인 작설차를 권하고

"앞으로 내게 무슨 일이 있을지 모르지만 박 동무만은 동요가 없기 바란다."

하고, 국민학교 아이들이 쓰는 노트 세 권과 연필 다섯 자루를 박태영에게 주었다.

박태영이 이태에게 하고 싶은 이야기는 이현상이 한 마지막 말이었다. 그 말의 함축을 분석하려고 애썼지만 박태영은 짐작조차 할 수 없었던 것이다.

자랫골에서 이틀 동안 휴식을 취하고 남부군은 다시 행동을 일으켰다. 뱀샂골을 거슬러 올라 반야봉般若峯 근처에서 주능선을 넘어 남쪽 빗점골로 내려선 후 '의신'이란 마을에서 4, 5일 체류했다. 의신은 지리산 남쪽에 있는 마을로, 정상에 가장 가까이 있는 유일한, 사람이 살고 있는 마을이었다. 이 의신마을보다 2킬로미터쯤 더 들어간 오지에 '빗점', '삼점' 두 산촌이 있었지만 그땐 이미 토벌군에 의해 소각되어 폐허가 돼 있었다. 오래지 않아 의신도 그렇게 될 운명에 놓였다.

의신은 원래 곶감으로 유명한 마을이다. 남부군이 그곳에 도착했을 무렵엔 집마다 반쯤 마른 곶감 꼬치가 처마에 주렁주렁 매달려 있었다.

산중에서 가장 먹고 싶은 것, 그리고 가장 부족한 것이 단 음식이다. 그런데 빨치산이 곶감을 만났으니 어떻게 되었을까. 사실 설마른 곶감처럼 달고 부드러운 맛을 가진 건 없다. 그래서 빨치산들은 마을 사람들이 제공하는 곶감만으론 만족할 수 없었는데, 논 한가운데 쌓아놓은 볏가리 속에 숨겨놓은 곶감을 여러 접 발견했다. 숨겨놓은 죄로 주인이 나서지 못하는 걸 기화로 빨치산들은 그 곶감의 반 이상을 한자리에서 먹어치웠다. 설마른 곶감은 소화가 잘되지 않는다. 그 후 얼마 동안 빨치산들은 악취가 심한 방귀를 번갈아 터뜨려 서로 코를 막는 소동을 빚었다.

의신마을에 체류한 지 5일째 되는 날, 마을 외곽에서 경찰 토벌대와 격전을 벌였다. 이 전투에서 경찰관 6명을 생포했다. 남부군 간부들은 경찰관의 생명보다 경찰관이 입고 있는 옷이 필요했다. 곧 겨울이 닥쳐 올 판이라 포로들의 내의까지 간부들이 벗겨 입는 바람에 경찰관들이 팬티 하나의 벌거숭이가 되어 오들오들 떠는 진풍경이 있기도 했다.

그 후 남부군은 의신 서쪽 800고지를 넘어 하동군 화개면의 범왕골에 들어섰다가 전라, 경상도의 접경인 풀 잔등을 넘어 피앗골에 도착, 거기서 노천 숙영을 했다.

피앗골에서 부대 개편이 있었다. 10월 중순이었다. 남부군은 원래
- 승리사단
- 인민여단
- 혁명지대

이상 세 단위로 구성되어 있었는데, 승리사단을 김지회金智會부대로 개편 개칭한 것이다.

김지회부대와 박종하부대의 인원은 각각 100명 정도.

그 상부 기관인 남부군사령부 요원과 그 직속인 호위대, 정찰대 등 도합 40명.

각 부대엔 20명의 본부 요원이 있고, 30명 편성의 3개 대대가 있었다.

김지회부대는 여순반란사건의 주동자 김지회를 기념하기 위한 명칭이고 박종하부대는 역시 여순사건의 주동자이며 지리산에 도착하기 직전 전사한 박종하를 기념하기 위한 명칭이었다.

부대 개편과 아울러 그날 이현상 사령관이 상훈을 수여하는 의식이 있었다. 이현상은 인민군 총사령관이며 수상인 김일성으로부터 상훈을 수여할 수 있는 권한을 위임받고 있었다.

전 대원이 도열한 가운데 호명이 있고 상훈 수여가 있었다. 대부분의

간부들에겐 '국기 훈장' 2, 3급, 일반 대원들에겐 '전사의 영예 훈장'과 '군공 메달'이 수여되었다. 권영식에겐 군공 메달이 수여되었는데, 이태와 박태영에겐 그런 영광이 비치지 않았다.

상훈 수여라고 하지만 훈장의 실물을 달아주는 것은 아니었다. 훈장을 주기로 했다는 뜻을 전달하는 의식일 뿐이었다. 언젠가 평화가 오고 승리를 축하할 날이 있으면 훈장을 주겠다는 것인데, 박태영은 그 의식의 장면이 어린이 장난처럼 느껴지는 것을 어떻게 할 수가 없었다.

동족을 많이 죽였다는 것이 상훈의 조건이 될까. 인민의 재물을 많이 약탈했다는 것이 상훈의 자격이 될까. 김일성 일파의 편이 되기 위해 목숨을 내놓고 싸웠다는 것이 상훈의 바탕이 될까. 과연 상훈을 받은 그 행동, 그 노력이 도대체 무엇을 위한, 누구를 위한 것이란 말인가…….

다음다음으로 이어지는 이러한 회의 때문에도 박태영은 그 의식을 저주했다. 차라리 그런 협잡스러운 의식이 없었더라면 구토증을 느끼게 하는 회의를 유발하지 않았을 것이 아닌가.

상훈 수여식이 있은 그날 밤 피앗골에선 춤과 노래로 흥청대는 축제가 벌어졌다. 숲 사이 초원에 모닥불을 피워놓고 「카투사의 노래」와 박수에 맞추어 러시아식 '포크 댄스'를 추는가 하면, 빨치산의 노래를 부르며 윤무를 추기도 했다.

채선희란 여자가 각색 연출한 「엉터리 곡성군수」란 코미디도 있었다. 채선희는, 평양에서 공훈 배우였다는 여성이었다. 코가 덩실하게 크고 눈이 부리부리한 대형 골격으로, 러시아인의 피가 섞이지 않았나 싶은 인상을 풍겼다.

코미디 「곡성군수」는, 뇌물을 주고 곡성군수가 된 두 사람이 서로 자기가 진짜라는 것을 증명하려고 서두르는 스토리였다. 이승만 정권을 풍자할 목적으로 쓰인 것이겠지만, 지나친 악의가 과장된 내용이 되어 풍자의 보람에 미치지도 못한, '엉터리 곡성군수'가 아니라 '엉터리 연극'일 뿐이었다.

그러나저러나 기이한 몰골의 남녀들이 모닥불 둘레를 돌며 모닥불의 불빛에 더욱 괴기하게 이지러진 자태로 광란하는 것은 보기에 따라선 소름이 끼칠 광경이 아닐 수 없다.

피앗골에서 또 하나의 경사가 있었다. 지난 8월 초 가회전투 때 중상을 입은 사람들을 황매산에 '비밀트'를 만들어 유기한 채 떠나버렸었는데, 그 가운데 세 사람이 완쾌된 몸으로 2백 리 길을 선을 찾아 헤매다가 원대에 복귀한 것이다.

일정한 근거지를 갖지도 않은, 언제나 바람처럼 움직이는 남부군의 소재를 알고 찾아왔다는 것도 대단하려니와, 중상의 몸으로 황매산에서 노출되지 않고 견디었다는 사실이 기적 같았다. 황매산은 수목도 별로 없는 야산인데 그곳에서 몇 달을 잠복하고 있었다는 사실이 놀라웠다.

그런 만큼 구분대의 전우들은 물론이고 이현상 이하 사령부의 고위 간부들까지 이들 셋을 얼싸안고 눈물을 흘리며 반가워했다.

부대 개편 때 여장부 김희숙이 대대장이 되고 이태는 부대 본부 요원이 되었다. 거림골 환자트에서 이태에게 한 약속을 이봉관 정치위원이 잊지 않고 실천에 옮긴 것이다. 이태가 맡은 임무는 산중 신문 『승리의 길』을 편집하는 것과 전기戰記를 쓰는 것이었다. 이태의 지위는 지도 위원과 동격이 되었다.

이때 남부군 사령부의 편제는 대강 다음과 같았다.

사령부엔 이현상 사령관과 정 모 정치위원이 있고 그 밑에 참모장, 후방부장, 군의관, 기요과장機要課長, 호위대장, 정찰대장이 있었는데, 이외에 당과 군에서 고위 간부인 몇 사람이 직책은 없이 객원 격으로 따라다녔다. 병력은 호위대와 정찰대가 각각 10여 명이었다.

정치위원 정은 얼굴이 검고 몸이 건장한, 그러면서 매우 다정다감한 40대의 사나이였고, 참모장 강은 14연대 장교 출신이고, 군의관은 평양의학전문을 나왔다는 중년의 의사였다.

객원 중엔 인민군 부사단장이었다는 손이란 사람이 있었다. 20대 후반인 젊은 장군이었다.

공훈 배우 채선희도 객원의 한 사람이었는데, 이 여성은 탁월한 기억력의 소유자로서 덕유산 이래 『50곡집』, 『20곡집』 등 가사집을 등사판으로 찍어 대원들에게 배부하고, 주로 소련 것을 번역한 군가 등 노래를 대원들에게 짬이 있으면 가르치려 들었다.

이밖에 노동당 중앙위원인 조복애란 중년 여성이 있었다. 일제 때 일본 동경에서 여자대학을 나온 인텔리로, 작은 키에 다부진 체구의 소유자이며, 농담을 잘해서 대원들을 자주 웃겼다.

각 부대(사단)엔 부대장 밑에 참모부가 있고, 정치위원 밑에 정치부가 있었다. 참모부엔 작전 참모, 통신 참모, 후방 참모, 대열 참모 등이 있고, 정치부엔 교양 지도원, 노동 지도원, 적공敵工 지도원, 문화 예술 인단이 있었다. 이밖에 훈련 지도원과 민청 지도원이 각 전투 대대에 소속되어 있었다.

부대장(사단장)과 정치위원은 동격이고, 대대장과 훈련 지도원, 민청 지도원이 동격이었다.

총인원 백 명밖에 안 되는 부대를 사단이라고 하는 것은 이상했지만,

사단의 편제를 그냥 지녀, 언제든 사단 규모로 충원한다는 것을 전제로 한 체제였다.

　김지회부대의 정치부 요원으로는, 김일성대학의 이론 물리학 교수였던 박형규가 교양 지도 위원, 어느 도의 직업동맹 위원장이었던 성창이 노동 지도원, 서북 사람 백광익이 적공 지도위원 등으로 있었고, 문화 예술인단은 문예 총서기장이며 작가인 이동규, 신진 시인이란 평양 사람 하동욱, 일본 미술 학교 출신 화가인 호남 출신 강지하, 그리고 신문 편집과 전기를 담당한 이태 등 7명이었다.

　작가 이동규는 『낙랑 공주와 호동 왕자』란 작품으로 남한에서도 약간 이름이 알려진 사람이었다. 50세가 넘어, 모두들 '동무'라고 부르지 않고 '이 선생'이라고 존대했다. 가끔 문예총의 직위상 부상급副相級이라고 밉지 않게 뽐내기도 했다. 약한 체질인 그는 행군 대열을 따라가는 것만으로도 큰 고역이었는데, 어느 전투 때 안경을 잃은 후로는 더욱 고통스럽게 지냈다.

　강지하는 유능한 화가였다. 빨치산 생활 속에서도 도화지와 물감 같은 것을 잘 간수하고, 틈만 있으면 그림을 그렸다.

　박형규는 서울대학교 공과대학의 전신인 경성고공京城高工 출신으로 역학 부문의 권위라 했고, 노동 지도원 성창과 적공 지도원 백광익은 노동자 티가 가시지 않은 순박한 사람이었다.

　이 7명의 정치부 위원들은 무장을 갖추긴 했으나 전투대원처럼 공격전에 나서는 일은 없었다. 그렇다고 해서 무슨 문화 공작을 하는 것도 아니었다. 그래도 강지하와 이태는 그림을 섞어 신문을 만들기도 하여 다소 일이 있다고 하겠으나, 적진 와해 공작을 담당한 적공 지도원, 그리고 노동 지도원, 시인 작가 등은 그야말로 완전히 무위도식했다.

문화 예술인단은 이른바 문화인의 집단이기 때문에 분위기가 좋고 전투대대에 비해 편했다. 우선 아침저녁으로 소요되는 땔나무 사역을 나가지 않게 된 것만으로도 큰 덕을 본 셈이었다.

각 대대의 대원들은 장거리 행군 후든 전투 후든, 설영지設營地에 들면 자기들 대대 일에 앞서 부대 본부 막사를 만들고 땔나무를 해 바쳐야 했다. 밝은 낮엔 그다지 대단한 일이라고 할 수 없다. 그런데 설영지 도착이 늦을 때는 설영 준비도 해야 하고 어둠 속을 손으로 더듬어 땔나무를 찾아야 하니 고역이 이만저만이 아니었다.

부대 본부로 소환된 첫날 밤, 이태는 다른 지도 위원들과 함께 화롯불을 쬐며 잡담하고 있었는데, 각 대대 대원들이 땔나무를 한 아름씩 져다놓고 가는 것을 보니 무슨 큰 출세나 한 것 같은 기분이 되었다.

그러나 이러한 호사도 잠깐이었다. 국군이 본격적으로 공비 토벌을 시작한 무렵부터는 전투 대대의 병력이 워낙 모자라고 숙영지 이동이 빈번해져서 정치부나 참모부도 설영을 자체에서 할 수밖에 없게 된 것이다.

개편을 끝낸 남부군은 피앗골을 출발, 임걸령재에 올라 다시 주능선을 타고 서쪽 노고단老姑壇으로 향했다.

새로 편제된 남부군에서 박태영의 소속은 김지회부대의 제2대대, 즉 김희숙을 대대장으로 하는 대대였다.

남부군은 노고단에서 일박하게 되었다. 노고단은 잔돌평전(세석평전)과 더불어 지리산의 양대 고원의 하나이다. 그 크기와 웅장한 점은 세석평전보다 못하지만, 지리산맥의 서쪽을 차지해 파노라마처럼 펼쳐진 구례평야를 한눈에 바라볼 수 있는 경승景勝이다.

그 무렵 노고단엔, 경찰대가 빨치산의 근거지가 된다고 하여 나무를 모두 베어버렸기 때문에 관목 한 포기 없었다. 벌거벗은 산괴山塊만 남았다. 그 일대엔 일제 때 서양인 선교사들이 지었다는 별장터와 극장터가 남아 있고, 그 집터 사이를 잇는 박석薄石 통로, 수로 등이 잡초 속에 묻혀 있었다.

들은 바에 의하면 서양인 선교사들은 지게꾼들의 등의자를 장치한 지게에 실려, 동쪽 마산면부터 산길로 해서 해발 1,500미터의 고지 노고단까지 올라왔다는 것이다. 앙상한 뼈대와 빈약한 몸집의 지게꾼이 뙤약볕에 땀범벅이 되어 지고 가는 등의자 위에 앉아 영양이 좋은 육중한 서양인이 간혹 부채질을 하며 산천 구경을 했을 것이라고 상상하는 것은 아무래도 유쾌한 기분이 될 수는 없었다.

태영이 속한 김희숙대대는 노고단 아래 화엄사 골짜기에 자리 잡고 2, 3차 마산면 방면으로 보급 투쟁을 나갔다. 다행히 구례읍에 인접한 들판의 마을을 뒤졌는데도 경찰대의 심한 저항이 없어, 비교적 여유 있는 마음으로 물자를 조달할 수 있었다.

이때 박태영은 어느 집에서 여자 화장품을 얻어 김희숙 대대장에게 선사했다. 그때 김희숙 대대장은

"박 동무는 나를 여자로 알고 있는 모양인데 그것은 잘못이오. 그러나 모처럼의 선사니까 받아두지."

하고도 분첩에 분을 묻혀 자기 뺨을 몇 번 두들겨보곤 분을 얼른 지워 버렸다. 그런데 그것이 계기가 되어 김희숙과 박태영 사이에 기묘한 우정이 생겨나게 되었다.

같은 무렵, 박태영은 어느 집에서 헌 신문지를 주웠다. 이미 여러 날 된 신문이었지만 해인사를 습격한 이래 처음 보는 신문이어서 그걸 배

낭 속에 넣고 돌아와 짬이 있기만 하면 꺼내 읽었다.

10월 11일자인 그 신문의 기사는 대략 다음과 같았다.

―유엔군 연락 장교가 판문점에서 공산군 측 연락 장교와 회견하고 판문점 남쪽 사천교砂川橋 부근에 휴전 회담 장소를 정하자는 문제를 토의했다.

―공산군의 손해가 10일 현재로 137만 명에 달한다고 미 국방성이 발표했다.

―이 내무장관은 그동안 연기해온 지방 선거와 국회의원 보궐 선거를 실시하기로 결정하고 그 준비에 관한 담화를 발표했다.

―국군 전차 부대가 양구 북쪽 8마일 지점까지 진출해 공산군을 급습했다.

이밖에 이란의 석유 분쟁 문제, 이집트 문제 등 기사가 있었고, 오는 12월 24일 뉴욕에서 개최되는 유네스코 대회에 한국군 하사관 대표 윤 육군 2등 상사가 출석하게 될 것이라는 등의 기사도 있었다.

박태영은 아득한 별세계의 뉴스처럼 느꼈다. 지리산 속의 파르티잔과는 전혀 무관하게 세상이 움직이고 있다는 사실을 확인하는 기분이 되어 비참함을 억제할 수 없었다.

남부군은 종석대鍾石臺 무너미고개에서 경찰대와 격전을 벌였다. 10월 15일경이었다. 별로 손해를 입진 않았다.

그 후 세걸산世傑山 아래 달궁達宮골로 들어가 20일간 장기 숙영을 하게 되었다. 전사들을 충분히 휴양시키기 위해서였다. 서부 지리산 일주 작전을 한 것은 달궁에서의 장기 숙영을 위한 식량 조달이 목적이었다.

달궁골의 20여 일은 이태에게 즐겁고 편안한 나날이었다. 그러나 박태영에겐 여전히 고달픈 나날이었다. 수시로 보급 투쟁을 나가야 하기 때문이었다. 그런데다 너무나 열성적인 김희숙 대대장이 대원들을 편히 쉬게 하지 않았다. 그 대신 정다운 말은 있었다.

"편하게 지내면 엉뚱한 생각이 나는 기라. 유격대원들에게 엉뚱한 생각은 가장 두려운 적인 기라. 움직일 수 있는 데까진 움직여야 돼. 짬이 있으면 자고, 아무튼 엉뚱한 생각을 할 짬이 없어야 하는 기라."

김희숙 대대장의 말엔 일리가 있었다.

10월 하순의 날씨가 봄날처럼 따사로웠다. 심산유곡이긴 하지만 골짜기가 제법 넓었다. 개울물이 풍부하고, 목장을 하면 알맞을 수백 평의 평지가 있었다. 그 평지 위에 여남은 개의 미채迷彩한 광목 천막을 치고 남부군은 장기 숙영을 계속했다.

대원들에겐 매일 일정 시간 교양 강좌와 노래 공부가 있었다. 박형규 교양 지도위원이 각 대대를 돌며 '밴플리트의 10월 공세는 실패했다.'라는 제목으로 강연을 하여, 전사들에게 필승의 신념을 불어넣으려고 했다.

박태영이 그 강좌를 통해 얻은 것은 '밴플리트'라는 이름을 처음 알았다는 사실뿐이었다. 어째서 밴플리트의 10월 공세가 실패했는가 하는 내용은 전혀 설득력이 없었다. 방대한 조직 속에서 풍부한 물량을 배경으로 미군은 싸우고 있지 않은가. 그들은 초조할 것도 없다. 긴 안목으로 스포츠처럼 전쟁놀이를 하고 있는 것이다. 성공이 없는 대신 실패도 없다. 미흡한 정보를 토대로 미군 또는 유엔군을 평한다는 것은 난센스에 불과하다. 이것이 박태영의 감상이었다.

이에 비하면 채선희가 지도하는 노래 공부는 효과적이었다. 음치에 가까운 박태영이었지만 러시아 노래엔 감동했다. 슬라브의 애조는 한

국민의 정서와 통하는 것이 있는 것 같았다. 대원들과 함께 노래 부르면 모든 시름을 잊을 수 있었다. 김희숙의 말처럼 '엉뚱한 생각'으로부터 해방될 수 있었다.

특히 「크렘린 멀리 향해 만세를 외친다」는 노래는 스탈린에 대한 개인 숭배가 좋으니 나쁘니 하는 정도를 넘어, 리듬과 멜로디에 도취했다. 반면 「김일성 장군의 노래」엔 언제나 심한 반발을 느꼈다. 김일성을 수령으로 받들고 그 이름 밑에서 싸우고 있는 박태영으로선 모순이 심한 감정이고, 되도록 그런 감정을 없애는 것이 자기를 편하게 하는 방법이었지만, 어쩐지 김일성에 대한 반발을 소화할 수가 없었다.

박태영은 이태, 권영식과 거의 일체감을 가질 수 있었지만 바로 그 점이 달랐다. 권영식은 자기의 애국심을 김일성에 대한 충성과 일치시켜 추호도 의심하지 않았고, 이태 또한 그 점에 있어선 권영식과 마찬가지였다.

어느 날, 해가 지려는 무렵이었다. 이태가 김희숙대대의 막사에 왔다.
김희숙대대는 보급 투쟁 출동 준비를 하고 있었다.
"대장 동무, 오늘 밤 나도 보급 투쟁에 동행할 작정입니다."
하고 이태가 말하자 김희숙 대대장이 손을 내밀었다.
"환영하우."
같이 환자트에 있었던 관계로 이태와 김희숙은 각별히 친했다. 게다가 부대 개편 이래 거의 동격이 되고 보니 거리낌없이 농담도 주고받았다.
"지휘부에서 노닥거리다가 혹시 정신이 해이해진 것 아뉴?"
"해이해지긴커녕 팽팽하게 긴장돼 있소."
'팽팽하다.'는 표현이 야릇한 느낌이 있어 대원들이 웃었다.

출동을 시작하자 이태가 후미의 박태영 옆으로 와서 나란히 걸으며

"지휘부에 있으니까 대원 동무들에게 미안할 만큼 편해요."

하며 진심으로 미안하다는 표정을 지었다.

"편해야 좋은 아이디어도 생길 것 아뇨."

태영이 말했다.

"그런데."

이태는 앞 대원과의 거리를 5, 6보 처지게 잡고 말했다.

"박 동무에게 보고할 일이 있소."

이태는 이봉관의 추천과 보증으로 정식 입당 절차를 밟아 정치부 세포의 일원이 되었다. 요식에 따라 자서전을 쓰고 심사도 거쳐 당당한 조선노동당원, 즉 공산당원이 된 것이다. 비당원으로서의 차별 대우와 괄시를 모면하게 되었다는 것이다.

박태영은 한마디 안 할 수 없었다.

"축하합니다. 그러나 앞으로 함부로 말을 못 하게 되어 섭섭하군요."

"박 동무, 그게 무슨 소리요. 나는 영원히 박 동무의 친구가 되고 싶소."

"공산당원을 친구로 가지는 건 영광이지만 부담스러운데?"

박태영이 쓸쓸하게 웃었다. 이태가

"그런 소리 말라고 해두."

했지만, 당원이 되었다는 것은 인간적일 수만은 없다는 사실의 표명이었다. 당원의 처지에서 보면 '인간적'인 사상이나 행동은 곧 '자유주의적'인 것이며 '소시민적'인 것이 되었다. 당에 대한 충성을 지키기 위해선 비인간적인 행동도 주저하지 말아야 한다는 것이 당원의 조건이었다.

이태는

"『승리의 길』을 창간하고 싶어 원고 정리까지 마쳤는데 종이와 등사

도구를 구하지 못해 야단이오. 오늘 밤의 보급 투쟁은 학교가 있는 마을까지 갔으면 좋겠소."

하고 대대장이 있는 곳으로 갔다.

그날 밤의 대상 지역은 실상사가 있는 산내면 분지 마을이었다. 왕복 6십 리의 먼 거리였으나 트럭이 다닐 만한 임도林道를 달리기 때문에 비교적 쉬운 코스였다.

그날 밤 박태영은 유복하게 사는 집에 들러 겨울 내의 한 벌과 새 운동화 한 켤레를 얻을 수 있어 흐뭇했다. 태영이 뒤져 찾아낸 것이 아니라 주인이 자진해서 제공했다.

돌아오는 길에 '의령'이라는 폐허가 되어버린 마을터에서 잠깐 휴식을 취할 때 마침 옆에 있던 구빨치 한 사람이

"바로 이 마을에서 김지회 동무가 죽었지."

라고 얘기를 시작했다.

"김 중위가 굳이 이 마을에서 쉬겠다고 고집을 피우더니 결국 그렇게 되고 말았지. 자는 동안 토벌대의 기습을 받은 거요. 그 사람 참말 영웅이었는데, 영웅도 한 치 앞을 못 보는 모양이지. 하긴 조경순이가 걷질 못해 어쩔 수 없었지만……."

조경순은 김지회의 애인이었다. 애인을 따라 지리산에까지 들어와 같이 행동하다가 김지회는 사살되고 그녀는 생포되어 후일 서울에서 총살되었다. 총살될 때 조경순은 나이 19세였다.

박태영은 우연히 이 비운의 소녀를 본 적이 있었다. 1949년 9월이었다. 김지회의 애인 조경순에 대한 군법 회의가 있다는 것을 신문 기사를 통해 알고, 아는 기자의 알선으로 방청하러 갔었다. 그런데 박태영이 갔을 땐 군법 회의가 이미 끝나 있었다. 간단한 사실 심리 끝에 사형

이 선고되었다고 했다.

　태영이 군법 회의가 있었던 건물 앞에서 서성거리고 있을 때, 꽁꽁 묶인 조경순이 뒷문으로 나왔다. 형무소로 돌아가는 트럭을 타는데, 조경순은 결박 때문에 팔을 움직일 수 없어 잘 오르지 못했다. 그때 지리산문화공작대사건으로 그날 같이 사형 선고를 받은 시인 유진오가 결박당한 양손으로 그녀의 궁둥이를 밀어주었다. 가까스로 트럭에 오른 조경순이 유진오를 돌아보고 예쁘장한 얼굴에 수줍은 웃음을 띠었다. 유진오는 상기된 얼굴로 조경순을 쳐다봤다.

　유진오는 선동적인 시를 써서 좌익들을 흥분케 한, 이를테면 좌익들의 우상이었다. 당시 그의 나이 26세.

　같은 날 사형을 받은 사람 중 국문학자 김태준이 있었다.

　박태영이 그날 군법 회의를 방청하려고 아는 신문 기자에게 알선을 부탁한 것은, 김태준의 얼굴을 한번 보았으면 해서였다. 박태영과 김태준은 역사학자 이능식의 소개로 서로 면식이 있었던 것이다.

　태영은, 조경순이 생포되고 김지회가 사살되었다는 마을의 터를 새삼스럽게 두리번거렸는데, 별빛만 찬란한 어두운 밤이어서 마을의 윤곽조차 알아볼 수 없었다.

　'아아, 사정에 따라선 그들의 사랑이 로미오와 줄리엣의 사랑처럼 시나 소설 속에 되살아날 수 있으련만! 아아, 유진오의 시가 되살아날 날이 있을까!'

　구빨치는 묵연히 앉아 있었다. 풀벌레 소리가 요란하게 들렸다.

　이튿날 박태영은, 대원 하나가 보급 물자를 겹으로 짊어지고 오다가 한 꾸러미를 잃었다기에 찾으러 나섰는데, 그 '의령'마을 터를 지났다. 허물어진 어느 집터 한구석에 늙은 감나무 한 그루가 서 있고 그 앙상한 가지 끝에 새빨간 홍시 서너 개가 달려 있었다. 박태영에게 입산 2년 만의 겨울이 다가온 것이다.

10월이 하순으로 접어들 무렵, 남부군사령부는 6도 도당 위원장 회의를 소집했다.

6도당이란 속리산의 충북 도당, 계룡산의 충남 도당, 팔공산의 경북 도당, 남부 지리산의 경남 도당, 유치산의 전남 도당, 남원 뱀샛골의 전북 도당을 말했다.

이 회의의 안전을 위해 박태영은 노고단 근처의 고개에서 경남 도당에서 차출한 보초와 교대 근무를 하게 되었다. 같은 자리에서 하나는 휴식하고 하나는 감시를 맡았다. 이런 일은 전엔 있은 적이 없었지만, 만일 병력에 조금이라도 여유가 있다면 빨치산의 보초 방식으로선 이러한 복식 입초가 최선의 방식이 아닐까 생각되어 휴식할 차례가 된 경남 도당 소속 빨치산에게 말했더니 그의 대답은 달랐다.

"연습을 하는 것이면 그게 좋겠지만 죽고 사는 마당에선 마찬가지니, 쉴 때는 푸욱 마음놓고 쉴 수 있도록 해야지요."

"어쩌다 지쳐 깜박 잠들까봐 하는 말이오."

"깜박 둘 다 잠들어버리면 우쩔 낀디."

하고 그는 웃으며 이렇게 덧붙였다.

"빨치산이 우찌 사는지 알아요? 운으로 사는 기요. 악에 받쳐 사는 기고. 제정신 갖고 사는 줄 알아요?"

하고, 그는 근처 숲속에서 헝겊 같은 것으로 얼굴을 덮고 잠들어버렸다.

박태영은 대대에서 준 시계로 정확하게 헤아려 10분쯤 늦게 그를 깨웠다. 두 번 어깨를 흔들 필요없이 그는 깨어났다. 그리고 자기의 시계를 살펴보고 박태영의 시계를 보더니

"동무는 과오를 범했소. 시간은 우리의 사적인 시간이 아니고 공화국의 시간이오. 동무가 나를 동정해서 10분 더 기다려준 줄은 알지만, 우리는 그러면 안 되오. 공화국의 시간을 동무가 멋대로 횡령할 수 있는 기요?"

낮은 목소리긴 했으나 단호한 어조로 말했다.

"미안하오."

하고 박태영은 그 보초가 누웠던 자리로 가서 벌렁 드러누웠다.

음력 20일쯤 되는 달이 솟아 있었다. 달빛이 너무나 황홀해서 눈을 감았다. 그리고 생각했다. 빨치산이 부지하고 있는 명맥이 무엇일까 하고.

새벽녘에 교대 보초가 왔다. 역시 두 사람이었다. 하나는 남부군, 하나는 경남 유격대원. 그런데 박태영이 느낀 것은 경남 도당 유격대원들의 유별난 무뚝뚝함이었다. 어느 도 출신 빨치산도 초면의 빨치산을 만나면 반갑게 대하는 게 예의인데, 도대체 경상도 빨치산들은 그 기본적 예의마저 없었던 것이다.

보초선이 멀어지고 막사 근처에 이르렀을 때 박태영은 함께 근무한 경남 도당 유격대 소속 대원에게 말했다.

"나도 경상도 출신이지만 당신들 태도를 이해할 수 없소. 무슨 원수를 만난 것처럼 하니 말이오, 내가 실수해서 10분 늦게 당신을 깨웠다 합시다. 시간의 중요성은 사정에 따라 다른 거요. 평화 시절 뜨듯한 온돌방에서 지내는 시간과 추운 방에서 지내는 시간이 다르듯. 내가 당신을 10분 늦게 깨웠기로서니, 내 생각 다 있어서 한 행동인데 공화국의 시간까지 들먹일 게 뭐요."

"그래서 감정이 상했소?"

"……"

"감정이 상했으면 용서하시오. 우리는 그렇게 훈련을 받아왔습니다. 한데 동무는 고향이 어디요?"

"함양 마천이오."

"마천이면 바로 등 너머 아닝기오. 마천 누구요?"

"박태영이오."

"박태영? 그럼 진주중학을 나왔소?"

"그렇소."

"혹시 노정필 씨를 아십니까?"

"함양읍의 노정필?"

"예, 그렇습니다."

"아다마다요."

"나는 노정필 씨의 조카입니다."

"아아, 그래요?"

하고 막사를 50미터쯤 앞에 두고 박태영은 서버렸다. 노정필은 해방 직후 함양군의 인민 위원장이었으며, 하준규와 같이 일하는 사이였다.

"지금 노정필 선생님은 어디에 계십니까?"

"경남 도당에 있습니다."

"건강은?"

"나쁜 편은 아닙니다."

이때 '누구얏!' 하는 소리가 있었다. 주변을 돌고 있던 경비병의 수하였다. 박태영은 군호를 대고 경남 도당 소속 청년과 헤어져 막사로 돌아왔다.

6도 도당 위원장 회의에서 결의한 사항은, 각 도당이 발행하는 산중

신문은 그 근거지 이름을 붙인 『승리의 길』로 한다는 것, 각 도당 유격대의 호칭을 모두 사단으로 통일할 것, 그리고 그 호칭엔 두 자리 숫자를 사용할 것 등이었다. 이 결정에 따라 남부군 직속부대인 김지회부대를 '81사단', 박종하부대를 '92사단'으로 바꾸게 되었다.

이 회의에 잇따라 남부군사령부 주최로 거리가 가까운 전남, 전북, 경남 등 3도 유격대의 씨름 선수를 초빙해 씨름 대회를 열었다.

씨름 선수라면 훌륭한 근골을 가진 장사를 연상하게 마련이다. 그런데 이때 출전한 씨름 선수들은 애처로웠다. 앙상한 뼈대만 남은, 살이 다 빠진 노쇠한 황소를 방불케 했다. 그 몸집으로 겨루는 씨름이란 것은 웃을 수도 울 수도 없는 만화적인 광경일 뿐이었다.

『승리의 길』기자들은 이 광경을 어떻게 기록할 것인가 하는 생각이 들어, 박태영은 이태의 모습을 찾아 두리번거렸다. 이태는 본부석의 한 자리를 차지하고 이봉관 정치위원과 무슨 말인가를 주고받고 있었다.

그래도 그날 밤엔 소를 잡아 성대한 잔치를 베풀었다. 캠프파이어가 별을 그을게 할 정도로 타오르고, 노랫소리가 모스크바 크렘린에 가닿도록 높았다.

대한민국 경찰과 국군이 뭣 하고 있는지, 지리산 달궁에선 인민공화국이 만발했다.

그런데 그것이 아니었다. 대한민국은 그 순간에도 가만있진 않았다. 이 잔치가 끝난 후 박태영은 입산 이후 최대의 슬픔을 맛보지 않으면 안 되게 되었다.

권영식이 경남 도당 유격대로 전출하게 되었다면서 인사하러 박태영에게 왔다.

"어떻게 된 거죠?"

하고 박태영은 거의 울부짖었다.

김희숙 대대장이 옆으로 와서 설명했다. 회의에 참석하러 온 경남 도당 위원장이 권영식이 남부군에 있다는 소식을 듣고, '건장하고 충성적인 대원 5명을 남부군에 보충해줄 테니 권영식을 데리고 가게 해달라.'고 제안해서 이현상 사령관이 이에 동의했다는 것이다.

"경남 도당 위원장은 아버지 친구입니다."

하고 권영식이 울먹거렸다.

친구의 아들을 이곳에서 발견했으니 데리고 가서 같이 있고 싶어 하는 것은 당연했다. 그래서 건장한 대원 다섯과 맞바꾸려고까지 하지 않는가.

'그렇다면 그건 공산주의자의 사고방식과는 너무나 동떨어진 것이다.'

박태영은 담담한 표정을 짓고 권영식의 손을 잡았다.

권영식이 말했다.

"다시 만날 날이 있겠지요, 박 선생님?"

"우린 센티멘털리즘을 졸업한 지 오래되지 않았소."

옆에 서 있는 김희숙 대대장을 의식하고 한 말이었으나, 박태영은 정말 센티멘털리즘을 졸업하고 싶었다. 빨치산의 최대의 적이 센티멘털리즘이었다.

권영식이 떠난 것은 11월 초순.

남부군은 덕두산에서 만복대에 이르기까지 1,200미터 높이의 능선 군데군데에 초소를 두고 있었는데, 11월 중순에 들어섰을 무렵 초소 한 군데에 전투 경찰대의 대규모 공격이 있었다. 이로써 달궁골의 평화는 깨지고 말았다. 남부군은 즉시 행동을 개시했다. 다시 이 골짝 저 골짝을 전전하게 되었다.

박태영은 영원삿靈源寺골에서 발을 삐었다. 그리고 벽송삿골에선 소리를 죽이고 울었다. 일제 말기 이곳에서 하준규와 더불어 겪은 일이 있었던 것이다. 대원삿골에선 역시 일제 말기에 만났던 차범수를 생각했다. 함양경찰서 습격을 앞두고 이현상과 논란을 벌인 차범수! 그는 여순반란사건 전에 지리산에서 숨졌다.

중산골, 청탯골, 거림골, 대성골, 삼접골, 그리고 이름도 없는 골짜기들을 유전한 끝에 하동 횡천강 상류가 되는 청학동에 거점을 옮긴 것이 11월 하순. 어느덧 지리산 연봉엔 눈이 내리고 북풍이 몰아쳐 포효했다. 밤 기온이 영하로 영하로 내려갔다.

    눈 속의 행군.
    눈 속의 숙명.
    태백산맥에 눈 날린다.
    총을 메어라, 출진이다.
    눈보라는 밀림에서 울고
    가슴속에선 피 끓는다.
    높은 산을 넘고 넘어
    눈에 묻혀 사라진 길을 열고
    빨치산은 영을 내린다.
    원수를 찾아 영을 내린다.

이 빨치산의 비장한 가락은 그대로 절망으로 통하지 않는가.
'그런데 누가 원수란 말인가. 원수를 찾는다는 파르티잔도 누군가의 원수가 아닌가. 경찰과 국군의 원수가 아니라, 우리가 위한다는, 그것을 위해서 싸운다는 인민의 원수가 바로 파르티잔이 아닌가.'

박태영은, 보급 투쟁이란 이름으로 약탈한 수많은 마을들을 눈앞에 떠올렸다. 빨치산이 들이닥쳤다고 하면 그 마을엔 공포의 바람이 불었다. 아무리 따져도 빨치산의 행동은 인민의 벗으로서의 행동이 아니었다. 빨치산이 지나갔기 때문에, 빨치산이 다시 나타날 가능성이 있기 때문에 초토가 된 수많은 마을들도 있었다. 그 마을 사람들은 집을 잃고 고향을 잃고, 이윽고 생로生路마저 잃는다. 도대체 빨치산은 무엇을 믿고 이런 짓을 자행한단 말인가. 교양 지도위원 박형규는

"빨치산은 인민의 의지이다. 그 존재만으로도 의미가 있다."

라고 했는데, 현실적으로 빨치산은 인민의 적이며 그 존재만으로도 화근이 된다고 하는 것이 정당한 표현이었다.

이러한 회의를 품으면서도 빨치산의 대열에서 벗어나지 못하는 스스로를 박태영은 빨치산의 숙명을 대표하는 것으로 느꼈다.

박태영은 '회신'이란 마을을 백주에 약탈하고 돌아오는 도중, 바위 틈에 몸을 의지하고 쇠잔한 겨울 해가 눈에서 빛을 반사하는 풍경을 보며, 이현상으로부터 받은 국민학교 아동용 공책에 다음과 같은 글귀를 썼다.

누가 절망을 검다고 했느냐.
하얀 절망이란 것도 있다.

겨울은 빨치산의 대적이다.
'나폴레옹의 대군은 겨울에 졌다. 우리는 겨울을 이겨야 한다.'

사령관 이현상의 말이라고 들었지만, 어차피 살아남으려면 우선은 겨울을 이겨야 했다. 그런 까닭에 빨치산에 있어서의 '월동 준비'는 곧 생사의 문제가 된다. 그런데 체계적으로 또는 상부에서 월동 대책을 세워주는 것이 아니라, 대원 개개인이 자기의 월동 준비를 해야 한다. 겨울이 가까워지면 '월동 준비'란 말이 캐치프레이즈가 된다.

보급 투쟁을 나가 방한모 하나를 얻으면 '월동 준비 했다.', 구두 한 켤레를 얻어도 '월동 준비', 내의가 생겨도 물론 '월동 준비 했다.'가 된다. 심지어는 길에 깔린 똥을 밟지 말라는 것도 '월동 준비'란 말로 대신한다. 그 무렵이면 '월동 준비 했느냐.'가 인사가 된다.

남부군은 독특한 방한법으로 혹한을 견딘다. 천막을 칠 자리가 결정되면 우선 그곳에 길다랗게 골을 판다. 그리고 거기에 모닥불을 피운다. 체온에 눈이 녹아 발싸개는 물론 바짓가랑이까지 흥건히 물에 젖는데, 그 모닥불에 둘러앉아 옷을 말리고 발싸개를 말린다. 불이 어지간히 타고 나면 커다란 돌을 주워다가 골 속을 채운다. 돌은 불에 달아 밤중까지 식지 않는다. 그 위에 천막을 치고 양쪽에서 골에 발을 놓고 두 줄로 누워 잔다. 바짝 붙어 자기 때문에 서로의 체온으로 좌우가 따뜻하다. 맨 가장자리는 한쪽이 비어 눈바람이 들이치기 때문에 특히 담요 한 장을 준다.

온종일 눈 속을 행군하다가 모닥불에 옷을 말리고 발싸개를 바싹 말려 그 까실까실해진 발싸개로 발을 감을 때의 따뜻하고 개운한 감촉은 지락至樂에 속한다. 인간의 행복이란 뜻밖에도 가까운 곳, 대수롭지 않은 데 있다.

닷새가 멀다 하고 보초 근무 차례가 돌아왔다. 보초는 언제나 고된 임무지만, 특히 겨울밤의 보초는 고통스럽다. 모처럼 까실까실하게 말린 발싸개를 다시 눈에 적셔야 하기 때문이다.

11월 말 어느 날 밤, 박태영은 청학동과 묵계마을을 잇는 고갯마루 바위 틈에 쪼그리고 앉아 보초 근무를 하게 되었다. 초승달이 서산으로 지고 어둠 속에 눈빛이 부옇게 펼쳐진 가운데서 묵계 쪽을 응시하다가 박태영은 깜박 잠들어버렸다. 얼마나 시간이 흘렀는지 모른다. 가슴을 죄는 것 같은 압박감에 깨어보니 밧줄 같은 것에 꽁꽁 묶여 있지 않은가. 공포 속에서도 총의 소재를 살폈다. 총이 없었다. '생포되었구나.' 하고 체관을 정돈하려는데 코끝에 총구가 닿았다. 우뚝한 그림자가 눈앞에 섰다.

"얼굴을 들엇."

짜내는 듯 나지막한 목소리였다.

얼굴을 들었다. 총구가 따라 움직였다. 상대방의 얼굴은 보이지 않았다.

"쏘아버릴까? 순순히 날 따라 경찰대로 갈 텐가?"

여전히 소리를 죽인 말이었다. 태영은 얼른 대답할 수가 없었다.

"쏘아줄까? 날 따라가겠나?"

다시 물었다.

"쏘아주기 바란다."

가까스로 태영은 대답했다.

"쏘아주고 싶지만, 총소리가 나면 곤란해."

하는 음성이 귀에 익은 음성이었다. 어둠을 등지고 서서 얼굴을 분간할 수 없지만 이태라는 것을 알았다.

"장난이 심한데요."

태영이 볼멘소릴 했다.

"미안하오. 그러나 보초가 자면 되겠소? 남부군의 생명을 걸머진 보초가 말요."

하고 이태는 결박한 줄을 풀었다. 밧줄인 줄 알았는데 칡덩굴이었다.

"미안하게 됐소."

태영의 말이 떨렸다.

"미안한 건 다음 문제이고, 규칙을 어긴 것도 다음 문제이고, 굶주린 창자로 이런 곳에서 자면 동사한단 말요, 동사."

이태의 말이 부드러웠다.

정치부에 있는 간부들은 보초 근무를 하지 않지만, 보초의 근무 상황을 감독하기 위해 번갈아 순찰을 돌게 되어 있었는데, 그날 밤의 차례가 이태였다.

"가만히 와보니 박 동무가 아녀? 내가 대신 보초를 서줄 참으로 박 동무의 총을 뺏어 들었지. 20분쯤 재워두려고 했는데, 10분쯤 지나니까 슬그머니 장난기가 생기지 않아? 마침 들고 온 칡덩굴이 있기에 꽁꽁 묶었지. 그래도 잠에서 깨지 않더만."

이태는 '나도 보초 근무를 하다가 존 일이 있다.'며 덕산전투 때 하마터면 죽을 뻔했다는 얘기를 했다.

태영은 할 말이 없었다.

이태가 화제를 바꿨다.

"박 동무, 월동 준비는 어떻게 됐소."

"그럭저럭."

"보초하고 오래 얘기하는 것도 규칙 위반이다."

하고 자리를 뜨며 이태가 말을 남겼다.

"이제부턴 졸지 말아요."

이승만 대통령의 완강한 반대에도 불구하고 휴전 회담은 진행되었다. 휴전의 조건을 유리하게 할 목적으로 38선을 둘러싸고 격전을 벌였다.

10월 19일 제9회 연락 장교 회의에서 공산군 측은, 문산 및 개성 주변에 반경 4~8킬로미터의 중립지대를 설치하자는 유엔군 측의 제안을 수락했다.

10월 26일 합동 분과 위원회에서 공산군 대표가 군사 경계선을 제시했다. 즉 지릉동(문산 북쪽 16킬로미터) 부근의 현 전선을 기축으로 하여 160킬로미터에 걸친 전선으로부터 각각 4킬로미터씩 후퇴하자고 제안하고, 그 대신 옹진반도에서 철퇴하겠다고 했다.

11월 1일 회의에선, 비무장지대 설치에 관해 금화金化에서 동해안에 이르는 지역 문제는 '단장의 능선'지구를 제외하곤 양측의 의견이 대강 일치했다.

11월 5일엔 유엔군 대표가 4개항의 새로운 제안을 했다.

1. 양측은, 비무장지대는 휴전 협정 조인 당시 적당히 조정된 전선에 기초를 둔다는 원칙을 승인할 것.

2. 비무장지대의 폭을 4킬로미터로 할 것.

3. 양측으로부터 각각 3명의 장교를 선출해 위원회를 설치하고 양군 접촉선의 위치를 결정해 수시로 토의 결과를 정식 대표단에게 보고할 것.

4. 합동 분과 위원회는 정식 대표단에 대해 그 협정 사항을 보고해 정식 대표단으로 하여금 그 의제 토의를 우선적으로 하도록 권고

할 것.

11월 6일, 공산 측은 유엔군 측의 제안 가운데 군사 경계선 문제를 들어, 즉시 결정하자는 방향으로 수정안을 제출했다.

11월 11일, 유엔 대표 조이 중장이 성명을 발표했다.

1. 휴전 협정 조인 때의 군사 정세를 반영하는 비무장지대의 설치.
2. 전투 행위를 중지했을 때 유엔군 부대 및 그 후방 지역의 안전 보장.
3. 휴전 효력 발생시 현 병력 이상으로 군사력을 증대하는 것을 방지할 구체적 협정.
4. 포로에 관한 신속하고도 만족할 만한 협정.

이상이 유엔군 대표가 노력하고 있는 주 목표라고 했다.

11월 26일, 휴전 회담 참모 장교 회의에서 232킬로미터에 걸친 전 전선에 있어서의 양군 접촉선 설정에 관해 최종적인 협정에 도달했다.

11월 27일 본회의에 제출한 조이 중장의 제안은 특히 중요했다. 모두 7개항으로 된 제안 가운데 5항에 '상대방이 지배하고 있는 지역으로부터의 정규군, 비정규군의 전면적 철퇴'라는 것이 있었다. 여기서 '비정규군'이란 곧 빨치산을 말했다.

그런데 이튿날, 즉 11월 28일 회의에서 공산 측 대표 남일南日은 특히 휴전 감시 조항을 강경하게 거부함으로써 5항의 문제는 거론하지도 않고 묵살해버렸다. 뒤에 자세히 살펴보면 이것이 남한에 있는 빨치산의 운명을 결정지어버렸다.

이상과 같은 세밀한 과정을 물론 알았을 리 없지만, 어디서 흘러들어왔는지 남부군 사이에 '휴전 회담'이 화제에 올랐다. 빨치산들은 이 문제를 두고 자신들의 운명을 생각해보지 않을 수 없었던 것이다. 어떤 사람들은 휴전 협정에 따라 무사히 북쪽으로 귀환할 수 있게 될 것이라고 낙관론을 폈다. 그리고 '인민'의 환호 속에서 꽃다발에 묻혀 평양 거리를 행진하는 스스로의 모습을 상상하기도 했다.

"우리는 인민군총사령부의 명령으로 편성된 의젓한 전투 집단이다. 공습이 전쟁 방식의 하나인 이상, 적 후방에서 싸우면 안 된다는 법이 없고, 낙오병이라고 해서 저항을 중지해야 한다는 전쟁 법규도 없다. 우린 또 간첩 활동을 한 것도 아니다. 그러니 전쟁 상태에선 유격 활동은 범죄가 아니라 정당한 교전 행위로 인정되어야 한다. 정전이 성립되면 당당하게 철수할 수 있어야 한다."

그러나 대부분 대원들은 비관론, 아니 절망론을 말했다.

"유격대는 어디까지나 비공식 전력이다. 휴전 회담에서 거론될 까닭이 없다. 국군은 휴전으로 생겨난 여력으로 후방에 대부대를 투입해 우리를 공격해올 것이 틀림없다. 중과부적이다. 우리는 결국 공화국으로부터 버림받은 채 남한의 산중에서 파멸되고 말 것이다."

낙관론도 비관론도 각각 타당성을 지니고 있어서 빨치산들의 심중엔 회오리가 일었다. 모두들 박태영의 의견을 듣고 싶어 했다. 박태영은

"마땅히 파르티잔 문제는 거론되어야 하고, 거론되지 않을 수 없다. 북쪽에서 거론하기만 하면 무슨 해결책이 나오겠지만, 과연 어떻게 될지 나도 추측할 수가 없다."

라고 말했다. 그런데 박태영의 심중엔 다음과 같은 말이 남아 있었다.

'만일 북쪽에서 파르티잔 문제를 거론하지 않는다면 그건 약삭빠른 계교를 꾸미기 위해서다. 북쪽이 파르티잔의 철수를 원하면 유엔군이 들어주지 않을 까닭이 없다. 그런데도 약삭빠른 계교를 위해 파르티잔 문제를 거론하지 않는다면 나는 놈들을 저주할 것이다.'

박태영이 추측한 대로, 그리고 막연히 걱정한 대로, 공산 측은 유격대의 운명에 관심을 가지려고 하지도 않았다. 한국 측, 유엔군 측도 긁어 부스럼을 만들 필요가 없으니 그 문제를 꺼낼 까닭이 없었다. 그뿐만 아니라 전선의 교착 상태를 이용해서 빨치산을 소탕하기 위한 본격적인 공세를 준비하고 있었다. 송요찬이 이끄는 수도사단, 백선엽이 이끄는 호랑사단, 신상묵이 이끄는 3개 전투 경찰대가 지리산에 속속 집결하고 있었다.

남부군은 이런 구체적인 사실을 알 수는 없었지만, 당연히 예상되는 군경의 대공세에 대비하기 위한 과제는 현저히 줄어든 병력을 어떻게 보충하느냐 하는 것이었다.

남부군은 월동 준비와 더불어 대대적인 '초모招募 사업'을 벌이기로 했다. 대대적으로 한다고 해보았자 한계가 있었다. 보급 투쟁에 나가 짐을 지고 오게 한 마을 청년들을 돌려보내지 않고 전투대에 편입시키는 방법이 있을 뿐이었다. 그러나 이것이 부질없는 짓이란 게 곧 판명되었다. 그 수가 많지 않고, 초모병은 사기와 전투 능력이 거의 없을 뿐 아니라, 첫째 체력이 지탱되지 않았다. 게다가 그들의 도주를 항상 감시해야 하니 이중의 부담이 되었다.

81사단 중 승리사단, 김지회부대에도 10명의 초모병이 배치되어, 그 중 3명이 김희숙 대대에 편입되었다. 이재문, 권동철, 성인혁 세 청년이었다. 이재문과 권동철은 머슴살이를 하는 사람이었고, 성인혁은 6년제 중학의 졸업반 학생이었다. 성인혁은 겨울 방학에 잠시 집에 돌아와 있다가 봉변을 당했다.

김희숙 대대장이 박태영에게 특히 지시를 내렸다.

"성인혁이라는 학생은 지주의 아들이라서 여간해선 사상을 고치기가 어려울 거요. 그러나 박 동무의 교화가 있으면 사상을 바르게 할 수 있을 거요. 특별히 노력하시오."

쉽게 말하면 박태영이 성인혁 감시 책임을 맡은 것이다.

박태영은 땔나무를 구하러 나갈 때나 연락 책임을 지고 사령부에 드나들 때나 성인혁을 동반했다. 성인혁은 그야말로 도살장에 끌려 온 양 같았다. 통 말이 없고, 큰 눈동자를 겁에 질린 듯 굴리며 박태영의 눈치만 살폈다. 박태영은 성인혁에게 조금이라도 음식을 많이 먹이려고 마음을 쓰고 따뜻하게 재울 궁리만 할 뿐, 김희숙 대대장이 지시한 '교화'라는 것은 엄두도 내지 않았다.

"산에서의 생활이 힘들겠지만 도망갈 생각은 말아요. 도망가려다간 최악의 사태가 벌어질지 몰라. 참고 견디면 좋은 일이 있을 거요."

박태영이 기껏 할 수 있는 말은 이 정도였다. 가난한 마을을 약탈해서 연명하는 빨치산 주제에 인민을 위한다는 말을 어떻게 내세울 수 있겠는가. 경찰과 군대에 몰려 내일의 운명을 모르는 처지에 어떻게 '최후의 승리' 운운을 입 밖에 낼 수 있겠는가. 마르크스·레닌주의를 아직도 신봉하고 있다 해도, 그런 처지에 어떻게 그 이론을 해설할 용기를 낼 수 있겠는가.

성인혁 등이 대대에 편입된 지 일주일쯤 지나서였다. 눈이 녹아 마른 풀이 보이는 양지에서 휴식을 취하는데, 성인혁이 무언가를 호주머니에서 꺼내 읽었다. 박태영이 무엇인가 하고 고개를 뻗어 보았더니 영어 단어장이었다. 와락 가슴에서 치밀어오르는 것이 있었다. 박태영이 물었다.

"상급 학교에 갈 작정이었소?"

"예."

성인혁이 보일 듯 말 듯 고개를 끄덕였다.

"그걸 좀 봅시다."

박태영은 그 단어장을 받아 들었다. 고운 글씨로 썩 잘 정리된 단어장이었다. 그걸 보며 박태영은, 성인혁이 비범한 두뇌의 소유자는 아니라도 신중하고 치밀한 성격일 것이라고 짐작했다. 비범한 두뇌의 소유자는 단어장 같은 것을 만들지 않는다. 그건 박태영 자신의 체험에서 얻은 결론이었다. 박태영은 중학생 시절 단어장 같은 걸 만들어본 적이 없었다. 한번 눈이 스친 단어는 그대로 두뇌에 흡수되기 때문이었다. 지금은 프랑스에 가 있는 이규도 그랬다. 중학교 시절 서로 그림자처럼 붙어 다녔지만 이규가 단어장을 만드는 걸 본 적이 없었다. 그러나 세상이 요구하는 것은, 단어장이 필요치 않은 비범한 두뇌보다 단어장을 만들어 공부하는 착실한 노력가일지 모른다.

단어장을 받아 든 이상 태영은 한마디 안 할 수 없었다.

"이왕 이런 걸 만들 바엔 단어를 하나하나 이렇게 적지 말고, 하나의 프레이즈句나 센텐스章로 해서 기억하는 게 편리할 거야. 가령 여기 프라우드proud란 단어가 있는데, 프라우드만 갖곤 '자랑하다.'가 되지 않아. 비 프라우드 오브be proud of라야 돼. 그러니 '프라우드'라고만 적지 말고 '아이 앰 프라우드 오브 마이 프렌드.'I am proud of my friend쯤으로 해놓으면 훨씬 이용하기가 쉽잖을까?"

성인혁이 놀란 표정으로 박태영을 보았다. 박태영은 성인혁의 시선이 눈부셨다.

"어쨌거나 공부를 한다는 건 좋은 일이다."

하고 태영은 단어장을 성인혁에게 돌려주었다.

그런 일이 있고부터 성은 주위에 다른 사람이 없는 틈을 타서 이것저

것 물었다.

"박 선생님은 어쩌다 이런 데 있게 되었습니까?"

이 질문에 대한 박태영의 대답은―.

"운명 아니겠소."

어느 땐 이런 질문을 했다.

"빨치산이 승리하리라 믿습니까?"

대답하기 대단히 곤란한 질문이었다. 그러나 박태영은 대답을 회피할 수 없었다.

"파르티잔의 승리는 자기 자신에 대한 승리가 되는 거요."

"무슨 뜻인지?"

"성군 자신이 생각해보구려. 나는 그 이상의 대답은 할 수 없소."

그동안 이렇다 할 전투는 없었으나 상당히 먼 거리까지 보급 투쟁을 나가지 않으면 안 되었다. 그런데 초모병들이 말썽이었다. 초모병 대다수가 막노동으로 체력을 단련한 사람들인데도 굶주림을 견디지 못하고, 산비탈을 달리는 주력과 지구력이 모자랐다. 게다가 거의 동상에 걸렸다. 한마디로 말해 단시일에 그들을 빨치산 생활에 적응시키기란 불가능했다.

그 초모병들과 대비해볼 때 박태영은 빨치산으로서의 자기 자신을 확인하고 스스로 놀랐다. 아무리 무거운 짐을 지고 가파른 비탈길을 뛰어올라도 숨이 차거나 다리가 아픈 느낌이 없었다. 게다가 하루이틀 굶어도 고통을 느끼지 않았다. 그냥 굶고 앉아 있는 것이 아니라 이틀을 꼬박 굶고 밤잠 자지 않고 무거운 짐을 지고 산과 골짜기를, 어떤 때는 밤낮을 통해 줄곧 달렸는데도 아무렇지도 않았다.

때와 사정에 따라 사람은 비둘기가 되기도 하고 맹수가 되기도 한다는 걸 관념적인 상식으로 알기는 했지만, 자기 자신의 변화를 통해 사람의 정신만이 아니라 육체도 필요와 훈련에 따라 상상할 수조차 없는 능력을 발휘하게 된다는 사실을 실감하고 새삼스럽게 놀랐다. 이렇게 비로소 빨치산적인 인간이 되었다는 자각은 박태영으로 하여금 복잡한 자의식을 갖게 했다. 무한한 자기 신뢰로 흐뭇해진 대신, 모처럼 얻은 자기 신뢰가 보람을 꽃피우기도 전에 절멸되지 않겠는가 하는 데 대한 허무감이었다.

12월에 갓 들어선 어느 날 박태영이 소속된 부대는 횡천면 남산리까지 보급 투쟁을 나갔다. 왕복 6십 리의 노정이었다. 태산 준령은 없었지만 꽤 가파른 고개가 많은데다, 남산리는 신작로를 통해 하동읍과 '자동차로 20분이면 올 수 있는 거리'로 인접해서 행동이 특히 신속해야 했다.

남산리는 유격대가 덮칠 줄 상상도 못한 곳이어서, 단시간에 상당한 보급량을 얻을 수 있었다. 7, 8명 젊은 청년들에게 짐을 지울 수도 있었다.

거기까진 좋았는데, 남산리에서 청학동 방면으로 넘어가는 고갯마루에서 초모병인 이재문이 도저히 걸을 수 없다며 눈바닥에 쓰러져버렸다.

"대신 짐을 져줘라."

분대장의 명령이 있어 그의 짐을 대원 하나가 맡아주었다. 그러나 이재문은 움직이지 않았다. 아니, 움직이지 못했다. 전신이 동상에 걸려 사지가 마비되었던 것이다. 누군가가 이재문을 업으려고 했지만 그는

"날 살려주시오. 이대로 내버려두시오."

하고 애원했다. 그대로 내버려두면 걸어서라도 집으로 돌아가겠다는

것이었다. 그러나 빨치산의 규칙과 사정상 그를 내버려둘 수도 없고 집으로 돌려보낼 수도 없었다. 대대장에게 의논했더니

"돌려보내라."

라는 결정을 내렸다. 그리고 대대장은 이재문의 처리를 민 모, 김 모란 두 대원에게 맡기고 명령했다.

"경찰대의 추격이 시작되었을 것이다. 빨리 움직여라."

그 자리에서 서성거리려는 성인혁을 재촉해 박태영은 밤길을 뛰었다. 바쁘기도 하지만 성인혁의 질문이 두려워서였다. 참으로 돌려보내느냐고 성인혁이 물을 것이 뻔했다.

대대장이 '돌려보내라.'고 한 말은 '죽여 없애라.'는 뜻이었다.

이튿날 잠에서 깬 성인혁이 박태영에게 물었다.

"재문인 집에 돌아갔을까요?"

"그걸 누가 알아."

박태영은 성난 얼굴을 했다. 성인혁이 사태의 뜻을 그때에야 알았는지,

"영원히 집에 돌아갈 수 없군요."

하고 고개를 떨구었다. 박태영은 그 모습이 하도 처량해서 무슨 위로의 말을 해줄까 했지만, 그런 말이 있을 수도 없고 그런 말을 찾아낼 수도 없었다. 성인혁은 눈물을 흘리고 있었다.

"눈물 닦아, 누가 볼라. 파르티잔은 울지 못하게 돼 있어."

"재문인 우리 집 머슴이었어요. 어릴 때부터 나하고 같이 자랐어요."

그날부터 성인혁은 고열을 내고 앓아 누웠다. 한 모금 마신 물까지 토해냈다. 박태영은 덜컹 겁이 났다. 만일 오늘 밤에라도 출동 명령이 있으면 성인혁은 죽어야 했다. 그 처치 책임이 자기에게 돌아오리란 것을 의심할 수 없었다.

박태영은 대대장을 찾아가 솔직한 심정을 털어놓았다.

"대대장 동무, 성인혁을 돌려보냅시다."

하고 성인혁의 병상을 설명했다.

"돌려보내?"

김희숙이 예사로운 태도로 말하자 박태영은 당황했다.

"처치하자는 게 아니라, 진짜로 집에 돌려보내잔 말입니다."

"박 동무, 무슨 소릴 그렇게 하는 거요."

김희숙이 눈꼬리를 치켜떴다. 박태영은 성인혁에 대한 동정심을 솔직하게 표명했다. 가만히 듣고 있더니 김희숙이

"왜 박 동무가 당원이 되지 못하는가, 될 수 없는가를 이제야 알았소. 만일 그런 감정에 사로잡혀 일을 처리한다면 빨치산은 그 즉시 허물어지오. 우리가 무엇 때문에 싸우는가를 동무는 알고 있을 게 아니오. 그런 자유주의적인 사상은 당장 버리시오. 당장 버리지 못하겠다면 나는 동무를 징계 회의에 회부하겠소."

라고 으름장을 놓았다.

"만의 하나라는 경우도 있지 않습니까. 나는 징계를 각오하고 성인혁을 돌려보내고 싶습니다. 그를 돌려보내면 자유주의 사상을 말쑥이 청산하겠습니다. 어떤 책벌이라도 받겠습니다. 전 세계 파르티잔 역사에 오직 하나의 예외가 될지 모르지만 그 사람을 돌려보냅시다."

"어이가 없군, 참말로. 그 사람을 돌려보내면 결과가 어떻게 될지 알고 하는 말이오?"

"우리 부대가 청학동에 있다는 사실은 경찰이 벌써 알고 있을 테니, 그가 돌아간다고 해서 더 위험할 건 없지 않겠습니까."

"답답하군."

억누른 음성이긴 했지만 김희숙의 소리는 날카로웠다.

"우리의 위치가 문제가 아니라, 약체가 되어 있는 우리 부대의 내용이 경찰에 알려질 것 아니오. 그렇게 되면 경찰이 가만있지 않을 것이오."

"성인혁은 우리 부대의 내막을 잘 모릅니다."

"그럼 박 동무는 그 초모병의 생명과 생명을 맞바꾸어도 좋단 말인가?"

"그런 심정입니다."

"심정만 갖곤 안 돼."

"각오도 있습니다."

"꼭 그렇다면 당장이라도 좋으니 성인혁을 데리고 도망치시오."

박태영은 멍청히 김희숙의 얼굴을 바라보았다. 김희숙이 말을 이었다.

"도망치면 박 동무는 체포해서 총살하고, 그 대신 성인혁은 도망치게 내버려두겠소."

그 말이 결코 농담이 아니라는 것을 박태영은 김희숙의 눈빛을 보고 판단할 수 있었다.

"당장 실행해요."

"도망치재도 성인혁은 높은 열로 정신이 몽롱합니다."

박태영은 조용히 말하고 고개를 숙였다. 김희숙이 한참 동안 말없이 박태영의 목덜미를 노려보더니 뚜벅 말했다.

"박 동무 마음 잘 알았소, 어떻게 처리하건 우리가 이곳을 떠날 때까지 기다리시오."

바로 그날 밤에 있었던 일이다.

'유명순'이란 여자가 김희숙 대대장을 찾아왔다.

다음은 훗날 박태영이 들은 대로 적은 유명순 스토리이다.

유명순은 경남 도당 유격대에 속한 여성 대원이었다. 고향은 함경북도 경성이다. 전쟁이 시작되자 문화 공작대의 일원으로 경남에 파견되어 주로 진주, 하동 지구에서 여맹 일을 도왔다. 북괴군이 후퇴할 즈음 어쩌다 길을 잘못 들어 북진하지 못하고 지리산에 머물러 하동 군당과 행동을 같이하게 되었다.

박태영이 본 바엔 처염凄艶하다는 표현이 알맞을 정도로 유명순은 미인이었다. 빨치산의 넝마 같은 옷을 두르고 있어도 그 아름다움은 그냥 빛났다. 그런데다 용기가 있고 신념도 굳었다. 경남 도당 유격대의 여왕이었다.

1951년 정월 경남 유격대가 화개장터를 습격했다. 그때 유명순은 남자 대원 둘과 함께 경찰대에 생포되었다. 발꿈치에 총상을 입고 개천 언덕 밑에 인사불성이 되어 있는 유명순을 경찰이 붙잡은 것이다.

경남 유격대는 유명순 등 세 대원이 돌아오지 않자 죽은 것으로 치고, 특히 유명순의 죽음을 애통하게 여겼다. 전 대원의 사기가 일시 저상될 만큼 유명순을 잃은 사실은 경남 유격대에 커다란 타격이었다.

그런데 같이 생포된 남자 대원 둘은 총살당했지만 유명순은 살아남을 수 있었다. 본인이 그것을 희망한 것이 아니라, 사태의 추이로 그런 결과가 되었다. 유명순이 생포되어 끌려간 곳은 하동경찰서 악양지서였다. 악양지서는 당시 그 방면 전투 경찰의 본부였다. 경찰관들 모두가 그녀의 아름다운 용모와 맵시에 감탄을 금할 수 없었다. 그런 가운데서도 '서'라는 총각 경찰관은 그녀에게 홀딱 반했다.

서 순경은 악양지서장과 전투 경찰대장에게 그녀의 구명을 탄원했다. 어떻게든 개과천선시켜 자기의 아내로 삼겠노라고 한 것이다. 지서장과 경찰대장은 미모의 여자를 죽이기가 마음 내키지 않는데다가 그런 탄원이 들어왔으니 고려해보기로 했다. 자신 있게 그 여자를 개과천선시킬 수만 있다면 시일의 여유를 줄 터이니 그렇게 해보라는 허락이 서 순경에게 내려졌다.

서 순경은 유명순에게 성의를 다했다. 서 순경이 무슨 말을 어떻게 했는지, 그녀는 생포된 지 한 달 만에 모든 과거를 청산하고 서 순경과 결혼할 의사가 있다는 것을 밝혔다.

이윽고 동료 경찰관들의 축복 속에서 결혼식이 있었다. 지서를 둘러싼 방책 가운데 신방을 차렸다. 이윽고 유명순은 임신했다. 그녀는 다른 경찰관 부인들과 잘 어울리기도 하고, 남편에 대한 내조에 정성껏 노력하기도 했다. 물론 경찰 일도 도왔다.

유명순은 사내아이를 출산했다. 그렇게 되기까지도 어느 누구 하나 유명순을 의심하지 않았는데, 아들을 낳고부턴 그녀의 전력이 빨치산이란 사실까지 모두 말쑥이 잊게 되었다.

어린아이가 출생한 지 21일이 되었다. 이른바 '삼칠일'이라 하여 서 순경 숙소에서 조촐한 잔치가 있었다. 대부분의 지서 직원들이 거나하게 취했다. 그중에서도 서 순경은 많이 취했다. 어린애의 '삼칠일'이라고 해서 근무를 면해주었기 때문이다.

자정이 지났을 무렵 유명순이 술에 취해 떨어져 자는 서 순경을 목을 졸라 죽였다. 이어 아이도 목을 졸라 죽였다. 방 안에 세워둔 서 순경의 총과 탄환을 챙겨 가지고 밖으로 나가, 미리 봐둔 대울타리 일부를 부수고 방향을 잡아, 논두렁 밭두렁을 기어 산으로 달렸다.

그렇게 해서 용하게 보초선까지 넘어 승리사단의 소재를 수소문해 김희숙 대대장을 찾아온 것이다.

김희숙 대대장을 찾아온 이유는 두 가지였다. 하나는, 유명순과 김희숙은 원래 친구라는 것이고, 다른 하나는, 거의 1년이나 지나 복귀할 경우 당연히 생길 문제를 최고 사령관을 통해 한꺼번에 해결하고자 한 것이다.

어딘가에서 잠복해 있다가 원대에 복귀한 사정과는 달랐다. 위장이라고 해도 경찰관과 결혼해 아이까지 낳았다. 그 경찰관 남편과 어린애를 죽이고 왔다고 해도 '생포되어 항복한 자는 죽인다.'는 불문율을 감당하기 어렵다. 더욱이 도당에선 '상위자의 심상을 상하게 하지 않을까.' 하는 염려 때문에도 군법을 엄하게 시행하지 않을 수 없었다.

유명순이 이러한 사정까지 고려하고 김희숙 대대장을 찾았다는 것은 그 후 그녀가 한 진술을 통해서도 알 수 있었다. 그녀가 입 밖에 낼 리는 없었겠지만, 그녀는 자기의 미모를 계산에 넣은 것 같기도 했다. 최고 사령관이 자기의 미모를 모르면 도당의 품신에 간단하게 대응해 처벌에 동의해버릴 수 있겠지만, 일단 자기를 최고 사령관이 보기만 하면 그럴 수 있을 것이라는 계산이었다.

어떤 내막이 있었는지 알 수 없지만, 유명순은 경남 유격대로 돌아가지 않고 남부군사령부 정치부에 배치되어 채선희를 돕게 되었다. 한때 '유명순은 국기 훈장감'이란 말이 돌기도 했다. 이유와 사정이 어쨌건 남편과 아이를 죽인 여자가 당에 충성했다는 이유로 높이 평가받았다는 사실을 박태영은 잊을 수가 없었다.

어떤 파렴치, 어떤 추행, 어떠한 배신도 당을 위하는 것이면, 또는 당을 위한 것이라고 해석되기만 하면 용서받는 정도를 넘어 훈장을 받는다.

이런 상황 속에서 박태영이 성인혁을 도와 탈출시키려고 했으니 김희숙 대대장의 분노를 짐작할 만했다.

그로부터 얼마 지나지 않아 남부군의 작전이 시작되었다. 이때 김희숙이 박태영을 불러 말했다.

"성인혁 처리는 동무에게 맡기겠다."

출동에 앞서 박태영은 성인혁을 후미진 바위 틈으로 데리고 가서 자기의 가장 값진 '월동 준비'라고 할 수 있는 담요로 그의 몸을 싸주고, 쌀 서너 줌을 쥐어주며 가만히 말했다.

"성군, 우리는 출동한다. 그러나 오늘 밤엔 꼼짝 말고 여기서 밤을 새워라. 그리고 내일 대낮에 산에서 내려가라. 우리가 없어지면 군경도 이 근처에서 없어질 것이다."

그러자 성인혁이 박태영의 팔을 붙잡고 호소했다.

"박 선생님도 같이 남읍시다. 아버지에게 부탁해서 어떻게든 박 선생님을 살리도록 할 테니까요."

박태영이 붙잡힌 팔을 홱 뿌리쳤다.

"성군과 나는 사는 세상이 다르다."

이 말을 남기고 박태영은 어둠 속으로 사라졌다.

당시 남부군은 자기들을 둘러싼 정세를 어느 정도 알고 있었을까.

12월 들어 한국 정부는 대대적인 공비 소탕전을 계획하고 있었다. 당시의 기록을 간추리면—.

• 12월 1일. 후방 지역에서 준동하는 공비를 완전 소탕하기 위해 충남, 전라, 경남 일부 지역에 계엄령을 선포했다.

• 12월 3일. 밴플리트 사령관, 지리산 지구 공비 토벌 작전을 시찰했다.

이 치안국장, 전라도를 시찰하고 돌아와서, 공비로서 귀순한 자가 연일 속출하고 있다고 담화를 발표했다.

• 12월 5일. 지리산 지구 공비 소탕전, 남북으로부터 탈출로를 차단하고 서서히 진격 중에 있다.

• 12월 5일. 이 대통령이 12월부터 개시된 지리산 지구 공비 소탕전에 관해 특별 방송을 통해 국민의 협력을 호소했다.

• 12월 6일. 현재 공비 소탕 결과는 사살 562명, 생포 348명, 귀순 20명, 총기 노획 200정.

• 12월 10일. 지리산 지구 소탕전 포위망을 압축해 공비를 포착 섬멸 중. 지리산 지구 남쪽에서 국군 기동 수색대, 적 제7연대 본부를 기습해 연대장 및 작전 주임을 포함한 96명을 생포했다. 경남 사찰 유격대 종합 전과(1월부터 11월 말까지)는 사살 777명, 생포 359명, 귀순 20,916명, 총기 노획 630정.

• 12월 11일. 현재 지리산 지구 공비 토벌 결과는 사살 1,263명, 포로 1,751명, 귀순 159명.

• 12월 12일. 백선엽 야전 전투 부대, 지리산을 중심으로 하는 일대에서 수색전을 계속하는 한편 각지에서 잔적의 거점을 급습.

• 12월 14일. 지리산 지구 공비 소탕전 일단락. 계속해 수색전 전개. 8일부터 14일까지의 전과는 사살 825명, 생포 1,031명, 귀순 138명, 아군 피해는 전사 40명, 부상 16명, 행방 불명 1명.

• 12월 28일. 지리산 잔비 소탕전 활발하게 진행 중. 15일부터 28일까지 적에게 가한 인적 손해 3,609명.

이상의 기록이 어느 정도 정확한지 알 수 없지만, 지리산의 빨치산들이 곤경에 처하게 되었다는 사실만은 이로써 알 수 있다.

학동골에서 머물 때였다. 이태는 정치위원 이봉관에게 불려갔다.

이봉관은 사단장 김복홍과 같은 막사를 쓰고 있었으나, 그 무렵엔 매일 아침 일어나는 즉시 천막을 걷고 짐을 꾸려 언제나 출동할 수 있는 태세를 갖추었기 때문에 낮엔 막사가 없었다. 이봉관은 막사를 거둔 자리에서 햇볕을 죄며 사단장과 얘기를 나누고 있다가, 이태가 옆으로 가자 말했다.

"아직 기밀이지만 수일 내로 저 산을 넘어 악양岳陽을 습격할 계획이오. 57사단까지 동원하는 대규모 작전이오. 그래서 동무에게 과업을 주겠소. 출격할 즈음에 전체 대원들에게 읽어줄 격문을 하나 써주시오. 이번 작전의 주목적은 제2전선 강화와 월동 준비, 이 두 가지요. 이 작전의 취지를 대원들에게 고취하자는 것이오."

"알겠습니다."

"월동 준비는 전력의 유지와 그 제고를 위해서 긴급히 요망되는 과제요. 그동안 지리산을 일주하면서 대상지를 물색했는데, 결국 악양을 공략하기로 했소."

"네."

"요즘 국군의 대공세가 있을 것이라고 해서 대원들이 걱정하는 모양인데, 그건 빨치산의 사명과 의무를 모르기 때문이오. 최근 정전 회담이 진척됨에 따라 주저항선에서는 서로 유리한 점령 지역을 확보하기 위해 격전이 벌어지고 있소. 그러니 그 주저항선의 적 병력을 단 한 사람이라도 더 후방으로 돌리게 하는 것이 우리의 당면 과제란 말이오. 그런 뜻에서 국군의 대공세는 우리가 환영할 일이지 걱정할 일이 아니오. 사단 병력의 적을 지리산에 붙들어두면 우리는 1개 사단의 역할을 하는 셈이고, 1개 군단 적 병력을 붙들어두면 우리는 1개 군단의 구실을 하게 되지 않겠소. 고작 2, 3백 명의 남부군이 전멸한다고 해도 충분히 타산이 맞는단 말이오. 알겠소?"

"알겠습니다."

이봉관은 유인물 한 장을 꺼내놓고 말을 이었다.

"이걸 보시오. 김일성 수령 동지께서, 전후방에서 활동 중인 영용한 빨치산들이 투쟁력을 일층 강화해 적의 참모부를 습격하고 도로와 교량을 파괴하고 군사 수송을 위협하는 과업을 더욱 과감히 하라는 메시지를 보내왔소. 최후의 피 한 방울까지 조국과 인민, 당과 수령에게 바칠 때가 온 것이오."

그 유인물은 고학진 무전사가 받은 중앙통신이었다. 이봉관은

"일개 면사무소 소재지를 공격하는 것이지만 그 의미는 이렇게 크단 말이오. 최근 적의 병력 이동이 빈번하다니, 어쩌면 큰 격전이 될지도 모르오. 듣기만 해도 피가 펄펄 끓을 명문을 만들어보시오."

"국군의 공세가 시작되는 겁니까?"

"아직까진 그렇지 않은 모양이오. 경찰만 이동하고 있다는 정보요."

12월 5일, 맑은 날씨의 싸늘한 바람 속에서 하루 해가 곱게 저물어가고 있었다. 학동골에선 악양으로 출격할 남부군 직속 유격대가 전투 채비를 하고 사령관 이현상의 사열을 받았다.

81사단이 우익, 92사단이 중앙, 57사단이 좌익에 섰다. 57사단은 경남 도당 유격대이다. 그 총병력은 350명. 그러나 이 가운데 사령부와 각 사단의 본부 요원, 병약자, 불구자들이 섞여 있기 때문에 순수한 전투 요원은 3개 사단을 통틀어 2백 명이 넘지 않았다. 이를테면 세계 전사에 있어보지 못한 '미니 군단'이며 '미니 사단'이었던 것이다.

사열 후 이현상의 훈시가 있었다.

"친애하는 형제 자매들이여! 친애하는 동지, 친애하는 동무들이여! 용맹한 인민의 전사들이여! 찬란한 조국의 골육들이여! 우리는 지금 영예로운 삶을 찾아 출발한다. 조국과 인민의 생명에 귀일할 때 거기 영예로운 삶이 있다. 오늘의 전투에 성공적으로 승리하는 것은 우리의 무궁한 장래를 약속받는 것이 된다. 그런데 그 승리가 우리의 눈앞에 있다. 동무들은 일당백, 일당천, 일당만 하는 백전의 용사들이 아닌가. 나는 동무들의 승리를 믿어 의심하지 않는다. 그 승리가 인민의 역사, 조국의 역사에 빛나리라는 것을 의심하지 않는다. 동무들 앞엔 오직 승리가 있을 뿐이다. 영광이 있을 뿐이다. 회오리처럼 빠르게, 독수리처럼 대담하게, 표범처럼 용맹하게, 그리고 신중하게 최선을 다하기 바란다. 우리 남부군의 명예가 동무들 한 사람 한 사람의 어깨에 걸려 있다는 것을 촌각인들 잊지 말라……"

사령관의 훈시가 끝나자 이봉관 정치위원이 나서서 소리 높여 격문을 낭독했다. 이태가 작성한 격문이다.

"동무들이여! 우리의 사명은 지극히 중대하다. 동무 하나하나가 일개 사단이며 군단이다. ……조국과 인민을 위해서, 당과 수령을 위해서 원수를 박멸하는 포탄이 되자. 원수를 모조리 태워 없애는 위대한 불꽃이……"

이 격문은 이봉관이 매우 마음에 들었던지, 낭독이 아니라 암송을 했다. 어둠이 깔린 속에서 연필로 적은 글이 보일 까닭이 없었다.

이어 참모장으로부터 작전상의 구체적인 지시가 있었다.

마지막으로 「아침은 빛나라, 이 강산!」 노래와 함께 충성을 다짐한 후 남부군은 한 대 한 대 악양 분지를 향해 어둠이 깃든 산맥 속으로 빨려들어갔다.

밤사이 악양 분지를 포위한 각 사단은 동이 트면서부터 일제히 공격을 개시했다. 산과 들에 허옇게 서리가 깔려 있었다.

이태는 악양 동쪽 구재봉 중턱에 자리 잡은 81사단 지휘부에 앉아 앞뒤에서 전개되는 공방전을 관전했다.

구재봉 정상에선 81사단 제2연대가 바위를 의지하고, 하동읍 방면에서 내원한, 분명히 국군으로 보이는 대부대의 공격을 저지하고 있었다.

분지 서쪽 형제봉 능선에선 92사단이 포진하고 구례, 광양 방면으로부터 온 국군 증원병과 격전을 벌이고 있었다.

남쪽으로 섬진강이 흐르고 있었다. 그 강 건너에 광양 백운산의 웅장한 모습이 보였다. 북쪽은 지리 연봉이다.

구재봉 바로 아래선 57사단이 지서를 포위하고 총격을 가했다. 박격포까지 쏘아대는 맹렬한 공격이었으나, 경찰 측은 완강한 저항을 계속했다. 물러설 기미가 조금도 보이지 않았다.

그렇게 전투가 계속되는 동안 하루 해가 저물었다. 밤이 되었다. 신호탄이 아래위에서 꽃밭을 이루었다.

지휘부에 초조한 기분이 감돌았다. 이태는 그런 기분까지를 합쳐 냉철한 관찰력을 동원했다. 전기 책임자로서의 자각이 있기 때문이었다.

밤사이 비전투원으로 구성된 교도대는 분지 마을에서 약탈한 식량과 기타 물자를 북쪽 시루봉 방면으로 날랐다.

날이 새자 후퇴 명령이 하달되었다. 꼬박 일주야에 걸친 전투를 치르고도 악양 지서를 점령하지 못한 채 빨치산들은 썰물 빠지듯 북쪽을 향해 퇴각을 개시했다.

"구재봉 정상의 부상자들을 수습해 시루봉으로 철수하라."

사단장이 이태에게 내린 명령이었다. 이태는 그 명령에 따라 구재봉 정상으로 올라갔다. 그곳엔 참담한 광경이 전개되어 있었다. 일개 대대라야 기껏 30여 명의 병력인데 10여 구의 시체가 뒹굴고 있었다. 게다가 10여 명이 부상을 당해 땅바닥에 쓰러져 신음하고 있었다.

"대대장 동무."

이태가 나직이 불렀다.

바윗돌 사이에서 김희숙이 얼굴을 내밀었다.

"철수 명령입니다."

이태가 명령을 전달했다.

"거기 그렇게 서 있지 말고 바위 뒤로 와요."

김희숙의 말이었다.

그곳 정상엔 바윗돌 몇 개가 연꽃 모양으로 솟아 있었다. 그 바위 틈에 의지한 30여 대원들을 향해 집중 포격이 퍼부어지고, 국군 돌격대가 시퍼렇게 산을 덮을 정도의 병력으로 정상을 향해 육박해왔다고 했다.

"대강 이쪽을 막아놓고 57사단을 지원해 악양지서를 습격하려 했는데 집중 포격 때문에 움직일 수가 있어야지."

하고 김희숙이 혀를 끌끌 차고 명령을 내렸다.

"철수 명령이다."

그러자 저쪽 돌무더기에서 박태영이 모습을 드러내고, 박기선이 반대쪽에서 이태가 있는 쪽으로 기어왔다.

"철수하는데 부상자들을 어떻게 한담."

김희숙이 잠깐 생각하더니—.

"도저히 걸을 수 없는 대원은 손을 들어봐."

세 사람이 손을 들었다. 김희숙은 건장한 대원 세 사람을 차례로 호명하더니 말했다.

"동무들은 저 사람들을 업고 떠나요. 목적지는 시루봉."

그리고

"보행 가능한 부상자는 저쪽으로 기어가."

하고 서쪽을 가리키며 명령했다.

"나머지 대원은 부상자들이 사각지대로 옮겨질 때까지 엄호해."

이태는 보행 가능한 부상자들을 이끌고, 남은 8, 9명 대원이 백 미터 아래쯤에 기어붙은 국군을 막는 동안에 사각이 되는 서쪽 사면을 따라 철수하기 시작했다. 집결 장소인 시루봉 밑 청학동골까진 20리 산길을 걸어야 했다.

부상자들의 걸음은 지지부진했다. 금세라도 국군이 뒤따라올 것 같아 초조하고 불안했다. 이따금 삼삼오오 능선을 철수해오는 81사단의 다른 연대원들을 만났다. 그들은 말없이 바쁜 걸음으로 청학동골을 향해 사라져갔다.

한참을 걸었을 때 김희숙 대장이 이끄는 대원들이 뒤따라왔다. 그 가운데 박태영과 박기선의 얼굴이 있었다.

"나 먼저 가오."

하고 김희숙이 지나가버렸는데, 박태영과 박기선은 걸음을 느리게 하여 이태와 부상자들의 동행이 되었다.

"부상이 없었으니 다행이군."

이태가 두 사람을 향해 말했다.

"나는 불사신이오."

박태영이 말했다.

"그놈의 포탄이 꼭 내 있는 곳만 피해 떨어지는 거라."

박기선이 말했다. 그 이상의 말은 없이 묵묵히 걸었다.

부상자 가운데, 덕유산 이래 이태와 같은 소대에 있던 배준근이란 경상도 청년이 있었다. 배준근은 어깨에 심한 파편상을 입어 피투성이가 되어

"목이 타서 죽겠다. 눈 한 움큼만 집어달라."

라고 이태에게 졸랐다. 혼자선 몸을 구부리지 못했다.

출혈이 심하면 갈증이 나게 마련이다. 그러나 물을 마시면 출혈이 멎지 않는다. 그래서 부상자들에게는 물이 아주 금물이었다.

"안 돼."

이태는 결연했다.

"보소, 이태 동무. 내사 물이나 실컷 묵고 죽을란다. 사정 좀 봐다고. 암만 해도 못 참겠다."

이렇게 자꾸만 졸라대는 배준근을 억지로 떠밀고 가는데 문득 보니 다른 부상자 하나가 어느새 집어 들었는지 눈덩이를 어적어적 씹고 있었다. 이태는 사정없이 그것을 뺏어 팽개쳤다. 그 부상자는 핏발 선 눈으로 이태를 원망스럽게 쏘아보았다.

그때 이태는 어깨의 총을 내려 들었다. 총을 다른 어깨에 바꿔 멜 참이었다. 그런데 그 부상자가 발악을 시작했다.

"쏘시오! 쏴요! 어차피 살고 싶지도 않은데 잘됐어."

위협이 먹힐 한계를 벗어나 있었다. 그 부상자는 자꾸만 쏘라고 덤벼들었다. 이태는 조용한 말로 타일렀다.

"동무의 생명을 위해서 그러는 거요. 우리, 용기를 냅시다. 조금만 더 가면 비상선이 나올 거요. 거긴 위생병들이 있을 거요."

그래도 그는 막무가내였다.

"놔둬요. 죽어도 내가 죽는데 무슨 간섭이란 말요."

그러자 물이나 실컷 먹고 죽겠다던 배준근이 그 부상자를 윽박질렀다.

"이놈아가 영 사상이 글러먹었대이. 빨치산은 인민의 무력 아니가. 니 목숨이몬 니 맘대로 할 낀가?"

눈덩이를 뺏긴 부상자는 시무룩해 고개를 떨구고 말없이 따라왔다.

청학동골에 이르러보니 이틀 동안 운반해놓은 쌀가마가 수북히 쌓여 있었다. 사령부의 후방부장이 쌀을 빈 가마니에 두세 말씩 갈라 넣어 묶어서, 짐 없이 오는 대원이 지게 하고 있었다.

부상자는 여성 대원이 호송하게 되었다. 부상자를 인계한 후 이태는 쌀가마니 하나를 받아 지고 시루봉 고개로 향했다. 시루봉 천 미터 고지로 올라가는 고갯길은 지그재그를 그으며 한없이 멀었다.

겨우 고갯마루에 올라섰다. 그런데 짐을 지고 끌고, 무질서하게 흐트러진 대열이 다시 학동골로 향하고 있었다. 그건 이미 군대의 대열이 아니고 피란민떼를 방불케 하는 광경이었다.

가까스로 학동골 아지트 자리에 짐을 풀고 잠시 숨을 돌리는데 별안간 박격포탄이 날아들었다. 81밀리 포탄이 기관총탄처럼 퍼부어졌다. 학동 골짝은 삽시간에 아비규환의 도가니가 되고 말았다.

시루봉에서 구재봉으로 뻗은 능선의 동쪽, 즉 하동읍 방면에서 국군이 붙어온 골짝이 바로 학동골 아래 골짝이었으니 학동골이 온전할 까닭이 없었다. 지형과 지물, 상대방의 동향을 잘 살피지 못한 중대한 작전 착오였다.

무질서한 대열을 정돈할 겨를도 없이 빗자루에 쓸리듯 대원들은 북쪽 능선으로 달려 올라갔다. 버려진 쌀 가마가 여기저기 뒹굴었다. 포

탄 파편에 뱃가죽이 터져 창자를 한아름 쏟아놓고 신음하는 젊은 대원이 의식은 남았는지,

"위생병 동무……."

"대장 동무……."

하고 가냘프게 외치다가 스르르 눈을 감아버렸다.

황망한 속에서도 이태가 그 젊은 대원의 최후를 지켜본 것은, 전기 책임자니 뭐니 하는 책임감 때문이 아니고, 이틀 밤 눈 한번 붙이지 못한 피로를 동반한 허탈감 때문이었다.

국군 부대는 곧 학동골을 점령하고 북쪽 능선으로 추격해 올라갔다.

겨우 대오를 수습한 김희숙대대가 반격을 가했다. 그 틈을 이용해 남부군은 거림골을 향해 바람처럼 행적을 감추었다.

악양전투에서 입은 인적 손해는 이만저만이 아니었다. 그런데 학동골까지 운반해놓은 쌀을 몇분의 일도 거림골로 옮기지 못했으니 결국 손해만 본 전투였다. 그런데 그때까지도 남부군은 그것이 국군의 본격적인 동계 작전의 시작이란 걸 몰랐다.

거림골엔 여순사건 때 반란군이 무기를 비장해두었대서 '무기고트'라고 불리는 곳이 있었다. 남부군은 그곳에 집결해 대열을 정비했다. 그리고 숙영 준비를 시작했다.

전사들에겐 편제가 곧 힘으로 통한다. 뿔뿔이 철수하는 무질서한 상태에서 국군의 급습을 받아 지리멸렬하게 되었지만, 대열 정비를 마친 순간부터 다시 전력을 되찾게 되었다.

그날 저녁 무기고트 자리에 산죽을 베어 초막을 만들었다. 장기 숙영을 할 계획이었다. 그런데 눈에 파묻혀 얼음이 엉겨붙은 산죽을 베고

칡덩굴을 걷어와 엮는 힘겨운 작업을 마쳤을 즈음에 갑자기 출발 명령이 내려졌다. 경찰대가 거림골 어귀에 들이닥쳤다는 정보가 날아든 것이다.

기동을 못하는 부상자들은 산죽 초막에 남겨놓고, 이미 자정이 넘은 암흑의 산맥을 또다시 오르기 시작했다.

대성골을 가로질러 의신마을 외곽 능선에 도달했을 땐 먼동이 트고 있었다. 여기서 기습전을 감행했다.

대원들은 사흘 밤을 뜬눈으로 새운 셈이지만 이미 익숙해져 있는 지형지물을 이용해 잘 싸워서 외곽 능선의 경찰대를 몰아내고 의신마을에 들어가 아침 식사를 할 수 있었다.

문춘 참모가 특히 전기에 잊지 말고 기록하라고 한 홍재유 소년 용사의 분전이 이 전투 때에 있었다.

능선의 적 기관총 때문에 우군 사상자가 속출하자 홍재유 소년이 단독 포복 전진으로 능선에 기어올라 기총 사수를 발로 걷어차고 경기관총을 끌어안고 산비탈을 내리굴러온 것이다.

의신에서 아침 식사를 마치고 주능선인 벽소령을 향해 걸었다. 그날 저녁 남부군은 벽소령 아래 삼점골에서 국군 중대 병력을 기습해 또 한 번 격전을 벌였다.

그곳은 서너 집이 살고 있던 마을터였다. 초가 지붕처럼 생긴 회색 바위 덩어리가 몇 개 있었다. 그 바위 언저리에서 숙영 준비를 하고 있는 국군을 남부군이 습격한 것이다. 10분쯤 사격하자 국군은 흩어져 달아났다. 그것을 보고 남부군은 꽃대봉과 반야봉 중간 능선으로 철수했다.

남부군이 주능선에 올라섰을 때 황혼이 깔렸다. 겨우 한숨 돌리는데 난데없이 비행기 한 대가 날아와 상공을 선회하더니 기총 소사를 한바탕 하고 사라졌다.

비행기가 돌아간 얼마 후 솔밭 사이로 총탄이 날아들었다. 총소리가 계곡을 요란하게 울리고 날은 이미 어두워졌다. 토벌군이 공격해오는 방향조차 판별할 수 없었다.

이태는 움푹 팬 지형을 골라 그 속에 엎드려서 가만히 상황을 살폈다. 총탄이 사방에서 날아오는 듯 느껴졌다. 대원들은 솔밭에 흩어져 동서남 세 방향으로 덮어놓고 사격을 해댔다. 날아오는 탄환이 적탄인지 우군의 총탄인지조차도 분명치 않은 혼전이었다.

잠시 후 남부군은 뱀샛골로 뻗어내린 지능선支稜線을 향해 은밀히 빠져나가기 시작했다. 이윽고 총성이 멎고 능선 일대는 일시에 바닷속처럼 고요해졌다.

산맥과 어둠과 바람 소리만 남은 그 태고와도 같은 정적 속을 발 소리를 죽이며 걷는 빨치산들의 흉중에 오가는 상념들은 어떠한 것이었을까.

마을과 도시에는 가족들의 단란이 있을 것이고, 젊은 애인들의 사랑의 교환도 있을 것이다. 어린이는 따스한 온돌방에서 색색 잠들어 있을 것이고……. 바로 그런 시각에 이곳 1,500고지에선 죽음의 혈투를 벌이고 있는 것이다. 이태는 이런 삭막한 심정을 전기 속에 어떻게 기록해야 할까 생각을 되씹었다.

드높기만 한 하늘에선 차가운 별들이 빛나고 땅은 희끄무레한 눈빛이었으나, 그 무렵은 음력으로 그믐께여서 지척을 분간할 수 없이 어두웠다.

그 속을 얼마를 어떻게 걸었는지, 숙영 명령이 내려졌다.

숙영이래야 청솔 가지를 꺾어 눈을 털어 눈 위에 깔고 그대로 눕는 것이었다. 그래도 사흘 낮 사흘 밤 잠을 못 잔 빨치산들은 시장기와 추위에 아랑곳없이 눕자마자 깊은 잠에 빠져들었다.

그런 가운데서 이태는 두 대원과 함께 사단장의 명령을 받았다. 그날 밤 초입에 꽃대봉전투에서 부상을 입은 부상자들을 뱀샛골 어딘가에 있는 남부군 환자트에 데려다주고 오라는 명령이었다. 부상자 가운데 한 사람은 승리사단 당시 서울부대의 구분대장이었던 민청 지도원 연길수였다.

그 환자트의 위치를 안다는 대원 한 사람과 다른 대원에게 연길수를 부축하게 하고, 일행 6명이 어두운 산비탈을 더듬다시피 하여 뱀샛골로 내려갔다. 그런데 낮에도 찾기 힘든 비밀 아지트를 밤에 찾아낸다는 건 쉬운 일이 아니었다.

오른쪽 지능선 쪽으로 비슷비슷한 골짜기가 수없이 갈라져 있었다. 한 시간쯤 계곡을 따라 내려간 후부턴 길을 안다는 대원이 앞장서서 그 가지 골짜기支谷를 서너 번이나 더듬어 올라갔다가 내려왔다.

그중 어느 골짜기에 환자트가 있는데, 골짝들이 엇비슷할 뿐 아니라 그 대원이 환자트에 들른 것이 낙엽이 지기 전이어서 밤눈에 도무지 대중을 잡을 수 없는 모양이었다.

연길수는 심한 신음 소리를 내며 고통을 호소하고, 그를 업고 가는 대원은 그 추위에도 비지땀을 흘렸다. 다른 부상자들은 눈에 미끄러지고 돌을 헛디며 몇 번씩 곤두박질치며 비명을 올렸다. 악양 전투 이후 이틀 동안에 의신마을에서 아침 한 끼 먹었을 뿐이니 시장기도 말이 아니었다.

그럭저럭 또 한 시간가량 내려갔을 때 앞쪽에서 풀섶을 헤치는 사람

기척이 있었다. 이쪽이 걸음을 멈추자 저쪽의 소리도 뚝 그쳤다. 그러니 산짐승은 아니다. 밤중에 이런 곳에 적정敵情이 있을 것 같진 않아 총을 내려 들며 이태가 낮은 소리로 말했다.

"누구냐."

대답이 없었다. 약간 사이를 두고 다시 말했다.

"누구냐? 군호를 대라!"

그때에야 다시 사람 기척이 나더니 낮은 소리로 되물어왔다.

"동무요? 우리는 먼 데서 온 사람이오."

국군은 '암호'라는 말을 쓰고 인민군은 '군호'라는 말을 썼다. 그래서 저쪽도 이쪽을 대강 짐작한 것이다.

"먼 데서라니, 군사 칭호를 대시오."

"계룡산에서 연락차 온 사람이오."

"계룡산?"

"예, 충남 도당이오. 동무들 소속은 어디요?"

"우린 남부군사령부요."

"옛? 남부군요?"

그들은 충남 도당 위원장의 연락원으로 남부군을 찾아오는 세 군관이었다. 넓고 복잡한 지리산에서, 그것도 깊은 밤중에 정말 있기 어려운 기우라고 아니할 수 없었다. 그 세 사람은 뛸 듯이 반가워하며 길 안내를 부탁했다.

"동무들, 지리산이 첨이오?"

"그렇소. 동무들을 못 만났으면 큰 고생 할 뻔했소. 아주 막막하던 참이오."

"고생보다 지금 여기선 군 작전이 시작되어 야단이오. 하마터면 큰

일날 뻔했소.”

“아아, 그렇습니까. 한데 이현상 사령관 동지는 별고없으신가요?”

“네. 충남 형편은 어때요?”

“말 마시오. 도토리만 주워 먹는다고 도토리부대 아니오. 형편없습니다. 한 보름 동안 도토리만 계속 먹으니까 영 못 견디겠습니다. 한데 동무들 콩 필요없수?”

“콩?”

연락원들은 빙그레 웃으며—.

“실은 아까 저 바위 밑에서 쉬다가 우연히 콩 가마니를 하나 발견하고 그걸 나눠넣고 있던 참이오.”

연락원 한 사람을 따라가보니 과연 노란 콩이 두어 말가량 든 가마니가 있었다. 어느 군당群黨이나 면당面黨이 비장해둔 모양이다.

이태 일행은 우선 그 콩을 한 움큼씩 씹어 허기를 채웠다. 생콩인데도 볶은 콩처럼 고소하기만 했지, 비린내 같은 것은 나지 않았다. 굶주린 창자가 되면 미각도 변하는 것이다.

이태는 2차대전 중 필리핀의 산중에서 나무 껍질을 씹고 도마뱀을 잡아먹었다는 사람 얘기를 상기하기도 했다.

이태 등이 찾는 환자트는 거기서 십여 분 더 내려간 골짜기에 있었다. 능선과 주계곡 양쪽에서 보이지 않게끔 교묘하게 위치를 잡은 비밀 아지트였다. 운봉전투 때 들어왔다는 환자 네 사람이 그곳에 있었다. 그들은 불안스러운 표정으로 상황을 물었다.

“전북부대는 어떻게 되었는지. 아래위에서 총소리니 이거 불안해서 원……. 낮엔 교대로 보초를 서고 있지만…….”

아무리 교묘한 곳에 만들어진 비밀트라고 해도 산을 이 잡듯 뒤진다면 노출되지 않을 까닭이 없었다.

환자들은 이태 등이 싸갖고 온 콩을 삶으며 각기 전우들 소식을 물어 댔다. 그러나 그 대답을 어찌 다 할 수 있겠는가.

그곳에 오래 머물 순 없었다. 잠이 엄습할 걱정이 있었다. 잠들면 며칠을 깨어나지 못할 것 같았다. 이태는 연길수에게

"연대장 동무, 마음 느긋이 가지고 치료에 힘쓰십시오. 다시 만날 날이 있지 않겠습니까."

하고, 다른 부상자들에게도 비슷한 인사말을 남기고 일어섰다.

연길수는 신음을 참고,

"돌아가거든 사단장과 전우들에게 감사하다고 내 뜻을 전해주시구려."

하며 눈물을 흘렸다.

언제 다시 만날 날이 있기라도 할 것인가.

이태는 무거운 마음을 안고 환자트에서 나왔다.

이태가 충남 도당 연락원들과 꽃대봉 능선 아래 숙영지로 돌아왔을 땐 날이 완전히 밝았다. 그런데 부대가 어디론가 이동해버리고 눈 위에 발자국만 어수선하게 남아 있었다.

생각하면 악양전투는 완전한 실패였다. 인적 손해가 대단하고 보급투쟁의 보람도 전연 없었기 때문이다.

남부군이 비록 면사무소 소재지일망정 그만한 지역을 독자적인 작전계획에 의해 공격한 것은 그 악양전투가 마지막이었다. 유격대 사령부로서 도당 유격대까지 지휘하에 넣어 사령부 단위의 전투를 한 것도 그것이 최후였다. 그 이후 남부군은 쫓겨 도망치기에 바빴다. 조국이니 인민이니 들먹일 겨를도 없이 지리산 이 골짝 저 골짝으로 피해 다녀야 했

다. 군소 전투를 치르는 가운데 때론 승리한 경우도 없지 않았으나, 상처받은 야수의 절망적인 발악이 어쩌다 효과를 거둘 수 있을 뿐이었다.

이현상의 장중한 훈시, 이태가 짓고 이봉관이 낭독한 격문은 허망한 메아리를 청학동골에 남기고, 남부군은 그야말로 잔비의 몰골이 되어 쇠진하는 운명을 밟아야 했다.

뒤에 처진 낙오자와 후속 부대를 위해 부대가 이동한 방향을 알리는 신호가 있었다. 예컨대 나뭇가지를 두세 개 꺾어놓는다든가 땅바닥에 자연스럽게 떨어뜨려놓는 방식이었다. 이 두세 가지의 표지를 연결한 선이 화살표가 되었다.

그 화살표 방향으로 가다가 갈림길 같은 곳에서 또 표지를 발견한다. 여름철엔 아카시아와 갈나무의 잔가지를 꺾어놓으면 금세 잎이 시들어 눈에 띈다. 관심 없는 사람들은 모르고 지나칠 정도의 표지지만, 그것으로 선후발 부대 사이의 연결이 차질 없이 취해지게 돼 있었다. 남부군에선 이것을 '포인트'라고 했다. 기차를 유도하는 철도의 포인트에서 따온 용어이다.

겨울의 고지엔 언제나 바람이 불어 눈자락을 날리기 때문에, 새겨진 발자국이 언제쯤의 것인지 얼른 식별하기 어렵다. 빨치산 몇백 명이 지나간 자리가 마치 서너 사람이 지나간 것처럼 보인다. 그런데 능선엔 으레 토벌대의 발자국이 요란하게 남아 있어서, 조심해 보지 않으면 어느 편의 것인지 분간하지 못한다. 빨치산들은 사냥개처럼 그것을 가릴 줄 안다.

밝은 날이어서 포인트는 곧 찾을 수 있었다. 일행 6명은 모두 건강한 전투원이어서 사방을 경계하며 포인트를 따라 민첩하게 행동할 수 있었다.

빗점골 개울가에서 쉬고 있는 부대를 쉽게 찾을 수 있었다. 이태는 사단장에게 환자 호송 경위를 보고하고 충남 도당 연락원을 소개했다.

남부군은 빗점골 북녘의 숲속을 흐르는 시내 옆 얼음 구덩이에 잠복해 있었다. 수량이 꽤 많은 계곡이었다. 그런 곳에 2백여 명이나 되는 부대가 들어 있으리라곤 아무도 상상하지 못할 엉뚱한 곳이었다. 물소리 때문에 어지간한 사람 소리는 묻혀버리는 지형이기도 했다.

그곳에서 남부군은 숨을 죽이고 만 이틀 동안을 버티었다. 행적을 뚝 끊어버린 것이다. 토벌군은 그때

"이 빨치산 새끼들이 하늘로 증발해버렸나, 땅속으로 기어들어가 버렸나."

하고 의심했을 것이다.

그동안 요령 좋은 대원은 간직해둔 생쌀을 씹기도 했지만, 대부분은 꼬박 굶고 앉아 있었다. 화기라곤 물론 없이, 몸을 크게 놀리지도 못하고 잡담도 못 하고 얼음 위에 돌처럼 앉아 있어야 했다. 장시간 그렇게 앉아 있자니 손발은 말할 것도 없고 전신이 얼어붙는 것 같았다. 마치 도를 닦는 고행승의 무리 같은 광경이었다.

고행이 이틀째 되었을 때 이태는 박태영의 옆자리로 가서 앉았다. 여월 대로 여윈 박태영의 한결 커 보이게 된 눈을 보며 이태가 속삭였다.

"꼭 마하트마 간디 같구나."

"간디도 이런 고행은 못해봤을걸?"

박태영이 이렇게 응수하고 한마디 더 보탰다.

"사람이란 기막힌 메커니즘이다."

"뭣?"

"얼지 않으니까."

돌 모양으로 얼어붙은 군상群像의 활력을 잃은 눈들을 보자 이태는 침묵한 채 한참 그곳에 앉아 있다가 사단 지휘부로 돌아갔다.

이틀이 지났다.

토벌군의 주목이 흐려진 틈을 타서 남부군은 야음을 이용해 다시 몇 줄기의 산과 계곡을 넘어 계림골 어느 지점으로 이동했다. 그 근처에 비장해둔 식량을 파내기 위해서였는데, 비장 식량이 토벌군에게 발각되어 한 톨의 쌀도 남아 있지 않았다. 며칠 전 산죽을 엮어 만든 '무기고트'의 초막들이 토벌군의 습격을 받아, 그 속에 남겨놓았던 10여 명의 부상자들이 몰살되어 시체만 얼어붙어 있었다.

남부군은 다시 중산골로 전진轉進해 지리산 주봉인 천왕봉으로 오르기 시작했다. 토벌군이 배치되어 있지 않은 간격을 찾아 피해가는 것이다. 반야봉(1,750미터)의 응달진 북쪽 사면斜面은, 겨우내 토벌군의 초소가 거의 배치되지 않은 '진공지대'라고 할 수 있었다. 지형이 험하고 눈이 깊고 바람이 세찬 응달이기 때문이다.

도중에 천왕봉 중턱에 있는 법계사法界寺 마당을 지났다. 가람은 불타 없어지고 절터만 남았다. 천왕봉을 등지고 남해를 굽어보는 기막힌 조망이다. 어느 대원의 말이다.

"이 절은 부유한 절이었다. 가을이면 시량柴糧이 그득하게 광에 쌓였다. 눈이 내리면 모든 길이 막힌다. 이듬해 해동될 때까지 외계와의 왕래가 일체 단절된다. 중들은 뜨뜻한 절방에 앉아 떡이요, 엿이요, 단술 등을 해 먹으며 겨울을 보냈다. 얼마나 팔자 좋은 중들이었던가."

세상일엔 아랑곳없이 하계를 운무 속으로 내려다보며 긴긴 겨울 한 철을 먹는 것과 염불 삼매로 보냈을 그 중들의 생활이 얼마나 평화스러웠을까 생각하니, 초연 속에 자취를 감추어버린 그 절의 운명이 애절하게 느껴지기만 했다.

정상 가까운 몇 군데 발을 붙이기 힘든 바위벽이 있었지만, 빨치산들은 반나절 만에 해발 1,915미터인 지리산 상상봉, 천왕봉에 설 수 있었다. 그 정상은 앙상한 바위로 된 6, 70평 될까 말까 한 좁은 곳인데, 일제 때 산막을 지으려다 말았다는 콘크리트 벽이 남아 있었다.

서북쪽으론 지리산맥이 그대로 이어져 있고, 동남쪽으론 조망이 툭 틔어 있었다. 일망천리 높고 낮은 산들이 눈 아래 깔려 있는데, 그사이에 크고 작은 산줄기가 오묘한 무늬를 새기고 있었다. 아득히 남쪽에서는 바다가 구름과 안개 속에서 가물거렸다.

사령관 이하 2백여 대원이 잠시 말을 잊고 그 웅대하게 펼쳐진 장관에 도취했다. 누군가가 말했다.

"저 강줄기가 남강이오. 진주는 저기쯤 된다."

'진주'라는 단어가 들렸을 때 박태영은 가슴이 뭉클했다.

'아아, 언제 진주로 돌아갈 날이 있을까.'

하다가 박태영은

'아마 없을 것이다. 아니, 절대로 없을 것이다.'

하는 짐작으로 바뀌었다. 가슴속에 싸늘한 한숨이 괴었다.

남부군 대열은 천왕봉 정상에서 서쪽으로 내려가 '장터목' 능선 북면길을 걷기 시작했다. 지형 탓인지 바람 탓인지, 적설이 어깨까지 차서 행군이 지지부진할 수밖에 없었다.

선두의 대원이 등으로 눈을 밀어 사람 하나가 빠져나갈 만한 길을 뚫고 나아가는데, 그러자니 몇십 미터 못 가 선두를 교대해야 했다.

해가 떨어지자 눈바람이 천둥 같은 소리를 내며 불어닥쳤다. 배낭도 사람도 총도 하얀 눈덩이가 되었다. 그 눈덩이가 눈굴 속으로 느릿느릿 움직였다. 사령관도 사단장도 참모도 대원들도 똑같은 눈사람이 되었다.

눈에 묻힌 임야의 1,800고지에 적정이 있을 까닭이 없었다. 설혹 있다고 해도 상관없었다. 서로 교전할 방법이 없었으니까. 소리를 질러도 나무랄 사람이 없었다. 눈의 장막으로 차단되어 있으니까.

안전하다면 안전하달 수도 있겠지만, 숙영할 도리가 없었다. 그냥 그대로 움직이며 나아갈 뿐이었다. 눈만 씹으며 밤낮없는 전투와 강행군으로 지낸 지가 며칠째인가! 이태는 산술할 기력을 잃었다. 대원들 모두가 기진맥진이었다.

채선희의 선창이 아닌가 했다. 「빨치산의 노래」를 부르기 시작했다. 여자의 목소리가 겹쳤다 했더니 남자들의 목소리도 이에 합쳐졌다.

> 참고 견디는 고향 마을
> 만나러 가자 출진이다
> 고난에 찬 산중에서도
> 승리의 날을 믿었노라
> 높은 산을 넘고 넘어
> 눈에 묻혀 사라진 길을 열고
> 빨치산이 영嶺을 내려간다
> ……

비장의 극치라고 할 수 있을까. 절망의 극한이라고 할 수 있을까. 생명의 절규라고 할 수 있을까.

걷고 있는데도 졸음이 온다. 걸으면서 꿈까지 꾼다. 이태는 꿈속에서, 고향 집 따뜻한 온돌방에서 김이 무럭무럭 나는 떡국상에 둘러앉은 가족들의 웃는 얼굴을 보았다. 명동의 청탑다방에서 애인과 더불어 벌겋게 달아오른 스토브 가까이에 앉아 한담하며 커피를 마시는 장면을 보았다.

눈을 뜨면 천둥 소리 같은 포효, 그리고 어둠, 허기진 창자……. 뼈를 찌르는 추위가 온몸을 휘감는다.

어느 쪽이 진짜인가.

'이 소리, 이 어둠, 이 추위, 이 허기가 꿈일지도 모른다.'

이태는 혼미된 의식을 수습해야겠다고 이를 악물었다. 사랑하는 조국과 사랑하는 인민이란 관념을 되살려보려고 했다.

'나는 강철 같은 빨치산이다.'

'나는 혁명의 전사다.'

'나는 명예로운 조선노동당원이다.'

'강한 당성은 초인간적인 힘을 발휘한다.'

'당원에겐 불가능이란 없다.'

'나는 당원이다.'

'나는…….'

정신이 자꾸만 혼미해졌다. 그래도 쓰러지지 않는 것은 관성 때문이었다. 앞뒤에 있는 대원들이 움직이니 따라 움직이는 것이다. 흙덩어리도 컨베이어 시스템에 얹히면 따라 돌게 마련이다.

그날 밤 남부군은 장텃목 능선을 넘어 백뭇골로 내려갔다. 백뭇골은 눈이 깊게 쌓이고 북쪽 골짜기라서 '아지트'로서의 조건은 나빴지만, 남쪽 사면보다 토벌군의 주목을 덜 받는다는 것이 이점이었다.

백뭇골엔 숯굴 자리와 목기막 자리가 많았다. 숯굴이나 목기막은 길다랗게 파인 서너 평의 구덩이였는데, 눈을 파내고 들어앉으면 평지보다 방풍이 잘되어 아늑했다. 상황에 따라 옛날 군사軍士들이 이용했다는 '우물불'을 피웠다. 우물불을 피우고 그 위에 천막을 걸치면 방 안처럼 따뜻해졌다.

목기막이란, 평화 시절에 지리산의 명산물인 목기를 만들던 산막이었다. 봄부터 가을까지 원목을 제자리에서 베어 잘라 말려두었다가, 그 거목을 옮기는 번거로움을 피해 목기장들이 겨우내 목기를 그곳에서 만들었다. 흙구덩이를 파고 지붕을 이은 산막인데다 풍부한 장작을 아낌없이 피워대었기 때문에, 목기막 속은 겨울 동안에 웃통을 벗고 일할 수 있을 정도로 훈훈했다는 것이다.

옛날의 장인들처럼 불을 함부로 피울 순 없었지만 적당하게 보온할 순 있었다. 남부군은 그 목기막 속에서 며칠을 지내게 되었다.

토벌대는 눈이 사람의 키만큼 쌓여 있는 그곳에 공비들이 숨어 있으리라곤 상상도 할 수 없었던 것이다.

보초 근무를 하는 외엔 할 일이 없고 보니, 여순사건 이래의 구빨치들의 회고담에 귀를 기울일 수밖에 없었다.

14연대의 하사였다는 차경석은 화술이 요령이 있는데다가 구수했다. 그래서 박태영은 여순사건에 관한 지식을 총정리해볼 생각으로 자기가 이미 알고 있는 사실까지 합쳐 질문해가며 그때의 사정 얘기를 들었다.

"당시의 실질적인 주동자는 누구였습니까?"

"지창수란 사람이었소. 상사였지. 14연대의 남로당 조직책이었소. 김지회 중위, 홍순석 중위는 지 상사의 지령을 받고 주동 역할을 맡았지."

"장교가 하사관의 지령하에 움직인다는 건 이상하지 않았을까요."

"군대의 계급보다 당적인 서열이 우위에 있으니까, 그런 건 문제가 될 수 없지."

"14연대는 어떤 연대였습니까?"

"1948년에 새로 편성된 연대인데, 연대장은 박승훈 중령이었소. 이 사람은 일본군의 대좌였소. 일본 육사 출신이지. 부연대장은 이희권 소령이었소. 여수읍 신월리, 옛날 일본 해군 비행 기지였던 자리에 주둔하고 있었소."

"왜 하필 그날, 1948년 10월 19일에 거사하기로 했지요?"

"바로 그날 20시에 제주도로 가기 위해 여수항을 출발할 예정이란 기밀을 탐지했기 때문이오."

"그러니 반란할 준비는 전부터 되어 있었구먼요."

"그랬던 모양이오. 제주도의 반란을 돕기 위해 남로당으로선 미리 지령을 내려놓고 있었지. '제주도로 가면 안 된다. 여수에서 반란을 일으켜 전라남도를 점령해 해방 지구를 만들어라.' 하는 지령 말이오."

"그때의 사정을 자세히 말해주시오."

"10월 19일 20시에 출항하려고 군 일부가 출동해서 아침부터 여수항에서 선적 작업을 하고 있었소. 이동안에 지 상사, 김 중위, 홍 중위가 거사할 계획을 세웠던 모양이오. 그런데 20시 출항할 예정을 24시로 바꾸었소. 무슨 까닭이었는진 모르지. 그날 저녁, 출동할 대대를 환송하기 위한 회식이 장교 식당에서 있었소. 전 장교들이 참석했지. 그 회식은 19시에 끝났는데, 회식 후 연대장 이하 참모들은 다시 여수항으로 나갔소. 선적 작업을 지휘하기 위해서였지. 당초의 계획은 회식하는 시간을 이용해서 장교들을 모두 사살하고 봉기할 작정이었는데, 그렇게 되면 장병들을 감쪽같이 수습할 수 없다고 생각하고 출발 직전의 시간을 노린 거요. 출동 부대인 제1대대는 출동 준비를 하고 있었고, 잔류 부대인 제2대대는 출동 부대의 식사를 준비하고 있었소. 이 무렵 연대 인사계 지 상사는 핵심 세포 40여 명에게 지령을 내려 무기고와 탄약고를 점령하게 하고, 점령이 끝나는 대로 나팔을 불게 했지."

"그때 차 동무는?"

"나도 그 핵심 세포의 한 사람으로서 무기고를 점령하는 역할을 맡았소. 무기고와 탄약고는 쉽게 점령할 수 있었지. 정각 20시에 나팔을 불었지. 지체 없이 출동 부대가 연병장에 집결했소. 집결한 출동 부대를 앞에 두고 지 상사가 일장 연설을 했지."

"대강 어떤 연설이었습니까?"

"'지금 경찰이 우리를 향해 쳐들어온다. 이승만 일당은 우리 군대를 믿지 않는다. 그래서 경찰을 시켜 우리를 도살하려는 것이다. 이따위 횡포를 우리는 용인할 수 없다. 우리가 죽기 전에 먼저 놈들을 죽여야겠다. 그뿐만 아니라 우리는 제주도에 출동하는 것을 반대한다. 왜 반대해야 하는가. 지금 제주도에선 인민들이 미 제국주의와 그 앞잡이 이승만 일당에게 항거해 용감하게 싸우고 있다. 민족의 청년으로서, 인민의 아들로서 어찌 우리가 그들과 맞서 싸울 수 있겠는가. 우리는 결단코 그 동족상잔의 싸움에 끼여들 수 없다. 우리는 제주도 인민들 편이지, 미 제국주의자와 그 앞잡이 이승만의 편일 순 없다. 우리는 온 겨레의 염원인 남북 통일을 원한다. 지금 북조선 인민군은 남조선 해방을 위해 38선을 넘어 남쪽으로 오고 있다. 우리는 인민군으로서 북상한다. 북상하는 우리와 남진하는 북조선 인민군은 대전 근처에서 만날 수 있을 것이다. 그때 남조선 해방은 성공하고 조국의 통일은 달성된다. 남조선 군대는 지금 우리에게 동조하는 동지들로 장악되어 있다. 우리의 궐기에 호응해 일시에 일어설 것이다. 승리는 우리에게 있다. 이미 탄약고와 무기고는 우리 손에 있다. 모두들 무기와 실탄을 가질 수 있는 대로 최대한 가져라. 미 제국주의의 앞잡이 장교들을 모조리 죽여라!' ……이런 연설이었지. 살점이 떨고 피가 끓는 연설이었소."

"북조선 인민군이 38선을 넘었다는 건 거짓말이었지요?"

"그걸 우리가 어떻게 알아. 지 상사는 당의 지시대로 말했을 거요."

"그 후의 상황은 어떠했습니까."

"연설이 끝나자 대부분 '옳소!' 하고 찬성했는데, 반대의 뜻을 표명한 하사관 3명을 즉석에서 쏘아 죽였지. 그러니까 아연 긴장하게 되더먼. 5중대 주번 사령 박윤민 소위와 1중대 주번 사관이 같이 무기고로 문의하러 갔는데, 박 소위는 탄약고 앞에서 사살되었소. 연대장과 부연대장이 이 사실을 안 것은 23시경인 것 같아. 부연대장인 이 소령이 연대로 돌아와 스피커로 외쳐대더만. 선동에 넘어가지 말고 마음 돌리라고. 이때 일제 사격이 있었는데, 부연대장과 동행한 김내수 중위는 즉사하고 이 소령은 도망갔어. 이 소령은 바깥으로 나가, 순천에 파견되어 있는 선임 중대장 홍순석 중위에게 전화를 걸어 여수의 상황을 설명하고 즉각 출동하라고 명령한 모양이야. 홍 중위가 그 명령을 들을 까닭이 있어? 바로 홍 중위가 반란 주동자의 한 사람인데."

"장교들로서 그때 사살된 사람이 몇이나 되었습니까?"

"아마 20여 명 되었을 거요. 우리와 내통하지 않은 장교들은 보이는 대로 죽여버렸으니까."

"반란군으로 뭉친 병력은 얼마나 되었습니까."

"약 3천 명 되었을 거야. 지 상사가 연대장이 되어, 재빨리 대대장, 중대장, 소대장을 동지들로 임명해 지휘 체계를 세웠지. 그리고 20일 상오 1시, 지 상사의 지휘하에 모든 차량을 동원해 여수 시내로 쳐들어갔소. 경찰이 저항할 겨를도 없이 여수시는 간단하게 우리 손에 들어왔지. 오전 9시에 여수시를 완전 장악하고, 경찰관을 비롯해 기관장, 우익 단체 요원, 내로라하고 뻐기던 유지들을 여수경찰서 마당에 끌어다놓고 집단적으로 총살한 후 시가를 샅샅이 뒤져 반동들 적발을 계속했지. 인민위원회를 조직하고, 요소요소의 건물과 거리에 인민공화국 기를 걸었는데 신나더만."

"순천은 어떻게 되었습니까?"

"여수를 완전 장악하고 주력 2개 대대를 기차에 태워 순천으로 보냈지. 이 주력 대대가 순천에 도착한 건 10시. 홍 중위의 지휘를 받고 신속하게 움직인 결과, 불과 몇 시간 만에 순천을 장악하게 되었소. 그게 15시였소. 인민위원회 간판을 걸고 반동 수색에 나섰는데, 그날 처형된 반동이 수백 명은 되었을 거요."

"순천을 빼앗긴 건 언제입니까?"

"순천을 우리가 장악한 건 불과 24시간 정도일 거요."

"여수는?"

"여수는 6일 동안 지탱했지. 그러나 워낙 수적으로 열세였으니까 당해낼 도리가 있어야지."

"그 후의 경과를 얘기해보시오."

"일부는 지리산으로 들어가고, 일부는 광양 방면으로 빠졌지. 그리고 우리의 영웅적인 활동이 시작된 거요."

"당시 국군 안에 우리의 동지들이 많았다는데, 그들은 어떤 방식으로 호응했습니까?"

"제4연대 제6중대장 배 소위, 제4연대 김남근 중위를 비롯해 제4연대에 우리 동지들이 꽤 많이 있었소. 김남근 중위는 자기 중대를 이끌고 지리산으로 들어와 우리와 합류했소. 제15연대장 최남근 중령도 우리 동지였는데, 그는 과단성이 부족해서 결국은 국군의 군법 회의에서 사형 선고를 받았지. 이밖에도 많았지만, 우리가 기대한 정도엔 미치지 못했소."

"어떤 구빨치 동무의 말에 의하면 김지회는 영웅이었다고 하는데 과연 그렇습니까?"

"그렇소. 그는 영웅이오. 그의 기습 전법은 참으로 기가 막혔소. 홍순석 동무도 마찬가지였소. 구례 작전 이후 김지회부대는 지리산으로 들어가 장기 항전을 결정하고 월동을 위해 병력 분산을 단행했소. 일부는 노고단, 반야봉을 거쳐 백운산으로 이동해 근거지를 그곳에 설정하고, 일부는 웅석봉, 둔철산, 정수산, 감악산 일대에, 나머지는 달궁, 장안산, 덕유산, 천마산, 칠봉, 삼도봉에 분산해 근거지를 정했소. 이러한 근거지를 전전하며 구례, 곡성, 광양, 무주, 장수, 남원, 거창, 산청, 함양, 진주, 하동 등 각지에 신출귀몰해 위명을 떨쳤으니 대단하지 않소? 홍순석 동무에겐 이런 일이 있었소. 아마 49년 3월 21일쯤이었을 것이오. 홍 동무는 거창군 북상면 황점마을을 점령하고 벌목 운반을 하러 들어온 화물차 2대를 강탈해 60명이 국군으로 가장, 태극기를 달고 위천渭川 지서로 달려가서 그곳을 무혈 점령하는 한편 많은 보급 물자를 확보하는 성과를 올렸는데, 그 전술이 참으로 묘했소."

"김지회 동무의 최후는 어떠했습니까?"

"1949년 4월 9일 남원군 산내면 반선리 마을의 주막에서 자다가 죽은 것으로 알고 있소. 홍순석 동무도 같은 날 같은 곳에서 죽었지요. 김지회 동무의 시체는 일주일쯤 후에야 발견되었다는데, 기습을 받고 단신 도주하다가 주막에서 6백 미터쯤 떨어진 숲속에서 숨졌기 때문이오.”

“여순사건이 있은 지 반년 만이었군요.”

“그렇소. 꼬박 반년 만이었소.”

“그 후론 어떻게 되었습니까?”

“이현상 사령관의 직접 지휘하에 들어갔지요.”

“여순사건을 계기로 하여 국군 내에서 대대적인 숙군이 진행되어 많은 동지들이 죽었다던데…….”

“그런 모양입디다. 우리는 줄곧 산에 있었으니까 그 내용을 알 길이 없었지만.”

“숙군은 처참할 정도였습니다. 그로 인해 국군 안에서 진보 세력의 뿌리가 완전히 빠져버렸습니다.”

“이승만은 참으로 지독한 사람이지. 세상에 그럴 수가…….”

박태영에겐 많은 할 말이 있었다.

구빨치들은 여순반란사건을 영웅적인 것으로 말하고 뽐내고, 당에서도 그렇게 평가했지만, 박태영은 그렇게 생각하지 않았다. 그래서 ‘여순사건이 잘못된 것이라고 생각한 적은 없는가.’고 물어보고 싶었지만 그 충동을 가까스로 참고, 그 사건이 있었다고 들었을 때 느낀 ‘분노’를 닮은 감정으로 회상해보았다.

박태영은 여순사건을 ‘좌익이 자멸의 길을 스스로 재촉한 것’이라고 보았다. 바로 그 점이 박태영을 분노케 한 것이다. 그만한 반란을 일으킬 수 있도록 군 내부에 좌익 세력이 침투해 있었다면, 왜 일시에 전국적인 규모로 폭발할 수 있도록 계획하지 못했을까. 차라리 가만있었더라면 이번 6·25를 계기로 그야말로 일거에 전세를 결정할 수 있지 않았을까.

여순반란사건은 좌익의 잔학상을 만천하에 증거로 제시해 민심을 잃게 하는 동시, 숙군의 동기가 되어 군대 내에서 좌익의 뿌리를 뽑게 해버리지 않았는가. 이 때문에 그 당시 박태영은 '조선 놈은 공산당을 할 자격조차 없다.'며 남로당을 저주하는 심정까지 가지게 되었던 것이다. 그 분노가 되살아나자 박태영은 자기 현실을 살펴보지 않을 수 없었다.

'나는 공산당을 위해 이렇게 있는 것일까. 아니다. 결단코 아니다. 조국과 인민을 위한 신념에 의해 이렇게 있는 것일까. 아니다. 결단코 아니다. 이게 조국을 위하고 인민을 위하는 것이 될 수 없다는 것을 누구보다 나는 잘 안다. 이것도 저것도 아닌데 왜 나는 이렇게 있는 것일까. 이 고초를 무슨 이유로 감수하고 있는 것일까. 대한민국으로 돌아갈 수 없으니까? 물론 그렇기도 하다. 그러나 그것만은 아니다. 나는 죽을 때까지 이곳에 있어야 한다. 왜? 유일한 답은 이거다. 나는 내 운명을 너무나 쉽게 선택해버렸다. 그 경솔한 소행은 마땅히 벌을 받아야 한다. 그 벌을 내가 스스로에게 과하고 있는 것이 지금의 이 꼴이다. 절대로 나는 나를 용서하지 못한다.'

박태영은 1945년 10월 10일, 서울 서린여관에서 있었던 장면을 부득이 상기하지 않을 수 없었다.

그날은 아널드 군정 장관이, 박헌영 등이 만들어놓은 '인민공화국'을 정면으로 부인한 날이었다. 해방된 나라의 서울을 보기 위해 박태영은 하준규, 노동식, 차범수와 지리산에서 올라와 서린여관에 묵고 있었는데, 그날 밤 늦게 이현상이 찾아와서, "우리가 세운 인민공화국을 끝내 밀고 나가는 것만이 나라와 민족이 살길이니, 모든 인민을 인민공화국에 묶는 데 앞장서야 한다. 그러자면 인민공화국의 모체이며 핵심인 조선공산당의 당원이 되어야 한다."
라고 강조했다.

해방된 감격, 이현상에 대한 의리, 설익은 정치 의식 등으로 인해 하준규, 박태영, 노동식, 차범수는 너무나 쉽게 자신의 운명을 선택해버렸다. 하영근, 권창혁의 진지하고도 정다운 충고가 있었는데도…….

그것을 생각하니 박태영은 결단코 자기 자신을 용서할 수 없다는 싸늘한 의지가 굳어져갔다.

'그렇게 경박할 수가 있는가. 경박은 죽음보다 더한 화난으로 사람을 끌어넣는 악덕 이상의 결점이다. 그러니 박태영, 너는 영원한 책벌을 받아야 한다. 바로 지금 너는 그 책벌을 받고 있는 것이다. 불평하지 말라, 박태영아!'

김숙자의 슬픈 얼굴이 나타났다가 꺼졌다.

밤이 되면 토벌군이 피우는 모닥불로 능선이 장관을 이룬다. 4월 초파일의 초롱 행렬처럼 능선을 따라 방사형의 줄을 긋는다. 국군 단위부대의 숙영지로 보이는 이 골짝 저 골짝이 모닥불들로 꽃밭을 이룬다. 대지리산이 그 거대한 규모로 크리스마스트리처럼 장식되는 것이다.

토벌대와 빨치산은 정확하게 명과 암의 대조이다.

그런데 어느 날 밤, 그 능선을 장식하던 토벌군의 모닥불이 일시에 꺼졌다. 지리산의 밤은 암흑과 정적을 다시 찾았다.

웬일일까? 무슨 은근한 작전을 토벌군이 시도하려는 것일까?

그게 아니었다. 군 작전이 끝난 것이다. 악양전투 이후 만 보름째 되는 날이었다.

빨치산은 알 까닭이 없었지만, 이날 대한민국 국군은 다음과 같은 발표를 했다.

"지리산 지역 공비 소탕전은 일단락을 지었다. 계속해 잔비 수색전을 전개할 것이다. 8일부터 14일까지 전과는 아래와 같다. 사살된 공비의 수는 824명, 생포 1,031명, 귀순자 138명. 아군 피해는 전사 40명, 부상자 16명, 행방불명 1명."

토벌군이 철수한 뒤에 여러 가지 물건들이 유기되어 있었다.

우선 산 전체에 거미줄처럼 깔아놓은 야전용 전화선을 그대로 버리고 갔기 때문에 빨치산들은 그것을 거둬다가 천막이나 초막의 결속용으로 쓰기도 하고, 배낭이나 총의 멜빵으로, 또는 고무신의 간발 등으로 다양하게 이용했다.

진지와 초소 자리를 뒤져보면 토벌군이 흘리고 간 소총 탄환을 얼마든지 주울 수 있었다. 비바람친 이튿날 아침에 떨어진 밤을 줍듯이 풀섶에서 뒹굴고 있는 노란 M1 소총탄을 주워 올렸다.

흘린 것이 아니고, 차고 다니기가 귀찮아서인지 탄띠 수십 개를 버리고 간 경우도 더러 있었다. 어느 땐 총탄 수백 발을 쌓아놓고 그 속에 '끝까지 잘 싸우시오.'란 격려 메시지까지 묻어놓은 것을 발견한 적이 있었다. 군인 가운데 불평 분자, 또는 좌익 동조자가 한 짓이었다.

그뿐만 아니라 전사자의 시체에서 얻는 탄약도 상당량 되었다. 이래저래 남부군은 탄약 부족으로 불편을 느껴본 적이 거의 없었다. 원래 빨치산들은 맹목 사격이란 것을 하지 않는다. 그래서 탄약 소비가 그다지 많지 않았다. 결국 빨치산은 군경이 제공한 탄약으로 싸웠다는 얘기가 되었다.

군 작전이 끝나면 비행기가 뿌린 '투항 권고 삐라'가 산 전체를 하얗게 덮다시피 했다. 그해 겨울 지리산에 뿌려진 삐라는 어마어마한 양이었다. 백선엽, 송요찬 등 토벌군 사단장 명의로 된 투항 권고 삐라의 내용과 문장은 갖가지였다.

독 안에 든 쥐를 국군이 총으로 겨누고 있는 만화를 그려놓고

'너희들은 독 안에 든 쥐다. 빨리 투항하면 살 수 있다.'

라는 주석을 붙인 것이 있는가 하면, 식구들이 단란하게 밥상을 받고 있는 그림 옆에,

'그리운 너의 가족 곁으로 돌아가라. 투항하면 생명을 보장한다.'

라고 쓴 것도 있었다.

투항자의 사진과 그의 감상문을 실은 것도 있고, 귀순증이란 증명서 모양의 삐라도 있었다. 귀순증 한 장으로 몇 사람이라도 보증할 수 있다는 것이었다.

때론 생포되거나 투항한 빨치산을 시켜 확성기로

"좋은 대우를 받고 있으니 걱정 말고 손 들고 나오라."

라는 방송을 하기도 했다.

이러한 삐라가 빨치산의 가슴속에 어떤 바람을 일으켰는진 알 수 없었다. 설혹 삐라를 믿고 투항을 작정하진 않았다고 해도, 그들의 심리가 전연 반응하지 않았을 까닭은 없었다.

박태영은 처음 삐라를 집어들었을 때 부모님을 생각하고 김숙자를 생각했다. 절벽으로 통하는 절체절명의 길, 그 다른 쪽엔 고향으로 통하는 오솔길이 나 있다는 것을 순간 한 토막의 그림처럼 보아버렸다.

잇따라

'내가 내게 과한 책벌은 지금까지의 고난으로 충분하지 않을까.'
하는 상념과 더불어

'부모님과 김숙자를 위해 얼마 동안의 감옥살이를 견디는 게 죽음의 길보다는 낫지 않을까.'
하는 상념을 되씹었다. 그러면서도 박태영은 절벽으로 통하는 길을 자기는 갈 것이고, 고향으로 통하는 오솔길은 외면할 스스로를 확인하고 있었다. 아무래도 박태영은 자기 자신을 용서할 수 없었던 것이다.

삐라는 비와 눈에 견디도록 두꺼운 모조지로 되어 있었는데, 종이가 귀한 빨치산들에겐 그런 대로 여러모로 이용 가치가 있었다. 뒤지, 담배 종이, 불쏘시개, 레포 용지, 여성 대원의 생리용……. 용도가 다양하고 요긴했다.

"국군, 고마우이. 삐라를 뿌려주지 않았다면 큰일날 뻔했다."

이렇게 농담을 할 지경이었으니, 귀순중 삐라를 주워갖고 다닌다고 해서 의심하는 눈초리로 보는 사람은 없었다. 이태는

"전사 편찬에 필요할지 모르니……."

하고 부지런히 삐라를 종류별로 모았다. 박태영은 그러한 이태를 안타까운 눈초리로 보았다.

'과연 그가 전사를 편찬할 날이 있을까?'

이렇게 생각했지만 입 밖에 내진 않았다.

태영도 상당한 양의 삐라를 모아갖고 있었지만, 다른 대원들의 경우와 마찬가지로 주로 용변 후 뒤지로 썼다.

빨치산들은 여름이면 풀잎으로 뒤를 닦고 겨울에는 이 삐라 조각으로 뒤를 닦았다. 말이 났으니 말이지, 빨치산 생활에서 행동 중의 용변

문제는 이만저만 골칫거리가 아니었다. 대열이 일정한 간격을 유지하고 쏜살처럼 달려, 뒤를 보고 있다간 낙오될 뿐 아니라 자칫 목숨까지 잃게 되었다. 장터목에서처럼 깊은 눈 속을 골을 타듯 뚫고 갈 땐 낙오될 리도 없고 뒤를 볼 자리도 없다. 눈이 허리까지 차니 웅크릴 수가 없다. 방한과 전투를 위해 옷가지를 언제나 단단히 잡아매고 다녀야 할 뿐 아니라 배낭과 총을 메고 있기 때문에 바지를 내렸다 추켰다 하는 동작도 쉽지 않다. 만일 설사라도 나면 바짓가랑이에 그냥 싸버리게 되는데, 빨치산의 형편으론 세탁할 기회가 없고 보니 정말 난감했다. 여성 대원의 고통은 말할 것도 없다.

군경들의 토벌 작전이 일단락되자 빨치산들에게 소강 상태가 왔다.
이태는, 겨울의 쇠잔한 햇볕이 깃들이고 있는 양지의 소나무에 기대 앉아 담배를 말고 있었다.
"이거, 지난 밤 보급 투쟁 나갔을 때 얻어 온 잎담배요."
하고 이태는 자랑스럽게 삐라 종이로 만 담배를 입에 물었다.
"내게도 한 닢 주소."
박태영이 말했다.
"이건 귀중품인데."
하면서도 이태는 잎담배 두어 닢을 태영에게 건넸다. 태영은 그 잎담배를 가늘게 쪼개고 비벼 담배를 말았다.
"파르티잔 주제에 담배는 왜 피우는가."
박태영이 중얼거렸다.
"빨치산이니까 더욱더 담배를 필요로 하는 거요."
하며 이태는 담배 연기를 토했다. 보라색 연기가 눈 위에서 가냘픈 그늘이 되어 차갑고 맑은 공기 속으로 사라져갔다.

태영도 담배에 불을 붙였다. 실로 오래간만에 피워보는 담배. 폐장이 니코틴을 만나 놀란 듯 기침이 났다.

잎담배는 구하기가 힘들었다. 모두들 담배 대신 마른 단풍잎을 비벼 삐라 종이로 말아 피웠다. 빨치산은 이것을 '메부루'라고 했다. 일제 때 '메이플'(단풍)이란 이름의 담배가 있었기 때문이었다.

단풍잎도 적당하게 마른 것이 아무 데나 있진 않았다. 만나는 기회에 실컷 따갖고 쌈지에 넣어둔다. 그런데 며칠씩 상황이 계속되면 단풍잎도 동이 난다.

"메부루 없나?"

"조금 있어."

"한 대 줘."

"자아식, 너도 좀 따갖고 다녀."

"어제 동이 났어."

이런 것이 빨치산들의 대화이다.

남부군은 보급 투쟁과 초모 사업으로 전력 회복을 꾀하며 날을 보냈다. 이미 면사무소 소재지급의 취락에 출동할 만한 전략은 없었다.

남부군이 백뭇골에 머물고 있을 때였다. 함양 땅인 마천 방면의 작은 마을들이 보급 투쟁의 후보지로 올랐다. 마천은 박태영의 고향이다. 고민 끝에 박태영은 김희숙 대대장에게 간청했다.

"대대장 동무, 마천으로 가는 건 그만둘 수 없을까요."

"상부에서 책정한 것인데 어떻게 변경해요. 게다가 이 백뭇골에서 갈 만한 곳은 그곳밖에 없잖소."

박태영은 대체할 만한 후보지를 마음속으로 물색해보았다. 그러나 마땅한 곳이 없었다. 그래도 박태영은 의견을 말했다.

"조금 멀긴 하지만 옥종이나 청암까지 뻗으면 어떻겠습니까?"

"어차피 청암과 옥종에도 가야겠지. 그렇다고 마천을 빼놓을 수가 있겠소. '둥구마천 아가씨는 고동시 깎다가 다 늙는다.'는 곶감 명산지를 빨치산이 그냥 둘 수 있겠소. 그런데 박 동무는 왜 마천을 빼자는 거요."

"마천은 바로 내 고향입니다."

"아, 그래요?"

하고 대대장은 생각하는 눈치더니 결연하게 말했다.

"마천이라고 해도 한두 마을이 아니니 다 뺄 순 없고, 박 동무 고향 마을만 제외하도록 사단장께 건의하겠소."

박태영의 감정이 어떻든 마천 습격 작전 계획은 예정대로 진행되었다.

"이 보급 투쟁에만 내가 빠질 수 없을까요?"

박태영이 말했지만 대대장은

"박 동무는 마을에 들어가지 말고 외곽 감시 임무를 맡으면 될 게 아니오."

하며 그 제안도 거절했다.

백뭇골에서 마천으로 나가려면 남천강 상류의 꽤 넓은 폭을 건너야 한다. 추운 겨울이었지만 산협에서 흘러내리는 급류가 돼서 가장자리만 얼어 있을 뿐 시내 중간은 얼지 않았다. 그런 만큼 뼈가 저리도록 차가웠다.

옷을 적셔버리면 뒷일이 곤란하기 때문에 바지를 벗고 건너는데, 물에 들어서는 순간 다리가 마비되는 것처럼 저렸다. 그 대신 시내를 건

너서 물을 닦고 바지를 입으면 아주 따스하게 느껴졌다.

그런데 시내를 건널 때 김복홍 사단장이 엷은 얼음 위를 딛다가 물에 빠져버렸다. 군복의 외투 자락이 삽시간에 얼어붙어, 허리에서 아래가 나팔처럼 벌어진 채 녹지 않아 애를 먹었다.

마천으로 두 번째 갔을 때였다.

경찰대와 충돌이 있어 대대장급 간부 한 사람이 대수롭지 않은 총격전에서 죽어버렸다. 이러한 작은 전투에서도 한두 명씩 사상자가 있었는데, 병력이 줄어만 드는 판국이어서 여간 애석하지 않았다.

특히 그날 밤에 있었던 일은 충격이 큰지, 김복홍 사단장은 침통한 얼굴을 하고 혀를 차며 중얼거렸다.

"여순 이래의 동지를 쌀 몇 말과 바꾸다니 기가 막히는군. 그 녀석, 낙동강으로 소백산으로 다니며 고생을 무척 많이 했지. '이렇게 시나브로 한두 명씩 잃은 것이 잠깐 몇십 명인가.'"

아닌 게 아니라 작은 전투에서 표 안 나게 줄어든 대원의 수가 그럭저럭 이십 명 가까이 되었다. 남아 있는 남부군 총세를 2백 명으로 치면 1할을 잃은 셈이다.

그런대로 그때까지만 해도 탈출하거나 투항한 대원은 없었다.

보급 투쟁을 나가면 탈출할 기회가 얼마든지 있었다. 대원 한두 명을 찾기 위해 날이 샐 때까지 부대가 야지에 머물러 있을 수는 없으니까, 마을에 들어갔을 때 슬그머니 눈에 띄지 않는 곳을 찾아 잠시 숨어 있으면 되었다. 그러나 대부분의 대원들은 '선 끊어지면 죽는다.'고 믿고 있었다. 그런데다 제2차 군 작전이 있었을 때 대성골에서 토벌대에 잡힌 수십 명의 빨치산이 전깃줄에 꽁꽁 묶인 채 사살된 사건이 있고부턴, 이탈은 곧 죽음을 의미한다는 생각이 굳어졌다. 이왕 죽을 바에야 동지들과 더불어 죽자는 각오이기도 했다.

 백뭇골에서 주능선을 넘어 거림골에 다시 정착한 남부군은 상훈 수여식을 거행했다. 집합한 전원은 2백 명 내외. 먼젓번 상훈 수여식에 비하면 박태영의 가슴이 덜컹 내려앉을 만큼 초라한 의식이었다.
 영웅적인 활동을 치하하는 사령관의 훈시도, 격앙된 어휘를 쓸수록 공허하게 들리는 건 어찌할 수가 없었다.
 "우리는 최후의 승리를 믿어야 한다."
라는 말은, '이제 우리는 최후의 승리를 믿을 수 없다.'는 말로 들렸고
 "앞서 간 동지들의 죽음을 헛되이 말라."
라는 말은 결국, '우리는 헛되이 죽을 수밖에 없다.'는 말로 들렸다. 물론 이것은 박태영만의 감정인지 몰라도, 조금이라도 사태를 객관적으로 볼 줄 아는 대원이면 모두 엇비슷한 감정이 아니었을까.
 상훈 수여식을 계기로 하여 부대의 호칭이 바뀌었다. 사단을 지대支隊라고 부르게 되었다. 토벌군의 정보망을 어지럽히기 위해선지, 빨치산의 세를 과장하기 위해선지, 그밖에 무슨 목적이 있어서인지, 아무튼 남부군의 호칭은 빈번히 바뀌었다.
 직속 81사단과 92사단을 합쳐 남부군 제4지대라고 하고, 경남부대인 57사단을 제5지대, 전북부대를 제6지대라고 호칭하게 되었다. 이름을 어떻게 바꾸든 쇠잔해져가는 전력이 회복될 까닭이 없었고, 앞으로 새로운 희망이 돋아날 가망도 없었다.
 이 무렵 박태영이 지니고 다닌 국민학교 아동용 공책엔 다음과 같은 짤막짤막한 글이 적혔다.
 ─걸어다니는 돌멩이.

―극히 절약된 본능만 남아 있는 곤충.
―무모가 빚은 죄악의 책임을 누구에게 추궁해야 하느냐.

빨치산들은 이미 연월일을 잊고 있었지만, 캘린더는 벌써 1952년에 들어서고도 1월 중순에 이르고 있었다.

남부군 제4지대는 거림골에서 제2차 군단 공격을 받았다. 이 세찬 국군의 공격에 맞서 싸울 순 도저히 없었다. 결국 이 골짝 저 골짝을 전전하며 예봉을 피했다. 그리고 5일쯤 후에 다시 백뭇골로 돌아왔다. 그동안 차폐물이 없는 어느 골짜기에서 항공기의 습격을 받아, 공습으로 인한 사상자를 처음으로 냈다. 이때 사령부의 객원으로 있던 인민군 부사단장 손孫이 폭풍으로 인한 낙석에 허리를 크게 다쳐 며칠 동안 업혀 다니게 되었다.

밤중에 숲 사이를 헤매던 정찰대가 슬리핑백 속에서 잠자고 있는 군인 6명을 발견해 한꺼번에 카빈총으로 사살한 사건도 이 무렵에 있었다.

어느 골짜기에선 취침 중에 국군의 습격을 받아 10여 명의 사상자를 내기도 했다.

어느 날은 주능선의 사면을 기어오르다가 맹렬한 포격을 받았다. 이때 박격포탄이 박태영 바로 옆에 떨어져, 박태영의 앞과 뒤에서 걷고 있던 대원 둘이 즉사했는데, 박태영은 거짓말처럼 무사했다.

하얀 눈에 뿌려진 피가 금세 얼어붙어 꽃가루처럼 보였다. 아름답기조차 한 그 피의 꽃가루를 보며 박태영은 삶과 죽음의 불가사의를 새삼스럽게 생각하게 되었다.

'탄환 한 발이면 죽어버리는 인간이 어째서 정신적인 통일체인가.'

'오직 허망, 허망이 있을 뿐이다.'

바로 1미터도 안 되는 거리를 두고 두 사람의 죽음이 있었는데, 그 사이에 끼여 찰과상 하나 입지 않았다는 것은 운명이 아닌가. 기적이 아닌가. 박태영은 '나는 불사신이다.' 하는 신념을 가꾸고 싶었다. 그러나 그런 신념조차도 허망했다. 내일의 죽음을 위한 오늘의 유예일 뿐이고, 다음 순간의 죽음을 위한 이 순간의 유예일 뿐일 테니까.

박태영의 뇌리에 갑자기 하나의 시구가 떠올랐다.

'나는 죽을 수 없으니까 죽는다.'

하영근의 서재에서 읽은 '가르시아 로르카'의 시 일절이다. 어떻게 그 깊은 망각 속에 묻혀 있던 이 시 일절이 지금 떠오를까. 박태영의 병적일 만큼 날카로운 기억력이 또 상기한 것은 '로버트 페인'의 문장이었다.

'스페인 전쟁이 끝났을 때 이 지옥에서 살아남은 사람들은 자기들이 겪은 경험의 의미를 찾아내려고 했다. 그 싸움의 궁극적인 동기를 발견하고자 애썼다. 그런데 아무도 성공하지 못했다. 조각조각으로 파괴된 신념의 파편을 주워모았을 뿐이다.'

박태영은 '나는 살아남을 수 있을까?' 하고 생각해보았다. '만일 살아남을 수 있다면 이 전쟁의 궁극적 동기를 찾아내리라. 이 전쟁의 원흉을 밝혀내어 내 손으로 단죄하리라.' 하는 분노가 끓어올랐다.

분노도 또한 정열이다. 사람은 분노만으로도 역경을 견딜 수 있다. 박태영은 비로소 용기를 얻었다. 그런데도 그의 심상에선 '가르시아 로르카'의 시가 메아리치고 있었다.

―나는 죽을 수 없으니까 죽는다.

그 무렵 하나의 사건이 생겼다.

빨치산의 나날은 고통으로 차 있지만, 그 가운데서도 정찰대의 고통은 '혹독하다.'는 말 이외론 형용하기 어려웠다.

부대가 행군을 끝내고 설영設營에 들어가면 바로 그 시간부터 정찰대의 행동이 시작된다. 주변 능선의 적정 유무를 살피기 위해 숨 돌릴 사이도 없이 다시 출동해야 한다.

그런데 그 주변 능선이란 것이 대개 1,000미터 이상의 고지이며 험하기 짝이 없다. 그 높고 험한 지대를 밤새워 살피고 돌아다녀야 하는 것이 정찰대의 임무이다. 그렇게 밤새 눈 속을 헤매다가 돌아와보면 부대가 다시 이동을 시작하는 경우가 있다. 정찰대는 잠깐 눈을 붙일 사이도 없이 같이 행동할 수밖에 없다. 그래서 정찰대는 며칠씩 잠 한숨 자지 못할 때도 있다. 그렇다고 해서 정찰대원을 특별히 대접하는 것도 아니고, 급식을 따로 준비해주는 것도 아니다. 굶고, 걷고, 잠 못 자고, 전투하고, 몸을 녹일 틈도 없는 사중고, 오중고를 견디어내야 하는 것이 정찰대원이다. 정찰대원의 임무는 인간 능력의 한계를 넘어선 곳에서 수행되어야 한다.

그런데 그 정찰대의 대장이 처형되는 사건이 생긴 것이다.

백뭇골 가까운 벽송샛골에서 있었던 일이다.

아침이었다. 전원 집합의 명령이 내려졌다. 집합이 끝나자 사령부는 정찰대장 김상경을 전깃줄로 결박해 끌고 나왔다. 참모장이 그의 죄상을 고시했다. 정찰 근무 중 어느 면당面黨의 비트(비밀 아지트)에 기어들어 밥을 얻어먹고 잠을 잤다는 것이 이른바 '죄상'이었다.

면당의 '비트'란, 인근의 부역자들이 경찰의 추궁을 피해 은신해 있기 위해 만들어놓은 아지트이다. 인원수가 적고 피신만이 목적인 까닭에 교묘하게 만들어지고 방한 시설이나 식량이 제대로 갖추어져 있다. 일체 활동을 안 하니 종적이 나타나질 않는다. 이를테면 개구리의 동면을 닮은 것이 면당 비트에 있는 사람들의 생태이다.

참모장이 김상경의 죄상을 고시한 후 김상경 본인에게 해명의 기회를 주었다.

김상경의 말에 의하면―.

그는 계곡을 탐색하던 중 우연히 면당 비트를 발견하여, 근처의 상황을 물어보려고 들렀다. 면 당원들은 수고한다면서 뜨뜻한 호박범벅을 내놓았다. 사나흘 굶은 끝이라 참을 수가 없어 몇 술 얻어먹었다. 얼어붙은 몸이 따뜻한 구들 위에 앉아 있는 것만으로도 느긋하던 차에 뱃속에 음식이 들어가니, 온몸이 일시에 확 풀어지면서 졸음이 쏟아졌다. 그래 자기도 모르게 잠에 빠져들었다. 며칠 동안 뜬눈으로 지낸 참이라 일단 잠에 빠지자 몇 시간 정신을 차릴 수가 없었다.

"그 불가피했던 상황을 살펴 관대한 처분을 해주면 앞으론 절대로 그런 실수를 하지 않겠습니다."

하고 그는 비통하게 울부짖었다. 그러자 그와 동행했던 정찰대원 한 사람이 나서서 대장의 말을 반박했다.

"비트를 발견했을 때 나는, 우리의 행동이 노출될 염려가 있으니 그냥 지나치자고 했습니다. 그런데 대장 동무는 '뭐 좀 얻어먹고 가자.'면서 억지로 우리들을 끌고 들어갔습니다. 음식을 얻어먹었으면 곧 출발해야 할 텐데 대장 동무는 '제기랄, 사람이 며칠씩 안 자고 어찌 살겠어. 정찰대라고 우리가 무슨 죄졌어? 뜨뜻한 데서 한숨 자고 가자.'라고 했습니다. 그땐 대장 동무의 말을 거역할 수 없었지만, 임무의 중대성을 잊고 같이 잠을 잔 것은 '마지막 피 한 방울까지 당과 인민에게 바치라.'는 수령 동지의 교시를 망각한 처사였습니다. 엄숙히 자기 비판을 하면서 다시는 이런 과오를 되풀이하지 않을 것을 당과 수령 앞에 맹세합니다."

와들와들 떨던 정찰대장이 발을 구르며 비명을 질렀다.

"아이구, 저놈이 사람 잡는다. 몸 좀 녹이고 가자고 했지, 내가 언제 불평을 했어."

정찰대원은 얼굴이 뻘개져 고개를 떨어뜨렸다. 대장의 얼굴을 차마 직시할 수 없는 모양이었다.

이때 전북 출신으로 유일하게 지도원이 된 열성 당원 주朱가 손을 번쩍 들고 토론을 청했다. 여전히 부자연스러운 함경도 사투리를 써가며 팔뚝을 번쩍번쩍 쳐들며 한 소리는—.

"정찰대장의 과오는 지금 정찰대원 동무의 증언으로서리 충분히 증명됐수다. 조국 전쟁의 중대한 국면에서 전체 애국 인민이 피를 흘리면서 미 제국주의와 그 앞잡이 이승만 도당과 용감히 싸우는 이 마당에, 우리 영예로운 빨치산 대열에 불평과 분열을 조장하고 임무에 태만한 점으는 도저히 용서받을 수 없는 중대 과오라고 생각합니다. 따라서 정찰대장으르 즉시 총살에 처하는 것이 옳다, 이렇게 주장하는 것입니다."

"옳소."

한두 사람의 소리가 있었다. 오랫동안 같이 고생해온 처지라서 모두들 가혹한 심정이 될 순 없었던 것이다. 그러자 또 한 사람 토론자가 나왔다.

"함부로 남의 비트에 들르지 말라는 지시를 우리는 평소에 여러 번 받아왔습니다. 정찰대장은 그 지시를 어기고 면당 비트에 들어가 밥을 얻어먹고 잠까지 잤습니다. 시장하기는 사령관 선생님이나 전체 대원이 마찬가지입니다. 정찰대가 돌아오는 것이 네 시간이나 늦었기 때문에 사령부는 작전상 중대한 차질을 빚었고, 심지어 생포되거나 도주한 것이 아닌가 해서 즉시 아지트를 옮기자는 의논까지 나왔습니다. 그뿐만 아니라 정찰대장은 부하들 앞에서 상급자를 비방하며 불평을 일삼아 대열의 분열을 은근히 선동 조장한 것이 대원의 증언으로 확실합니다. 정찰대장이 그동안 우리 대열에 이바지한 공로를 애석하게 생각합니다. 그러나 이번의 과오가 작전과 군기에 미친 중대성을 생각할 때 나는 주 동무의 토론에 적극 찬성하지 않을 수 없습니다.”

“옳소.”

소리가 좀더 많이 나왔다.

박태영의 머릿속은 회오리를 일으켰다.

‘군기보다 소중한 게 있소. 지금 이 판국에 군기를 내세워 다년간 우리와 고락을 같이한 동무를 어떻게 죽일 수 있단 말이오. 정찰대장은 우리의 네 곱 다섯 곱 고통을 겪은 사람이오. 그 고통과 이때까지 바쳐온 충성을 감안하더라도 그를 죽일 수는 없소. 오늘날 우리의 상황을 살펴보시오. 풍전등화나 마찬가지 아닙니까. 우리는 그의 과오를 우리 전체의 과오로 알고 하루를 절식하는 책벌을 우리 전체에게 과함으로써 그를 용서해줍시다…….’

그러나 이건 입 밖으로 나오지 못하고, 박태영의 머릿속의 회오리로 끝나고 말았다.

무슨 말을 해도 소용이 없었다. 사령부가 그를 처단하기로 하고 이미 결박까지 지은 이상 살려줄 가망은 없었다. 토론은 한갓 형식적인 절차에 불과했다.

사령관이 사형 선고를 내렸다. 정찰대장 김상경은 사색이 되어 산모퉁이 저쪽으로 끌려갔다.
 이 사건은 박태영에게 너무나 큰 충격이었다. 가망 없는 짓을 시도해 절망의 절벽으로 사람들을 몰고 가는 주제에 도대체 군기란 무엇을 뜻하는 것인가.
 김상경은 정찰대장이란 중책을 맡길 만큼 매우 성실하고 모범적인 당원이었다. 낙동강전투 이래 많은 공을 세워 훈장을 받은 용사이기도 했다. 그러한 그가 나흘 동안 굶은 끝에 호박죽 한 그릇 얻어먹고 잠깐 잤다는 잘못으로 동지의 총창 앞에 이슬이 되어 사라진 것이다.
 도무지 혼자 소화할 수가 없어 박태영은 이태를 만난 자리에서 이 문제를 꺼내놓았다.
 "이태 동무, 세상에 이런 각박한 짓이 있겠소. 김상경은 훈장을 받은 사람 아뇨? 훈장과 사형을 맞바꾸는 처벌 방법도 있지 않겠소. 그런 특전도 없으면 훈장에 무슨 보람이 있단 말요. 그를 죽이지 않아도 군기를 엄하게 지닐 수 있는 방법은 얼마든지 있지 않겠소."
 "나도 박 동무 의견과 같소. 그러나 그게 빨치산의 관행인 걸 어떻게 하오. 우리 힘으로는 어떻게 할 수 없는 일인걸요."
 "나는 이 부대에 정이 떨어졌소."
 "쉬잇. 박 동무, 말조심해야겠소."
하고 이태는 주위를 두리번거리더니 말했다.
 "김상경 정찰대장은 탈출할 기회를 노리고 있었던 것 같소. 그런 눈치가 있어서 앞질러 처단해버렸다는 말이 있습니다."
 "괜한 소릴 거요. 사람의 마음을 어떻게 꿰뚫어본단 말요. 그렇게 덮어씌우면 대원의 반 이상을 앞질러 처단해야 할 거요."
 이태는 다시 한번

"쉿!"
하며 손가락을 입에 갖다댔다.

지리산 지구의 대규모 공비 소탕 작전이 제2차로 시작된 것은 1952년 1월 중순경이었다. 당시 국방부는 1월 18일, 19일 양일의 전과를 다음과 같이 발표했다.

공비 사살　589명.
생포　237명.

남부군은 물론 이런 발표를 알 까닭이 없었다. 그런데 빨치산 자신들이 알고 있기론 남부군, 경남부대, 전남부대, 전북부대를 합쳐도 5백 명이 채 못 되었다.

군 작전이 시작되기에 앞서 남부군은 거림골에서 가장 가까운 마을인 내외공內外公으로 보급 투쟁을 다녔다. 그곳은 면사무소 소재지인 덕산이 가까워서인지, 마을 주민의 식량 소개疏開가 철저해서 식량을 얻기가 어려웠다. 남부군은 하루 두 끼 때우기가 어려운 형편이었다. 그러니 군 작전이 시작되었을 무렵엔 식량의 비축이 전혀 없었다. 처음부터 굶으며 행동해야만 했다.

갖은 곡절 끝에 백뭇골로 숨어들었지만 국군 부대의 봉쇄 작전 때문에 보급 투쟁의 길이 아주 단절되었다. 굶주린 창자를 움켜쥐고 상백무에서 하백무까지 20리에 걸쳐 갈라져 있는 여러 가닥의 가짓골 이 골짝 저 골짝을 국군을 피해 헤맸다.

4지대, 즉 전 승리사단은 백뭇골에서 부대를 둘로 나눴다. 토벌군의 이목을 분산시켜 만일의 경우 한꺼번에 전멸되는 위험을 적게 하기 위해서였다.

전 92사단의 주력이 된 별동대가 편성되어 먼저 뱀샷골로 떠났다. 남부군 전체가 뱀샷골로 이동해 백뭇골이 빈 것처럼 위장하기 위해서였다.

그런데 작전 3일째쯤 되는 날이었다. 제4지대 주력이 백뭇골 어느 개울가에 천막을 치고 숙영 준비를 하는데, 마천 쪽 어귀에 강력한 국군 부대가 나타났다는 초병의 급보가 날아들었다.

부랴부랴 천막을 해체해 이동 준비를 서둘렀다. 그러다보니 정치부 천막이 이태의 차지가 되었다.

불빛을 가리기 위해 천막 안에서 불을 피웠기 때문에 천막 위에 내린 눈이 녹아 한아름이나 되는 광목천이 물에 흠뻑 젖었다. 그것을 접어 메는 사이에 얼어붙어 커다란 얼음 덩어리가 되어버렸다. 짊어지고 보니 50킬로그램이 넘는 무게가 될 것 같았다. 그러나 나눠 질 수 있는 짐이 아니었다. 이태는 그 무거운 짐을 짊어지고 대열에 끼였다.

별동대를 떠나보낸 뒤 남은 남부군 주력 부대는 110명 남짓했다. 그 110명의 빨치산이 어둠과 눈 속에서 소리 없이 주능선을 향해 움직여 나갔다. 처음엔 나무꾼들이 다니는 오솔길을 따라갔지만 얼마 지나지 않아 그 소로마저 찾을 수 없어 그냥 숲속의 비탈길을 기어올라야 했다.

두 시간쯤 지났을까. 장터목과 잔돌평전의 중간 지점이었다. 능선이 가까워졌다는 짐작이 들 무렵에 갑자기 대열이 뚝 멎으며 선두로부터 전달이 내려왔다.

"뒤로 전달. 1대대 앞으로."

대대의 구분 없이 섞여 가던 1대대 대원들이 재빠른 동작으로 빠져 앞으로 올라갔다.

대열 중간에선 전방의 사정을 알 수가 없다. 박태영은 '이제 전투가 시작되는가 보다.' 하고 정신을 차렸다.

그런데 한 시간가량 기다려도 아무런 명령이 없다가,

"뒤로 돌아."

라는 전달이 왔다. 온 길을 내려가기 시작했다. 분명히 마천 쪽 어귀에 적정이 있어서 이동한다고 했는데 도로 그곳으로 내려간다는 건 이상했다.

한 시간쯤 후에 다시 능선을 올라가라는 명령이 있었다. 다시 비탈을 오르기 시작했다.

아까 행군이 멎었던 자리에 도착했다. 그러자 또 대열이 멈췄다. 얼마 후, 다시 내려가라는 전달이 있었다.

그러는 동안에 새벽이 가까워졌다. 그러다보니 백뭇골 골짜기에서 2천 미터 가까운 주능선 8부쯤까지를 밤새 오르락 내리락 한 꼴이 되었다. 남부군 지휘부가 이렇게 결단력 없이 갈팡질팡한다는 것은 뜻밖이었다.

주능선엔 토벌군의 진지가 있었다. 그것을 돌파하든가 몰래 빠져나가든가 해야 하는데, 이렇게도 저렇게도 자신이 없는데다 마천 쪽의 적정이 만만치 않고 보니 지휘부가 쉽사리 결단을 내리지 못했던 것이다.

백뭇골은 이웃 칠선골과 더불어 이 나라 산악 가운데 겨울 등반로로선 최악의 조건을 죄다 갖춘 곳이었다. 대원들은 추위와 허기와 피로에 지칠 대로 지쳤다. 세 번째로 능선 쪽을 올라갈 땐 비실비실 쓰러지는 대원들이 생겨나게 되었다. 체력을 있는 대로 소모해, 다 탄 촛불처럼 꺼져버린 것이다.

그런 가운데 박태영은 김복홍 사단장의 그야말로 불사신 같은 모습을 보았다. 김복홍 사단장은, 가뜩이나 걷기 어려운 대열 밖의 눈비탈을 이리 뛰고 저리 뛰어 대열 전후를 감싸듯 하며 언제나 웃는 표정으로 대원들을 독려했다.

"산이 이기나 우리가 이기나 한번 해보자꾸나."

"겨울이 이기나 우리가 이기나 한번 해보자꾸나."

"적이 이기나 우리가 이기나 한번 해보자꾸나."

"힘을 내! 우리가 얼마나 멋진가, 우리가 얼마나 가당찮은가를 증명해보자꾸나."

"자아, 용사들! 힘을 내! 용기를 내!"

1미터 떨어진 곳에선 들리지 않게 나직하면서도 힘찬 소리로 독려하는 김복홍 사단장의 행동은 천재적인 연기라고 할 수 있었다. 그리고 그 체력! 앞뒤로 몇 번을 뛰어다녔으니 걸은 거리가 대원들의 몇 곱절 되었다. 실로 초인간적인 체력이고 정신력이었다.

박태영은 사단장보다 못해서야 되겠느냐고 스스로를 독려했다. 이태는 천막을 짊어지고 고역을 치렀지만, 짐 무게로 해서 오히려 추위와 피로를 덜 느꼈다고 그 후 박태영에게 토로했다.

세 번째 능선의 8부쯤에 이르렀을 때 동이 트기 시작했다. 큰 바위 아래 움푹한 곳이 있었다. 전원이 그곳에 모였다. 30분쯤 대기하고 있자 참모장이 불을 피워도 좋다고 했다. 정찰대의 보고에 의해 능선의 토벌대 초소가 철수되었다는 사실을 확인했기 때문이었다. 그래도 불안한 마음이 없지 않았지만 허락이 있었으니 불을 피웠다. 서너 군데 피운 모닥불에 모두들 둘러앉았다. 청솔 가지를 꺾어 깔고 자는 사람도 있었다.

그런데 이상한 일이 생겼다. 모닥불 가에 앉아 있던 대원 몇 사람이 스르르 쓰러져 숨을 거두어버린 것이다. 연일 축적된 피로의 더미 위에

가을바람, 산하에 불다 147

지난밤의 격심한 동작에 따른 피로가 겹쳐지는 바람에 피로의 중량을 이겨내지 못하게 되었기 때문인지도 몰랐다. 혹은 꽁꽁 얼어붙은 몸이 불을 쬐는 바람에 녹아, 그 속에 있는 생명까지 녹아버렸는지도 몰랐다. 요컨대 생명을 지탱할 수 있는 체력이 한계점을 넘어서버린 것이다. 그렇게 해서 6명의 젊은 사람이 한자리에서 조용히 숨을 거두어버렸다. 행군 중에 지쳐 쓰러져 죽은 2명의 대원까지 합쳐 8명이 그날 밤 백못골에서 인생을 마쳤다.

죽은 대원 가운데 이태와 동향인인 박기선이 있었다. 박기선은 얼마 전 전투에서 부상을 당해 환자트에 들어가 있다가 군 작전이 시작되기 며칠 전에 원대 복귀해 아직도 몸이 부실한 상태였다. 원래 검은 얼굴이 더욱 검어지고 피골이 상접해 몰라볼 만큼 변모해 있었던 것이다. 이태가 그의 죽음을 더욱 슬퍼하지 않을 수 없었던 것은, 최 소대장으로부터 모욕적인 학대를 받으면서도 끝내 고향에 돌아가겠다는 일념으로 묵묵히 인종한 사실을 알고 있기 때문이었다. 아무튼 박기선은 그 험난한 행로를 백못골 바위 틈에서 종지부를 찍었다.

얼마쯤 시간이 지나 지시가 있었다.
"구보로 능선을 넘을 테니 단단히 준비하라."
곧 부대는 연줄이 풀리듯 줄을 이뤄 능선을 향해 쏜살처럼 뻗어 나갔다.
주능선에 올라선 순간 모두들 부지중에 눈을 감고 얼굴을 두 손으로 가렸다. 숨이 콱 막히도록 모래 섞인 강풍이 얼굴을 후려 때린 것이다. 눈 덮인 산마루에 모래가 있을 리 없는데, 박태영의 감각으론 분명 모래에 얻어맞은 느낌이었다.

능선의 눈 위엔 국군의 방한화 자국이 어지럽게 흩어져 있었다. 능선 위에 설치된 토벌대의 초소는 날이 새면 철수하게 돼 있는 모양이었다.

부대는 순식간에 능선을 넘어 중산골로 내려갔다. 중산골에서 몇 시간 숨을 죽이고 숨었다. 상황을 살핀 후 다시 행동을 일으켰다. 지능선 두어 개를 단숨에 넘었다. 거림골 '무기고트'에 당도한 것은 해질 무렵이었다.

박쥐 같은 생태를 가진 것이 빨치산이다. 밝은 낮엔 적정이 있건 없건 노상 불안감에 싸여 있다. 일단 해가 떨어지면 내 세상을 만난 것처럼 용기가 되살아난다. 어둠이란 장막이 강철의 방패처럼 불안감을 잊게 해주었다. 무기고트엔 전날 엮어놓은 산죽의 초막이 눈에 파묻힌 채 그대로 남아 있었다. 그 속에 남겨둔 악양전투의 부상자들은 전멸당했지만, 푸른 산죽이 잘 타지 않아 초막은 소각을 면한 것이다.

비장한 식량을 찾기 위해 정찰대가 나갔다. 이곳에 온 목적 가운데 하나는 전에 비장한 식량을 찾는 것이었다. 전번에도 못 찾아냈지만 미련이 남아 다시 찾아나섰는데, 이번에도 정찰대는 허탕을 치고 돌아왔다. 김이 무럭무럭 나는 쌀밥의 환상이 깨지고 말았다.

초막의 눈을 털고 어둠 속에 다리를 펴고 누우니 얼어붙은 산죽의 냉기로 하여 냉장고 속처럼 썰렁했으나, 새벽부터의 긴장이 탁 풀리며 어느새 빨치산들은 잠에 빠져들었다. 하지만 전투 대대의 일부는 잠에 빠져들 겨를이 없었다. 설영지에 도착하기가 바쁘게 주능선으로 올라가 초소망을 구성했다.

어둠이 짙어진 무렵이었다.

낮에 거쳐온 동북쪽 능선의 초소로부터 적정이 나타났다는 급보가 왔다. 토벌대가 빨치산의 행적을 포착해 추격해오고 있다는 것이었다.

즉각 출발 명령이 내려졌다. 주능선의 초소에 철수 명령을 알리러 연락병이 뛰어가는 동시에 부대는 세석평전을 향해 이동을 시작했다. 능선 초소가 철수해오는 것을 기다리지 못하고 본대가 출발하는 경우는 흔히 있었다. 그래도 초병들은 용케 '포인트'를 찾아 부대를 뒤쫓아 왔다.

두 시간쯤 후, 세석평전의 가장자리이며 대성골의 막바지 끝이 되는 주능선 부근에서 뒤쫓아온 초소 병력이 본대와 합류했다. 바로 이때 남부군은 동남북 세 방면으로부터 수를 알 수 없는 국군 대부대의 포위 공격을 받게 되었다.

세석평전으로 향하는 남부군의 병력은 110명. 그 가운데 전투 병력은 2개 대대 약 60명. 그 60명이 만 명 이상의 병력을 가진 국군의 대부대를 대적해야 했다.

눈 덮인 1,500고지에 겨울 달이 교교하게 밝았다. 음력 스무날께의 달이었다. 처절한 달빛을 대포의 포성이 갈기갈기 찢었다. 산이 무너지는 듯한 굉음, 공중에 솟아오른 수많은 예광탄의 빛, 수류탄의 작렬음, 콩 볶듯 하는 기관총, 소총의 불꽃 튀기는 소리, 소리, 소리.

전투 대대가 이곳저곳 산개해서 싸우는 동안, 사령관 이현상을 비롯한 사령부 요원은 대성골 위쪽에 있는, 두어 길 되는 바위 벼랑 밑에서 예비대로 대기하고 있었다.

박태영은 사령부가 은신하고 있는 곳으로부터 50미터쯤 동쪽에서 앙상한 나무에 의지해 예광탄의 조명으로 짐작할 수 있는 적의 방향을 향해 총을 쏘아댔는데, 어느덧 총신이 열을 띠어, 마음 탓인지 발사된 총알이 바로 눈앞에 떨어지는 느낌이었다. 총을 냉각시켜야겠다고 생각하고 총신을 눈 바닥에 뉘고 베개 삼아 총을 베고 잠시 누웠다.

교교한 달이 엷은 구름 사이를 누비며 달리고 있었다. 포성이 굉음으로 산을 진동시키고, 소총 소리가 그 사이를 엮었다.

'지리산 산신령이 노할 것이다.'

라고 했던 약초 캐는 노인의 말이 생각났다. 그런 사이에도 깜박 졸았다.

박태영이 정신을 차려 다시 탄환을 장전하고 격철을 세웠을 때, 피투성이가 된 부상자 몇이 실려 내려와 바위 밑으로 옮겨졌다.

박태영은 총성이 약간 멎은 틈에 바위 가까운 위치로 옮겼다.

"대성골로."

하는 낮은 전달이 있었다. 보니 사령부 요원이 바위 그늘에서 나와 벼랑을 타고 계곡을 내려가고 있었다. 그 방향이 유일한 탈출구였다. 전투 대대도 걷지 못하는 부상자를 버려둔 채 계곡으로 철수해 내려갔다.

잠시 후 총성이 멎었다. 정적이 산을 덮었다. 달이 서쪽으로 기울어 짙은 그늘이 어둠으로 되어 있는 곳을 골라, 이제 90명가량으로 줄어든 남부군 대열이 소리 없이 움직였다. 대열의 순서가 뒤죽박죽이었다.

박태영의 신경은 그런 시간 속에서도 예민하게 작용했다.

'이대로 줄곧 내려가면 화개천변의 야지가 나온다. 화개엔 틀림없이 토벌군의 기지가 있다. 그런데 그리로 가겠단 말인가 이 골짜기에선 어느 지점에서도 머물 수 없을 텐데 부대는 어쩌자는 것일까. 달리 빠질 곳도 없는데⋯⋯.'

동서남 세 방면으로 포위를 당해서 빠질 곳은 북쪽이지만, 북쪽으로 가려면 위험한 주능선을 넘어야 하니 거의 불가능했다. 그래서 불안했다.

그런데 한 시간쯤 내려갔을 때 대열이 갑자기 협곡을 버리고 바른쪽 벼랑을 기어오르기 시작하지 않는가. 그것은 상상도 못한 일이었다. 깎

아세운 듯한 바위 벼랑을 어떻게 기어오른단 말인가. 군데군데 물이 새어 암벽의 대부분이 얼음벽으로 되어 있는 상태인데 말이다. 그런 만큼 적의 의표를 찌른 행군 방향이긴 했다. 대열은 지그재그를 그리며 그 바위 벼랑을 기어올랐다. 기적 같은 곡예라고 할 수밖에 없었다.

6, 7백 미터쯤 높이에 이른 곳부터 비탈이 다소 완만해졌다. 그러나 대열은 오르다가 쉬고 오르다가 쉬고 하는 동작을 되풀이했다.

능선 8부께에 이르렀을 때 대열이 정지되고 '제2대대 앞으로'라는 전달이 있었다. 박태영은 앞으로 나가지 않아도 되었다. 제1대대에 속해 있기 때문이었다.

제2대대 대원들이 대열 속에서 빠져나와 앞으로 달려갔다. 능선의 보초선을 강행 돌파할 계획이리라 짐작되었다.

그런데 총성이 없고 대열도 움직이지 않았다.

죽음 같은 정적 속에서 시간이 흘렀다. 대원들이 거의 앉은자리에서 졸고 있었다.

어느새 날이 훤히 밝았다. 박태영도 깜박깜박 졸고 있었는데, 대열이 움직이는 것을 의식하고 바짝 정신을 차리고 일어섰다. 다른 대원들도 차례차례 잠에서 깨어 움직였다.

갑자기 앞서 가던 대원이 뛰기 시작했다. 박태영도 따라 뛰었다.

능선에 올라섰다. 뒹굴고 있는 빨치산의 시체가 눈에 띄었다. 근처의 눈에 선혈을 뿌리고 피투성이가 되어 있었다. 10미터쯤 떨어진 곳에 또 하나의 시체가 있었다. 그것은 국군의 시체 같았다.

몇 시간 전부터 총소리 한 방 나지 않고 말소리 한 번 들은 적이 없는데 그곳에서 처절한 판토마임이 있었던 것이 확실했다. 그런데 그 의미를 생각해볼 겨를이 없었다. 박태영은 능선 저쪽 경사면으로 뛰어내려갔다. 빨치산이 국군 보초를 찌르려고 접근했는데 발각되어 격투가 벌어진 끝에 서로 중상을 입고 쓰러져 죽었을 것이란 짐작은 나중에 했다.

날이 완전히 밝았다. 앞선 대원들은 스키를 타듯 가속을 붙여 반은 미끄러지며 줄줄이 급사면을 달려 내려가고 있었다.

박태영이 벼랑을 반쯤 내려갔을 때, 대열에서 비켜서서 문춘 참모와 이태가 말을 주고받고 있었다. 문춘 참모가

"이태 동무, 아무래도 이상하다. 대열이 중간에서 끊어진 모양이다."

하고 내려오던 곳을 가리켰다. 박태영도 멈춰 서서 뒤를 돌아보았다. 박태영 뒤에 오는 대원은 두 사람밖에 없었다.

"그런 것 같습니다. 내 위치가 대열의 중간쯤이었으니까요."

이렇게 대답하면서 이태는 불안한 얼굴을 했다.

"어느 놈이 졸다가 대열을 끊어먹은 모양이다. 어쩐다? 이 동무가 능선까지만이라도 되돌아가서 연락을 취해봐, 한 사람 데리고."

문춘의 말이 떨어졌을 때, 박태영은 문춘과 이태 앞을 지나 미끄러져 내려가려고 했으나 이태의 시선을 느끼자 움직일 수가 없었다. 이태가 말했다.

"박 동무, 나와 같이 갈까요?"

'뒤따라온 사람이 둘이나 있는데 하필이면…….' 싶었지만 박태영은 거절할 수가 없었다.

두 사람은 다시 능선으로 올라갔다. 시체 두 구가 뒹굴고 있는 곳까지 가보았으나 아무런 기척이 없었다.

보초가 살해된 지 꽤 오래되었으니 국군 보초 교대 요원이나 수색대가 곧 나타날 위험이 있었다.

박태영은 자기가 졸다가 뛰기 시작한 곳이 능선 저쪽 2백 미터쯤 아

래라고 짐작했다. 그러니 두세 사람 뒤에서 대열이 끊어졌다면 지금 문춘 참모가 기다리고 있는 지점과는 5백 미터 이상의 거리가 되는 셈이다. 이태와 박태영은 그 한가운데 지점, 즉 인제 곧 수색대가 나타날지도 모르는 능선 바로 위에 서 있었다. 무시무시한 기분이었다.

"어떻게 한담."

이태가, 묻는 것도 중얼거리는 것도 아닌 투로 뚜벅 말했다.

"빨리 결정해요."

박태영이 말했다.

일렬로 적당한 간격을 유지하며 행군할 경우, 정지 중에 어느 한 사람이 잠이 들어 앞 사람이 전진한 것을 모르면, 그 뒤부턴 줄줄이 졸든가 아무것도 모르고 기다리게 마련이다. 워낙 지쳐서, 내버려두면 온종일이라도 깨어나지 못할 것이다.

"넘어가서 끌고 온다?"

이태가 말했을 때 박태영이 얼른 말했다.

"그사이 능선이 차단되면 어떻게 하죠?"

밝은 대낮에 벼랑 중간에 남겨진 그들의 운명이 어떻게 될지는 너무나도 자명했다. 그러나 그런 사정까지 생각하고 행동할 여유는 없어 보였다. 박태영이 덧붙여 말했다.

"이 동무, 빨리 되돌아갑시다. 지금 대성골로 내려갔다간 틀림없이 오도 가도 못하게 될 테니까요. 여기서 어물어물하다가 사령부가 어디론가 떠버리면 외톨이가 될 것 아뇨."

그때였다. 능선 저쪽에서 인기척이 나는 것 같더니 네댓 발 총성이 났다. 두 사람의 귓전을 두세 발 탄환이 스쳤다.

"국군 수색대다!"

두 사람은 서쪽 사면으로 몸을 날려 단숨에 비탈길을 내리굴렀다. 구르다시피 사면을 뛰어내려 선 곳은 벽소령 밑 삼전골의 어느 가지 골짜기였다. 사령관 이하 전원이 모여 있었다.

이태의 보고를 듣자 사령관은 침통한 표정으로 주위의 산을 둘러보고 하늘을 보고 하더니 일어섰다.

"도리 없지."

다시 행군이 시작되었다. 행군 서열은 정찰대, 호위대, 본부 요원, 교도 대원, 전투 대대의 순이었다. 금방 30여 명을 잃었으니 대열은 초라하기 짝이 없었다. 정찰대와 호위대는 수가 줄고 줄어서 각각 5, 6명으로 되어버렸다.

대열은 삼전골의 어느 나지막한 산모퉁이를 돌아 빗점골 쪽으로 방향을 잡았다. 낮은 지대인데다 남향이어서 눈이 희끗희끗 남아 있고 햇볕이 겨울날답지 않게 따스했다.

남부군이 완전히 굶게 된 지 벌써 3일째였다. 그런 상태로 밤낮없는 격동의 연속이었으니 거의 인간 능력의 한계점에 이르렀지만, 생명을 건 사람의 집념은 상식을 초월한 국면을 보였다.

햇살이 퍼지자 대열 속에서 소곤소곤 얘기하는 소리가 들리기도 했다. 박태영은 그 행군 도중, 의신전투에서 단신 뛰어들어 국군의 기관총을 노획한 홍 소년의 최후 얘기를 들었다. 홍 소년은 어젯밤 능선 근처에서 싸우다가 여섯 군데 총상을 입어 도저히 움직일 수 없게 되자, 생포될 위험을 없애기 위해 자기 총으로 자결해버렸다는 것이다.

대성골에 남게 된 대원들 얘기를 박태영이 들은 것은 수일 후 이태를 통해서였다.

그곳에 남겨진 대원은 성成 노동 지도원 이하 약 30명이었다.

성 노동 지도원은 세석에서 탈출할 때 대열 후미를 단속하라는 명령을 받고 대열 맨 끝에서 따라오고 있었다. 이윽고 토벌군에게 포위된 그들 30명 대원은 필사적인 저항을 하다가 전사, 또는 투항, 혹은 생포되었다. 그런데 국군은 투항한 대원까지 조기 두름처럼 전깃줄로 묶어 총살한 후 현장에서 휘발유를 뿌려 시체를 태워버렸다.

이태는 그 얘기의 끝을 이렇게 맺었다.

"엄청나게 큰 미군 가죽 장화를 털그럭털그럭 끌고 다니면서 곧잘 익살을 부려 정치부 분위기를 돋우던 촌부자연村夫子然한 성 노동 지도원도 시꺼멓게 그을린 시체 더미 속에서 발견되었대요. 그러니 당신이나 내나 아슬아슬한 죽음의 고비에서 살아남은 거라. 혹시 우리는 불사신인지도 몰라!"

60명가량으로 줄어든 남부군의 5보 간격을 유지한 늘어진 대열이 삼전골 어느 산모퉁이에 U자형으로 걸렸을 즈음이었다. 박태영의 뒤쪽에서 갑자기 총성이 울렸다. 동시에

"손 들엇!"

하는 날카로운 고함 소리가 들렸다.

박태영은 선뜻 고개를 돌려 오던 길을 보았다. 20미터쯤 떨어진 곳에 방한모를 쓴 국군 병사 수명이 M1총을 겨누고 서 있고, 그 앞에서 여성 대원 하나가 두 손을 번쩍 들고 있지 않은가.

'양동순이 걸렸구나.'

하는 짐작과 함께 박태영은 바로 옆의 무성한 산죽 속으로 몸을 날렸다. 양동순의 뒤를 따라오던 대원들은 뒤돌아 달아나는 모양이었다.

박태영은 산죽 속에서 소리나지 않게 행군 방향으로 기었다.

양동순이 공교롭게도 국군 수색대에 걸려들었는데, 국군 수색대는 띄엄띄엄 거리를 두고 행군하는 대열 전체를 파악하지 못하고 양동순의 단독 행동으로 본 것 같았다. 그렇지 않다면 대담하게 총을 들이대고 손 들라고 고함을 칠 수는 없었을 것이다.

조금 있으니 그때에야 양동순 뒤에 후속 부대가 있다는 것을 알아차렸는지, 수십 발의 총성이 후속 부대가 도주하는 방향에서 울려왔다.

박태영이 산죽밭 속을 4, 50미터 기어가자, 앞서 간 30명가량이 커다란 바위 몇 개에 의지해 전투 태세를 갖추고 있었다.

결국 남부군은 그곳에서 또 두 동강이 나버렸다. 양동순 뒤쪽의 수가 약 30명은 되었을 것이니 이현상 사령관 곁에 남은 수는 기껏 30명가량이었다. 30명이 남았다고 해도 대부분은 사령관 이하 주요 간부들이어서 전투원은 정찰대, 호위대를 합해 10여 명밖에 되지 않았다. 그 소수의 병력으로 포위한 토벌군과 맞서야 했다.

남부군 30명의 병력이 점거하고 있는 바위 진지는 백 평 남짓했는데, 나무 한 그루 없고 말라붙은 잡초 사이에 붉은 흙이 여기저기 노출되어 있는 황량하기 짝이 없는 곳이었다.

시각은 이제 겨우 오전 8시. 해가 지려면 까마득했다.

노출된 진지에서 소수의 병력으로 막강한 국군의 포위 공격을 낮 동안 견디어낼 수 있을까.

박태영은 '풍전등화'란 말을 상기했다. 태백산, 소백산을 뒤흔들던 남조선 최강의 유격대, 남한 6도 빨치산 부대를 총지휘하던 남부군 사령부의 운명이 바로 풍전등화처럼 되었다.

박태영의 상념은 '절체절명'이란 어휘에 미쳤다. 우선 지형 지물을 보아 절체절명이었다. 다음 수적으로 절체절명이었다. 일본군이 흔히 쓰던 전원 옥쇄란 말이 실감 있게 가슴에 와닿았다.

박태영은 비좁은 진지에 모여 있는 30명의 면면을 주의 깊게 살펴보았다. 그 30명 가운데 사령관 이현상이 있었다. 정치위원, 참모장, 군의관, 후방부장, 기요과장, 언제나 사령부와 행동을 같이하며 사령관 이현상의 시중을 든, '준의'准醫라는 이름으로 불리는 스무 살 안팎의 소녀 위생병, 그리고 사령부의 객원격인 당과 군의 고위 간부 서너 명, 이렇게 사령부 요원은 거의 전부 있었고, 4지대 측으로는 김복홍 사단장, 문춘 참모, 그밖의 참모 둘, 적공 지도원인 장, 작가 이동규, 시인 하씨. 이밖의 정치부 요원은 양동순의 뒤에 있었기 때문에 떨어져 나갔다.

모두가 최후의 결심을 하고 있다는 것을 표정과 동작으로 알 수 있었다.

전투원, 비전투원 가릴 것이 없었다. 모두들 무기를 들고 4면으로 방위 태세를 취했다. 산모퉁이 저쪽, 그리고 위쪽, 아래쪽에서 포위군이 육박하고 있기 때문이었다.

'독 안에 든 쥐!'

국군 비행기가 뿌린 삐라의 만화가 생각되어 박태영은 하마터면 실소를 터뜨릴 뻔했다.

토벌군으로부터 노획한 '536무전기'로 포위 부대들의 통화를 엿듣던 강 참모장이 빙그레 웃으며,

"이거 야단났습니다. 양동순이란 년이 말한 모양이지요. '이현상 이하 남부군 수뇌부가 몽땅 포위돼 있으니 생포하라.'고 지시하고 있는데요, 허, 참."

하고 이현상을 돌아봤다. 이현상은 대답 없이 미소만 지었다. 그는 원래 말이 적은 사람이었다. 참모장은 전화기의 스위치를 누르고

"여기는 독수리, 여기는 독수리, 솔개미 들어라, 솔개미 들어라, 오버. 우군끼리 충돌하고 있다. 공격을 즉시 중지하라. 산돼지는 반야봉 쪽으로 도주하고 있다. 즉시 추격하라."

하고 서너 번 되풀이했다. 그러나 반응이 시원치 않은지 '쳇' 혀를 차고 스위치를 꺼버렸다. 건전지가 얼마 남지 않은 모양이었다.

박태영은 이태와 같이 바위 하나에 몸을 의지하고 위쪽 약 30미터 정면을 담당했다. 전면 저쪽에 소나무가 듬성듬성 있고, 바로 앞은 산죽밭이었다.

생포가 목적이었던지, 또는 궁지에 몰린 빨치산의 발악이 두려웠던지, 토벌군은 4, 50미터 앞에서 얼씬거리면서도 와락 돌진해오지 않았다. 그러다가 가끔 '돌격' 소리를 지르기도 하고, 몇 사람이 산발적으로 산죽밭에 기어들기도 했다.

박태영은 속칭 US99식이라는 일제 총을 가지고 있었다. 총기는 얼마든지 여유가 있어서 희망대로 무슨 총이든 가질 수 있었는데, M1총을 피한 것은 이유가 있었다. 노상 눈비를 맞아야 하는데 기름 청소를 제대로 못 하는 형편이라서 M1은 자동 장치에 고장이 나기 쉬워 불안스러웠던 것이다. 99식은 2차대전 말기 일본이 급조한 총으로, 조준기도 없고 조잡하기 짝이 없었지만, 워낙 단순한 구조여서 격침이라도 부러지지 않는 한 고장날 리가 없고, 중학생 시절부터, 그리고 일제 말기 지리산 시절에도 손에 익어서 그런대로 애착이 있었다. 그러니 그 총으로 3할 이상의 명중률을 자신했다. 그런데 그날 박태영의 명중률은 형편없었다.

가을바람, 산하에 불다

50미터 전방에 소대장급으로 보이는 지휘관 하나가 꼿꼿이 서서 지휘하고 있는 것이 보였다.

'아아, 오늘 너는 내 총에 맞아 죽는구나.'

박태영은 그 지휘관을 노려 신중한 겨냥으로 방아쇠를 당겼다.

그런데 그 국군 장교는 자기가 저격당하고 있다는 것조차도 모르고 여전히 선 자세로 병사들을 독려하고 있었다.

박태영은 연속 다섯 발을 쏘았다.

그러나 국군 장교는 단 한 번 날쌔게 엎드렸다가 다시 일어났다.

'용감한 놈이로군. 운이 센 사나이군.'

박태영은 그 국군 장교를 노릴 생각을 포기해버렸다.

호위대원 하나가 박태영 옆으로 오더니 포복해 오는 국군을 향해 수류탄을 던졌다. 바위 더미가 잘 보이지 않아 불안한지, 접근하는 적을 위협할 목적인지, 그는 자기 수류탄을 다 던지고 나서 박태영이 가지고 있는 수류탄까지 빼앗아 심심하면 한 개씩 던졌다. 그래서 정오경에 박태영은 수류탄이 한 개밖에 없게 되었다.

그러자 그 호위대원은 머리를 들고 바위 너머를 힐끔 넘겨다보았다. 바로 그 순간이었다. 호위대원은 '윽' 외마디 소리와 함께 쓰러져버렸다. 명중탄이 이마를 관통해버린 것이다.

박태영이 멍청한 눈으로 그 광경을 보고 있는데, 다른 호위대원 하나가 기어와서 박태영을 슬쩍 보더니, 방금 죽어 쓰러진 호위대원의 배낭을 뒤지기 시작했다.

"이 녀석이 쌀이나 뭘 좀 갖고 있는 눈치였는데……."

중얼중얼하더니 그는 죽은 대원의 배낭 바닥에서 두어 숟가락 분량이나 들었을 성싶은 쌀 주머니를 꺼냈다. 그리고 박태영을 보고 겸연쩍은 듯이 싱긋 웃었다.

"이 녀석, 가끔 몰래 우물우물하더니만, 이것 봐, 요령도 좋은 놈이지."

그는 쌀 여남은 알을 손바닥에 덜어 박태영에게 주고 나머지를 입에 탁 털어넣었다.

박태영은, 아직도 검붉은 피가 흐르고 있는 시체와 아까까진 그 시체의 것이었던 생쌀을 우물우물 씹으며 전방을 노려보는 호위대원의 여위고 검게 탄 얼굴을 번갈아 바라보았다.

'내가 총에 맞아 죽으면 저자는 즉시 내 배낭도 뒤지겠지. 그러다가 실망하겠지. 국민학교 아동용 공책과 연필 몇 자루가 있을 뿐이니까.'

그러나 그건 화석처럼 된 감정일 뿐이었다.

박태영은 자기의 정면을 응시했다. 촌각의 방심도 금물이었다. 그러다가 다시 시체 쪽으로 시선이 갔다. 그런데 몸서리치는 광경이 전개되어 있었다. 죽은 호위대원의 넝마 같은 옷 위로 하얀 이들이 줄줄이 기어나오고 있었다. 텁수룩한 수염 사이로, 쑥대밭 같은 머리칼 사이로 이들이 스멀거리며 기어나오고 있었다. 시체가 금세 싸라기를 뒤집어 쓴 것처럼 되었다.

박태영은 자기 몸 전체에서 스멀대는 이를 느꼈다. 자기 몸에도 저만큼의 이가 있으리란 상념은 공포에 가까웠다. 동시에,

'아아, 지리산의 파르티잔은 영화映畵도 되지 못하겠구나. 아무리 비참해도 최소한의 미학은 있어야 영화가 되지 않겠는가. 저 이, 이를 무시하고 지리산 파르티잔의 의미는 없다. 그런데 이에 미학이 관여할 수 있겠는가!'

하는 엉뚱한 상념이 있었다.

'만일 내가 이 포위에서 살아남는다면 '지리산 파르티잔의 의미는

가을바람, 산하에 불다 161

이에 있다.'고 배낭 속의 공책에 기입해야지.'

상념은 여기서 끊어졌다. 참모장이 다가왔다. 잔뜩 긴장한 얼굴이었다. 나직한 말이 있었다.

"곧 포위군의 총공격이 시작된다. 한 군데라도 뚫리면 몰살된다. 잘 막아라. 중요 문서가 있으면 내놔라. 한 군데 모아두었다가 여차하면 불살라버린다."

참모장은 '536'으로 무언가를 들은 모양이었다. 이른바 '옥쇄'를 각오한 목소리였다.

이태가 한 손으로 배낭을 뒤지더니 한 뭉치의 문서 꾸러미를 엎드린 채 참모장에게 건네주었다.

'이태 동무도 전사 편찬의 꿈을 포기했는가보다.'

박태영은 가슴에 찡하는 아픔을 일순 느꼈다.

돌아보니 정치위원, 사단장 할 것 없이 전원 권총을 뽑아 들고 각자의 위치를 지키고 있었다. 그런데 사령관 이현상의 모습은 보이지 않았다. 소녀 간호원의 앳된 옆얼굴에 머리카락 몇 개가 군모 아래 헝클어져 있는 것이 박태영의 망막에 선명히 남았다.

박태영은 들고 있던 99식 소총을 버리고 아까 전사한 호위대원의 M1을 집어들었다.

이윽고 포위군의 일제 사격이 시작되었다. 수류탄을 투척해왔다. 그러면서 포위망을 압축했다.

박태영의 전면으로 50명가량의 국군 병사가 함성을 지르며 바위를 향해 돌진해왔다.

박태영은 단 한 개 남은 수류탄을 핀을 빼어 들고 초를 재다가, 선두에 선 병사의 얼굴이 눈앞에 확 확대되는 것을 의식한 찰나 그것을 굴렸다. 던질 만한 거리가 아니었던 것이다.

　바위 너머에서 꿍음이 나는 순간 박태영은 총구를 내밀고 마구 쏘아댔다. 사격을 한다기보다, 노리쇠를 당기고 격발하고 탄환을 갈아 끼우는 기계적인 동작의 반복이었다.

　겨우 1, 2분에 불과한 시간이었다. 초연 냄새가 그냥 남아 있는 노란 탄피가 박태영 앞에 수북이 쌓여 있었다. 죽은 호위대원이 걸치고 있던 탄대의 탄환을 잠깐 동안에 다 쏴버린 것이다.
　정신을 차리고 주위를 보았다. 토벌군은 원위치로 돌아가 있었다. 힐끗 보니 이태의 이마에서 피가 흘러내리고 있었다. 박태영은 가슴이 뜨끔했다.
　"이 동무, 이마에 피가……."
　이태는 손으로 피를 훔치고 싱긋 웃었다.
　"총탄에 부스러진 바위 조각이 스친 것 같애."
　아닌 게 아니라 이태의 이마에 흐르던 피가 멎었다.
　순간 거짓말 같은 정적이 왔다. 매미 소리 같은 것이 들리는 듯했다. 여기저기 두세 명씩 잡다한 신분의 대원들이 혹은 전면을 보고, 혹은 담배를 피우고 있었다. 너무나도 조용한 풍경이 도무지 현실 같지 않았다.
　이태는 바위를 등지고 앉아 '메부루' 담배를 말다가 박태영과 시선이 부딪치자, 말던 담배를 들어 보이며
　'한 대 줄까?'
하는 시늉을 했다. 박태영이 고개를 저었다. 그리고 시선을 돌려 '준의'라고 불리는 소녀 쪽을 보았다. 소녀는 조그만 바윗덩이에 몸을 기대고

어딘가를 응시하고 있었다. 어떠한 장정도 감당하기 힘든 고난을 그 가 냘픈 육체가 이겨내고 있다고 생각하니 애처롭기도 하고 빛나 보이기도 했다.

'지리산의 잔 다르크!'

언젠가 공책에 기입해야겠다고 생각하며 태영은 소녀로부터 시선을 뗄 수가 없었다. 이 소녀는 수류탄 몇 개와 카빈총 한 자루로 너끈히 자기 정면을 지켜낸 것이다.

태영은 하늘을 보았다. 겨울 지리산에서 드물게 보는 맑게 갠 푸른 하늘이었다. 구름 한 점 없었다. 그 아래에서 사투가 있었다고 믿어지지 않는 하늘빛이었다.

태양이 정오를 약간 넘어선 각도로 기울고 있었다. 절망의 순간을 일단 넘겼지만 앞으로 일몰까진 무한에 가까운 시간이 남아 있었다.

앞으로의 시간이 어떻게 될까.

토벌군은 남한 빨치산 총본부를 포위하고 있다는 사실을 알고 있다. 무제한 증원을 청할 수도 있다. 생포하기 위해 가스탄을 퍼부을지도 모른다. 여기는 공포와 절망이 유착되는 바다에 둘러싸인 절해의 고도이다.

'다음의 시간은 나의 죽음이 그 내용이 되는 시간이 될지 모른다.'

박태영은 자기가 가지고 있는 탄환 120발을 M1에 맞게끔 탄창에 8발씩 채우는 작업을 시작했다. 그러면서 생각했다.

'남의 죽음을 준비하면서 자기의 죽음을 두려워하는 것은 비겁하지 않을까.'

탄창 채우는 작업이 끝났을 무렵 공격의 제2파가 들이닥쳤다.

박태영은 탄환을 아껴야겠다는 마음을 다지고 M1을 반자동 장치로 바꾸어 신중히 조준하며 간헐적인 사격을 했다.

제2차 공격도 무난히 넘겼다. 다시 정적이 산을 메웠다.

이태가 또 담배를 말고 있었다. 태영은 이태에게 담배를 청해 삐라 종이로 말아 부싯돌로 불을 붙였다.

텁텁한 종이 타는 연기가 입을 채웠다. 그런데 그것이 살아 있다는 실감을 주었다. 태영의 뇌리를 스치는 말이 있었다.

'살아 있는 동안엔 죽음을 모른다. 죽고 나면 더더욱 죽음을 알 까닭이 없다. 어차피 죽음이란 알 수 없는 것이다. 겁낼 필요가 없다.'

에피쿠로스의 말이다.

'그러니까 죽음이 겁난다.'

에피쿠로스의 말에 보태진 박태영의 상념이었다.

주위를 둘러보니, 어디 있다가 나타났는지 사령관의 모습이 보였다. 권총을 빼든 고위 간부들이 사령관을 둘러싸고 낮은 말을 주고받고 있었다. 돌파구를 찾자는 의논인지 몰랐다.

그러나 토벌군의 포위망은 단단했다.

어느 한 군데 허술한 곳이 있을 것 같지 않았다.

이 진지를 버리는 순간이 전원 몰살되는 시간이 될 것이다.

간부들은 흩어져 자기 위치로 돌아갔다. 이현상은 소녀 '준의'가 있는 곳으로 가서 뭔가 나직이 한마디하고 바위 틈에 엎드려 권총을 뽑아 들었다.

하늘 높이 솔개 한 마리가 유연한 원을 그리며 날고 있었다.

―이 땅의 끝에서 끝까지 산굽이를 돌아

자유로운 솔개 날아다니는 곳…….

채선희에게서 배운 노래의 일절이 기억 속에 되살아났다.

'채선희는 어떻게 되었을까.'

채선희는 아침에 두 동강 난 대열 저쪽에 끼여 있었다. 무슨 까닭인지 이국적인 채선희의 이목구비가 한순간 눈앞에 아른거렸다.

김복홍 사단장이 컬컬한 소리를 보내왔다.

"어때, 모두들. 할 만하지? 좋은 경험들 하는구먼."

그는 여전히 싱글벙글 웃는 얼굴이었다.

'전쟁을 하기 위해 이 세상에 태어난 사람, 불사신 사나이.'

김복홍의 웃는 얼굴에 박태영은 용기를 얻었다.

'저 사나이야말로 동상감이다.'

이런 생각이 들자 박태영은 마음이 이상하게도 카랑하게 맑아졌다.

포위군의 공격이 또 시작되었다. 박태영은 무념 무상의 심경으로 M1총을 한 발 한 발 쏘아댔다.

포위군의 공격이 멎자, 박태영도 사격을 중지했다. 매복하고 있는 상대에게 총을 쏘아대면 탄환의 손실만 가져올 뿐이었다.

10분쯤 시간차를 두고 포위군의 맹공격이 두어 차례 계속되었다. 그런데 그 압도적인 병력과 물량을 갖고도 한 줌도 안 되는 빨치산을 공략하지 못했다.

이현상을 생포한다는 목적 때문인지 몰랐지만, 만약 그렇다면 토벌군의 오산이었다. 이현상은 생포당할 사람이 아니었다. 그 직전에 그는 자결하고 말 것이 분명했으니까.

어느덧 어둠이 깔리기 시작했다. 겨울 해는 기울기 시작하면 눈 깜박할 사이에 저물어버린다. 일본어에는 '두레박 떨어지듯 지는 겨울 해'라는 표현이 있다.

어둠이 깔리기 시작하자 포위군은 썰물 빠지듯 자취를 감추어버렸다. 낮 동안에 가능하지 않은 공략이 밤에 성공할 까닭이 없어서였다.

해가 지자 날씨가 갑자기 음산해졌다.

눈이 희끗희끗 남아 있는 산죽숲속에 국군 병사의 유기 시체가 3구 뒹굴고 있었다. 다른 정면에도 3구의 시체가 있다고 했다.

떠메고 간 시체와 중상자도 있을 것이다.

남부군 사망자는 셋이고, 보행을 못할 정도의 중상자는 없었다.

서로의 손실을 비교하면 그 전투의 승리자는 빨치산이라고 할 수 있었다. 그러나 환성 없는 승리, 연기된 절망일 뿐이었다.

중상자 못지않은 피해자는 작가 이동규였다. 아침에 양동순이 붙들릴 무렵 이동규는 산죽밭을 뛰다가 안경을 잃어버렸다. 이동규는 심한 근시여서, 안경이 없으면 장님이나 다를 바가 없었다. 아직 그다지 어둡지 않은데도 이동규는 벌써 허우적거렸다.

토벌군의 철수를 확인해야 했다.

확인되자 몇몇 대원들이 국군 병사의 시체를 향해 한꺼번에 돌진했다. 벌써 눈독을 들이고 있었던 것이다. 옷가지를 벗겨 입기 위해서였다. 시체들은 삽시간에 벌거숭이가 되었다.

언제나 쟁탈의 표적이 되는 것은 장화였다. 그 무렵 토벌군은 설중 행동의 필요상 검은 고무 장화를 신었다. 웬만한 남부군 간부면 토벌군의 시체에서 벗긴 고무 장화를 신고 있었다. 발싸갯감도 귀한 형편이어서 고무 장화는 다시없는 귀중품이었다. 고무 장화가 있으면 물에 젖은 신발로 눈 속을 행군하는 데 따른 고통을 덜 수 있었다. 설영지에서 땔 나무를 하거나 보초로 나갈 때, 모처럼 말려서 감은 발싸개를 다시 눈에 적셔야 하는 괴로움을 피할 수 있었다.

고무 장화를 신고 눈 속을 걸으면 장화 안팎의 온도 차이 때문에 장화 속에 이슬이 괴는 게 탈이라면 탈이지만, 젖은 신발로 눈 속을 걷는 고통에 비할 바는 아니었다.

국군 병사의 장갑도 인기 품목의 하나였다. 장갑이 요긴한 것은 손이 시려서가 아니었다. 벼랑을 오를 때나 험한 길을 걸을 땐 돌부리나 나뭇가지, 풀잎 등을 잡아야 하기 때문에, 손을 보호하기 위해 장갑이 절실하게 필요했다.

빨치산들은 담요 자락이나 그밖의 적당한 천으로 각자 벙어리 장갑을 만들어 꼈다. 그런데 눈 덮인 나뭇가지를 휘어잡으며 걷다보면 장갑이 눈덩어리가 되고 말았다. 손가락 끼우는 곳도 없고 목도 없는 토시 자루 같은 것이 되어서 어느새 손이 쑥 빠져버리기도 했다. 어두운 비탈길을 급행군하는 판이니 장갑을 찾으려고 머물 수도 없고, 새로 장갑을 만들자니 재료도 시간도 없었다. 그래서 국군 병사가 끼고 있는 장갑 하나를 얻는다는 것은 천혜라고 할 수 있었다.

그러한 장화이고 그러한 장갑이니 박태영의 몫이 될 수 없었다. 박태영은 그때, 바닥이 백지장처럼 닳아빠진 고무신을 코를 째어 걸치고 있었다. 그런데도 박태영은 자기의 정면, 바위 하나만 넘으면 차지할 수 있는 국군 병사의 시체를 향해 돌진할 의욕을 갖지 못했다. 용기가 없기 때문이 아니라 체면 의식 때문이었다.

이태는 이미 신 구실을 못 하게 된 박태영의 신발을 보며,

"쳇!"

하고 혀를 찼다. 왜 국군 병사의 시체로 달려가지 않느냐는 의사 표시였다. 그런데 이태의 신발도 형편없었다. 그런 이태 자신도 국군의 시체를 향해 달려가지 않았던 것이다.

어둠이 짙어지길 기다려 남부군 수뇌 부대는 행군을 개시했다. 빗점 골로 향했다. 다시 눈과 어둠 속의 행군.

빗점에서 계곡을 따라올라가 주능선을 넘었다. 주능선에 이어진 북쪽 경사면을 가다가 뱀샛골로 뻗어 내린 지능선을 탔다.

길이 험했다. 그리고 끊임없이 앞을 경계해야 했다. 모두들 지칠 대로 지쳐서 행군 속도가 느릿느릿했다.

지능선에서 다시 반야봉으로 향하는 가지 능선으로 방향을 바꿨을 무렵엔 긴 겨울 밤이 새고 아침이 밝아왔다.

박태영이 밤사이 비탈길을 걷는 동안, 째놓은 신발의 코가 자꾸만 벌어져 결국 두 조각이 나버렸다. 전깃줄로 동여매도 소용이 없었다. 고무 조각이 젖혀지고 밀리고 하다가 어느새 떨어져나가 버렸다.

신 조각이 없으니 발싸개가 붙어 있을 리 없었다. 도리 없이 맨발로 행군했다. 발바닥엔 굳은 살이 겹겹이 박혀 있고, 발등은 이미 감각을 잃었는데, 날이 새면서 보니 나뭇가지와 돌부리에 채어 발 전체가 온통 피투성이가 되어 있었다.

갈림길에 비켜서서 대열을 지켜보던 정鄭 정치위원이 박태영의 발을 보더니 발끈 화를 냈다.

"동무, 그 꼴이 뭐요. 그 발은 동무의 발이 아니라 공화국의 발이오. 어째서 그렇게 함부로 다루오. 즉시 담요 자락을 뜯어서 발을 싸시오."

"발싸개가 붙어 있질 않습니다."

"붙어 있도록 묶으시오. 그 발의 주인인 인민의 명령이오."

박태영은 고개를 떨어뜨리고 대열에서 벗어나 소나무에 기대앉아 배낭에서 담요 자락을 찢어내어 발을 싸기 시작했다.

'공화국의 발이라?'

'인민의 명령이라?'

'공화국이 우리에게 한 것이 뭔데.'

'우리에게 명령할 인민의 실체가 뭔데.'

정 정치위원에 대해선 존경할지언정 미움을 갖지 않았지만, 그런 말을 예사로 하게 하는 조직에 대해서 박태영은 진정 미움을 느꼈다.

발을 다 쌌을 때 대열의 후미가 태영의 눈앞을 지났다. 태영은 그 후미를 따라 정 정치위원과 비탈길을 내려갔다. 소나무가 듬성듬성한 가지 능선을 얼마쯤 내려가니 부대가 잠깐 휴식을 취하고 있었다.

태영은 대원 사이에 덥석 앉자마자 까무러지듯 졸음이 왔다. 허기도 허기지만 잠 한숨 못 잔 지가 백뭇골 이래 사흘이 넘었다. 말하는 사람도 없었다. 소나무 사이로 새어드는 아침 햇볕에 몸을 녹이며 묵묵히 단풍 담배를 마는 사람도 있고, 소나무에 기대앉아 코를 고는 사람도 있었다.

얼마쯤 지나자, 능선 위쪽에서 사람 소리가 들려왔다. 그 소리가 점점 커졌다.

"여기다, 여기. 발자국이 이리로 갔다."

말소리가 또렷이 들렸다. 토벌대의 추적이었다.

졸고 있던 대원들은 번쩍 눈을 뜨고 어깨에서 총을 벗어 들었다. 본능적인 동작이었다. 참모장이 긴장된 얼굴로 다가왔다.

"나는 선생님 모시고 곧 출발하겠다. 몇 사람 남아서 막아줘야겠다. 한 시간쯤만."

참모장의 시선이 이태에게 가 있었다.

"제가 남지요."

이태의 말이었다.

"옳지, 그렇게 해줘. 이 동무들허고 말야. 반야봉 쪽으로 빠질 테니까 한 시간쯤 있다가 그리로 오면 돼."

참모장이, '이 동무들허고'라고 한 건, 분명히 박태영과 호위대원 둘을 지칭한 것이었다. 도마뱀이 꼬리를 떼어버리고 도망치듯 네 사람을 방패로 남겨 시간을 벌자는 뜻이었다.

호위대원 한 사람은 어제 삼전골에서 박태영 바로 옆에서 싸운 사람이고, 또 한 사람은 박격포 사수였다. 네 사람은 소나무 밑둥을 의지하고 소리나는 쪽을 향해 사격 자세를 취했다.

사령관 일행은 소리 없이 반야봉 골짝을 향해 능선을 내려갔다.

10분쯤 지났을까.

"이리 와. 여기다 여기."

하는 소리가 불과 몇 미터 거리에서 나더니, 방한모 턱끈을 덜레덜레 늘어뜨린 국군 병사의 얼굴이 나타났다. 박격포 사수인 호위대원이 갑자기

"야, 이 개새끼야. 내려왓."

하고 소리를 질렀다. 순간 그 병사는 놀라 엎어지는 것 같더니 기척이 없어졌다. 기어서 달아난 모양이었다.

적은 꽤 여러 명인 듯했으니까 공격해올 것이 확실했다. 네 사람은 전 신경을 곤두세우고 전면을 응시하며 기다렸다.

반 시간가량 돌이 되어 엎드려 있었으나 아무런 낌새가 없었다. 이편을 큰 세력으로 알고 본대에 보고하러 달려갔는지도 몰랐다.

박격포 사수가 일어나 앉아 단풍잎 담배를 말아 불을 붙였다. 이태도 따라 일어나 앉아 쌈지에서 단풍잎을 꺼냈다. 그러다가 이태는 손을 멈추더니 손으로 뱀샷골 쪽을 가리켰다.

줄잡아 3백 명 넘어 보이는 국군 부대가 두 줄로 골짝을 올라오고 있었다. 이쪽을 향해 오는 것 같았다.

네 사람은 국군 부대의 행군 상황을 지켜보며 의논했다.

"어때, 한 시간이 됐잖을까?"

"글쎄, 시간도 시간이지만 저놈들이 이리로 오면 어쩐다?"

"이쪽으로 오면 오히려 다행이다. 아무리 빨라도 여기까지 30분은 걸릴 테니까."

"네 사람쯤이야 못 빠져나갈려구. 적당할 때 뛰면 그만이지만, 저놈들이 반야봉 쪽으로 가면 야단 아닌가."

"그럴 경우 어떡한다?"

네 사람은 좀더 국군 부대의 동향을 확인한 후에 떠나기로 하고 다시 30분쯤 기다렸다. 만일 국군 부대가 사령부 뒤를 쫓는 눈치가 보이면 앞질러 능선을 내려가서 골짝에 매복하고 있다가 한바탕 유도 사격을 하기로 의논을 모았다. 그렇게 하면 쉽사리 반야봉 쪽으로 들어설 작정을 안 할 것이라고 생각했기 때문이다.

그런데 산허리에 가리어 보이지 않게 된 국군 부대는 아무리 기다려도 다시 나타나지 않았다. 그러는 동안 참모장이 지시한 '한 시간'이 훨씬 지났다. 결국 네 사람은 아무 일 없이 사령부를 뒤따르기 위해 능선을 내려갔다.

사령부 일행은, 뱀샷골을 흐르는 개울을 따라 반야봉 밑으로 깊숙이 들어가 벼랑 밑에 모여 있었다. 반야봉은 지리 연봉 가운데서도 산세가 가장 험해서, 그때까진 남부군이 그곳에 아지트를 잡은 일이 한 번도 없었다. 그래서 토벌군도 그다지 그곳을 주목하지 않았다.

앞서 도착한 20여 명은 세 군데 모닥불을 피워놓고 둘러앉아 있었다. 박태영은 인제 두세 명밖에 안 되는 자기 대대의 대원들이 섞여 있는 모닥불 가로 가고, 이태는 참모장에게 귀착 보고를 하고 나서 자기가 속한 정치부 사람들이 불을 쬐고 있는 모닥불 가에 끼어들었다.

그런데 이때 불에 쬐어 얼굴이 뻘겋게 되어 있던 장張이란 적공敵工 지도원이 이태를 보고 반가운 기색으로 말했다.

"어, 동무. 자르 되었소. 지금 저 봉우리에 초병으로 배치했는데서리 뉘기 간부가 한 사람 올라가 있어야겠다, 이 말이오. 동무, 곧 좀 올라가 보우다."

승리사단 당시부터의 적공 지도원은 어느 전투에선가 부상해 탈락되고, 장이라는 함경도 사나이가 국군이 제2차 공세를 시작하기 조금 전에 적공 지도원으로 임명되었는데, 장의 전력은 잘 알 수 없었으나, 장보다 앞서 지도원과 동급이 된 이태에게 함부로 명령할 수 있는 처지는 아니었다. 이태는 슬그머니 화가 치밀어오르는 것을 참으며 대꾸도 하지 않고 모닥불 가에 다가앉았다.

"동무, 내 말 앙이 듣기요?"

적공 지도원이 정색을 하고, 눈꼽 낀 두 눈을 부릅떴다.

"동무가 뭔데 나헌테 명령이야."

참다 못해 이태도 언성을 높였다.

"내 말이 앙이오. 참모장 동무의 지시우다. 동무, 명령에 불복종할 참이오?"

"참모장 동무가 꼭 나더러 올라가라 그럽디까? 난 자진해서 뒤에 남아 적을 막고 있다가 이제 막 돌아왔소. 그동안 불 쬐고 쉬고 있던 동무는 왜 고지에 못 올라가오."

가을바람, 산하에 불다 173

"이거 보오. 난 발이가 동상이 앙이오. 정치부에서 빨리 뉘기 앙이 올라가면, 여러 날째 잠을 못 잤으니까 전사 동무가 조르까봐서리 그러는 거 앙이오. 알 만하오?"

"지금 발이 성한 사람이 어디 있어? 내 발을 봐. 동무는 신발이나 성하잖아? 어쨌든 난 못 가. 불 좀 쬐야겠어."

"부르 쬐야겠다고?"

"그래."

"이이거, 영 사상이 글러먹었당이."

"뭐가 어째? 이 새끼."

그러자 적공 지도원이 눈에 불을 켜고 카빈총을 쥐고 일어섰다. 이태도 벌떡 일어서며 M1총의 노리쇠를 철컥 당겼다. 저쪽 모닥불 가에 앉아 있던 정 정치위원이 뛰어들면서 호통을 쳤다.

"이게 무슨 짓들이야. 이 새끼들, 정신 나갔군."

"정치위원 동무, 참모장의 지시로 이 동무 보고서리 고지 초소에 올라가라는데 '못 가겠다. 부르 좀 쬐야겠다.' 이렇게 반항조로 나오지 앙이 하오. 이이거 참."

"동무, 그랬소?"

"네. 그러나 저는 뒤에 처져 있다가 이제 막 돌아왔습니다. 그런데 장 동무는······."

"요컨대 몸이 고달프다, 불공평하다, 그 말 아니오?"

정 정치위원의 말이었다.

"······."

적공 지도원이 그것 보라는 듯이 결론처럼 말했다.

"이 시기에 몸이 좀 고단하다, 불공평하다, 그런 말 하게 됐소이? 이

거, 문제를 제기해야겠당이. 이러다간 우리 이 대열으 질서가 엉망이 되겠당이."

이태는 정치위원의 노기 찬 시선을 의식했다. 그래서 입을 다물고 말았다.

조금 떨어진 곳에서 이 광경을 지켜보던 박태영은 창자가 뒤틀리는 것 같은 분노를 느꼈다. 그러나 이태가 총을 어깨에 메고 고지로 올라가는 것을 잠자코 바라볼 뿐이었다.

다음은 훗날 박태영이 이태에게서 들은 이야기다.

"한바탕 장 지도원에게 퍼부어줄까 했지만, '참는 게 제일이다. 몸의 고통만 좀더 참으면 되지 않나. 이미 고지에 올라가 떨고 있는 대원도 있지 않은가.' 하고 나는 발싸개를 다시 감고 전깃줄로 동여맨 후 총을 들고 산으로 올라갔지. 초소는 거기서도 5백 미터쯤 올라간 데 있었어. 눈에 덮인 음산한 바위산이었어. 사방이 트인 바위봉의 정상은 벼랑 밑에 비해 엄청나게 춥더먼. 바람도 거세고. 아득히 눈에 묻힌 골짜기와 첩첩 연봉이 황량하게 내려다보였어. 초소에 두 명의 정찰대원이 담요를 쓰고 앉아 반야봉으로 들어서는 골짝 어귀를 경계하고 있더먼. 나는 초병들과 의논하여, 한 사람씩 교대로 망을 보고 두 사람은 바람막이가 될 바위 틈에 들어가 잠을 자기로 했지. 오랜만에 눈을 붙여보기는 했으나, 망을 보는 초병까지 잠들어버릴까봐 깊은 잠을 이룰 수가 없었지. 내 차례가 되어 혼자 바위 위에 나가 앉아 있노라니까, 천상천하에 나 혼자만 있는 것 같은 고독감에 가슴이 저려오더먼. 나는 28년의 생애를 차례차례 더듬어봤지. 상념이 시간과 공간을 뛰어넘었어. 28년이란 기나긴 여로 끝이 바로 이 지리산 반야봉의 눈 덮인 산마루에 있다는 사실이 도무지 현실 같지가 않았어. 아아, 언젠가 다정한 사람들과 난롯가에 앉아 이날의 회상담을 할 기회가 있을 것인가. 사람들이 과연 내 얘기를 믿어주기나 할까. 인간의 생명이란 것이 얼마나 모질고 지독한지, 동시에 얼마나 허무한지, 그들이 알아듣기나 할까. 멀리 능선 위에 토벌군이 이동하는 상황이 보였지만 반야봉 골짝으로 접근하진 않더먼. 해가 떨어져 토벌군의 모닥불이 능선에 점선을 이루자 철수하라는 전령이 올라왔더먼. 바로 그날 밤이었지. 벼랑 밑으로 내려와 보니 뜻밖에 구수한 흰죽 냄새가 풍겼어. 참모장의 지시를 받은 정찰대원 한 사람이 뱀샷골 어느 환자트를 찾아가 쌀 한 되를 얻어왔다는 것이었어. 멀건 흰 죽 한 사발씩이 사령관 이하 20여 명에게 돌아간 거야. 며칠 만에 맛보는 음식이었던가. 쌀알 하나하나가 진귀한 보물처럼 느껴지더먼. 그러나 주린 창자에 죽 한 그릇은 실상 허탈감만 더할 뿐이었어."

이태의 얘기엔 다음과 같은 것도 있었다.

"어느 날 간부 회의를 마치고 나온 이봉관 정치위원이 나를 부르더니 물었소. 반야봉에서 적공 지도원과 무슨 일이 있었느냐구. 그때의 경위를 대충 얘기했더니 이봉관 정치위원은 고개를 끄덕이며, 아무튼 내게 과오가 있었다고 되어 있으니까 조심하라고 충고하더먼. 내가 꾀를 부려 명령에 항거한 것으로 되어버린 것 같았소. 세상에 이처럼 경우 없는 사회가 어딨단 말요. 분노가 치밀드만. 그러나 꾹 참았지. 백뭇골에서 총창에 찔려 죽은 정찰대장의 모습이 떠올랐기 때문이오."

그 얘기를 듣고 박태영은, 이태가 빨치산이란 것에 대해 회의를 품기 시작하지 않았는가 생각했다. 그리고 자신의 회의와 비교해보고 싶은 유혹을 느꼈지만 입 밖에 내진 않았다. 너무나 두려운 문제이기 때문이었다.

남부군 일행 20여 명은 다시 뱀샷골 개울의 얼음을 딛고 골짝을 내려 갔다. 산골짜기의 개울은 잘 얼지도 않고, 얼어도 표면에 물기가 서려 있다. 종적을 감추기 위해선 그 얼음 위를 걸어야 했다. 얼지 않은 곳은, 가장자리의 살얼음을 다치지 않게 조심하며 물속을 걸어야 했다.

인원이 적기도 해서 사령부 일행은 감쪽같이 흔적을 남기지 않고 3리가량 내려가 개울가의 산죽숲 속으로 숨어들었다.

여간 숙달된 수색대가 아니면 남부군의 종적을 찾을 수 없을 뿐만 아니라, 남부군이 반야봉 골짜기에서 하늘로 증발해버린 것으로밖에 짐작할 수 없었을 것이다.

키를 덮는 산죽숲 속에서 남부군 20여 명은 만 3일 동안 화석처럼 움직이지 않고 버티었다. 이태는 배낭에 남아 있는 소금알을 이따금 핥고 눈을 씹어 삼키며 지루한 사흘을 견디었다. 박태영도 이태한테서 얻은 소금을 반찬으로 눈덩이를 먹으며 버티었다.

국군의 토벌 작전이 시작된 지 14일이 경과되어 있었다. 하루만 더 견디면 토벌군은 철수할 것이다. 그것이 종래에 있어온 관행이었으니까.

그날 밤 이태는 참모장으로부터 명령을 받았다.

"삼전골에서 분산된 대원이 뱀샷골에 넘어와 있을지도 모르니 탐색해보라."

참모장은 이태와 동행할 정찰대원 하나를 지정하고 말했다.

"전투대원 가운데 지원자가 있으면 한 명에 한해 데리고 가라."

이태는 박태영에게 뜻을 물었다.

박태영은 따라가겠다고 했다. 산죽숲 속에 화석이 되어 있는 것보다 움직이는 것이 훨씬 바람직하다고 생각했기 때문이다.

세 사람의 탐색조는 사방의 인기척에 귀를 기울이며 차근차근 뱀샷골을 더듬어 십 리쯤 내려갔다.

도중에 이태가 얼마 전 민청 지도원 연延을 데려다놓은 환자트를 찾아갔다. 삼전골에서 분산된 대원 두 사람이 연을 비롯한 환자 5명과 같이 있었다. 환자들도 반가워하고 두 대원도 반가워하며 생쌀을 한 움큼 주었다.

탐색조는 생쌀을 씹으며 들돌골을 거쳐 다시 십 리쯤 내려가 정이남골 합천내에 이르렀다. 개울가에서 5, 6명의 사람을 만났다. 남원 군당 유격대 대원들이었다. 이들은 동면東面에 있던 국군 부대가 철수를 시작했다는 정보를 확인하고 야산 지대에 식량을 구하러 가는 길이라고 했다. 이태가 물었다.

"전북 도당 소식 모릅니까. 뱀샛골에 있었을 텐데요."

전북부대에 합류한 대원이 있을까 해서 탐색조는 전북사령부의 '트' 자리를 찾았는데 전연 흔적이 없었다. 그래 이태는 궁금했던 것이다. 남원 군당 대원들은 고개를 흔들었다.

"말 마시오이. 전북사령부는 아마 반타작이 되었을 것이오이. 아니, 거의 전멸 상태지라우. 지금 지리산엔 없고, 소백산맥으로 빠진 모양이오이."

남원 군당 대원 한 사람의 말이었다. 이태와 박태영은 할 말을 잃었다.

"손 들고 나간 사람도 많고, 엉망이지라우."

남원 군당 대원이 덧붙인 말이었다.

"이쪽으로 남부군 별동대가 와 있었을 텐데 혹시 모르십니까?"

"글쎄요. 우린 군 공세가 시작되었을 때 곧 분산해서 야산에 내려가 있다가 엊그저께 돌아와서 작전 중의 상황은 잘 모르요이."

이런 대답이었다. 그 이상 물을 것도 없었다.

"동무들, 고생이 많겠소이."

하고 남원 군당 사람들이 잎담배를 한 움큼 꺼내 이태에게 주고 물 아래로 내려가버렸다. 별로 굶지 않았는지 모두들 영양이 좋아 보였다.

그들과 헤어져 비탈을 오르며 이태가 중얼거렸다.

"전북 도당은 도대체 어떻게 된 것일까?"

박태영도 마음속으로 그렇게 중얼거리고 있었다. 뭐니뭐니 해도 전북 유격대에 친한 사람이 많이 있었던 것이다.

"이태 동무."

박태영이 불렀다.

"응?"

이태가 돌아보았다.

"이태 동무는 지금 백 동무를 생각하고 있는 것 아뇨?"

"……."

"변산으로 간 동무들은 지금쯤 어떻게 되어 있을까요?"

"전멸당했는지도 모르지. 전멸은 아니라도 형편없을 거요. 상승부대 승리사단이 이 꼴이니 불문가지 아니겠소. 그러나저러나 답답하구만."

"동무들, 대화 그만하시구랴. 조용한 산속에서 하는 말은 멀리까지 들려요."

박격포 사수의 주의에 박태영은 하려던 말을 꿀꺽 삼켜버렸다.

돌아오는 길에 탐색조는, 연 지도원이 있는 환자트에 남아 있는 두 대원의 안내로 또 한 군데의 환자트를 찾아냈다.

두 대원 가운데 하나의 말에 의하면, 당초 그들은 삼전골에서 일을 당하고 주능선을 넘어 이곳까지 왔을 때 그 환자트를 먼저 발견했는데, 한 사람도 없는 무인트여서 다시 골짝을 더듬어 연 지도원이 있는 환자트를 찾아내어 연명하게 되었다고 했다.

무인트였다는 그곳 가까이 갔을 때 이상한 소리가 들려왔다. 그래서 모두들 서로의 얼굴을 보았다. 그런데 환자트에 들어서보니 그 소리는 선 떨어진 대원들이 자면서 내는 신음 소리였다. 잠에서 깬 한 사람이 쇠기름에 불을 붙였다. 그 불빛 아래 전개된 정경은 실로 모골이 송연할 지경이었다. 두 평쯤 됨직한 비좁은 산죽트 속에 10여 명의 대원이 어지럽게 누워 있었다. 하나같이 사람의 몰골이 아니었다. 피골이 상접한 것이, 해골이 가죽을 뒤집어쓴 형상인데다, 곧 숨이 끊어질 듯 숨을 몰아쉬며 신음 소리를 내고 있었던 것이다. 먼저 잠에서 깬 대원이

"일어나, 일어나."

하고 모두 두들겨 깨웠다. 신음 소리가 싹 그쳤다. 신음 소리는 잠결에 의식 없이 낸 소리였던 것이다.

"사령부에서 선 달러 왔다. 모두 일어낫. 출발이다."

박격포 사수가 이렇게 말하자,

"아이구, 내일 찾아 돌아갈 테니 오늘 밤엔 좀 재워주소."

하는 사람,

"발가락이 모두 떨어져 나가 걸을 수가 없어요."

하는 사람,

"나는 꼼짝도 못하겠어요. 날이 밝을 때까지 기다려줘요."

하는 사람.

말없이 일어나 앉아 발싸개를 단속하는 사람도 두셋 있었지만, 대부분은 기진맥진해 일어나 앉지도 못하고 애원을 되풀이했다. 정도의 차이는 있지만 모두들 중증의 동상에 걸려 손발이 말을 듣지 않는 것이다.

발가락이 썩어 문드러진 사람도 있었다. 생체의 한 부분이 썩을 때 살아 있는 부분이 느끼는 아픔이란 상상을 절絶한다. 그 지독한 아픔이 신음 소리를 뿜어내고, 그 소리가 합쳐지다보니 이상한 음향이 되었을 것이다.

발싸개를 단속하고 난 하급 간부인 듯한 대원이 야단을 쳤다.

"모두들 정신 나간 사람들이군. 굶은 건 다 마찬가지고, 동상에 걸린 것도 다 마찬가지다. 날이 밝을 때까지 기다려달라고? 날이 밝으면 누가 업어다 준다더냐? 사령부에서 선 달러 왔으면 빨랑 가야지. 어서들 일어나지 못해?"

그러자 한 사람이 애원했다.

"전 동상이 아니라, 총상 자리가 곪고 있어요. 열이 이렇게 많이……."

그러자 그 간부 대원은,

"남은 얼어 죽는데 열이 나면 좀 좋아. 동문 내가 부축해주지. 어서 일어나봐."

이태가 사이에 끼어들었다.

"동무, 사령부도 지금 산죽밭에 잠복해 있는 상태니까, 움직이지 못하는 동무들은 두고 갑시다. 좀더 요양을 하고 국방군이 철수하면 거림골로 집결하기로 하고, 우선 걸을 수 있는 동무만 같이 가도록 합시다."

이런저런 승강이 끝에 따라가겠다고 나선 대원은 셋이었다.

연 지도원 환자트에서 치유 환자 한 사람이 원대 복귀하겠다고 따라왔기 때문에 결국 6명의 대원을 데려가게 되었다.

탐색조는 날이 밝기 전에 사령부 일행이 있는 산죽밭으로 돌아왔다.

삼전골 사건 이후의 동향을, 돌아온 대원들 얘기를 통해 알 수 있었다.

양동순이 생포되었을 때 떨어져 나간 30여 명은 산발적인 교전을 되풀이하며 주능선 벽소령 쪽으로 밀려 올라갔다.

처음엔 몇 사람 섞여 있던 간부 대원을 중심으로 대열을 유지하며 저항했는데, 양쪽 지능선에서 세 차례 협공 강습을 받아 뿔뿔이 분산되어 버렸다. 살아남은 사람들 이야기는 하나하나가 극적이었다. 대원들 가운데서도 강인하고 지리에 밝은 사람들이 꽃대봉을 거쳐 뱀샛골로 빠져 빈 환자트를 발견하고 은신한 것이다. 그러니 다른 사람들 소식은 통 모르고 있었다. 이태는 특히 이봉관을 비롯해 박형규, 강지하 등 정치부에 속해 있는 멤버들의 안부가 궁금했지만 아무도 아는 사람이 없었다.

박태영은 탐색조에 끼여 행동하다가 돌아온 후 자기가 심한 동상에 걸렸다는 사실을 확인했다. 맨발로 한동안 돌아다닌 게 원인이었다고 생각했다.

'지금부터 동상과 싸워야 하는구나.'

비장한 각오가 섰다. 동상이 든 곳을 방치하면 이윽고 썩고 만다. 썩는 것을 방지하려면 어떻게 해야 하는가. 선배 대원으로부터 들은 경험담에 자기의 사고를 보탰다. 결론은 한 가지였다. 아픔을 무시하고 환부를 마찰하는 것이다. 그렇게 해서 모세관을 자극해 피를 통하게 하면 썩는 것을 막을 수 있다.

그러나 이론과 실제는 다르다. 상처까지 곁들여 퉁퉁 부어 있는 환부를 마찰한다는 것은 어떤 고문보다 혹독한 고문이었다. 자기가 자기를 고문하는 한계라는 것은 빤하다.

그런데 박태영은 달랐다. 자기에게 형벌을 과함으로써 파르티잔으로서의 보람으로 삼고 있는 박태영은 철저하게 자기 고문을 과할 작정을 하고 그렇게 실천했다. 우선 발싸개를 풀고 주먹으로 환부를 두들기기 시작했다. 두들길 때마다 심장이 멎을 것 같은 통증을 느꼈지만 아랑곳하지 않고 양쪽 주먹을 교대로 놀려 실컷 두들기고 마찰했다. 그러면서 이를 악물었다.

'네 정신을 싸구려로 팔아먹은 놈 아닌가. 이젠 네 육체까지 썩히려고 하느냐. 그것만은 결단코 용서할 수 없다. 죽을 때까지 단말의 고통을 견뎌야 한다!'

박태영이 이태와 함께 뱀샛골에서 돌아온 날 밤이 새었을 때 정찰 나갔던 대원이 돌아와 보고했다.

능선에 토벌군의 모습이 보이지 않는다는 것이었다.

다시 30여 명의 사령부 일행은 산죽밭에서 나와 능선으로 올라갔다. 능선엔 아직 벌겋게 살아 있는 숯불 더미가 이곳저곳에 남아 있었다. 토벌군이 철수한 게 확실한데도 그 싱싱하게 살아 있는 숯불 때문에 꺼림칙했다. 빨치산들은 불을 쬐면서도 주변을 두리번거렸다.

소총 탄환이 산재했으나 먹을 것이라곤 보이지 않았다.

"요즘 토벌군은 인심이 나빠졌어. 전엔 건빵 몇 조각쯤은 남겨놓고 가더니만."

하고 누군가가 익살을 부렸다.

"산에서 음식을 먹을 땐 고시래를 하는데 말이지."

다른 하나가 맞장구를 쳤다.

모두들 먹을 것에 신경이 집중되었던 것이다.

며칠을 굶고 보면 그렇게 되는 것이 오히려 당연하기도 했다. 박태영도 예외일 수 없었다. 밥이나 실컷 먹어보고 그냥 죽어도 한이 없겠다는, 그의 성격으로는 도저히 용서할 수 없는 심리 상태가 될 때도 가끔 있었다.

대열은 주능선을 넘어 화갯골로 향한 사면을 내려가게 되었다. 주능선에서 백 미터쯤 내려갔을 때이다. 끔찍스러운 광경이 전개되어 있었다. 일행 중 아무도 모르는 환자트가 발견되었는데, 입구에 시체 5구가 뒹굴고 있었다. 눈이 덮인 꼴로 보아 사살된 지 꽤 여러 날 된 것 같았는데, 눈 속에 묻혀 있어서 이제 막 죽은 것처럼 조금도 상한 데가 없었다.

식사 중에 급습을 당한 듯, 다섯이 다 입에 밥을 물고 있고, 밥이 담긴 냄비가 근처에 있었다. 밥은 얼긴 했으나 상한 것 같진 않았다.

대원 한 사람이 덥석 밥을 손으로 움켜 입에 넣자, 다른 대원들도 벌떼처럼 달려들어 눈 속에 흩어진 밥알까지 하나 남기지 않고 순식간에 먹어치웠다.

다음 순간 대원들은 시체에 달려들어 시체의 입 속에 있는 씹다 만 밥을 꺼내 먹기 시작했다. 시체의 입술에 묻어 있는 밥알까지 말끔히 거둬 먹었다.

그 광경을 말끄러미 보고 있던 참모장이 조용히 입을 열었다.

"잘 봐. 어디 대원이지? 시체 말이다."

"글쎄요, 우리 대원은 아닌 것 같습니다. 57사단 아닐까요?"

57사단은 경남 유격대였다.

"아니, 92사단 대원들입니다. 이 사람, 여단에 있던 송 모라는 동무 아닙니까?"

밥풀을 뜯어먹은 대원 하나가 시체의 얼굴을 덮은 눈을 손으로 쓸며 한 말이었다.

"맞았어. 이 근처에 92사단의 환자트가 있었을 거야."

하나 마나 한 대화는 이 정도로 끝나고 일행은 다시 행군을 시작했다. 대열이 꽃대봉에 이르렀을 때 또 한 번 참혹한 광경에 부딪혔다.

모닥불을 피운 흔적이 있었는데, 그 주위에 빨치산 시체 여섯 구가 뒹굴고 있었다. 삼전골에서 분리된 30여 명 중 일부였다.

대대장급 간부 한 명과 여성 대원 하나가 끼여 있었다. 총이나 배낭 같은 것은 남아 있지 않았다. 다 해진 고무 신발을 전깃줄로 칭칭 동여맨 채 쓰러져 있는 꼴이 처참함을 더했다.

모두들 말없이 그것을 내려다보고 서 있는데, 사령관 이현상이 숙연한 어조로 말했다.

"아마 이 동무들은, 대대장이 불을 피워도 좋다니까 마음놓고 불을 피우고 있었을 거다. 간부를 태산처럼 믿었기 때문이다. 지휘관은 항상 100분의 1의 가능성에도 대비할 줄 알아야 하는데……. 결국 대대장 한 사람의 실책으로 여러 대원들이 죽은 거다. 미국을 송두리째 준다고 해도 바꿀 수 없는 공화국의 보배들인데 말이다. 간부의 책임은 말할 수 없이 크고 무겁다."

일행은 빗점골로 방향을 잡고 다시 행군을 시작했다.

박태영은 가슴에서 형언할 수 없는 분노의 불길이 일었다.

'내게 아직 이런 분노가 남아 있었던가!'

감탄사가 섞이면서 분노의 불길은 가실 줄을 몰랐다. 그 분노의 직접적인 원인은 꽃대봉 부근에서 여섯 대원의 시체를 보고 지껄인 이현상의 말에 있었다. 분명 이현상이 그때 한 말은 인간의 말이 아니고 무대를 의식한 대사였다. 대사였다면 보다 대사답게 할 수도 있었을 것이다. 최고의 대사와 최고의 연기가 되려면 그때 한마디 말도 없어야 했다. 부하의 처참한 시체를 묵연히 지켜보고 말없이 그곳에서 떠났더라면 그만이었을 텐데……. 원래 과묵한 사람이었으니 모두 그의 침묵을 나름대로 번역하고 납득했을 텐데…….

왜 하필이면 그따위 소릴 했는가 말이다.

뭐라구? 지휘관은 100분의 1의 가능성에도 대비할 줄 알아야 한다구? 그럼 이현상 자신은 100분의 1의 가능성에까지 대비해서 상승부대 남부군을 1년 동안에 이런 꼴로 만들어놓았단 말인가?

들으니, 후평에서 유격대를 편성할 때 대부분의 의견이 일단 북쪽으로 가서 정세를 관망한 다음에 대오를 정비해 다시 남하하자고 했는데 이현상이, 지리산으로 가면 살길이 있다며 지리산으로 왔다고 했다. 그런데 이 꼴이 살길을 찾은 꼴인가? 사령관이 내세운 대전제가 이 꼴인데 말단의 대대장이 어쨌다구?

결국 대대장 한 사람의 실책으로 여러 대원을 죽였다는데, 5, 6백 명이던 남부군이 30여 명으로 줄어든 책임은 누가 져야 한단 말인가. 그런 주제에 어떻게 대대장의 실책을 거론할 수 있단 말인가.

간부의 책임은 말할 수 없이 크다구? 무겁다구? 그건 누가 누구한테 할 말인가. 근본 문제의 설정이 틀려먹었는데 거기서 파생된 작은 문제를 어떻게 해결할 것인가 말이다.

미국을 송두리째 준대도 바꿀 수 없는 공화국의 보물들이라고? 그 공화국의 굶주려 죽게 하고 얼어 죽게 하고 곤충처럼 죽게 한 사람이 누군데? 파르티잔은 그렇게 죽는 게 당연하다고 친 사람이 누군데? 파르티잔은 타고난 천분이었던가? 숙명이었던가? 무모한 계획을 세운 장본인이, 그 사령관이 이제 와서 누구에게 무슨 말을 한단 말인가.

그리고 공화국이란 또 뭔가. 쌀 한 톨, 탄환 한 발 보내주지 않을뿐더러, 파르티잔 문제를 휴전 회담의 의제로 끼워넣을 성의도 없는 공화국이 우리에게 요구하는 것은 우리의 죽음이 아닌가.

정 정치위원도 내 발을 보고 공화국의 발이라고 했것다! 어떤 신경이기에 그런 공허한 말을 함부로 지껄일 수 있을까. 그러나 정 정치위원의 말은 참을 수 있다. 그런대로 정이 있으니까. 틀에 박힌 사고방식이 따으론 교육적인 말로 된 것이라고 이해할 수 있다.

하지만 이현상 사령관의 말은 그 경우 전혀 필요가 없는 저주해야 할 말이다. 뭐? 미국을 송두리째 준대도 바꾸지 않을 공화국의 보물? 그런 위선이 어떻게 있을 수 있는가. 위선도 보아줄 수 있는 한계란 것이 있다.

시체의 아가리를 벌리고 그 입 속에 남아 있는 밥알을 꺼내 먹는 광경을 보고 얼마 후에 뭐라구? 간부의 책임은 중하다구? 인간의 품위를 흙탕물 속에 짓밟아놓고, 죽은 자의 입 속에 있는 밥알까지 탐하는 짐승으로 만들어놓고……. 잠꼬대면 또 모른다. 지휘관의 책임은 중하다구?

전쟁에 있어선 작전 미스가 흔히 있을 법도 하다. 그러나 이 지리산의 경우는 결과가 너무나 명명백백하지 않았던가. 그런데도 지리산으로 가면 살길이 있다구?

사정이 결국 이와 같다면 당장 이 자리에서 백기를 드는 결심도 있어야 하지 않는가. 자기의 명예와 목숨을 부하들의 생명과 맞바꾸는 결단이 있어야 하지 않는가. 고래로 장군의 항복은 부하들을 위해서 있지 않았던가. 이 이상의 비참을 견딜 수 없다고 할 때, 일체를 내놓고 항복하는 결단도 지휘자의 양심이 아닐까…….

6백 명의 군단이 30명으로 줄고 앞으론 절망과 자멸의 길밖에 없는데 무엇을 믿고 어쩌자는 것인가…….'

그보다도 무엇 때문에 시체 입 속의 밥알까지 꺼내 먹어가며 인근의 농민을 괴롭히고, 동족인 군경을 한 사람이라도 더 많이 죽이려 서둘고, 우리 스스로를 짐승 이상으로 타락시키려 드는가 말이다……'

박태영의 분노는 끝이 없었다. 차츰 이현상에 대한 미움으로 빛깔이 달라졌다.

박태영은 이현상에 대한 미움을 확인했을 때 처절한 고독을 느꼈다. 이현상의 그 편견, 그 위선, 그 독선, 그 연기에도 불구하고 빨치산들은 이현상을 신처럼 숭앙하고 있다. 이태까지도.

박태영은 언젠가 있을, 아니 꼭 있어야 할 이현상과의 대결을 위해서 기어이 살아남아야겠다고 결심했다. 오직 그 대결을 위해서만이라도 절대로 빨치산의 대열에서 이탈하지 않기로 스스로 맹세했다.

─상대방이 비인도적이라고 해서 이쪽도 비인도적이라야 할 필요가 있는가.

─그러자면 부득이 투쟁하게 되는데, 투쟁에는 승리의 확신이 있어야 할 것이 아닌가.

─승리의 확신이 백발백중일 순 없다. 그러나 그 확률을 5 대 5쯤으론 잡아야 할 텐데, 당신은 그런 계산을 해보았는가.

─공산주의는 과학이라야 하지 않겠는가. 그런데 당신은 이론만 과학이고 실천은 과학에서 일탈해도 좋다고 생각했는가.

─공산주의가 과학이라면 실천도 또한 과학적이라야 한다. 그런데 당신의 목적, 당신의 전망, 당신의 판단, 당신의 계획이 과학적이었다고 생각하는가.

─자본주의자들에 의한 노동자의 희생에 비분강개하는 당신이 이 지리산에서만도 엄청난 파르티잔의 희생을 어떻게 생각하는가.

―그들의 희생을 미 제국주의자와 이승만에 의한 희생이라고만 보는가. 당신들의 편견과 오산이 빚은 희생이라고 보진 않는가.

―당신은 그 희생자들에 대한 보상을 어떻게 생각하는가. 유물론자인 당신은 명복 같은 것은 물론 부정할 것이다. 종교적인 진혼 같은 것도 부정할 것이다. 죽은 자를 위해 바치는 꽃은 형식일 것이다. 그렇다면 지리산에서 죽은 그 무수한 사람들에 대해 할 일이 없지 않은가.

―당신은 무엇을 믿고 그 수많은 청년들을 서슴없이 죽음터로 보내고 규율의 이름으로 예사로 사형 선고를 내렸는가.

―당신이 입버릇처럼 들먹인 공화국의 실체는 무엇인가. 김일성이란 자 하나가 아닌가. 당신은 진정 김일성을 믿는가. 김일성과 공화국을 일체라고 보는가.

―당신은 시체의 입에서 밥알을 꺼내 먹는 대원들을 보고 어떻게 느꼈는가.

―꽃대봉 근처에서 죽은 동지들의 시체를 보고 당신은 지휘자의 실책을 힐난했는데, 당신은 100분의 1의 가능성에 대한 대책을 강구한 적이 있는가.

―지리산으로 가면 살길이 있다고 했는데, 그건 건성으로 한 소린가, 무슨 소신이 있어서 한 소린가.

이와 같은 설문을 다음다음으로 제기하며 박태영은 이현상과 대결할 그날을 위해 이론의 칼날을 갈고 경험의 진실을 닦아야겠다며 주먹을 쥐었다.

상념의 줄이 끊어지자 다리 부분에서 맹렬한 고통이 치미는 것을 느꼈다. 박태영의 발은 이미 감각을 잃고 있었는데, 감각이 살아 있는 부분과의 결절에서 그 고통은 비롯되었다.

'그자와의 대결을 위해서라도 동상을 이겨내야 한다.'
박태영은 소리가 안 나도록 신경을 쓰며, 발대죽을 쾅쾅 굴리며 떼어 놓았다.

넓고 복잡한 지리산인데도 쫓기고 쫓겨 돌아다니다보면 며칠 전에 왔던 곳에 도로 오는 경우가 한두 번이 아니다. 그 험한 눈길, 얼음 바위를 타고 며칠을 한 잠도 자지 못하고 헤매다가 결국 그 자리에 와 있다는 것을 깨달을 때는 한숨이 저절로 난다.

박태영이 삼전골 후미진 곳에서 설영을 거들 때 새삼스럽게 느낀 감상이다. 삼전골 그곳은 불과 며칠 전 남부군이 두 동강이 난 곳이며, 절멸 직전의 화를 입은 곳이다.

―어딜 가는 것인가.

파르티잔에겐 갈 곳이 없다. 살 곳을 찾아 헤매는 것이다.

기껏 살 곳이라고 찾았다는 것이 결국은 죽을 곳을 찾은 것이 된다. 이것이 파르티잔들의 운명이다. 살 곳을 찾아 헤매다가 얼마나 많은 파르티잔이 죽었는가.

그렇다고 해서 단념할 수도 없는 것이 또한 파르티잔이다. 살아 있는 동안엔 살 곳을 찾아 헤매다가 살 곳을 찾았다는 그곳에서 파르티잔은 죽어야 하는 것이다.

말하자면 최후의 한 사람까지 죽었을 때 파르티잔의 방황은 끝난다. 장렬한 드라마의 라스트 신은 스멀거리는 이의 무리가 맡는다.

'조선의 파르티잔은 영화도 안 된다!'

삼전골에서의 설영은 간단했다. 30명의 단출한 인원이기 때문이었다. 5미터 간격을 두고 천막 두 개를 치고, 천막 위에 나뭇가지를 걸쳐 위장하는 것으로 족했다.

천막 하나엔 이현상을 비롯한 사령부 요원과 객원들이 들고, 다른 하나엔 사단 정치부원과 전투대원들이 들었다. 전투대원이라고 해보았자 10명 안팎이었다. 쇠잔한 촛불!

설영이 끝났을 무렵 정찰대원이 강지하를 데리고 왔다. 강지하는 얼마 전 남부군이 두 동강 날 때 떨어져나간 사람 가운데 하나였다. 이태는 강지하가 재능 있는 화가이며 좋은 인간성을 지녔다고 했다.

그날 밤 박태영은 강지하와 이태가 도란도란 나누는 이야기를 들었다. 토벌대의 철수가 확인되고 보니 정찰대의 고초는 여전하다고 해도 천막 내의 분위기는 부드러웠다.

어떤 말 끝에 강지하가 말했다.

"그동안 포로를 한 놈 잡았다."

"선 떨어진 낙오병이 포로를 잡아?"

이태가 실소를 터뜨렸다.

"그러니까 일종의 희극이지."

하고, 강지하는 계속 얘기했다.

"삼전골에서 분산되었을 때 동행이 하나 있었어. 1대대의 유 동무라고, 알지? 그 녀석과 어쩌다 동행이 돼 빗점골로 넘어가 같이 숨어 있는데, 이틀, 사흘 지나니까 배가 고파 견딜 수가 있어야지. 둘이서 보급 투쟁을 나가기로 했지"

"배짱 한번 좋았군."

"목구멍이 포도청이니까."

"둘이서 하는 짓이면 강도지, 보급 투쟁은 또 뭐꼬."

가을바람, 산하에 불다

"수가 많으면 보급 투쟁이구, 수가 적으면 강도가 되는가?"

"그렇지."

"웃기는 소리군."

"명령에 의하지 않고 단독으로 하는 짓은 강도다."

"빨치산이 하는 강도질은 보급 투쟁이야."

"그 논법, 그럴듯하군."

"그럴듯하지? 게다가 돈을 털자는 게 아니고 배를 채우자는 목적뿐이었으니까. 아무튼 먹을 것을 구하러 나섰지. 의신마을 터를 거쳐 시오리쯤 내려가니까 꽤 큰 마을이 있더군. 맨 가장자리 집으로 기어들어갔지. 사랑방에 불이 켜져 있었어. 문틈으로 들여다보니까 어어랍쇼, 국방군 졸병 하나가 웃통을 벗고 이를 잡고 있잖아. 나중에 알고 보니 그 마을이 바로 토벌군의 대대 본부야. 섶을 지고 불에 뛰어든 셈이었어."

"겁쟁이가 되게 놀랐겠군."

"뉘 아니래. '엇, 뜨거워라.' 하고 달아나려다보니 윗목에 밥상이 놓여 있었어. 저만큼 벽에 총이 걸려 있고……. 밥상을 보니 눈이 뒤집히더군. 문을 차고 뛰어들며 '손 들엇.' 하고 총을 들이댔지. 생전 이발을 했나, 세수를 했나, 좀 험상궂게 보였겠어? 덜덜 떨며 손을 들고 있는 놈을 묶어놓고 밥상을 쓸어 먹고 마루에 있는 쌀자루까지 지워가지고 빗점까지 몰고 왔지."

"그놈, 재수 없이 걸렸군."

"그렇지 않아. 들어봐. 그때부터 세 사람의 기묘한 생활이 시작되었지. 서로 집안 얘기까지 하고 말야. 그런데 잠을 잘 수 없는 게 제일 곤란하더군. 생각해보게. 우리가 그놈을 잡아놓고 있는 건 우리에게 무기가 있기 때문 아닌가. 굶주린 우리가 무슨 기운으로 그놈을 당하겠는

가. 깜박 졸다 총만 그놈 손에 넘어가면 그 순간 이쪽이 포로가 될 게 아닌가. 처단해버리자니 이틀 새에 정이 들어버렸어. 그놈은 아주 순진한 농꾼 애드먼. 눈을 멀뚱멀뚱 굴리고 있는 그를 어떻게 죽일 수 있겠어. 놓아 보내자니 그 뒷감당을 어떻게 하노. 당장 당할 것 아냐? 보다도 내나 유 동무가 그런 말을 피차 꺼낼 수 있어?"

"엉뚱한 짐을 만든 셈이군."

"그런데 밤에 그놈이 자고 있는 사이 유 동무의 말이, 그놈을 까버릴 테니 자기에게 맡겨달라지 않아? 그러더니만 따발총을 척 둘러메고, '야, 일어낫.' 하고 그놈을 깨워 앞세우고 산모퉁이로 데리고 가더군. 조금 후 빵빵 총소리가 났어. 그런데 아무리 기다려도 유 동무가 돌아오지 않더군. 이상하다 싶어 쫓아가보았지. 유 동무도 포로도 보이지 않는 거야."

"도망간 게로군."

"그렇지. 포로를 살려 앞세우고 가면 유리하리라고 계산한 거라. 그러니 이건 보고할 수도 없는 사건 아닌가."

"흠……."

하더니 이태가 뚜벅 말했다.

"강 동무, 재수가 좋았어. 이왕 탈출할 바엔 강 동무까지 드르륵 해버리고 강 동무 총까지 들고 갔다면 더욱 유리할 게 아닌가. 포로 녀석이 증인이 돼줄 테구. 강 동무를 속이고 도망간 건 유 동무가 순진했기 때문이다."

"그렇게 되는가?"

"그렇지."

"하긴 그 친구, 잔인한 짓은 못할 성품이었어."

가을바람, 산하에 불다

"극한 상황에서 성품이란 믿을 수 없는 거야."

"그러나저러나 국방군이 좋긴 좋더군."

"왜?"

"우리 경우는 일단 포로로 잡혔다면 어떻게 빠져서 돌아와도 총살 아닌가. 국방군은 그렇겐 안 하는 모양이지?"

두 사람의 대화는 여기서 뚝 그쳤다. 잠에 빠져든 것이다.

박태영은, 강지하의 마지막 말은 덕산전투 후에 포로가 되었다가 돌아온 한찬우 지도원이 처형된 것을 상기하고 한 말일 것이라고 짐작했다.

산속 심야의 침묵을 개울 소리와 바람 소리가 누볐다.

부대는 상점골에서 하룻밤 쉬고 이른 아침 의신마을 쪽으로 향했다.

의신마을 터 가까이 갔을 때였다. 폐허가 된 마을 터에서 검은 그림자가 얼씬하더니 사라졌다. 일행은 행군을 멈췄다.

"검은 옷이었지?"

"전투 경찰도 카키색 군복인데."

"우리 대원일지 모른다."

"아무튼 총은 쏘지 마."

그런데 저쪽에 잠깐 나타났다가 도망치려던 사나이가 이쪽을 힐끔 보더니

"어, 이것."

하고 소릴 지르며 뒤뚱뒤뚱 달려왔다.

교양 지도원, 전 김일성대학 교수 박형규였다.

박형규는 이 사람, 저 사람 부둥켜안고 엉엉 울었다. 그는 삼전골 분산 이래 완전히 외톨이가 되어 그 후 쭉 의신마을 근처에 잠복하고 있었다고 했다.

"춥고 배고픈 것도 견딜 수 없었지만, 매일 외로워 죽갔더구만. 턴상 턴하에 나 홀로이니 덩말 죽갔더만. 낮엔 덕당한 데 터박혀 자고, 밤엔 빈집터에 내려와 먹을 것을 찾는데, 움터에 씨래기 쪼가리가 더러 있더구만. 그걸 씹으며 살지 않았갓수. 디금도 씨래기를 주우러 나온 참이시오. 이거 덩말……."

그는 형편없이 쇠약해져 있었다. 겨우 지팡이를 끌며 걷는데, 뒷모습을 보면 궁둥이의 살이 홀랑 빠져 두 다리의 해골이 뒤뚱거리는 것 같았다.

그것을 보고 강지하가 킬킬거리며 익살을 부렸다.

"똑같이 선이 떨어졌어도 나처럼 잘 먹고 잘 지낸 사람도 있는데 머 저리같이 그 꼴이 뭐꼬."

정 정치위원이 공교롭게 그 소리를 듣고 정색을 하고 말했다.

"저 동무는 공화국의 보배라고 할 만한 학자이니 죽지 않은 것만두 얼마나 다행한지 몰라. 빨리 회복하도록 동무들이 도와야 하오. 그것도 공화국에 충성하는 것이 되오."

말끝마다 공화국을 들먹이는 정 정치위원의 깡마른 옆얼굴을 보며 박태영은 속으로 미소를 지었다.

―저런 것을 당성이라고 하는 걸까, 천성이 되어버린 습관이라고 하는 걸까, 고질화된 위선이라고 하는 걸까.

그러나 박태영은 비록 그것이 위선일지라도 정 정치위원을 미워할 순 없었다. 두 마디 끝엔 천황 폐하를 들먹인 중학교 시절의 동물학 선생을 상기했기 때문이다. 이미 초로에 접어든 아리요시有吉라는 그 일본인 교사는 무척이나 호인이었다. 수업 도중 학생이 머리가 아프다고 호소하기만 하면,

"빨리 집에 돌아가 쉬라."
하고 즉석에서 조퇴 허가를 하고, 담임에겐 자기가 양해를 구하겠다고 했다. 그러니 그가 들먹이는 '천황 폐하' 운운은 국수 사상에서 나온 말이 아니라 입버릇이었던 것이다.

그러고 보니 그 일본인 교사와 정 정치위원은 외관상으로도 닮은 데가 있었다.

의신에서 대성골을 거쳤다. 그곳에서 거림골로 넘어가는데, 일행은 나지막한 산길에서 전투 경찰대 10여 명과 마주칠 뻔했다. 경찰대는 능선에 설치한 초소의 교대병인 듯했다.

남부군은 언덕 위를 걷고 있었고, 경찰대는 언덕 밑을 걷고 있었다. 그래서 경찰대는 남부군을 발견하지 못한 것 같았다.

남부군은 엎드려 숨을 죽이고 참모장의 지시를 기다렸다. 경찰대가 10미터 앞까지 다가왔다. 따발총 하나만으로도 그들을 섬멸할 수 있었다.

'저놈들의 신을 뺏어야지.'
'저놈들의 옷을 뺏어야지.'
'담배도 있을 거야.'
'혹시 초콜릿이 있을지도……'

별의별 생각이 빨치산들의 뇌리에 오락가락하는데 참모장은 아무런 지시도 하지 않았다.

경찰대는, 팔을 뻗으면 닿을 만한 거리에서 수십 정의 총구가 자기들을 노리고 있는 줄도 모르고, 총을 목에 멘 채 한가히 잡담을 주고받으며 걷고 있었다. 빨치산은 경찰대가 뒤돌아보기만 하면 발사하려고 그들의 뒷모습에 총구를 겨누고 있었다.

그런데 경찰대 가운데 누구 하나 뒤돌아보지 않았다.

뒤돌아보지 않았기 때문에 죽음을 피한 사람들! 생과 사의 사이는 종이 한 장 차이라는 것을 죽음을 줄 수 있는 처지에서 볼 수 있었을 때, 박태영은 인생이란 과연 무엇일까 하는 감상에 빠졌다.

그날 남부군 일행 30여 명은 거림골 무기고트에 돌아왔다. 돌아왔다고 하는 것은, 이곳이 뜨내기 남부군의 지리산에서의 전술상 거점이기 때문이었다. 그런 까닭에 선이 떨어진 대원들이 선을 이으려면 이곳을 찾곤 했다. 그런 만큼 무기고트는 다리를 펴고 잠잘 수 있도록 되어 있었다.

이튿날부터 분산됐던 대원들이 하나둘 모여들었다. 북쪽으로 향했던 별동대도 돌아와 합류했다. 별동대는 20여 명의 사상자를 냈다고 했다.

대성골에서 고립되었던 30명 중에서 3명이 살아남아 기적적으로 비상선으로 돌아왔다. 그들의 보고는 처참했다. 노동 지도원을 포함한 20여 명이 총살되어 소각되었다는 소식도 그들을 통해 알게 되었다.

정찰대가 그것을 확인하러 갔다. 타다 남은 뼈가 전깃줄 철사에 앙상하게 묶여 있더라고 했다.

그렇게 저렇게 모이고 보니 남부군은 150명가량 되었다. 한때 20명으로 줄었는데 150명이 되고 보니 다소 활기를 되찾았다. 그러나 지난해 초여름 수도산 기슭에서 총집결했을 때를 회상하면 격세지감이 있었다. 그땐 총수가 5백 명에 달했으며, 국군과 경찰로부터 약탈한 것이긴 했으나 모두 제대로 군복을 입고 깔끔한 용모를 지니고 있었다. 김금철 연대장이

가을바람, 산하에 불다 197

"모두 복장과 용모를 단정히 해야 한단 말이시."
하고 훈시할 만도 했던 것이다. 그런데 이게 뭔가.

그 상승부대 남부군이 150명으로 줄어들고, 뿐만 아니라 피골이 상접한 거지의 집단이 되어버렸다. 그나마 50여 명이 부상자이고, 나머지는 예외 없이 동상에 걸려, 이미 전력도 아니고 병력도 아니었다. 똑바로 말하면 궤멸 직전이란 표현도 부족했다. 남부군은 문자 그대로 궤멸 상태에 있었던 것이다.

그러나 전사 편찬을 꿈꾸는 이태는 이렇게 말했다.

"3만 5천의 국군과 경찰을 대적해 유일하게 지리산을 지킨 것은 우리 남부군이다. 역시 남한 유격대 총본산으로서의 관록이 있다. 제2차 군경 토벌 작전에서 우리 측에선 50여 명의 사망자를 냈을 뿐이니, 전술적으론 우리가 승리하지 않았을까?"

이태의 말에 박태영은 어이가 없었다. 3만 5천의 대병력을 상대로 불과 2백 병력이 50명의 사망자를 내고 살아남았다는 사실을 강조하고 그걸 자랑스럽게 생각하는 이태의 사고방식을 이해할 수 있었지만, 사태의 의미를 전연 알고 있지 못하는 게 안타까웠다. 박태영은 이렇게 말했다.

"이 동무, 동무는 전쟁을 스포츠로 아시오? 전쟁에 있어서 스코어가 문제되는 줄 아시오? '최후에 웃는 자가 가장 잘 웃는 자'란 말이 있는데, 남부군이 최후에 웃는 자가 될 것 같소?"

"나도 그걸 모르진 않소. 하지만 나는 어느 때 지리산에서 빨치산이 아주 불리한 조건 속에서 막강한 정규군을 상대로 싸워 살아남았다는 기록을 남기고 싶소."

이태는 볼멘소리로 이렇게 말하고,

"박 동무는 요즘 이상해. 최후의 승리에 대한 신념이 해이해진 것 같소."

하고 주위를 두리번거렸다. 박태영이 말했다.

"나는 최후의 승리를 믿소. 그러나 동무가 믿고 있는 최후의 승리완 내용이 다르오. 그러나저러나 나는 지리산 파르티잔 가운데서 최후의 하나가 될 때까지 버틸 자신이 있소."

박태영을 바라보는 이태의 눈에 안타깝다는 감정이 괴었다. 이태의 판단에 의하면, 박태영은 말단 전사로 버려둘 사람이 아니었다. 그래서 연 대장에게도 건의하고 이봉관 정치위원에게도 박태영에게 적당한 대우를 해줄 필요가 있다고 기회 있을 때마다 말했다. 그런데 이상하게도 그 의견이 통하지 않았다. 그러나 그 까닭을 알려고 노력하기엔 사정이 너무 급박했고, 나날이 너무나 각박했다.

그 무렵 남부군에선 '간부 보존 사업'이란 캐치프레이즈가 나돌았다.

'공화국'을 위해 유능한 간부를 어떤 수단을 쓰더라도 보호하는 게 빨치산에게 부과된 과업의 하나라는 것이었다. 이를테면 박영규 같은 사람이 그 대상이었다. 이현상, 김복홍, 이봉관, 문춘, 그밖에 당과 군의 고위 간부로 있었던 이른바 객원들도 끼여 있었다. 그렇다고 해서 그들에게 무슨 특별한 조치가 취해지지는 않았다. 되도록이면 전투에 내보내지 않고, 보급 투쟁을 나가더라도 언제나 안전 지대에 두는 등의 배려가 있을 뿐이었다. 그런데 그 정도라도 결과적으로 대단했다.

작년 봄 이래 1년 동안에 전투대원의 손실은 7할이 넘었는데, 이른바 간부, 즉 본부 요원의 희생은 2할도 채 되지 않았다. 결국 남부군은 머리통만 남고 손발이 떨어져 나간 기형적인 상태가 되어 있었다. 이태의 솔직한 의견을 말한다면, 박태영이야말로 '간부 보존 사업'의 대상에 끼여야 했다.

이태는 박태영이 일제 때부터 이현상과 인연이 있다는 사실을 알고 있었다. 그래서 박태영을 말단 전사로 그냥 두고 있는 것이 의아했다.

"박 동무는 지리산 마지막의 빨치산이 될 거요. 그건 나도 믿고 있소. 박 동무처럼 강인한 건강과 의지를 나는 본 적이 없으니까. 게다가 박 동무는 탄환 사이를 누비고 다니는 기술까지 있거든. 아직 한 번도 부상한 일이 없잖아. 병이 난 적도 없구."

이태의 말이 있자 박태영은 피식 웃었다. 병이 났다는 정도가 아니라 박태영은 동상이 최악의 상태가 되어 있었다. 그래도 박태영은 자기의 동상에 관해선 한마디 말도 하지 않았다.

"박 동무, 사령관 선생님의 노여움을 산 적이 있나? 지리산에서가 아니고 말이오."

"그걸 왜 묻지?"

"이상해서 그래요. 과거부터 알았다면 박 동무의 실력을 알고 있을 텐데. 용기도 말야."

"나는 기본 계급이 아니니까."

"누군 기본 계급인가?"

"이 동무, 나는 간부가 되기 싫어, 지금이 좋아."

"허기야 지금 간부가 되어보았자 마찬가지지만 사람 대우가 어디……."

"나와 사령관은 통하지 않는 점이 꼭 한 가지 있어."

"그게 뭔데?"

"지금은 말할 수 없어. 사령관 동무는 그걸 알고 있어."

"글쎄, 그게 뭔데?"

"언젠간 얘기하겠소. 그러나 지금은 안 돼."

박태영과 이태는 거림골의 무기고트를 숲 사이로 바라볼 수 있는 바위틈에서 얘기하고 있었는데, 강지하가 불쑥 나타나 이태를 보고 말했다.

"문춘 참모가 찾던데."

"그래?"

이태는 막사가 있는 쪽으로 갔다.

"여기가 좋군."

하고 강지하는 이태가 앉아 있던 자리에 앉았다. 그리고 박태영을 보고

"동무 얘긴 이태 동무를 통해서 많이 들었소. 전투대원으로서 고초가 심하겠지?"

하고 쌩긋 웃었다.

"고초는 마찬가지 아니겠소. 동무의 그림 솜씨가 대단하다는 얘긴 들었습니다. 이태 동무가 말합디다."

"내가 그리는 게 어디 그림입니까. 도화圖畵지요, 도화."

"겸손의 말씀을."

"겸손이 아닙니다. 정말 도화지요. 인민에게 복무하려면 도화라야 한다나요?"

강지하는 이렇게 말해놓고

"헷헷."

하고 웃었다. 그 웃음엔 자조적인 빛깔이 있었다. 박태영은 그 웃음에서 친근감을 느꼈다. 그래서 물었다.

"어떻게 그리면 인민에게 복무하게 되는가요?"

"그걸 나도 모르겠단 말요. 작년 여름 뱀샛골에서 상당히 오랫동안

머무르고 있을 때, 가지 골짜기 바위 틈에 피어 있는 나리꽃을 보았소. 바위 몇 개가 포개진 틈에 흙이 쌓였는데, 그 흙에 뿌리를 내린 나리꽃이었소. 이끼가 낀 바위 몇 개가 포개진 형태가, 늙긴 했지만 아직도 싱싱한 남자의 육체를 연상케 하고, 그 나리꽃은 그 남자의 육체에 안긴 농염한 젊은 여자의 얼굴 같았소. 자연은 가끔 이상한 에로티시즘을 발산하거든. 나는 뭐라고 형언할 수 없는 감동에 젖어, 바위를 늙은 남자의 육체로, 나리꽃을 젊은 여자로 그렸소. 그런데 사령부의 간부 한 사람이 그 그림을 들여다보더니 설명하라고 하대요. 내 상想을 대강 말했더니 대뜸 한다는 소리가, '공화국의 바위와 나리꽃을 그렇게 그리면 안 된다.'는 거였소. 그리고 '그림은 공화국을 위하고 인민에 복무하는 그림이라야 한다.'는 거였소 바위는 바위로, 나리꽃은 나리꽃으로 그려야 한다나요? 요컨대 도화를 그리라는 말이었지."

"그 간부가 혹시 정 정치위원 아닙니까?"

"맞소. 그런데 그걸 어떻게 아우?"

"그분의 입버릇이니까요. 내 발도 공화국의 발이라고 합디다."

"어쨌든 당성이 강한 동무니까. 그 당성을 배워야죠."

하고 강지하는, 눈이 얼룩덜룩 남아 있는 건너편 산을 보며 중얼거렸다.

"벌써 2월에 들어섰을 텐데."

"요즘은 무슨 그림을 그립니까."

"쫓기기에 바빠 그릴 여가가 어딨수."

"이태 동무의 말로는 짬만 있으면 그린다고 하던데요."

"그게 내 유일한 사는 보람이니까요. 어느 골짝, 어느 두메에서 죽을지 모르지만, 국군이나 경찰이 내 배낭 속에서 내가 그린 그림을 발견하고, '자아식, 꼬락서니는 굶주린 산돼지인데 그림은 좋군.' 할 수 있게 좋은 그림을 그리고 싶소."

박태영은 웃으려다가 그 웃음이 얼어붙는 것을 느꼈다.

'이 세상에, 이 인생에 어디 그런 걸 소망이라고 지니고 다니는 사람이 있을까. 모든 파르티잔이 밥이나 한번 실컷 먹어보고 죽었으면 하는 소망밖에 지닌 것이 없는 상황 속에서……'

강지하는 지금, 작가 이동규를 모델로 초상화를 그리고 있는데, 그 그림의 제목을 '어느 빨치산 작가의 초상'이라고 할 참이라고 했다.

이렇게 장시간 한담을 할 수 있었다는 것도 이례에 속했다. 그러나 그 대화가 박태영이 강지하와 가진 최초이자 마지막의 대화였다.

남부군 수뇌부는 전력 회복의 방안을 두고 회의를 거듭했다. 백 번 회의를 거듭해보았자 결론은 마찬가지였다.

첫째는 식량 보급이고 둘째는 동상 치료였다.

결론이 나왔다고 해도 이 문제를 해결하기 위한 구체적인 방법이 있어야 했다. 동상 문제는 약을 구할 수도 없고 병원에 입원시킬 수도 없으니 각자가 알아서 최선을 다하라는 지시밖에 있을 수가 없었다.

사실을 말하면 남부군 전체가 이 동상에 의해 전멸된 상태에 있었다. 정도의 차이는 있으나 거의 전부가 동상에 걸려 있었다. 다섯 발가락, 다섯 손가락이 변색해서 썩어들어가는 대원이 태반이었다. 그런데 방법은 하나밖에 없었다. 냉수 마사지였다. 박태영은 냉수 마사지와 선포乾布 마사지, 기회 있을 때마다 환부를 때리고 꼬집고 하는 방법으로 다소나마 효험을 보았다. 그런데 그 치료법은 굉장한 의지력을 필요로 했다.

돌부리에 채기만 해도 까무러칠 정도로 고통스러운데 그 환부를 주먹으로 때리고 비비고 해야 하니 그 고통을 견디기 위해선 강철의 의지력이 있어야 했다.

'오스트롭스키'의 소설에 「강철은 어떻게 단련되었는가」란 것이 있는데, 그 주인공이 겪은 고통은 동상에 걸린 지리산 빨치산이 겪는 고통에 비하면 유치원 아이들의 장난에 불과하다고 할 수 있었다.

그런데 이 문제보다 더 다급한 것이 식량 문제였다. 동상을 견디기 위해서라도 먹어야 했다. 동상으로 발과 손이 썩기 전에 모두 아사할 지경이 되었다. 10일 이상 고스란히 굶은 몸으로 영하 20도의 추위 속에서 몇십 킬로그램씩 짐을 지고 고지를 오르내리는 격동을 거듭하고 보니, 거림골에 집결된 남부군 전원이 해골에 넝마를 둘러놓은 몰골이 되었다.

사령부에선 드디어 단안을 내렸다.

앉아서 굶어 죽느니 싸우다가 죽자는 것이었다.

어떠한 방법을 써서라도 보급 투쟁에 나서기로 결정되었다. 보급 투쟁을 하려면 내외공마을까지 가야 했다. 거림골에서 그곳으로 가려면 곡점을 통과해야 한다. 그런데 거림골 어귀인 곡점의 뒷산 625고지를 강력한 경찰대가 봉쇄하고 있었다.

정찰대장이

"거림골 어귀인 곡점을 봉쇄하고 있는 경찰대의 수는 약 1백 명. 중기관총이 십여 군데 총좌를 만들어놓고 있어 그 사이를 뚫고 나간다는 것은……."

하고 보고를 중단했다. 불가능하다는 결론만은 내리기 싫었던 것이다.

"불가능하다."

라는 정찰대장의 보고가 있었는데도 작전을 감행하면 참모들의 책임이 중대했다. 아니, 그런 결정적인 보고를 듣고 작전 명령을 내릴 순 없었다.

참모들이 난처한 듯 서로 얼굴을 돌아보았다.
참모장이 정찰대장에게 물었다.
"군대가 아니고 경찰대란 말이지?"
"그렇습니다. 철모는 보이지 않았습니다."
"1백 명이라 했것다?"
"네."
"능선에 초소가 있고?"
"네, 초소가 두 군데 있고, 주력은 길가 산기슭에 있습니다."
참모장이 담배를 말던 손을 잠깐 멈추더니―.
"좋아, 격파한다. 대열 참모."
"네!"
"출동 가능한 전투원을 점검해보시오. 지금 곧."
대열 참모가 나갔다. 참모장은 시계를 힐끗 보고 후방 참모를 불렀다.
"뱀샛골에서 가지고 온 쌀이 몇 홉쯤 남았다고 했지요?"
"네."
"지금 간부 이하 전체 대원의 배낭을 점검하시오. 그래서 쌀이 한 톨이라도 나오면 모으시오. 쌀만이 아니라 먹을 수 있는 것이면 죄다."
"네."
"얼마가 되든 그걸로 죽을 쑤시오. 쇠기름, 소금, 아무거나 복구병으로 넘어갈 수 있는 것은 다 쓸어넣어서 한 시간 안에."
"알겠습니다."
참모장은 문춘 참모를 돌아보며 씨익 웃곤,
"작전 참모 동무가 수고 좀 하시오. 내가 나머지 대원을 데리고 제2

선을 치고 있을 테니까."

"네, 해봅시다."

"목적은 보급 투쟁이니까 적이 후퇴하면 추격할 것 없소. 곧장 내외 공으로 들어가는 거요."

"알겠습니다."

"한번 도박을 해보는 거지. 달리 도리가 없으니 어쩌겠소. 내 선생님 한테 보고하고 올 테니 정찰대장 데리고 잘 연구해보시오."

하고 참모장이 밖으로 나갔다.

박태영은 전사 편찬을 도와달라는 이태의 청을 받고 마침 참모부의 막사에 가 있었는데, 거기서 이 숨막히는 대화 장면을 목격하게 되었다.

그로부터 한 시간 후, 겨우 몸을 지탱할 수 있는 전투원 40명가량이 집결했다. 박태영도 끼였다.

뜨물 같은 멀건 죽이 한 모금씩 그들에게 배급되었다. 남부군의 마지막 쌀 한 톨, 소금 한 알까지 긁어 모아 만든 비장한 향연이었다.

땅거미가 지면서 눈발이 날리기 시작했다. 야습대는 문춘 참모의 지휘를 받아 이현상 사령관 앞에 도열했다.

나머지 대원들이 그들을 환송하기 위해 나와 있었다.

사령관은 짤막한 인사를 했다.

"우리 남부군의 운명이, 영예로운 전통을 가진 조선인민유격대 남부군의 흥망이 오늘 밤 여러 동무들의 손에 있소. 부탁하오."

사령관은 목이 메어 있었다.

박태영은 이현상을 용서하는 마음이 되었다.

이때까지 어떠한 전투에 출격할 때에도 있지 않았던 비장한 기분이 감돌았다. 사실 그럴 수밖에 없었다. 이들이 경찰의 봉쇄를 뚫고 얼마쯤 식량을 구해오는 데 성공한다면 남부군은 소생해 다시 전력을 살리는 기회를 노려볼 수도 있지만, 이 밤의 작전이 실패하면 남부군 전원이 눈과 얼음 속에 갇혀 얼어서 죽고 굶어서 죽을 수밖에 없었다.

이제 남부군이 가진 마지막 전력 40여 명을 몽땅 도박에 걸어보는 셈인데, 자기 몸 하나조차 지탱하기가 힘겨운 이들이 사기 왕성한 경찰 전투대를 과연 격파할 수 있을지.

침통한 장면이었다.

야습대가 행군을 시작하자 환송의 합창 소리가 일었다.

—용사들 가는 길

승리의 깃발 휘날려 나부끼노라

우리의 조국은 민주의 성새

지키자 인민의 자유

……

다정다감한 정 정치위원이 어둠 속으로 사라져가는 야습대를 보다가 억지 웃음을 짓더니 누구에게랄 것도 없이 중얼거렸다.

"어찌 승리의 노래가 웅장하지 못하고 슬픈가. 이제 봄이 머잖았어. 해동이 되어 잎이 피면 야산으로 내려가 초모 사업을 해야지. 그리고 재기해야지. 그땐 동무들, 흰 쌀밥에 소를 잡아 실컷 먹게 하고 푸욱 쉬도록 해야지. 약을 구해다 동상도 말끔히 치료하고 말야. 눈이 오시만 봄이 가까이에 와 있다."

정 정치위원은 봄을 기다리고 있었지만, 빨치산을 둘러싼 상황은 막바지를 향해 치닫고 있었다.

가을바람, 산하에 불다

이 무렵, 즉 1952년 2월 1일 서남 지구 야전 전투사령관 백인엽 중장은 기자 회견에서 다음과 같이 밝혔다.

"공비 소탕 작전은 현재 순조롭게 진행되고 있다. 완전 소탕이 조속한 시일 내에 이루어질 것이다."

그것은 사실이었다. 이때부터 '공비 소탕'이 아니고 '잔비 소탕'으로 말이 바뀌었다.

이현상을 비롯한 빨치산들에겐 '영예로운 인민 유격대'일지 모르나, 국내외 정세로 봐선 '잔비'가 되었다.

이런 사정을 알건 모르건 남부군은 사력을 다해야 했다.

야습대가 출발하자 곧 남은 대원들에게 비상 명령이 내려졌다.

막사를 걷었다. 짐을 챙겨 짊어졌다.

본부 요원, 여성 대원, 부상자까지 총동원되어 아지트 어귀, 산허리, 골짝 요소요소에 자리를 잡았다.

참모장은, 궁여지책으로 야습을 강행하기로 했으나 성공의 가능성이 희박하다고 보고, 야습대가 패퇴할 때엔 아지트까지 위협을 받을 염려가 있어 이에 대비해 방어선을 친 것이다.

눈이 소리 없이 내리고 있었다. 적막 속에서 개울의 물소리만 들렸다. 이 바위, 저 나무 밑에 한둘씩 몸을 기대고 정세를 살피는 빨치산들의 머리 위와 어깨 위에 하얀 눈이 소복이 쌓여갔다.

긴장된 적막이 두어 시간쯤 계속되었을까. 대쪽을 두들기는 것 같은 총소리가 아득히 들려왔다.

'야습이 시작되었구나.'

그런데 그 총소리가 점점 가까워지면 만사는 끝난다. 패세에 몰렸기 때문이니까. 전 신경이 귀에 집중되었다.

10여 분 계속되던 총소리가 뚝 그쳤다. 깊은 정적이 왔다.

참모장은 아지트의 잔여 인원 중에서 20명을 선발했다.

"야습대가 간 길을 밟아라. 야습대의 귀로를 엄호해야 한다."

하고 참모장은 지휘자에게 간략한 지시를 내리고 출발시켰다. 선발대의 대부분은 여성 대원이었다. 몇 사람의 동상 환자가 그 속에 끼여 있었다.

그날 밤 문춘의 작전은 절묘했다.

40명 인원 가운데서 5명을 떼어 야습대가 가는 방향과 반대되는 방향에 배치했다. 야습대의 주력이 거림골 어귀에 도달할 시각에 그 5명이 652고지를 향해 사격했다. 그렇게 해서 경찰대의 주의를 그 방면으로 끌어놓은 틈을 타서 야습대의 주력은 소리 없이 경찰의 봉쇄선을 뚫고 나갔다. 내외공마을 백 미터 지점에서 5명의 정찰조가 마을에 침입했다.

정찰조의 신호를 기다려 10명의 대원이 마을을 에워싸고 20명의 대원이 마을에 들어섰다. 두 사람씩 한 조가 되어 큼직한 집만을 골라 들이닥쳤다. 그런데 이 마을은 워낙 가난했다. 빈 가마니를 들고 다니며 이 집 저 집 쌀독을 긁듯이 해서 쌀을 모았다.

태영의 짝은 정복희라는 여성 대원이었다. 그녀는 눈치가 빨라, 쌀독 아닌 그릇에 담긴 쌀을 잘도 색출해냈다.

꽉 차게 한 시간을 덮쳤는데, 어느 집에서 요강 같은 그릇에 담아놓은 쌀을 찾아냈을 때, 그 집 노파가

"그걸 다 가지고 가면 우린 내일부터 굶어야 해요."

가을바람, 산하에 불다

하며 울부짖었다. 태영이 그 쌀을 그냥 두고 오려고 하자, 정복희가 그 그릇을 빼앗아 쌀을 가마니 속에 넣었다.

"할머닌 이웃집에 가서 얻어먹을 수도 있잖아요."

정복희는 날카롭게 뱉듯이 말하고 박태영에게

"동무는 근성이 글러먹었어."

하고 혀를 찼다.

집결 지점에 모였다. 얼마나 성과가 있었는지 따져볼 겨를이 없었다. 정찰대 뒤를 따라 야습대는 각기 얻은 쌀 가마를 메고 질풍처럼 곡점을 향해 뛰었다. 도중에 소총 사격을 받았지만 산발적이었다. 봉쇄선에 있던 경찰대는 어디론가 피해버리고 없었다. 어두운 밤엔 경찰대는 빨치산과 싸울 의욕을 잃어버렸다.

야습대가 거림골로 돌아왔을 땐 동이 트고 있었다. 40명 야습대가 올린 성과는 쌀과 잡곡을 섞어 기껏 두 가마 남짓했다.

그러나 그건 대성공이었다. 식량 가마가 들어오자 침울했던 아지트에 환성이 올랐다. 금세 생기가 돋았다.

사령관이 직접 나와 40명 전원을 일일이 악수하며 치하했다.

참모장이 울먹거리며 말했다.

"자아, 피곤할 테니 한잠 푸욱 자라구. 동무들이 깨어났을 땐 김이 무럭무럭 나는 밥이 준비되어 있을 테니까."

그날 밤 야습대는 단 두 명이 부상을 입었을 뿐이었다.

아무튼 그날 밤의 성과로 남부군은 아사 직전의 상태에서 기사회생하게 되었다.

이튿날 서훈식이 있었다. 전사자와 생존자 할 것 없이 전원에게 국기 훈장과 영예 훈장이 수여되었다. 서훈된 자, 특히 이젠 죽고 없는 자들 가운데 정수만을 들먹이는 호명을 들었을 때, 박태영은 자기 바로 옆에서 순식간에 시체를 덮어버린 이들의 스멀거리는 광경을 상기했다. 설혹 정수만이 먼 훗날 금빛 찬란한 정식 훈장을 받는다고 치고, 그 이떼와 훈장 사이에 어떤 연결이 지어질 것인가.

서훈된 자 가운데 물론 박태영의 이름도 끼여 있었다. 박태영은 자기 호명을 싸늘한 기분으로 들었다.

서훈이 끝나자 시인 하 동무의 자작시 낭독이 있었다.

「굴복할 줄 모르는 사람들」이란 제목의 그 시는 다음과 같았다.

―피로 얼룩진 산마루에 잎이 피고,

초연히 흐르던 골짜기에 눈이 내리고

그렇게 백, 천의 세월을 거듭할 때까지

지리산아, 다시금 새겨라.

천백 배의 적과 맞서 싸워

우리들은 굴할 줄 모르는 용사들이었다고.

……

그것은 감동 없는 한숨, 메아리 없는 고함에 불과했다. 차라리 '지리산아, 백천 겁 먼 훗날까지 너를 모독한 우리들을 용서하지 말라.'고 했더라면 파르티잔의 가슴에 메아리라도 남겼을까.

사령관 이현상은 눈물을 흘리며 축사를 했다. 박태영은 다시금 그에 대한 미움을 느꼈다. 도대체 서훈이니 축사니 하는 것이 무슨 장난인가 말이다. 패배한 장군이 무슨 말을 하겠는가. 수많은 죽음을 앞에 두고 무슨 웅변이 있을 수 있겠는가.

가을바람, 산하에 불다 211

한 달 동안 평온한 날이 계속되었다. 이미 '잔비'로 결정지어버린 만큼, 대한민국 정부로선 별로 신경 쓸 문제가 아닐지 몰랐다. 여하간 대한민국 정부의 느슨한 정책이 빨치산에게 다시 얻을 수 없는 편안한 시간을 마련해주었다.

녹슨 몇 자루의 가위와 이 빠진 면도칼로 이발도 하고 수염도 깎았다.

"그대로 장가가도 되겠다."

"그렇게 미남일 줄은 몰랐다."

이런 농담이 웃음소리에 섞이기도 했다.

이를 소탕하기 위해 옷을 삶기로 했는데, 모두가 단벌이라 한 껍데기는 입고 한 껍데기는 벗고 해야 하기 때문에 이의 절멸은 불가능했다.

소금밥이나마 끼니 때마다 창자를 채울 수 있었다. 뜨뜻한 돌 구들에서 다리를 펴고 잘 수 있었다. 그런데다 일양내복―陽來復, 만물이 소생하는 봄 기운이 움트고 있었다. 며칠 사이에 빨치산들의 건강이 급속도로 회복되었다. 부상자의 상처도 아물었다. 그 무서운 동상마저 거짓말처럼 치유되었다.

박태영은 시퍼렇게 썩어가던 발가락이 본래 빛깔로 바뀌어가는 것을 무슨 기적처럼 바라보았다.

'마지막 불을 끄지만 않으면 생명은 언제든지 되살아난다!'

건강이 회복되고 편안한 날이 계속되자 슬픔이 되살아났다. 죽은 친구들의 얼굴이 주마등처럼 뇌리를 스쳤다.

'그때 그 순간을 피할 수 있었더라면!'

아쉬운 얼굴들, 안타까운 친구들.

그러나 그런 슬픔을 끝내 슬퍼하지 못하는 까닭은, 그 평온한 시간이 결국은 내일 닥칠지 모르는 죽음의 유예에 불과하다는 것을 모두 알고 있기 때문이었다.

이태는 본격적인 전기 편찬을 하겠노라고 열을 올렸다. 틈틈이 참모들과 지도원들, 그리고 연대장, 대대장들을 찾아다니며 소백산 이후의 전투 내용을 물었다. 수십 장의 상황도까지 그렸다.

박태영은 이태가 그린 상황도를 보며, 세상이 세상 같으면 이 사람은 일류 참모 총장이 될 수 있으리라고 생각했다. 치밀하고도 교훈적인 상황도였던 것이다.

이태는 또한 비행기가 뿌린 삐라, 이곳저곳 바위에 적혀 있는 투항 고문 등도 수집해서 차곡차곡 철했다. 재인의 무용담을 수집하는 데도 정성을 다했다.

"불과 몇 달 사인데 말야, 막상 전공을 기록하려고 하니 모호해지는 거라. 사람의 기억력이란 건 믿을 것이 못 돼. 꼭 들어둬야 할 증언이 있는데, 그걸 말할 수 있는 증인은 죽고 없어. 상상만으론 안 돼. 전기만은 사실 그대로라야 하는데."

하고 이태는 안타까워하기도 했다.

화가 강지하는 '어느 빨치산 작가'를 그린다며 열심히 이동규를 스케치 하고, 이동규는 '강철은 불속에서 단련된다.'는 혁명적인 작품을 구상하고, 시인 하 동무는 남부군을 주제로 한 장편시를 구상하고 있었다.

박태영은 국민학교 아동용 공책에 암호 같은 글을 써넣고 있었다. 예컨대—.

'미워하는 그자를 위해 나는 살아야 한다. 미움도 또한 정열이다.'

'미화에 대한 철저한 거부.'

"이가 미학적 존재일 수 있을까."

'내 이웃의 죽음을 슬퍼하지 못하게 되었을 때, 그것이 과연 인간의

마음이랄 수 있을까.'

'이태의 전기傳記, 거기에 이가 발언하는 장면이 있는가. 없다면 그건 전기가 아니고 센티멘털한 멜로드라마가 될 뿐.'

'강철은 불속에서 단련되어야 한다고? 눈과 얼음은 어떻게 하고?'

'정신력으로 사는 유물론자들!'

'논리를 초월한 과학자들!'

'인민을 위해 인민을 약탈하는 기만.'

'피부에 유착되어버린 가면의 두께를 아는가.'

'파르티잔에게 사상이 있을까? 있다면 이의 사상이다. 조금 고급스러워지면 빈대의 사상. 최고는 벼룩의 사상. 벼룩은 자기 키의 백 배를 뛴다고 하지 않는가. 파르티잔은 벼룩의 동상을 세워야 한다. 그러나 파르티잔은 이의 사상을 익힐 도리밖에 없다. 우리가 아무리 이를 없애려고 해도 이는 없어지지 않지 않는가. 마찬가지로 대한민국 국군과 경찰이 아무리 우리를 없애려고 해도 쉽지 않을 게다. 우리가 이를 완전 소탕 못하는 것처럼. 이것이 희망인가? 절망만도 못한 희망!'

'잔인한 규율로 유지되는 조직이 있다면 그건 벌써 없어졌어야 할 조직이다.'

'너는 왜 살고 있느냐구? 대결하기 위해서다. 왜 대결하는가. 나의 죄를 확정하기 위해서다.'

'지리산에 대한 감상은? 그저 부끄러울 뿐이다.'

대원들의 눈을 피해 양지 쪽에 앉아 연필의 심을 핥아가며 이렇게 쓰고 있을 때 누군가가 옆에 와서 사뿐히 앉았다. 태영은 고개를 들었다. 정복희였다. 다부진 행동력으로 소문난 여성 대원이었다.

"무엇을 쓰고 계시나요?"

정복희의 음성은 알토에 속했다.

"쓰나 마나 한 거요."

하고 박태영은 공책을 덮었다.

"방해가 되었나요?"

"아아뇨."

"사과하러 왔어요."

"내게 사과할 일이 뭔데요?"

"내외공 보급 투쟁 나갔을 때……."

하고 정복희는 말을 끊었다. 박태영은 이어질 말을 기다렸다.

"기억나지 않으세요?"

"뭔데요?"

"할머니가, '그걸 다 가지고 가면 우린 내일부터 굶어야 해요.'라고 했을 때. 기억나지 않으세요?"

"별로 기억이 없는데요."

"그때 동무가 그 쌀을 두고 오려고 했잖아요?"

"그런 기억은 있습니다."

"그때 내가 심한 말을 했었죠."

박태영은 기억이 생생하게 되살아났다. 그러나 기억이 안 나는 척했다.

"그때 내가 동무보고 근성이 글러먹었다고 했어요."

"그랬던가요?"

"미안해요."

"미안할 것 없습니다."

"그래 사과하러 왔어요."

"그만한 일루요?"

"마음에 걸렸어요."

"우리가 지금 굶지 않으니까 여성 동무가 그런 말을 하는 겁니다. 그때의 상황으로선 당연히 핀잔을 줄 만했지요. 우리의 처지에 쌀 한 되가 어딥니까."

"그러나 내 마음에 그게 걸렸어요. '그런 말 안 하고 쌀을 탁 털어 넣었어도 그만이었을 텐데…….' 하고 말예요."

정복희의 말은 시종 표준말이었다. 태영이 물었다.

"동무의 집은 서울이오?"

"그렇습니다."

"나는 동무를 북쪽에서 온 사람인 줄 알았소."

"그래요? 난 서울 토박이예요."

"그런 분이 어떻게?"

"빨치산이 되었느냐는 말인가요?"

"그렇소."

"경기여상 졸업반이었어요. 선동 선전반에 끼였어요. 충청도에 갔다가 후퇴하는 인민 군대에 섞였죠. 그러다 보니……."

"그럼 쭉 남부군에 있었구면요."

"그래요."

박태영은 정복희의 옆얼굴을 훔쳐 봤다. 해와 바람에 검게 그을려 있었으나 이목구비의 윤곽이 선명했다. 여윈 탓으로 신경질이 있어 보였으나, 적당히 옷을 차려입고 거리에 나서면 사내들이 뒤돌아볼 정도로 매력적인 얼굴이었다.

"용서해주시겠어요?"

"용서고 뭐고 없습니다. 당연한 핀잔이라고 들었으니까요."

"그럼 됐어요."

하고 일어서려다 말고 정복희가 물었다.

"전쟁이 시작되었을 때 동무는 뭣 하고 있었어요?"

"서대문형무소에 있었습니다."

"그전엔?"

"경성대학 학생이었습니다."

정복희는 고개를 끄덕끄덕하더니 일어서서

"앞으로 동무허구 대화를 나눌 기회를 가졌으면 해요."

하고 박태영의 대답을 기다리지 않고 숲 사이로 빠져나갔다.

박태영은 여성 대원에게서 여자를 느낀 적이 이때까진 없었다. 그런데 정복희에게서 오랜만에 여자를 느꼈다.

'저 여자는 앞으로 어떻게 될까.'

하는 마음의 가닥이 생겨났다.

박태영은 다시 공책을 펴들 의욕을 잃고 말았다.

두 가마의 식량이 오래 지탱될 까닭이 없었다. 보급 투쟁이 또 필요하게 되었다. 그러나 인근 마을에선 쌀 한 톨 구경하지 못하게 되었다. 식량 소개가 철저할 뿐 아니라, 경찰의 경비 태세가 만만치 않았다. 의용 경찰대와 청년단까지 합세했기 때문에 섣불리 빨치산이 덤벼들 수 없었다.

그래서 보급 투쟁 대상 지역이 하동군 옥종면玉宗面으로 책정되었다. 옥종은 덕천강 유역의 평야 지대이다. 땅이 비옥해서 물산이 많은 곳이다. 이곳저곳 부촌이 많았다. 그러나 거림골에선 왕복 60리의 거리이다. 그것이 난점이지만, 그 난점이 또한 이점으로 되기도 한다. 경찰은 그 먼 곳까지 빨치산이 나타나리라곤 예상도 안 할 것이니, 바로 그 조건을 이용할 수 있는 것이다.

옥종으로 출동하는 첫날 정찰대를 떠나보내고 대열의 순서를 정하고 있는데 사령부에서 조복애가 나타났다. 조복애는 노동당 중앙위원인데다가 여맹의 부위원장이어서, 남부군 객원 가운데서도 특별한 대우를 받고 있는 여성이었다. 어쩌다 대원들과 어울리면 익살 섞인 유머로 사람을 웃기기도 했는데, 일반 대원으로선 근접하기 어려운 존재였다. 그런데 그 조복애가 보급 투쟁에 참가하겠다고 나섰다.

옥종까지 세 시간에 가고, 한 시간 내지 한 시간 반 보급 투쟁을 하고, 세 시간에 돌아오기로 작정했다. 강행군 중에서도 강행군이었다. 그런 뜻을 말하고 보급 투쟁 책임자인 지 대대장이 말리자 조복애는

"날 그렇게 깔보지 마시오. 나도 2년 반 동안 지리산에서 버티어온 빨치산이오. ……그런데 사실은 옥종이 내 고향이오. 오랜만에 고향 땅을 한번 밟아보고 싶소."

하며 웃었다.

"옥종 어딥니까."

대대장이 물었다.

"월횡月橫이란 곳이오."

"오늘 밤엔 월횡에 가지 않는데요."

"옥종면이란 이름이 붙은 곳까지만 가면 돼요. 내가 가면 소를 한 마리 몰고 오지요."

조복애는 여자답지 않게 너털웃음을 웃었다.

해가 서산으로 기우는 것을 보고 30명으로 편성된 보급 부대가 거림

골을 떠났다. 덕산을 왼쪽으로 보는 산허리를 타고 돌아 신작로를 십 리쯤 걸어야 하동군과 산청군의 군계를 넘어 옥종 땅에 들어설 수 있었다. 만일 정찰대의 위험 신호가 있으면 신작로를 버리고 신작로 양쪽의 숲속을 헤쳐 나가야 하는데, 이상하게도 정찰대의 위험 신호가 없었다.

정찰대의 위험 신호가 없다는 것은 근처에 군대나 경찰이 없다는 것을 뜻한다. 보급 부대는 쉽게 어느 마을에 들어갔다. 그때가 11시경.

수확이 의외로 많았다. 마을 청년 십여 명에게 지운 것까지 합쳐 쌀 열 가마 이상을 약탈하고 의류, 신발 등 푸짐한 수확이 있었다. 박태영은 비로소 그날 밤 신발 같은 신발을 얻어 신을 수 있었다.

그 마을에서 밤참까지 얻어먹고 새벽 한 시쯤 돌아오는데, 덕산을 오른쪽으로 하고 거림골로 들어서는 산길 어귀에서 박태영은 조복애를 만났다. 조복애가 먼저 와서 기다리고 있었던 것이다.

조복애는 보급대장을 찾아 무언가 귀엣말을 했다. 보급대장이 박태영을 불러 가만히 말했다.

"조복애 중앙위원 동무가 소를 한 마리 구했다오. 조금 기다리면 소가 나타날 거라고 하니, 동무는 10분쯤 여기서 기다리다가 조 동무와 같이 오시오."

무슨 영문인지 몰랐지만 태영은 조복애와 같이 길에서 조금 떨어진 숲속에 숨었다. 조복애가 말이 없었으니 태영도 말을 건넬 수가 없었다. 숨을 죽이고 어둠 속을 응시했다.

아무리 캄캄한 어둠이라도 그 어둠에 익숙하면 근거리에 있는 물체를 식별할 수 있다. 게다가 어둠 속에선 청각이 특별히 예민하다.

그렇게 기다리는데 어디선가 소 발굽 소리가 났다. 소는 겨울엔 대개 짚신을 신기 때문에 소리가 나지 않는데, 워낙 조용한 밤이어서인지 서

뿐서뿐 소리가 있었다.

조복애가 숲에서 빠져나갔다. 소 덩치가 보이고, 조복애와 낮은 말을 주고받는 사람의 그림자가 보였다.

"동무, 나와요."

속삭이듯 하는 조복애의 소리였다. 태영은 숲에서 나갔다. 그곳까지 소를 몰고 온 사람은 벌써 어둠 속으로 사라지고 없었다.

조복애를 앞세우고 태영은 소 고삐를 잡고 비탈길을 걸어 올라갔다. 여전히 말이 없었다. 정찰대가 탐색해 안전을 보장한 길이지만, 단둘이 소를 몰고 산길을 걷는 건 무시무시했다.

거림골 어귀의 초소를 지나서야 겨우 마음을 놓았다. 태영은 소나비를 맞은 것처럼 온몸이 땀에 흠뻑 젖었다. 막사를 백 미터쯤 앞으로 했을 때 조복애가 입을 열었다.

"동무."

"예?"

"이 소가 어떻게 해서 생겼는지 알겠소?"

"모르겠습니다."

"아까 보급 투쟁을 나설 때, 내가 대대장 동무에게 소 한 마리 몰고 오겠다고 약속했었소."

"그 얘기는 나도 들었습니다."

"그런데 그 마을에 가서 민첩하게 집집을 둘러보았더니 소가 있어야지. 돼지는 몇 마리 있었지만……. 큰일 났다 싶대요. 나는 일단 약속한 일은 지키지 않곤 못 견디는 성미니까. 그때 문득 생각이 났어요. 옛날 우리 집에서 머슴 살던 사람이 그 마을에 있다는 게. 그의 이름을 들먹이며 집을 물었지. 다행히 그가 집에 있더먼. 그는 나를 확인하자 깜짝 놀랐어요. 내가 말했지. 내 처지가 소 한 마리 없으면 큰일난다구. 그는, 그 동네엔 소가 없는데 등 너머 마을엔 있다는 거였소. 그래 아까의 그 장소에서 기다릴 테니 소를 몰고 오라고 부탁했어요. 그랬더니 그가 이웃 동네의 소를 훔쳐온 거라요."

"기막힌 얘깁니다."

"인정이란 건 아름답지요?"

"아름답다뿐입니까."

"나는 그 사람을 위해 어떻게 해야 할까요?"

"어떡하든 살아남아야죠. 살아남는 게 그 사람의 호의에 보답하는 것 아니겠습니까."

조복애는 말이 없었다.

"사실은 말입니다."

망설이다가 박태영이 말했다.

"내 친구에 이규라는 사람이 있는데, 그의 집이 그곳에서 별로 멀지 않은 곳에 있거든요. 그래서 마음이 이상해졌어요."

"이규라면 하영근 씨의 사위가 된?"

"그렇습니다."

"그 집안은 백토재를 넘는 곳에 있지요. 우리 집안과 사돈뻘 됩니다."

"아아, 그래요?"

박태영은 자기도 모르게 탄성을 올렸다.

"동무 이름이 뭐지요?"

조복애가 물었다.

"박태영이라고 합니다."

"들은 적이 있는 듯하군요. 전쟁 초기에 이규 씨는 뭣을 했지요?"

"프랑스에 가 있었습니다. 지금도 그곳에 있을 겁니다."

"잘했군."

조복애가 중얼거리고 말을 이었다.

"동경에 있을 때 우린 자주 만났지요."

"그때 동무는 무엇을 하셨는데요."

"메지로에 있는 여자대학 학생이었습니다."

조복애와 박태영이 소를 몰고 돌아가자 막사에서 환성이 올랐다. 벌써 동쪽 하늘이 밝아져 오고 있었다.

조복애가 박태영에게 손을 내밀었다. 오랜만에 해보는 악수였다.

첫 번째 옥종면 보급 투쟁에 맛을 붙인 남부군은 그 후로도 서너 차례 옥종면 이 마을 저 마을을 털었다.

어느 날 밤엔 북방이란 데까지 행동을 뻗쳤다. 북방은 옥종면에서도 남단이며, 중태에서 십 리 길을 더 가야 하는 마을이었다.

그런데 이상했다. 옥종면 근처엔 군인은 물론 경찰대의 매복이나 공격이 전연 없었다. 정찰대의 보고에 의하면, 경찰 지서와 면사무소가 있는 청룡마을은 대로 엮은 방책을 쳐놓고 꽤 많은 경찰 병력이 의용경찰대와 청년단원을 곁들여 항상 대기 중이라는데, 밤만 되면 꼼짝도 안 한다는 것이었다.

거림골에서 옥종까지는 먼 거리니까 빨치산이 옥종에 침입했다면 교통로가 편리하기도 하니 쉽게 퇴로를 차단할 수도 있을 텐데 그렇게 하지 않았다. 적당하게 놀려두었다가 일망타진할 계책을 세우고 있는지, 남부군의 전력을 과대 평가해 아예 접근을 피하는지 종잡을 수가 없었다.

그러나저러나 빨치산은 여유작작하게 행동했다. 어느 마을이건 들어가기만 하면 챙길 수 있는 데까지 식량과 기타 물자를 챙겨놓고 으레 밤참까지 시켜 먹고 돌아왔다.

찰밥이 든든한 끈기를 준다고 해서 밤참은 대개 찰밥이었다. 왕복 길이 워낙 멀고 짐이 무거워 허기를 느끼기도 했지만, 먹은 만큼 등짐을 던다는 생각으로 모두 뒷밥을 해 먹고 생트림을 하면서 돌아오곤 했다.

때가 아직 이른 2월이지만 산마루의 혹한에 익숙해져서인지, 행군길에 잠깐 쉴 땐 바람결에서 봄을 느꼈다.

그럴 때 누군가가 이런 말을 했다.

"이 옥종면만 한 해방구 하나쯤 가지고 있으면 우리 남부군이 세계 최강의 빨치산이 될 텐데."

"잠꼬대 같은 소릴 하는군. 최강의 빨치산이 못 되니까 이런 해방구를 갖지 못하는 거다."

하고 누군가가 반박했다. 터무니없이 주고받는 말이지만 태영의 가슴에 찔리는 것이 있었다.

중공이 끝끝내 성공한 것은 해방구를 가졌기 때문이다. 아무리 모택동이 신출귀몰하는 기술을 가졌더라도 지리산에선 꿈쩍도 못했을 것이다. 그런 뜻에서도 '지리산에 가면 살길이 트인다.'는 이현상의 인식은 너무나 안이한 것이라고 할 수밖에 없었다.

1949년 10월 10일, 북경에서 중공이 독립 선언을 했을 때 박태영은 어느 외국 잡지에서 신문 기자들의 좌담회 기사를 읽은 기억이 났다.

─중공이 승리한 이유를 한 가지만 들면 무엇일까.

─성공의 이유가 한 가지일 수 있나. 복합된 이유의 작용이지.

─그러나 꼭 한 가지 이유만 들라고 하면?

―중국이 넓기 때문이다.

―그렇지. 꼭 한 가지 이유만 지적하라고 하면, 중국의 땅덩어리가 넓다는 이유밖에 없다.

중국이 그처럼 방대하지 않았더라면 중공이 아무리 일당백하는 당원의 조직체라고 해도 장개석 군대의 소공전掃共戰을 견디어내지 못했을 것이다. 생각이 이에 미치자 박태영은 다시금 분노를 느꼈다.

그날은 자정 후에 출동해 새벽에 돌아오는 길이었는데, 곡점 근처에까지 왔을 땐 날이 훤히 밝아졌다.

도중 코를 쏘는 악취가 났다. 힐끗 보았다. 길가 논바닥에 썩어 문드러진 시체가 둘 뒹굴고 있었다. 옷가지를 보아 빨치산의 시체임이 틀림없었지만, 남부군 소속 대원은 아니었다. 봄 기운 탓으로 시체가 급속히 썩고 까마귀떼가 쪼아 먹어 앙상한 해골이 되어 있었다. 넝마 같은 군복은 그대로 있는데 눈 자리가 움푹 팬 두개골이 그 위에 붙어 있어 흉칙스럽기 짝이 없었다.

박태영은 그 옆을 지나며, 전북 회문산 이래 수없이 죽어간 빨치산들을 머리에 떠올렸다. 그들도 모두 어느 산마루, 어느 골짜기에서 저렇게 썩어 문드러져 흉칙한 해골이 되었을 것이라고 생각되어 가슴이 아팠다.

수없이 보아온 시체지만, 시체를 볼 때마다 한탄이 새로웠다.

2월이 중순으로 접어들자 남부군은 다시 이동을 시작해야 했다. 한 곳에 오래 머무는 것, 한 지방을 거듭 보급 투쟁 대상지로 하는 것은 위험하기 때문이었다.

이번의 목적지는 백뭇골이었다. 다시 눈 쌓인 주능선을 넘었다. 지긋지긋한 눈이고 지겨운 빙판이었다. 거림골에서의 나날이 너무나 평온했기 때문이었다.

　백뭇골에선 오래 있지 못했다. 마천의 야산을 이곳저곳 헤맸다. 박태영은 가끔 자기 집을 볼 수 있는 곳에 설 수 있었지만 언제나 집 쪽을 외면했다. 부모가 계시는 집을 지척에 두고 접근할 수 없는 빨치산의 심정을 뉘라서 알겠는가.

　유목민이 목초를 찾아 이곳저곳 유랑하듯 빨치산은 보급 투쟁 대상지를 찾아 끝없이 아지트를 옮겨야 했다.

　그런데 옥종까지의 왕복길에 마른 땅을 밟아본 후론 눈 속의 생활이 정말 싫었다. 눈과 얼음 위의 생활 두 달 후에 곡점 앞 신작로 길에서 처음으로 흙을 밟았을 땐 신비감마저 느꼈었는데, 다시 눈과 얼음의 생활로 되돌아가니 한숨이 저절로 나왔다. 그 한숨의 자락을 따라 회한이 비수처럼 가슴을 아프게 찔렀다. 그러한 회한은 박태영이 빨치산이 된 후 처음으로 경험했다. 그런 만큼 얼굴이 붉어질 정도로 부끄러운 회한이기도 했다.

　사단은—.

　백뭇골로 이동하기 수일 전에 있었던 일이다.

　그날 밤 보급 투쟁 나간 곳은 옥종면 북방리의 어느 마을이었다. 박태영은 지시에 따라 마을 서쪽 일각을 맡았다. 네 사람이 한 조였다.

　태영은 대원 하나를 망을 보게 바깥 어둠 속에 남겨두고 솟을대문이 있는, 꽤 부자로 뵈는 집으로 담장을 넘어 들어갔다. 하河, 심金 두 대원도 같이 담을 넘었다.

　밤눈으로 봐도 넓은 울 안이었다. 바깥 사랑은 폐옥 같았다. 디딤돌에 신발이 없고, 귀를 기울였으나 방 안에 사람이 자고 있는 것 같지도 않았다. 그뿐만 아니라 마루에 먼지 냄새가 있었다.

몸채는 불이 꺼져 있었는데, 중간사랑방 하나에 불빛이 환했다. 세 사람은 발소리를 죽이고 디딤돌에 올랐다. 대원 하가 성큼 마루로 올라서서 방문을 홱 끌어당겼다. 방 안의 불빛이 쏟아져 나왔다.

"우리는 산에서 왔소."

하가 나직이 말했다. 김은 반대쪽을 향해 경계 태세를 취하고, 박태영은 하와 나란히 서서 방 안을 보았다.

지금까지 책을 읽고 있었는지 청년 하나가 책상 앞에 앉은 채 멍하니 이쪽을 보았다.

"실례인 줄 압니다만 우리는 물자를 보급하러 왔소. 내의, 신발, 소금, 무엇이건 생활에 필요한 물품이면 좋습니다. 순순히 주시면 대단히 고맙겠습니다만, 응하지 않으면 다소 무례를 범해야겠소."

하가 대사처럼 말을 외웠다. 그래도 청년은 움직이지 않았다.

"빨리 가족을 깨우시오. 시끄럽게 하면 좋은 일이 없을 거요."

하가 날카롭게 뱉었다. 청년은 표정이 공포의 빛깔로 얼어붙어 있었다.

"겁내실 것 없습니다."

박태영이 부드럽게 말했다. 청년이 일어섰다.

"박 동무는 여기서 경비하시오."

하고 하와 김은 청년을 데리고 안마당으로 들어갔다. 그들이 사라진 뒤 박태영은 흙발 그대로 방 안으로 들어갔다. 책상 위에 펼쳐져 있는 책을 집어 들었다.

톨스토이의 『안나 카레니나』 영역본이었다.

'태평하군. 어느 누군 죽느니 사느니 사경을 헤매고 있는데 태평스럽게 안나 카레니나?'

책을 던지면서 보니 책꽂이 가장자리에 사진을 끼워놓은 액자가 있었다. 예사로 보고 지나치려는데 사진 속에 눈익은 사람이 있었다. 자세히 들여다보았다. 사진 속의 한 사람은 분명히 이규였다. 동경제국대학 시절의 사진이었다.

'이규의 사진이 여기에…….' 하다가 '북방에서 등 하나 넘으면 이규의 고향이다.'라는 생각이 미쳤다.

'그렇다고 쳐도 이규의 사진이 이 방에 웬일일까.'

그러고 있는데 나직한 소리가 마루 쪽에서 났다.

"박 동무."

박태영은 마루로 나갔다.

"떡하고 단술이 있는데, 우리 얻어먹고 갑시다."

하 동무의 말이었다.

"보급은?"

"염려 마시오. 쌀 두 가마를 주었어요. 내의 세 벌하구요."

"그럼 됐소."

시계를 보았다. 제한 시간이 반밖에 경과되지 않았다.

"이만하면 다른 집을 돌 필요가 없겠지요?"

하가 물었다.

"쌀 두 가마를 넷으로 갈라 지면 될 테니까. 그 이상은 무리요."

이때 청년이 옆으로 와서

"이왕 오셨으니까 떡이나 단술을 먹고 가시지요."

라고 했다. 청년은 침착을 되찾고 있었다.

"그렇게 합시다."

박태영은 호의를 받아들이기로 했다. 받아들이기는커녕 빼앗아서라도 먹고 싶었다.

하와 김은 끌어다놓은 쌀 가마의 쌀을 빈 가마에 나눠 담아 민첩하게 짐을 꾸리기 시작했다. 그런 작업에 익숙지 못한 박태영은 그들의 민첩한 동작을 지켜보고 서 있다가 청년에게

"우리의 무리한 행동을 용서하시오. 우리는 이렇게라도 안 하면 살아갈 수 없으니까요."

하고 정중히 사과했다.

"사과하실 필요 없습니다. 이해합니다."

청년의 말이었다.

박태영의 뇌리에 아까 본 이규의 사진이 떠올랐다.

"책상 위에 사진이 있던데, 그 가운데 내가 아는 사람이 있더군요."

"아는 사람이 있다구요? 누군데요?"

청년이 다급하게 물었다.

"이규 닮은 사람이 있던데요."

"바로 이규입니다. 내겐 이종사촌 형님입니다. 그런데 어떻게?"

하다가 청년은 소리를 낮추었다.

"혹시 박태영 선배 아니십니까?"

태영은 움찔했다. 말이 나오지 않았다.

"역시 그러셨군요."

하고 말을 이으려는 청년을 박태영은 작업하고 있는 두 사람을 턱으로 가리키며 견제했다.

작업이 끝났다.

이윽고 시루떡과 단술이 나왔다. 뜨끈하게 데운 단술을 후후 불며 마시니 박태영은 할머니 생각이 났다. 국민학교에 다닐 때 밤늦게까지 공부하고 있으면 할머니가 단술을 데워다주곤 하셨다.

홍시에 시루떡을 곁들여 먹는 것도 어릴 때의 기억을 되살렸다.

"술이 있는데 안 하시렵니까?"

청년이 물었다.

"술까지야 어디."

태영이 사양했지만 청년은 술상까지 내왔다. 포근하게 피문어를 두들겨 만든 안주가 또한 일품이었다.

"미안하지만 이 술을 병에 좀 넣어주실 수 없겠소?"

태영이 말해보았다.

"가지고 가실 수만 있다면 독째로라도 드리지요."

하고 청년은 술을 유리병에 담고 피문어를 한 죽 싸기도 했다.

하와 김은 먹다 남은 시루떡을 신문지에 둘둘 말았다.

"바깥에서 망 보는 동무가 있어서요."

겸연쩍은지 김이 중얼거렸다.

청년은 박태영에게 하고 싶은 말을 못해서 안달이 나는 것 같았다.

시계를 보았다. 제한 시간이 다가오고 있었다.

"자, 갑시다."

하고 하가 일어났다. 그리고 청년에게 말했다.

"오늘 밤의 대접, 평생 잊을 수 없을 것 같습니다. 이 은혜를 갚을 날이 있어야 할 텐데."

"참말 고맙습니다."

김 동무도 덩달아 말했다.

쌀 가마를 각각 짊어졌다. 하 동무는 바깥에 있는 동무에게 지울 가마니도 들었다.

중문을 빠져나올 때 청년이 박태영을 끌었다. 하와 김 두 사람과 거리가 생기자 중문 안쪽으로 태영을 밀어놓고 바쁘게 지껄였다.

"박 선배, 꼭 산으로 돌아가야 합니까? 지금 주상중이 박 선배를 찾으려고 야단입니다. 주상중의 형 주영중 씨가 토벌대의 대대장입니다. 모든 준비를 다해놓고 찾고 있습니다. 절대로 뒤탈이 없을 겁니다. 비행기로 삐라를 뿌리기까지 했다는데 보지 못했습니까. 박 선배님, 여기 남으시지요. 최선을 다하겠습니다. 이규 형님으로부터 간절한 편지가……."

"쓸데없는 소린 안 하시는 게 좋을 거요."

이때 저쪽에서 낮은 소리가 있었다.

"박 동무, 뭣 하오. 빨리 오시오."

박태영이 청년에게 말했다.

"그보다도 댁에 편상화編上靴 같은 것 없소?"

"등산화가 있습니다."

"그걸 줄 수 없을까요?"

"드리지요."

하고 청년은 몸을 날려 안으로 들어가더니 등산화를 신문지에 싸갖고 나왔다.

"고맙소."

"내 이름은 정호영입니다. 주상중과 한 반이었습니다."

박태영은 대응하지 않고 김이 있는 곳으로 갔다.

"무슨 얘기가 있었소?"

하가 물었다. 박태영은 신문에 싼 것을 들어 보이며 속삭였다.

"등산화 한 켤레 얻었소."

"수 터졌군."

하가 부러운 듯 말했다.

생각하면 박태영으로선 그때가 빨치산 신세에서 벗어날 수 있는 천재일우의 기회였다.

'주상중이 나를 위해 노력하고 있구나. 고맙다. 그런데 왜 그 기회를 놓쳤을까? 용기 부족 때문일까? 아니다. 신념 때문인가? 아니다. 그럼 뭐냐 말이다. 이현상과의 대결? 난센스다. 마지막까지 남을 파르티잔? 웃기는 얘기다. 나 자신에 대한 책벌? 그것도 허풍이다. 그러나 나는 그 사상을 고집할 수밖에 없다. 또 한 번 그런 기회가 주어지면? 아아, 그런데 북방리는 멀다!'

박태영은 정호영한테서 얻어 신은 등산화를 내디디며 능선을 향해 비탈을 올라갔다.

창암산窓岩山 위의 잔바위가 깔린 사면斜面, 벽송사 뒤의 높은 언덕 위, 마적동의 양지바른 묵밭. 이렇게 자리를 옮겨가며 남부군은 경호강 연변 마을들로 보급 투쟁을 다녔다. 밤중에 나가 새벽에 돌아오는 나날이었다. 아지트가 가까워졌을 땐 햇살이 퍼질 무렵인데, 아지트에선 잔류 인원들이 아침 식사를 준비했다.

그런데 빨치산의 금기가 되어 있는 연기를 예사로 피웠다. 이 무렵엔 아지트가 마을들이 줄줄이 이어져 있는 야산 지대에 있었는데도 겁 없이 불을 피워 연기를 내곤 했다. 날씨가 풀리면서 대원들의 긴장이 느슨해진 탓도 있었지만, 대원들이 지휘부의 신통력을 믿기 때문이었다. 아닌 게 아니라 대원들은 지휘부를 '불가능을 모르는 능력의 소유자'로 알고 있었다. 그런 만큼 절대 복종의 바탕이 되어 있기는 했다. 그런데 그 지휘부에서 연기를 내면 안 된다고 제지하지 않았다. 지휘부의 제지가 없는 이상 무슨 짓이든 안심하고 할 수 있었다.

마적동의 묵밭을 제외하곤 여전히 눈 속의 숙영이었다. 밤이면 설한풍이 제법 매웠다.

그러던 어느 날 밤이었다. 박태영은 보초를 서고 돌아오는 길에 사령부 막사 근처에 이르렀다. 여성 대원 세 사람이 시루를 차려놓고 무언가를 찌고 있었다. 냄새가 구수했다. 태영은 한마디 하지 않을 수 없었다.

"냄새가 사람 죽이는구먼. 동무들 밤참이오?"

"아이, 우리가 어떻게 밤참을 해먹어요. 선생님이 떡을 좋아하시길래 팥이 좀 입수된 김에 한 됫박 해두려는 거예요."

태영은 군침을 삼키며 막사로 돌아왔다. 돌 구들에 발을 뻗고 누웠어도 그 구수한 냄새가 코끝을 떠나지 않았다. 북방 정호영의 집에서 얻어먹은 시루떡이 혀끝에 남아 있는 기분이기도 했다. 다시 회한의 아픔이 가슴을 찔렀다. 태영은 얼굴을 붉혔다.

'그 회한이 내 가슴에 남아 있는 한 나는 속절없는 패배자다!'

경호강이 내려다보이는 언덕 위에서 박태영은 싹터오르는 봄의 생명력을 느꼈다. 아직 새싹은 돋아나지 않았지만 마른 풀에 다소곳한 윤기가 흐르는 느낌이고, 먼 산, 먼 들에 감도는 공기에서 부드러움을 느꼈다.

박태영은 북방 정호영의 집에서 『안나 카레니나』를 보아서인지 톨스토이를 상기하고 그가 쓴 『부활』의 첫머리에 나오는 봄 장면을 회상했다. 어릴 적에 『부활』을 읽고 비상한 감동을 받아, 그 첫 부분을 거의 외다시피 했다. 만일 박태영의 기억이 확실하다면 다음과 같이 되어 있을 것이다.

—몇십만의 인간이 비좁은 땅에 밀집해 살면서 자기들이 붐비고 있는 토지를 추악하게 만들려고 서둘고, 그 토지에서 아무것도 나지 못하게, 심지어는 돌을 깔기도 하고, 싹이 튼 풀을 죄다 뽑고, 석탄과 석유로 그슬르고, 나무란 나무는 닥치는 대로 베어 넘기고, 짐승들과 씨를 모조리 쫓아버려도, 봄은 도시에 있어서도 역시 봄일 수밖에 없다. 양광이 따뜻해지면 초목이 무럭무럭 자란다. 길가의 잔디는 물론 포도鋪道의 돌 사이에서도 풀이 자라고, 백엽과 포플러, 벚나무가 잎을 피우고, 보리수는 금방이라도 터질 것 같은 움을 틔운다. 까마귀, 참새, 비둘기는 기쁜 듯 둥지를 틀고, 파리도 햇볕을 쬐며 날개를 턴다. 식물도 새도 곤충도 아이들도 기쁨에 겨운다. 그런데 사람들, 즉 어른들은 자기와 남을 속이려 들고, 서로를 괴롭히기에 여념이 없다. 신성하고 중요한 것은 이 같은 봄의 아침이 아니고, 모든 생물의 행복을 위해 마련된 신의 세계의 아름다움—평화와 친목과 사랑을 동경하는 그 아름다움에 있지 않고, 서로가 상대방을 지배하기 위한 술책이 신성하고 중요하다고 사람들은 생각하고 있다…….

박태영은 '파르티잔의 봄'이란 걸 생각해보았다. 일체의 희망에서 단절된 자의 봄, 총을 쏘아 사람을 죽이고, 언제 총탄에 맞아 죽을지 모르는 자의 봄. 평화의 반대쪽, 친목의 반대쪽, 사랑의 반대쪽, 행복의 반대쪽에서 봄을 맞이하는 의미가 도대체 무엇일까.

'아무튼 파르티잔에게 있어서 생각은 금물이다. 생각하는 시간은 위험천만한 시간이다.'

박태영은 모든 사념을 떨어버리려는 듯 고개를 흔들었다.

저쪽에서 이태가 걸어오고 있었다. 이태는 얼굴이 침울했다. 박태영은 이태의 얼굴에서 '생각하는 동물'의 침울함을 느꼈다.

이태는 태영 옆에 풀썩 주저앉더니 멀리 경호강을 내려다보았다. 입을 다문 채였다.

"무슨 일 있었소?"

박태영이 물었다.

"치사스러."

이태가 뱉듯이 말했다. 박태영은 이태의 말을 기다렸다.

"가슴의 신경통이 심해. 갈비뼈 사이가 뜨끔뜨끔 쑤셔서 견딜 수가 없어. 미열이 나구. 잠자리가 고르지 못한 탓이겠지. 얼어붙은 땅바닥에서 자니까 병이 날 만도 하지만."

"파르티잔 같잖은 소리군요."

"빨치산 같잖든 어떻든 아픈 걸 어떡해. 그러나 바깥에 나타난 병이 아니니 드러누워 있을 수도 없고……. 꾀병처럼 보일 거거든. 그래서 참았지. 그런데 보급 투쟁을 나가 등짐을 지고 산을 오르는 것만은 도저히 견딜 수가 없었어. 도리가 없어서 이봉관 정치위원에게 사정을 말해보았더니 뜻밖에도 좋은 말이 있었어. 더 나빠지지 않도록 보급 투쟁을 나가지 말고 쉬라고 했어."

"그럼 좋은 일 아뇨. 그런데 왜 침울하죠?"

"그다음에 기분 나쁜 말이 있었소."

"뭔데요?"

"이봉관이 '이건 딴 문젠데…….' 하고서 이런 말을 하는 거야. '동무가 요즘 박형규 동무하고 무척 친하게 지내는데, 친하게 지내는 건 좋지만 가끔 보면 말이 지나치다.'는 거야. 간부의 위신이 있으니까 '야아, 자아.' 하고 마구 부르는 건 삼가라는 거였소."

"……."

"말 자체야 수긍할 만하지. 그런데 그 말의 뉘앙스가 기분 나빴어. '북쪽 출신인 박형규를 남쪽 출신인 주제에 왜 주제넘게 사귀려 드느냐.' 이거거든. 북쪽에서 온 치들은 사사건건 우월감을 휘두르려고 해. 반야봉에서 적공 지도원과 있었던 트러블도 따지고 보면 그 문제인 거라. 그 차별 의식이 딱 불쾌해. 어느 놈에겐 자존심도 없는 줄 아나? 북쪽에서 왔다는 사실만 갖고 으스대려고 하니, 더욱이 이런 형편에서 말야. 기분 나빠."

"그들이 덮어놓고 우월 의식을 가진다면 그들이 모자란 탓이오. 그 모자라는 놈들을 상대로 성을 내면 뭣할 거요. 적당하게 머저리 취급을 해주면 그만이지."

"그런 정도로 간단한 문제가 아니오."

하고 이태는 다음과 같은 얘기를 했다.

"당 세포 회의에서 있었던 일이오. 6·25 초기의 공과에 관한 토론이 있었는데, 나는 이런 말을 했소. '가장 큰 실책은 식량 대책 불비, 북반부 출신 공작원의 터무니없는 우월 의식이오. 남반부 인민들에 대해 북반부 공작원들은 정복자가 피정복자를 대하는 것처럼 설쳐댔소. 식량 문제를 해결하지 못해 서울 시민을 기아에 허덕이게 한 것이 민심 이탈의 중요 원인이었소. 그러나 이것은 미군의 개입 때문에 생긴 부득이한 차질이라 치고 넘어갈 순 있지만, 일부 그릇된 공작원의 사고방식은 조국 전쟁의 취지를 망각한 과오라고 생각하오.'라고 했지. 그랬더니 벌떼처럼 덤비는 거야. 남반부 당원의 자세가 돼먹지 않았다는 거요. 기가 막히더만."

"걸핏하면 당성이니 사상이니 하고 야단을 하면서 돼먹지 않은 차별 의식을 불식하지 못한다는 것은 비극일 수도 없는 희극이지. 그래서 나는 벌써 공화국을 믿지 않게 되었소. 이태 동무의 환멸은 순진한 데서 오는 거요. 앞으론 그런 데 신경 쓰지 마시오."

"공화국을 믿지 않으면 무엇을 믿지?"

"믿는다는 것도 사치의 일종이오."

"사치?"

하고 이태는 쓸쓸하게 웃었다. 곧 먼 데를 바라보는 눈이 되었다.

침묵을 산들바람이 누볐다. 박태영은 문득 생각난 게 있었다.

"이태 동무, 항공기가 살포한 삐라를 모아놓았지요?"

"그런데 그건 왜요?"

"그걸 한번 보고 싶소."

"새삼스럽게 삐라는 왜요?"

그러나 태영은 그 이유를 설명하기가 싫었다. 북방의 정호용이 '삐라를 뿌리기까지 했다.'고 말했을 때 박태영은 그 흔하게 뿌려진 일반적인 투항 권고 삐라라고 여겼는데, 그 후 차츰, 자기만을 위한 삐라를 말한 게 아닌가 생각하게 된 것이다.

"그저 한번 보았으면 했을 뿐이오."

"어렵지 않소. 지금이라도 당장 가지고 오지."

하고 이태는 막사로 돌아갔다.

얼마 후 이태는 삐라 묶음을 태영에게 건네고 볼일이 있다면서 떠났다.

박태영은 삐라를 한 장 한 장 조심스럽게 살펴보았다. 그 가운데 박태영의 눈을 번쩍 뜨게 하는 것이 있었다. 내용은 흔한 권고 삐라인데 말미에,

'대한민국 국군 장교 주영중은 아우 주상중을 도와준 사람을 찾는다. 그 사람에겐 응분한 감사와 보상이 있을 것이다.'
라는 글귀가 있었다.

'바로 이것이로구나.'

복잡한 심정이 되려는 기분을 억지로 참고 태영은 냉정을 되찾았다.

'그 마음만 알았으면 그만이다.'

하고 박태영은 삐라 묶음을 이태에게 돌려주었다. 이태는 이유를 따져 묻지도 않고 그 묶음을 받았다.

마적동으로 이동했을 땐 2월도 하순으로 접어들었다. 봄의 입김이 완연했다. 설영지로 잡은 묵밭이 남향이어서 언 땅이 녹아 질퍽거렸다. 밭둑에선 파릇파릇 잔디가 돋아났다. 보급 투쟁으로 밤을 새우고 돌아와 낮잠을 잘라치면 햇볕이 비단 이불처럼 따사롭고 폭신했다. 고개를 들어 멀리 보랏빛으로 이어진 지리 연봉을 바라보면, 거기서 지낸 한겨울이 꿈만 같았다. 그 무서운 굶주림, 불면의 연속, 동상 걸린 맨발로 눈밭 속을 몇 날 며칠 동안 끝없이 해매야 했던 일. 추위와 추격자의 총성 사이에 이어진 공포의 시간……. 그 무서운 악몽에 비하면 정말 천국을 닮은 평화로운 나날이었는데, 어느 날 갑자기 그 평화에 끝이 오고야 말았다.

3월 2일 정오 무렵, 갑자기 토벌군의 백주 공격을 받은 것이다.

전날 밤 보급 투쟁을 했기 때문에 대부분의 대원들이 햇볕을 쬐며 졸고 있었다. 그때 언덕 위의 초소가 습격을 받았다. 요란한 총격전이 벌어졌다. 설영지 자체가 낮은 언덕의 사면이어서, 언덕 위라고 해도 2백 미터도 안 되는 거리였다.

놀라 잠에서 깬 대원들은 허둥지둥 짐을 챙겨 지고 초소 반대쪽인 언덕 아래 빈 집터로 몰려 내려갔다. 그런데 그쪽에서도 총탄이 날아오기 시작했다. 감쪽같이 포위된 것이다.

이윽고 토벌대가 경찰이 아니란 사실을 알았다. 철모가 수도 없이 번쩍거렸다. 국군의 대부대였다. 거기에 경찰까지 겹쳐 있었다. 군경 합동 작전이었다.

"군관 집합!"

"소대장 이상 집합!"

요란한 총성 속에서 참모들이 소리소리 지르며 전투 배치를 서둘렀다. 언덕 위의 초소 병력이 무너져 내려왔다. 총탄이 위아래에서 날아들었다. 아래쪽 집터 자리에 집결한 전투대가 반격을 개시해 가까스로 돌파구를 뚫는 데 성공했다. 토벌군의 포위망을 뚫고 탈출한 남부군은 바람처럼 급행군을 계속해 백뭇골 깊숙이 잠적해버렸다.

백뭇골엔 겨울이 그냥 남아 있었다.

눈과 얼음과 추위가 빨치산을 기다리고 있었다.

백뭇골에서 남부군은 부대를 넷으로 나눴다. 군경의 2차 공세 때 대열이 자꾸만 분단되었던 경험에 비추어 대부대의 일체 행동이 불리하다는 결론을 내리고 병력을 아주 세분해버린 것이다. 전성 시절의 한 구분대만도 못한 3, 40명의 소지대小支隊가 넷이 생겼다.

이태와 박태영이 속한 지대는 총지휘자 문춘 참모 아래, 이봉관 정치위원을 비롯한 정치 부원 8명, 여성 대원 5명, 교도 대원 9명, 전투대원 12명으로 총수 35명으로 편성되었다. 하부 조직보다 머리통이 큰 기형적인 편대였다.

여성 대원 생존자가 비교적 많은 것은, 전북부대처럼 여자를 직접 전투에 투입시킨 일이 없기 때문이었다. 전상불구자와 부상자는 모두 낙오되어 죽어버렸기 때문에 보행 불능자는 거의 없었는데, 이태와 박태영이 속한 편대엔 3명의 보행 불능 환자가 있었다. 쫓기기에 바빠 환자 트를 마련하지 못하는 형편이라 보행 불능자는 대개의 경우 쌀 몇 줌씩을 주고 유기해버렸다.

그 비극이 이번에도 있었다.

백뭇골에서 주능선을 넘어 거림골로 빠져야 하는데, 보행 불능자를 도저히 데리고 갈 수 없었다.

"도리 없다."

라고 문춘이 결단을 내렸다.

"보행 불능자는 이곳에 남겨둔다. 행군이 신속해야 하기 때문이다."

하고 쌀 몇 줌씩을 주라고 했다.

남게 된 세 사람 가운데 전북부대에서 승리사단으로 이태와 같이 전속되어온 김훈이 있었다. 그는 특히 이태와 친한 사이였다. 김훈은 덜덜 떨며 이태에게 다가가더니 눈물을 흘렸다.

"이 동무, 이제 난 죽는가봐요. 어쩌면 좋지요."

이태는 말문을 닫고 김훈을 지켜보기만 했다.

그 광경을 박태영이 멍청히 바라보았다. 무언가 위로의 말을 찾았지만 말이 될 까닭도 없고, 설혹 말이 되었다고 무슨 보람이 있을 까닭이 없었다. 곧 토벌대가 들이닥칠 것이고, 그렇게 되면 끝장이 난다. 이태는 뿌리치듯 하고 걸어가버렸다. 박태영은 살며시 김훈의 어깨에 손을 얹어보고 대열을 쫓았다. 죽이지 않고 가는 것만이라도 다행이란 생각이 들었다. 작년까지만 해도 보행 불능자를 유기할 땐 죽이고 떠나는 게 상례로 되어 있었다.

박태영은, 앞서 가는 이봉관이 이태에게

"생쌀을 씹더라도 쌀이 있는 동안엔 살아남겠지. 이젠 얼어 죽진 않을 테니까."

라고 속삭이는 말을 들었다. 이봉관으로선 안타까움을 그렇게 표현했겠지만 박태영은 문득 이런 생각을 했다.

'김훈이 북쪽에서 온 사람이었다면 이봉관은 누구에겐가 명령을 내려서라도 떠메고 가자고 했을 것 아닌가.'

지대, 즉 문춘지대는 그날 밤 주능선을 넘어 거림골로 탈출하는 데 성공했다. 단출한 인원인데다가 건장한 대원만으로 된 부대여서 백뭇골 뒷산을 별 탈 없이 넘을 수 있었던 것이다.

남쪽 비탈에서 잠시 휴식을 취했다.

이윽고 아침 해가 돋았다. 눈으로 얼룩진 지능선들이 선명하게 눈 아래에 깔렸다. 그물처럼 토벌대의 대병력이 그 아래에 깔려 있다고는 상상도 못할 장엄하고도 아름다운 풍경이었다.

문춘이 쌍안경으로 사방을 둘러보았다. 바로 그 옆에서 눈 위에 드러누운 이봉관이 코를 골기 시작했다.

누군가가 이봉관을 가리키며 킬킬댔다. 보니 그의 검은 권총대가 사타구니에 끼여 숨을 쉴 때마다 그 끝이 들먹들먹해 남근의 발기를 연상케 했다. 짓궂은 대원 하나가 여성 대원에게 농을 걸었다.

"저것 봐, 저것. 거, 물건 한번 좋다."

처녀인 여성 대원들은 그 농담의 뜻을 몰라 어리둥절했다. 그 꼴이 또 우스워 모두 한바탕 폭소를 터뜨렸다. 이런 판국에도 웃음이 나온다는 그 사실 자체가 또 웃음을 유발했다. 어쨌든 긴장이 확 풀린 한 장면이었다.

사람들을 이런 극한 상황으로 몰아넣은 극소수의 야심가들의 사상과 행동을 긍정할까. 그의 문학에 있어서의 신념이 과연 그 자신을 용인할까.

박태영은 절실하게 그 문제를 따져보고 싶었다. 그런데 그럴 기회는 영원히 없을 것이란 체념을 가졌다. 이태도 비슷한 감정인 것 같았다. 박태영의 눈앞에서 이태가 이동규의 손을 가만히 잡아당겼다. 이동규는 그 감촉을 느꼈는지 눈을 감은 채 빙그레 미소를 지었다.

바로 그 옆에서 처녀 대원 원명숙이 무릎 사이에 M1총을 안고 졸고 있었다. 넝마 같은 옷을 두르고 있어도 젊음의 향기가 그 둘레에 피어올랐다. 그녀의 얼굴은 꽃처럼 불그스레 상기되어 있었다. 무슨 꿈이라도 꾸는 것일까. 박태영은 가슴이 죄어드는 듯한 안타까움을 그 처녀에게서 느꼈다.

박태영은 문득 어떤 시선을 느낀 것 같아 고개를 돌렸다. 정복희가 남자 대원 하나를 사이에 두고 왼쪽에 앉아 있었다. 정복희는 눈물 같기도 한 질퍽한 물기를 뿜은 눈으로 박태영을 보다가 시선이 부딪치자 생긋 미소를 지었다. '절망 속에 지어보는 미소!'란 상념과 함께 박태영도 입 언저리와 눈빛에 웃음을 만들어보았다.

삶과 죽음이 종이 한 장 사이라고 하는데, 종이 한 장도 과분한 비유이다. 토벌군 수색대 병사 하나가 눈길을 이쪽으로 돌리기만 하면 만사가 끝난다. 산죽숲에 있는 14명이 한꺼번에 몰살당한다. 간일발의 우연에 14명의 생명이 달려 있는 셈이었다.

그 긴박한 시간이 얼마나 흘렀는지, 수색대의 움직임이 보이지 않게 되었다. 아무 소리도 없었다. 총성도 나지 않았다. 산이 비어버린 것도 같고, 토벌군이 숨을 죽이고 매복해 있는 것도 같았다.

역시 문춘은 대담하고도 날쌘 능력을 가진 지휘자였다. 그의 빨치산

숨을 죽이고, 토벌대 군인과 박형규 사이에 오가는 말을 들었다.
"소속이 어디야."
"조선인민유격대 남부군사령부."
"직위가 뭐야."
"교양 지도원이오."
"부댄 어디로 갔어."
"모르오. 나는 혼자 떨어졌으니까."
"이자를 묶어."
이어 박형규를 데리고 가는 듯한 발소리가 들리고 조용해져버렸다.
그 대원의 얘기가 끝났을 때 문춘이 날카롭게 물었다.
"박형규가 죽지 않았다는 것을 확인했단 말이지?"
"그 자리에선 죽지 않았습니다."
"차라리……."
하고 문춘은 입을 다물어버렸다. 얼굴이 무섭게 일그러져 있었다.
  박태영, 항상 입버릇처럼 박형규를 '공화국의 보물'이라고 하던 정 정치위원이 박형규가 생포되었다는 소식을 들으면 뭐라고 할까 하고 얼른 생각했다.

  산죽숲에 숨은 대원 가운데 작가 이동규가 있었다. 그는 안경을 잃은 눈을 지그시 감고 명상에 잠겨 있었다. 마치 최후를 의식하고 기도를 올리는 것 같은 자세였다.
  이, 자의식이 과잉할 만큼 풍부한 작가의 흉중에서 오가는 상념이 과연 어떤 것일까. '강철은 불속에서 단련된다.'는 작품을 구상 중이라고 했는데, 그는 아직도 '강철의 사상'이 필요하다고 믿고 있을까. 수많은

는데, 골짜기로 내려갔다간 몰살당할 게 십중팔구라고 짐작되었다. 막다른 코너에 몰린 것이다. 이때,

"여기, 여기."

하는 소리가 있었다. 발 아래 산죽숲 속에서 나는 소리였다.

그 산죽 속으로 몸을 감추었다. 앞서 간 7, 8명이 거기 숨어 있었다. 이렇게 합류된 사람이 14명. 그 산죽숲에서 총을 겨누고 숨을 죽여 몇 시간 잠복해 있었다.

머리 위 몇십 미터도 안 되는 산등성에서 토벌대 군인들이 바쁜 걸음으로 오갔다. 일렬 종대인 그들의 다리가 부챗살을 펴듯 어지럽게 움직이는 것이, 하늘을 배경으로 한 그림자처럼 보였다.

온데간데없는 빨치산을 수색하고 있었다. 가끔 위협 사격을 하는 총성이 들려오기도 했다.

이 무렵 교도대원들은 거의 전멸한 것 같았다.

그 가운데 하나가 기적적으로 살아남아 얼마 후 본대에 합류했는데, 그의 얘기에 의하면 상황이 다음과 같았다.

그는 박형규와 얼마 떨어지지 않은 위치에 있었다.

한참 응사하다보니 박형규와 자기만 남아 있었다. 바위 틈으로 가서 숨었다. 그 바위 틈은 상당히 깊은 굴로 되어 있었다. 그는 굴 안쪽에 들어가 숨고, 박형규는 굴 앞쪽에 있었다. 박형규는 젖은 발이 시린지 발싸개를 풀어 바위 틈 언저리에 비낀 햇볕에 말리고 있었다.

그런 상황까지 확인했을 무렵 그는 깜박 졸았다. 어느 정도의 시간이 경과되었는지,

"손 들엇!"

하는 소리에 놀라 잠에서 깼다.

"뭣? 금철이가 죽었어?"

하더니 문춘은 김금철이 죽어 있는 곳으로 황급히 가서 김금철의 시체를 뒤졌다. 권총과 수첩을 거둬 자기 호주머니에 쑤셔넣고 달렸다. 이땐 문춘, 이태, 박태영만이 대열에서 뒤져 있었다.

달리면서 태영은 문춘이 왜 박형규에게 연락하지 않는가 의아하게 여겼다. 그러나 곧 답을 찾을 수 있었다. 문춘은 대원들이 눈치채지 못하게 교도대를 희생시킬 작정이었던 것이다. 제대로 병력이 되지 못하는 교도대를 희생시킴으로써 본대의 탈출을 가능케 하겠다는 전술임이 틀림없었다.

문춘의 전술 때문에 토벌대는 빨치산의 탈출을 눈치채지 못하고 그대로의 위치에서 맹목 사격만 하고 있었다. 교도대가 응사하고 자기들이 내는 총소리가 너무나 요란해서 이쪽의 동향을 살피지 못했던 것이다.

한참 달리다가 박태영이 골짝을 내려다보니, 토벌대 군인들이 이리 뛰고 저리 뛰며 법석이었다.

"저쪽으로 간다. 저기다, 저기."

하는 소리도 들렸다. 양동이를 든 취사병들이 왔다갔다 하는 모습도 보였다. 정찰대가 없는 행군이라서 문춘의 지대가 토벌군 설영지 한복판에 뛰어든 것이다.

아래위에 토벌군이 있으니 탈출구는 산중턱밖에 없었다. 잠시 후 문춘, 이태, 박태영은 앞서 가는 대원 네댓 명의 뒤를 따랐다. 그 가운데 한 사람이 취사 도구가 든 가방을 메고 있었는데, 발을 옮길 때마다 요란스럽게 덜커덩거렸다. 문춘이 뛰면서 그 가방을 벗어던지라고 손짓했다. 지대의 취사 도구가 몽땅 버려졌다.

산줄기의 끝이 나타났다. 골짜기를 건너야 저쪽 산줄기에 붙을 수 있말이다.

　교전 상태가 길어짐에 따라 토벌군에 증원 부대가 투입되었다. 이윽고 사면 포위 공격으로 나왔다.

　지능선 방향으로부터도 공격이 시작되었다. 아래위, 좌우로부터의 협공이었다. 불과 32명의 병력으로 몇백 명이 되는지도 모르는 대군을 대적해야 할 판이니 전세는 절망적이었다.

　그런데도 문춘 참모는 냉정을 잃지 않았다. 시종 침착했다.

　문춘이 박형규 지도위원에게 명령을 내렸다.

　"박 동무는 교도대원을 데리고 위에서 내려오는 적을 저지하시오."

　박형규는 9명 모두가 병약자이고 불구자인 교도대원을 이끌고 위쪽 정면에 새로 나타난 적과 대치해서 교전을 시작했다.

　시간이 흐름에 따라 토벌군은 포위망을 좁혀왔다. 싸움이 삼전골 싸움의 재판이 될 것이 분명했다. 아직 아침 끼니 때를 넘지 않은 시각이니, 긴 하루 해가 남아 있었다.

　부대는 등성이 오른쪽 사면으로 이동하기 시작했다. 이동을 시작한 것이 아니라, 유일한 틈을 찾아 도주하기 시작했다. 지시도 명령도 없었다. 서로 눈치껏 뿔뿔이 뒤를 따랐다.

　박태영이 한참 사격하다보니 옆에 두어 대원이 있을 뿐이었다. 박형규와 그가 이끄는 교도대는 20미터쯤 떨어진 위쪽에 있어서 보이지 않았다. 그들은 부대가 도주를 시작한 것을 모르는 모양이었다.

　"박 동무, 가자."

　이태는 탈출 대열의 뒤를 따르려는 문춘을 턱으로 가리켰다.

　박태영은 이태의 뒤를 따랐다.

　이태는 문춘에게로 달려가 김금철의 전사를 보고했다.

"뭐라구?"

이태의 얼굴에서 놀람과 비통의 그림자가 교차했다. 자기가 퉁명스럽게 대한 데 대한 뉘우침도 있었는지 이태는

"아아, 연대장 동무."

하고 울먹거렸다.

박태영은 승리사단에 전속되어 그 부하로 들어갔을 때 들은 김금철의 첫 번째 훈시를 상기했다. 빨치산은 용모와 복장이 깔끔해야 한다고 전라도 사투리를 마구 쓰며 강조했었다.

김금철은 여순사건 이래 수많은 전투를 겪었다. 국기 훈장 2급을 타기도 하고 연대장까지 지낸 14연대의 고참이었다. 그 역전의 용사 김금철의 최후치곤 너무나 어이없는 죽음이었다.

박태영은 사격을 계속하면서도 김금철에 대한 상념을 지워버릴 수가 없었다.

―그는 당당한 연대장이었다.

일본 육군대학을 나온 일본의 연대장 이상의 작전 능력을 지닌 연대장이었다. 졸병으로 출발한 사람이었던 만큼 졸병의 마음을 잘 파악하는 지휘자였다. 연대에서 가장 용감한 용사였다. 몸을 사릴 줄을 몰랐다. 그리고 언제나 솔선수범했다. 두 번이나 입은 부상은 그 때문이었다. 그의 전라도 사투리는 어떠한 국어보다 훌륭했다. 그는 평안도 사투리, 함경도 사투리, 심지어 서울말까지도 흉내내려고 하지 않았다. 그의 전라도 사투리 훈시는 시저의 웅변보다 훌륭한 웅변이었다.

아아, 김금철 연대장! 그의 일생은 과연 무엇이었을까. 사기당한 일생이 아니었을까. 횡령당한 일생이 아니었을까. 늘어지게 한숨 자고 싶다더니 소원대로 된 것일까. 누구도 그의 잠을 깨울 수 없게 되었으니

가을바람, 산하에 불다

김금철은 정면을 향해 두세 번 권총을 쏘더니 흥미를 잃었다는 듯 바위를 등지고 앉아 기지개를 켰다.

"어어, 날씨 좋다. 완전히 봄이군."

급한 정황에서 할 말이 아니다 싶었는데 이태의 말이 있었다.

"이 판에 봄이구 뭐구, 왜 사격을 안 하시오."

"권총으로 사격이 되나. 탄환도 없구. 늘어지게 한숨 잤으면 좋겠군."

"허, 참."

이태의 얼굴에 신경질적인 힘줄이 나타났다.

"날씨가 좋으니까 자꾸 졸음이 와. 동무, 담배 없나? 있으면 한 대 줘."

"없어요."

이태의 퉁명스러운 대답이었다. 그러자 김금철이

"이 동무, 마음 변했어."

하고 허리춤에서 쌈지를 꺼내 삐라 종이로 담배를 말아 불을 붙였다.

"쳇, 담배를 가지고 있으면서 남보구 달래."

이태의 말투에 불쾌감이 묻어 있었다. 김금철은 대꾸하지 않았다.

박태영은 김금철이 무안해서 대꾸를 안 한다고 생각하고 정면을 보고 한 발 한 발 조준 사격을 했다.

이태도 최근에 바꾼 성능이 좋은 99식으로 열심히 사격했다.

얼마쯤 후,

"김 동무, 어이, 연대장 동무."

하고 이태가 김금철을 불러, 박태영은 김금철 쪽을 보았다. 김금철의 앉은 자세가 이상하다고 느꼈다. 자세히 보니 김금철은 담배를 떨어뜨린 채 죽어 있었다.

"이 동무, 김금철 연대장이 죽었소."

다음 순간 일행은 출동을 개시했다. 지능선을 넘어갔다. 인원이 적으니까 행동이 빨라 편리하긴 했지만, 그 대신 정찰대를 낼 수가 없어서 불안했다. 12명의 전투원으로는 정찰대를 편성할 도리가 없었던 것이다.

선두에 선 지휘자 문춘의 뒤를 따라 어디로 가는지도 모르고 부대는 이동하고 있었다.

내리뻗은 지능선과 두 가지 능선이 M자를 이룬 곳에서 백 미터쯤 내려갔을 때 갑자기 선두 대열이 좌우로 산개해 엎드려 자세를 취했다. 모두들 반사적으로 지형 지물을 이용해 몸을 숨겼다.

적정이 있었다. 아래쪽에서 총성이 울려왔다.

이편에서도 일제히 응사했다.

방한모를 쓴 병사 여남은 명이 능선을 타고 올라오는 것이 보였는데, 뒤이어 그 수가 자꾸만 불어났다. 거리는 약 5백 미터.

카빈총을 든 장교 하나가 꼿꼿이 서서 병사들에게 호통을 치는 것이 보였다. 전진하지 않는다고 병사들을 몰아세우는 모양이었다.

문춘이 저만큼 떨어져 있는 바위 뒤에서 감탄했다.

"그놈 참 대담한 놈이군. 적이지만 됐어. 그만하면 됐어."

치열한 사격전이 10여 분간 계속되었다.

낮은 등성이여서 눈은 녹아 없고 햇볕이 따사로웠다.

박태영이 붙은 바위에 김금철이 붙고, 그 건너에 이태가 붙어 있었다. 김금철은 승리사단 시절, 박태영과 이태가 속한 부대의 연대장이었다. 두 번이나 부상을 당해 환자트에 있다가 나온 후론 무보직 상태에 있었다. 물론 격은 다르지만 실제론 박태영과 마찬가지로 전사일 뿐이었다.

으로서의 후각과 청각은 월등했다. 그는 산죽 사이로 건너편 산을 가리키더니, 단신 민첩한 동작으로 계곡을 가로질렀다. 순식간에 저쪽 산허리에 도착해 있었다.

대원 한 사람 한 사람이 문춘의 동작 그대로 계곡을 횡단했다. 이태는 이동규를 이끌고 계곡을 건넜다. 박태영은 원명숙과 정복회의 뒤를 이어 계곡을 건넜다.

그 산은 큰 산줄기에 이어져, 위급한 상황이면 어디로든 빠져나갈 수 있었다. 14명 대원은 일단 절체절명의 궁지에서 탈출한 셈이 되었다.

그들이 옮겨 앉은 자리에서 토벌군의 설영지가 한눈에 내려다보였다. 백 명의 병력만 있으면 어둠을 타고 일거에 섬멸시킬 수도 있지만, 그들의 당면 목적은 우선 그 호구를 피하는 것이었다.

빠져나갈 길이 생겼다는 의식으로 한숨 돌린 14명은 한참 동안 그 자리에 잠복했다. 해가 지길 기다리는 것이었다.

이윽고 땅거미가 지기 시작하고 해가 기울자 모두 얼굴에 생기가 돈아났다. '인제 살았다.'는 안도감이었다.

정찰대를 낼 형편이 아니고 보니 문춘이 이끄는 대로 갈 수밖에 없었다. 어디를 어떻게 돌았는지, 14명은 그 밤 동안에 몇 개의 골짜기를 건너고 몇 개의 산줄기를 넘었다.

자꾸 낙오되는 이동규가 최대의 문제였다. 그를 되찾아오느라고 몇 차례나 애를 먹었는지 몰랐다.

날이 새었을 무렵 어느 산허리에서 휴식을 취했다. 각자 휴대 식기로 취사를 했다. 땔감은 맹감나무를 썼다. 맹감나무는 연기를 내지 않고 타는 연료였다. 식사하고 교대로 잠을 잤다. 7명이 자면 7명이 깨어 있었다.

박태영은 잠자는 7명을 지키는 동안 유심히 원명숙과 정복희의 잠자는 얼굴을 지켜보았다. 정복희는 기갈이 센 여자인데 잠자는 얼굴은 유순하기만 했다. 그뿐만 아니라 잠자는데도 개성적인 매력이 빛났다. 원명숙의 잠자는 얼굴은 어린아이를 닮았다. 파리 한 마리도 잡아 죽일 수 있을 것 같지 않은, 유순하기만 하고 평화롭기만 한 얼굴이었다.

박태영은 두 여자의 잠자는 얼굴을 보면서도 외설적인 기분이 되거나 에로틱한 감정이 되지 않았다. 여자란 언제든 보호를 받아야 할 존재이며, 그런 존재로 인해 남성의 의욕이 보다 활발해질 수 있다는 터무니없는 '여성론'이 꾸며지기도 했다.

대체로 빨치산은 여성을 소중하게 여긴다. 그 까닭은, 빨치산이 여성을 보는 눈엔 색욕이 섞여 있지 않기 때문이다. 그런데 그건 빨치산이 수양이 되어 있어서가 아니고, 기아와 불면이 연속되는 생활을 하다보니 가장 긴급한 것이 먹는 것과 잠자는 것이기 때문이다. 각박한 상황에서 가장 먼저 결락되는 본능은 성욕이다.

박태영은, 좋은 애인이 되고 좋은 아내가 되며 좋은 어머니로서의 자질을 가진 원명숙과 정복희가 넝마를 걸치고 총을 안고 자는 광경을 영원히 잊을 수 없으리라 생각되어 슬펐다.

'그녀들이 살아남을 수 있을까. 그렇게 하여 먼 훗날 남편에게 빨치산 노릇을 한 과거 얘기를 할 기회가 있을까.'

밤이 되길 기다려 남으로 향한 산줄기를 타고 하동군 청암면靑岩面의 야산지대로 내려갔다. 14명이란 단출한 인원이어서 행동이 편리했다.

국군의 지리산 작전이 주능선에 중점을 두어서, 그 작전 구역을 벗어나 야산에 숨어 있는 것이 오히려 안전했다.

노출은 대개 먹을 것을 구하러 행동할 때 있게 되니까, 먹을 것만 있으면 작전 지역에서 벗어난 안전 지대에 푹 파묻혀 있을 수 있었다.

14명은 시천면 내외공리와 청암면 궁정리 사이에 있는 조그마한 산 중턱 바위 틈에 자리를 잡았다.

3월인데도 때때로 함박눈이 내렸다. 눈은 내리는 대로 녹았다. 비좁은 잠자리가 항상 흥건히 물에 젖어 있었다. 눈이 내리면 천막을 치기도 했지만, 들이치는 눈을 완전히 막을 순 없었다.

엉성한 바위 사이여서 14명이 허리를 펴고 잘 순 없었다. 서로 기대 앉아 잤다. 물에 젖은 바닥에서……

민가는 몇백 미터 밖에 있었다.

서로 소곤소곤 환담을 하며 무료한 시간을 달랬다.

노출된다고 해도 작전 지역 밖이어서 한꺼번에 대병력이 밀어닥칠 위험은 없었다. 경찰 토벌대의 소병력 같으면 14명으로 싸울 수 있었다.

잠자리가 불편해서 탈이지만 위험이 없어 기분이 느슨했다. 그런데다 14명 모두 각각 경력이 다르고 갖가지 부대 출신이어서 들을 만한 얘깃거리가 무궁무진했다.

물론 무용담도 있었다. 여순반란사건 이래의 빨치산 한 사람은 순천에서 구례로 갈 당시 부대의 후미를 맡아 앞서 간 대원들의 종적을 감추기 위한 카무플라주 작업을 하다가 외톨이로 국군의 포위망 속에 들어 수류탄 두 개로 포위망을 뚫고 원대에 합류할 수 있었다고 했는데, 그 상황 설명이 박진감이 있었다. 다른 하나는 김지회의 총애를 받았다며 양담배를 얻어 피운 얘기를 무슨 큰 사건처럼 하는 바람에 모두들 웃었다.

고향에 두고 온 첫사랑 얘기도 했다. 그 첫사랑 얘기를 한 대원은,

"장차 고향에 돌아가서 그 애인이 남의 마누라가 되어 있다면, 그리고 그 남편이 반동이라면 나는 단연코 그 애인을 뺏어올 작정인데, 상부에서 그것을 용인해줄까?"

하고 문제를 제기했다. 그 시답잖은 문제 제기가 장시간 토론으로 번졌다. 어느 대원은

"빨치산은 그럴 권리가 있다."

라고 주장하고, 어느 대원은

"그런 권리마저 없을 바에야 무슨 재미로 이 고생 하노."

하여 사람들을 웃겼다.

그런 얘기와 토론을 통해 박태영은 중대한 사실을 발견했다. 빨치산은 장차 특권을 가질 자신을 각각 상상하고 있다는 사실이었다. 그 특권에 대한 꿈을 위해 생명을 걸고 있다는 얘기가 되는데, 물론 이것은 잡담을 하다보니 생겨난 농담 같은 발상이긴 하지만 빨치산들의 가슴에 뜻밖에도 깊은 뿌리를 내리고 있는 의식이었다.

해방되면 무엇을 할 것인가 하는 게 화제로 오르는 때도 있었다.

"동산 밑 기슭에 초가삼간 얌전히 지어놓고 농사나 짓지 뭐."

하는 사람도 있었다. 이런 도중에

"박 동무는 뭣 할 거요."

라는 질문을 받고 박태영이 당황한 적이 있었다.

'해방되면 김숙자를 찾아갈 것이다.'라는 마음이 순간 비쳤을 뿐, 박태영은 무엇을 하겠다는 걸 그 무렵 생각해본 적이 없었다. 그뿐만 아니라 '해방'이란 것이 있을 거라곤 생각해본 적도 없고 믿어본 적도 없었다. 그렇다고 해서 그런 말을 할 순 없었다.

"해방되고 나서 생각해도 될 것이라서······."

하고 박태영은 얼버무렸다. 그리고 생각했다.

'백뭇골에 버려두고 온 김훈이 이 자리에 있다면 그는 좋은 소설가가 될 거라고 하고 수줍게 웃을 텐데…….'

모두 여성 대원들의 희망을 듣고 싶어 했는데, 원명숙은

"어머니 옆으로 돌아가 어머니를 보살펴드리겠어요."

라고 말했을 뿐이고, 정복희는

"그런 얘긴 하기 싫어요."

라고 잘라 말했다.

그런데 정복희는 같이 취사 당번이 되었을 때 박태영에게 속삭였다.

"해방되어 마음대로 할 수 있다면 나는 모스크바 유학을 하고 싶어요."

그리고 덧붙여 물었다.

"박 동무는 모스크바 유학 하고 싶지 않으세요?"

박태영의 가슴을 스친 상념은 '가능하다면 파리로 가면 갔지 모스크바에 갈 생각은 없다.'는 것이었는데, 그저 웃고 대답하진 않았다.

대원들의 이런 말 저런 말을 참모 문춘은 어떻게 듣고 있었을까. 그는 교양적인 얘기는 별로 안 하는 사람인데 어느 때 뚜벅 이렇게 말했다.

"꿈을 가지는 건 좋아."

이따금 지리산 쪽에서 은은히 포성이 들려왔다. 빨치산의 어느 부대가 노출되어 교전하는 게 틀림없었다. 거림골에서 흩어진 20여 명은 어떻게 되었을까.

며칠 후 14명 일행은 다시 산 하나를 넘어 내외공마을에서 가까운 반천리反川里 뒷산 양지바른 사면으로 자리를 옮겼다.

그곳엔 집터로 보이는 20여 평의 평지가 있었다. 오랜만에 다리를 펴

고 잘 수 있게 되었다.

그곳으로 옮겨 앉은 지 이틀 후, 그러니까 3월 14일이었다.

문춘이 전원을 불러 모았다.

"모두들 해이한 기분이 되면 안 된다. 희망을 가져야 한다. 최후의 승리를 믿어야 한다. 승리를 믿지 못하는 순간부터 패배가 시작된다. 우리는 토벌군에 밀려 다니는 게 아니다. 반격의 기회를 노려 대기하고 있는 것이다. 불원 대열이 정비될 것이다. 중앙에서 격려가 올 것이다. 무슨 방법으로든 우리의 승리가 확실해지도록 지원이 있을 것이다. 그러나 그런 지원을 믿고 바라면 안 된다. 우리의 힘으로 해치워야 한다. 승리는 우리의 힘으로 거두어야 한다. 그런 까닭에 우리가 살아 있다는 건 곧 승리로 통한다. 인민 유격대가 지리산에 엄존해 있다는 사실만으로도 승리의 증거가 된다. 동무들 하나하나가 우리 승리의 증거이다. 각자 자기를 소중히 할 줄 알아야 한다……."

문춘으로선 이례적이라고 할 수 있는 긴 훈시를 하고 이태를 지명했다.

"이태 동무는 남 동무와 유 동무 두 전투대원과 지금 곧 출발해야겠소."

일순 긴장감이 돌았다. 문춘의 지시가 계속되었다.

"거림골 뒷산에서 분산된 이봉관 동무를 비롯한 21명 동무를 찾아내야 하오. 아시다시피 '무기고트'가 비상선으로 되어 있으니 그 근처에서 서성거리고 있을 것이오. 찾아봐서 한 사람이라도 좋으니 챙겨오도록 하시오."

거의 무모한 명령이었다. 이태에게 가라고 한 지역은 얼마 전에 간신히 빠져나온 곳일 뿐 아니라 아직도 국군의 작전 지역이었던 것이다.

바로 그 근처에서 포성이 울려오기도 했다.

"이리로 옵니까?"

이태가 물었다.

"그렇소."

하고 문춘은 말을 보탰다.

"혹시 이곳을 떠나게 되면 '무기고트'를 제1비상선으로 할 테니까 어디서든 대기하고 있다가 군 작전이 끝나거든 그리로 오시오. 만일 적정이 있어 아지트를 옮길 땐 이 자리에 나무를 '+자'로 놓고 가겠소. '+자'가 있으면 위험 신호요."

"알겠습니다."

"아, 그런데 중요 문서나 무거운 짐 같은 게 있으면 남아 있는 누구에게 맡겨놓도록 하시오. 적 지역에 들어가니까 되도록 경장輕裝을 하는 게 좋을 것이오."

문춘의 이 말에 이태의 얼굴이 일순 핼쓱해지는 것 같았다.

"네."

하더니 이태는 자기 배낭 속에 있는 문서 꾸러미를 꺼내 그 가운데 몇 장을 넘겨보고 송두리째 박태영에게 주었다.

아무 말 없이 주는 문서 꾸러미를 박태영도 아무 말 없이 받았다. 그 문서 꾸러미는 전기를 편찬한답시고 이태가 짬만 있으면 써둔 것과 삐라 묶음 등이었다. 그 외에 세석에서 구한 위장약 백각목 봉지가 있었다.

출발 차림을 하고 막 떠나려는 이태가 박태영을 조용히 불렀다.

"문춘 동무의 말은 경장을 하는 게 좋겠다는 거였지만, 내가 사살되거나 생포당할 경우까지 배려하고 한 말 같소. 내게 만일 무슨 일이 있거든 전기 편찬을 박 동무가 맡아서 해주오. 어떤 경우라도 기록은 남겨야 하지 않겠소. 그럼 부탁하오."

"이태 동무가 무사히 돌아올 것으로 믿고 나는 기다리겠소."

박태영이 이태의 손을 잡았다.

어둑어둑해진 산허리를 돌아가는 이태와 그 일행의 모습이 사라질 때까지 박태영은 한자리에 서 있었다.

포성은 여전히 나고 있었다. 소총 소리는 먼 거리를 감당하지 못해 허공 속에서 분해되고, 중후한 대포의 굉음만이 들려오고 있는 것이다.

이태와 그 일행이 가는 곳은 포성이 울려오는 곳이었다.

이태와 그 일행은 돌아오지 않았다.

이틀째인 3월 16일 밤에도 돌아오지 않았다.

박태영은 자기의 이상한 예감이 들어맞을까봐 불안했다. 그러나 '설마 그럴 리야 없겠지.' 하고 마음의 불안을 억누르려 했다.

이태는 역전의 용사였다. 동행한 남 동무와 유 동무도 여순반란 사건 이래의 산전수전 다 겪은 용사들이었다.

3월 17일 새벽 지리산에서 토벌군이 철수했다는 정보가 들어왔다. 이른바 3차 공세가 끝난 것이다. 그런데도 이태와 그 일행이 돌아오지 않자 문춘이 주먹을 쥐고 이를 갈았다.

"돼먹지 않은 놈들!"

하고 다음 말을 삼켜버렸지만, 문춘은 나름대로 육감으로 이태와 그 일행에게 일어난 사태를 짐작한 모양이었다.

"자아, 출동 준비."

아침에 일어나자마자 짐을 챙기고 대기하는 것이 빨치산의 일상이었다. 새삼스럽게 준비할 것이 없었다. 출발에 앞서 누군가가

'신호를 해두어야 하지 않겠습니까.'

라고 했더니, 문춘이 불쾌한 표정을 감추려 하지도 않고 뱉듯이 말했다.

"그런 것 필요없다."

아침 노을 속의 행군으로 고개를 두어 개 넘었다. 거림골 무기고트가 바로 아래인 곳에 도착했을 땐 해가 높이 떠 있었다.

잠복해 주위를 살폈으나 국군의 그림자는 없었다. 토벌대의 철수는 확실했다. 그래도 조심조심 무기고트로 내려갔다.

주위를 살폈다. 여전히 이상은 없었다.

그때 어디선가에서 손뼉 치는 소리가 세 번 났다.

문춘이 손뼉을 두 번 쳤다. 그것을 빨치산들은 '다섯맞추기'라고 했다. 네 번 치면 한 번으로 대답하는 것도 다섯맞추기였다. 이렇게 해서 서로 연락을 취했다.

아래쪽 숲속에서 사람이 나타났다. 며칠 전에 분산된 대원이었다. 그 대원의 말에 의하면—.

그곳에서 분산된 20명 가운데 아직껏 무사한 대원은 자기 외에 두 사람이라고 했다. 박형규는 생포되고 교도대원 9명은 사망, 그러니 10명이 남아야 하는데, 현재 확인할 수 있는 대원은 자기와 부상을 입고 숲속에 누워 있는 두 사람뿐이다. 나머지 7명은 생사와 행방을 알 수가 없다.

"이봉관 정치위원은 어떻게 되었는지 모르나?"

문춘이 날카롭게 물었다.

"모르겠습니다."

"대강 짐작도 못하겠나?"

"……."

"죽었을까?"

"나는 이 근처에 숨어 살펴보았는데, 시체를 발견할 수 없었습니다."

"설마 포로가 되지는 않았겠지."

문춘이 심각한 얼굴을 하고 중얼거렸다.

박태영은 문춘의 이봉관에 대한 감정을 추측해보았다. 그때 이봉관은 김복홍 사단장과 같이 오랜 시간 지낸 사이였다. 정치위원은 사단장과 동격이라고 했으니 서열상으론 이봉관이 문춘보다 상위라고 하겠으나, 전투를 주로 하는 유격대에선 서로 맞먹는 사이라고 보는 것이 타당했다.

한 가지 미묘한 것은, 이봉관은 이북 출신 엘리트 당원이고, 문춘은 연대 출신 베테랑 유격대 간부라는 점이었다. 이봉관은 이론과 입심이 세고, 문춘은 과묵한 실천가였다. 그런데 이봉관의 태도를 보면, 정치 우위의 당원 의식이 짙게 풍겼다. 그런 만큼 이봉관과 문춘은 남달리 친한 사이라고 할 수도 있고, 미묘한 감정의 저류가 있다고 추측할 수도 있었다.

문춘은 설영 준비가 끝나자 말했다.

"서둘러 할 일은 아니지만 골짝을 걸을 때나 산죽숲을 지날 때 주위를 유심히 관찰해서 동무들의 시체가 있는가 살피라."

왠지 문춘은 눈에 보이게 의기소침했다. 저녁 식사를 하는 자리에서

"35명의 편대가 14명으로 줄어들었다. 오늘 합류된 3명의 동무가 있었길래 다행이지, 그렇지 못했더라면 11명 따라지 신세가 될 뻔했다. 단 한 사람이라도 더 보태야겠다."

하고 수연히 말했다.

"단 한 사람이라도 찾아내야 하는 건 당연하지만 굳이 그렇게 말하

는 이유는 뭡니까."

이동규가 한 말이었다. 그러자 문춘의 입에서 뜻밖의 말이 나왔다.

"14라는 숫자가 좋지 못해."

"그 무슨 소리요. 여수에서 혁명의 봉화를 쳐든 것이 14연대 아니었소."

이렇게 말하는 이동규를 한참 바라보더니 문춘이 뚜벅 말했다.

"14연대의 이름은 영예로울지 모르나 14는 불길한 숫자요."

공산당원이 '불길' 운운한다는 것은 이상한 얘기지만, 이동규를 비롯한 아무도 그런 얘기를 입 밖에 내지 않았다. 요는 문춘의 의기가 '불길'을 들먹일 만큼 소침해져 있었다는 얘기일 뿐이었다.

숲속에 숨어 있던 두 부상자를 간신히 끌어다놓고 보니 보행 불능의 불구자가 되어 있었다. 걷는 것을 주무기로 하는 빨치산에 있어선 보행 불능은 사형 선고나 다름이 없었다.

이튿날 그 부상자들에게 두세 줌 쌀을 안겨놓고 12명으로 줄어든 일행은 문춘을 선두로 하여 일단 뱀샛골로 향했다. 사령부가 그곳에 이동해 있지 않나 하는 것이 문춘의 짐작이었던 것이다.

문춘의 짐작은 옳았다. 사령부가 거기 와 있긴 했는데, 몰골이 형편없었다. 이현상 이하 7명이 겨우 살아남아 암담한 몰골을 하고 있었다. 김복홍이 이끄는 지대도 그곳에 있었는데, 35명의 대원이 20명으로 줄고, 참모장 강이 이끄는 30명 남짓한 지대는 거의 전멸되고 강과 그의 연락병만 심한 부상을 입고 인근에 있는 환자트에 누워 있다는 것이었다. 한마디로 남부군은 부상자를 끼워 40명 안팎의 소집단으로 움츠러들었다.

대한민국 경찰의 표현 그대로 공비가 잔비로 되고, 이젠 망실 공비는

失共匪로 불리게 된 것이다.

이 무렵의 국내외 사정을 간추려볼 필요가 있다.

1952년 3월 1일—.
- 유엔 보병 부대, 동부 전선 문등리에서 약 30명의 공산군과 접전.
- 유엔군 지상 부대, 중부 전선 철원 서쪽에서 중대 병력의 중공군을 격퇴.
- 한국군 전차 보병 혼성 부대, 중부 전선 평강에서 탐색전 전개.
- 유엔 공군, 은폐된 적 전차 3대 격파, 6대 파괴.
- 서북 상공에서 약 30대의 미그기와 27대의 F86기 교전. 미그기 1대 손상.
- 서부 전선 판문점 남쪽 유엔군 진지에 내습한 공산군 탐색대 격퇴.
- 유엔 공군 475회 출격, 1일 중에 미그기 15대 격추.
- 한국 제1해병대 소속 '골세어' 전투기대, 원산 남방 현리 부근에서 적 전차 4대 격파. 다른 전투기대는 동해안에서 5척의 적 선박 격파.
- 한국 공군, 1,000회 출격 기록 수립.
- 밴플리트 장군, 방송을 통해 유엔군은 한국의 독립을 달성코자 투쟁을 계속할 것이라고 언명.
- 휴전 회담 포로 분과 위원회에서 유엔 대표, 쌍방의 상병傷病 포로를 즉시 교환하자고 제의. 공산군 측, 이를 거부.
- 휴전 감시 참모 장교 회의에서 공산군 측은, 중립 감시 위원단에서 소련을 제외하라는 유엔군 측의 최후 통고에 대해 이를 철회하라고 요구.
- 3·1독립운동 33주년 기념식을 이승만 대통령, 신익희 국회의장,

김병로 대법원장을 비롯해 각 부처 장관, 내외 귀빈 다수 참석한 가운데 부산시 충무로 광장에서 거행.
 • 이 국방부 장관, 서남 지구 공비 소탕전에 공훈이 많은 제1연대장을 표창.
 • 국회, 조방 쟁의朝紡爭議에 관해 강일매 사장을 퇴사시키기로 결의.
 • 미 국무성 서북 아시아국장 '케인스 양' 씨 한국 방문.
 • 미 극동 공군 사령관 웨이랜드 중장, 재일 미 공군의 기구 개혁 발표.
 • 대북臺北에서 중일 회담. 명칭을 '강화 조약'으로 결정.
 • 홍콩에서 중공계 분자, 소요를 일으킴.
 • 인도 총선거 결과 판명. 국민회의파 74퍼센트. 제2당 공산당, 제3당 사회당.
 • 미 국무성, 북경과 광동廣東에 페스트가 유행하고 있다고 발표.
 • 프랑스에서 드골 장군이 영도하는 국민연합이 리노 씨의 연립 내각 수립에 협력할 것이라고 성명.
 • 티토 유고슬라비아 수상이 제안한 트리에스트 공동 관리안을 이탈리아 정부가 거부.
 • NATO에 그리스·터키 가입.
 • 북해의 '헬리 그랜드'섬, 서독에 반환.

극히 간추려도 하루에 이만한 일들이 있는데 빨치산은 생과 사로만 추상된 공간에서 단조롭고 압박적인 시간을 견디고 있었다.
 한국 정부 발표에 의하면—
 3월 1일.

• 서남 지구 산악 지대 공비 소탕 작전에서 공비 16명 사살, 포로 3명.

3월 2일.

• 후방 잔비 소탕전 경찰대 전과 확대. 잔비 사살 26명, 생포 5명, 귀순 8명. 2월 29일 전과 추가 발표는 잔비 사살 14명, 귀순 5명, 경기관총·소총 11정 노획.

3월 7일.

• 서남 지구 공비 소탕 지구에서 잔비 283명 사살, 생포 11명, 귀순 4명, 소총 노획 11정.

• 지리산 공비 토벌 작전 본격화. 국군, 8개소에서 잔비 57명 사살, 24명 생포, 소총 19정 노획.

3월 8일.

• 지리산 지구 잔비 소탕 중인 국군, 잔비 5명 사살, 소총 6정 노획.

3월 9일.

• 지리산 지구 경찰대의 전과—잔비 사살 43명, 생포 2명, 귀순 2명, 소총 노획 12정.

3월 10일.

• 지리산 지구 잔비 소탕전 연 5일간 맹공격. 전과—12명 사살, 33명 생포, 중기관총 3정 노획.

• 회문산 동쪽에서 경찰대 전과—사살 21명, 생포·귀순 8명.

• 후방 각 지구 잔비 소탕전 10일째의 전과—사살 89명, 생포 15명, 귀순 7명, 박격포 2문, 중기관총 1정, 소총 84정 노획.

3월 12일.

• 국방부 발표. 지리산 공비 토벌 작전에서 52년 12월 1일부터 53년 3월 9일까지 100일간의 전과는, 사살자와 귀순자를 합해 19,845명, 노

획한 총기 3,761정.
- 경찰대가 이날 올린 전과는 잔비 21명 사살, 생포 6명, 귀순 3명.

3월 15일.
- 지리산 지구 경찰대 전과—사살 59명, 생포 6명, 귀순 6명.

3월 16일.
- 경남경찰국 발표—3월 1일부터 15일간 경남 경찰대가 올린 전과는 잔비 사살 100명, 귀순 15명, 체포 13명.

3월 17일
- 경찰대가 광주 동쪽 고지에서 잔비 3명 사살, 2명 생포.
- 지리산 지역에선 잔비 사살 21명, 생포 12명, 귀순 9명.

3월 31일.
- 경남경찰대의 3월 중 공비 소탕전 결과—교전수 126회, 잔비 사살 377명, 생포 22명, 귀순 18명.

이와 같은 공식 발표에 의해서도 지리산 빨치산이 겪은 험난한 실상을 알 수 있었다.

3월 말, 이현상이 이끄는 일행은, 더두봉과 소백산맥으로 갈라지는 어귀인 만복대 골짜기에 있었다. 생포된 자와 귀순한 자를 통해 빨치산의 행동 경로를 자세히 알게 된 국군과 경찰의 추적을 피하려면 그들의 의표를 찌르는 행동을 취할 필요가 있었던 것이다.

그런데도 매복된 경찰의 기습을 받아, 만복대에 도착했을 때엔 이현상 일행은 30명으로 줄어들어 있었다.

충남부대가 전멸했다는 소식, 전남부대가 전멸했다는 소식은 벌써 듣고 있었다. 남부군 이외에 아직도 명맥을 유지하고 있는 것은 경남유격대와 전북유격대뿐이었다. 그나마 각각 30명에 미달한 병력이라고 했다.

강 참모장이 죽어서 문춘이 참모장이 되었다. 대원 33명의 참모장이었지만, 33만을 거느린 참모장 이상의 중책이었다. 아무튼 조선 민주주의인민공화국 인민유격대 남부군의 참모장인 것이다.

그러나 그 무렵엔 사령관과 참모장을 제외하곤 간부와 대원의 구별이 없어졌다. 회의가 있으면 상하 구별 없이 모여 누구나 발언할 수 있었다. 다만 사단장, 연대장, 대대장 등 칭호는 그냥 사용하고 있었다. 말하자면 사단 없는 사단장, 연대 없는 연대장이었다.

부대의 호칭은 '남부군'으로 되돌아갔다.

만복대에 도착한 날 밤 회의가 열렸다. 의제는 보급 투쟁과 초모 사업이었다.

보급 투쟁에 관해선 두말할 나위가 없었지만, 초모 사업은 어림도 없었다. 보급 투쟁 때 짐을 지워 데리고 온 사람들을 빨치산으로 훈련시켜 병력 보충을 하자는 것인데, 이 기도는 지난 악양전투 때 완전히 실패하지 않았던가. 그보다도 박태영은, 전멸 직전, 아니 전멸 상태에 있는 이 판국에 또 청년들을 끌고 와서 죽음의 동반자로 삼으려는 그들의 뻔뻔스러운 사고방식에 놀랄 수밖에 없었다.

강철 같은 신념을 가졌다고 뽐내던 산전수전 겪은 빨치산 가운데서도 귀순 또는 투항하는 자가 나오는데, 공산당에 동조하기는커녕 혐오감마저 가진 사람들을 끌고 와서 과연 무엇을 하겠다는 것인가.

박태영은 발언권이 없지 않았지만, 전멸 직전의 그 순간까지 억지 소리를 늘어놓는 분위기가 얄미워서 한마디도 하지 않았다.

그런 박태영이 탐탁지 않았던지 문춘이 물었다.

"박 동무는 의견이 없소?"

"저는 명령에 따를 뿐입니다."

이때 박태영은 이현상의 날카로운 눈초리를 느꼈다. '마땅히 의견이 있음 직한 놈이 의견을 말하지 않는 것은 좋지 않은 징조다.'라는 눈초리였다.

"보급 투쟁을 겸한 초모 사업, 이것은 일석이조의 방안이다. 식량도 중요하지만 병력도 중요하다. 앞으로도 이 방침으로 나간다."

라고 일단 결론을 지어놓고, 보급 투쟁과 초모 사업을 겸할 수 있는 후보지 선정에 들어갔다.

"생포되거나 투항한 놈들이 우리의 습성과 방법을 자세히 고해 바쳤을 뿐 아니라 보급 투쟁의 대상지도 일렀을 것이니, 이번의 대상지 선정은 적의 의표를 찔러야 한다."

라고 문춘이 말했다. 문춘의 말을 참고로 하고 보면 대상지가 더욱 막연해질 수밖에 없었다.

"요즘 농촌엔 식량이 귀할 것입니다. 춘궁기 아닙니까. 그러니 부득불 읍·면 소재지급을 대상으로 해야 할 겁니다."

하고 전에 대대장직을 맡았던 지 동무가 말했다.

"구체적으로 말해봐요."

누군가가 말했다.

"운봉쯤을 한번 털어봤으면 합니다."

지 동무의 말에 문춘이

"33명의 부대로 운봉을 점령해?"

하고 쓸쓸하게 웃었다.

"여기서 가장 가까운 면소재지가 운봉 아닙니까."

지 동무가 말했다.

"그럼 운봉을 대상지에 넣지. 다음은?"

문춘이 주위를 둘러보았다.

"산내면도 좋지 않습니까."

하는 소리가 있었다. 이어 산동면이 거론되었다.

"이 세 군데가 끝나면 자리를 옮긴다."

라는 문춘의 말로 회의가 끝났다.

운봉에 진출한다는 것도, 산내·산동면에 진출한다는 것도 괜한 소리였다. 만복대에서 덕두능선을 타고 왔다갔다 하다가 일주일을 보내는 동안 비축한 식량만 소비했다.

그러나 일주일 동안 지리산 중심에서 피해 있었던 것은 남부군에게 일대 행운이었다. 4월 1일부터 7일까지 지리산 중심부, 특히 남부군이 자주 드나들고 비상선으로 만들어놓은 거림골, 뱀삿골, 백뭇골, 유돌골, 반천골, 용숫골 등은 철저하고 치밀한 탐색 대상지로서 경찰대의 맹공격을 받았다. 만일 그때 그 근처에 있었으면 거의 절대적으로 살아남지 못했을 것이다.

생포자와 귀순자를 대량으로 낸 것은 남부군에 있어 수적인 손실일 뿐 아니라 작전상 큰 타격이었다. 남부군은 살아남기 위해 작전과 전술을 180도 전환해야 했다. 예컨대 안 가던 곳으로 가야 하고, 숨어야 할 곳엔 숨지 말아야 하고, 선을 연결하는 방법을 새로 고안해야 하고, 행군의 관행도 바꾸어야 했다. 한마디로 전엔 안 하던 짓을 해야만 했다. 예컨대 화갯골의 어느 마을에서 보급 투쟁을 했으면 산길 수십 리를 달려 덕두봉으로 잠적하든지, 날날이봉에서 삼각 고지를 거쳐 삼성 능선을 타고 야산지대에 가서 잠적하든지, 전에 밟지 않은 코스를 취해야 했다.

4월 공세는 특히 치열했던지 4월 7일, 경찰은 공비 34명을 사살하고 2명을 생포했다고 발표했다.

박태영이 날짜에 유념하게 된 것은, 이태가 없어진 후 전기 편찬 임무를 자동적으로 맡게 되었기 때문이다.

4월 들어 연일 쾌청이던 날씨가 11일에 비바람이 시작되더니 연 나흘 동안 계속 비가 내렸다.

이럴 땐 인원수가 적은 것이 편리했다. 이현상 이하 33명은 도장골의 어느 동굴에서 비를 피했다.

산청군 시천면 곡점에서 왼쪽으로 접어들면 내댓골이 있고, 여기서 또 왼쪽으로 가면 세석으로 통하는 거림골이고, 오른쪽 삼신봉으로 이어진 골짜기가 곧 도장골이다. 거림골 어귀엔 마을이 있지만, 도장골은 예부터 무인지경이다. 반석을 누비며 흐르는 옥류엔 두 개의 용소가 있다. 보급 투쟁에 지장만 없으면 숨어 살기에 적당한 곳이며, 전엔 남부군이 이 골짜기에 들어선 일이 별로 없었다.

4월 14일에 날씨가 개었다.

보급 투쟁에 편리한 지점으로 옮겨 앉아야 했다.

꼽아보니 그날은 음력으로 3월 20일이었다. 음력 20일이면 자정쯤에 달이 뜬다. 청암면 묵계리를 보급 투쟁 대상지로 정하고, 해가 지길 기다리지 않고 도장골을 나섰다.

거림골로 빠져 촛대봉으로 오르려고 비탈에 올라붙었을 때였다. 갑자기 전면에 경찰대가 나타났다. 일행은 재빨리 지형 지물을 이용해 엎드렸다. 경찰대도 기미를 알아차렸는지 빠른 동작으로 산개해 엎드렸다.

경찰대와의 거리는 불과 20미터 남짓했다. 교전이 시작되면 피차 간에 약간의 손실을 각오해야 했다. 이편에선 상대방의 수를 알 수 없으니 섣불리 총을 쏠 수가 없었다. 그렇다고 해서 후퇴하면 노출되어 사격의 대상이 될 것이다.

상대방도 그런 사정이었다.

긴장된 침묵이 몇 분 동안 흘렀다.

그러자 저쪽에서 말이 있었다.

"우리, 협상하자."

이쪽에선 잠자코 있었다.

"여기서 서로 싸워보았자 피차 손해만 입을 뿐이다."

이쪽에선 여전히 침묵했다.

"여기서 총소리가 나면 내대리에 주둔하고 있는 증원대가 단번에 들이닥친다. 당신들의 병력이 얼마인지 모르지만 견디기 힘들 것이다."

문춘이 사령관에게 뭐라고 귀엣말을 하고 있었다.

경찰대 쪽에서 다시 말이 있었다.

"적당히 협상해서 아무 일도 없는 것처럼 헤어지자."

그때 문춘의 말이 있었다.

"협상하자."

"어떤 방법으로 할까?"

"개울 쪽으로 내려가라. 그것을 확인하면 우리도 갈 곳으로 가겠다."

"그런 방법으론 납득할 수 없다."

"그럼 어떻게 할 텐가."

그러자 젊고 다부지게 생긴 전투복 차림의 경찰관이 일어서서 당당하게 말했다.

"저기 바위가 있지 않은가. 대표자가 같이 저 바위 위에 앉아 의논하자."

대담한 제의에 놀랐다. 그 제의를 거부하는 것은 비겁하다고 느낄 만큼 경찰관의 태도는 사내다웠다.

"대표자를 몇으로 할 텐가."

"셋으로 하자."

"좋다."

문춘이 이현상과 의논하는 듯하더니 몸을 일으켰다.

"어떻게 그곳으로 갈까?"

"걸어서 가지, 달리 갈 방도가 있나?"

하고 경찰관이 껄껄 웃었다.

"순서를 말하는 거다."

"이쪽에서 먼저 한 사람 가지. 그럼 그쪽에서 한 사람 가면 될 게 아닌가. 그런 식으로 하면 되잖을까?"

"좋다."

문춘이 이렇게 말했을 때 경찰관이 몸을 날려 그 바위 위에 올라섰다.

"박 동무."

하는 문춘의 낮은 소리가 있었다.

박태영은 배낭을 벗어놓고 바위 있는 곳으로 갔다.

또 하나의 경찰관이 바위 위로 갔다.

이쪽에선 지 동무가 갔다.

저쪽에서 또 한 경찰관이 가고, 이쪽에선 문춘이 갔다.

3명씩 서먹서먹하게 서 있자, 대담한 경찰관이

"앉읍시다, 우리."

하고 바위에 앉았다. 6명이 모두 앉았다.

경찰관이 담배를 꺼냈다.

"우린 악수할 처지는 아니지만 담배는 나눠 피웁시다."

하고 담배를 한 개비씩 권하더니, 박태영 차례가 되자 아직 꽤 많이 남아 있는 담뱃갑을 그냥 넘겨주며,

"당신이 가지시오."

하고 호기를 부렸다. 그리고 제안했다.

"인질 하나씩을 데리고 정확하게 보수步數를 헤아려 5백 보 갔을 때 인질을 동시에 돌려보내도록 하는 방법이 어떻겠소."

"우리가 서로 양해한다면, 그런 복잡한 방법 쓸 것 없이, 아무 일 없었던 것처럼 통과합시다."

문춘의 말이었다. 경찰관은

"우린 공산당을 믿지 않기로 했소."

하고 껄껄 웃고 덧붙였다.

"당신들도 경찰을 믿지 못할 것 아니오."

"당신의 제안대로 하겠소."

문춘이 말했다.

"이로써 협상이 되었소."

하더니, 경찰관은

"실례가 될지 모릅니다만 내 의견을 말해보겠소."

라고 했다.

"말하시오."

"어떻소, 당신들은 저 산 위로 갈 것이 아니라 우리들과 같이 평지로

내려갑시다."

"쓸데없는 말은 안 하기요."

문춘이 노기를 띠고 말했다.

"강요하는 건 아니오. 그러나 내 말을 듣기나 하시오. 당신들은 지금 무슨 생각을 하고 있는지 모르지만 머잖아 죽을 운명에 있소. 대한민국은 결코 호락호락하지 않소. 지리산 속에서 죽는 것보다 살아 장차 당신들이 좋아하는 공화국을 위해 일하면 될 것 아니오. 만일 당신들이 나를 따라가겠다면 절대로 안전하게 모시겠소. 원하신다면 거제도포로수용소로 보내주겠소. 지금 휴전 회담에서 포로를 교환하는 데 합의해서 교환 절차만 남아 있소."

"듣기 싫으니 인질 선정이나 합시다."

문춘이 딱딱하게 말했다.

"우리 측은 선정할 필요가 없소. 내가 인질이 되어 따라갈 테니까."

그때 옆에 있던 경찰관 두 사람이

"대장님, 그건 안 됩니다. 제가 인질이 되겠습니다."

하고 거의 동시에 말했다.

문춘이 입을 열기 전에 박태영이 나섰다.

"내가 가겠습니다."

"그렇게 해주시오."

문춘이 나직이 말했다.

결국 부하 경찰관 한 사람이 남부군의 인질이 되고 박태영은 경찰의 인질이 되었다.

부대가 각기 움직이기 시작했다.

5백 보를 정확하게 헤아리더니 경찰대장이 박태영에게

"어쩐지 당신만은 데리고 가고 싶지만 우리 부하가 저기에 있으니 할 수 없군. 그러나 기회를 보아 귀순하도록 하시오. 내 이름은 김용식이오. 경찰에 붙들리거든 내 이름을 대시오."

하고, 옆구리에 차고 있던 가방에서 한 다발의 신문과 캐러멜 두 통을 주며 말했다.

"빨리 돌아가시오."

박태영은 돌아오다가 중간에서 인질이 되었던 경찰관과 스쳤다.

그 경찰관은 지나치려다 말고 포켓에서 담배 한 갑과 성냥을 꺼내 얼른 박태영의 손에 쥐어주었다. 그리고 박태영이 고맙다는 말을 할 사이도 없이 미끄러지듯 비탈길을 내려갔다.

박태영은 느릿느릿 숨을 조절해가며 걸었다. 얼마를 가니 문춘이 박태영의 배낭을 들고 서 있었다.

주위가 갑자기 어두워졌다.

긴 봄날의 해도 어느덧 저물어가고 있었던 것이다.

박태영은 방금 있었던 일을 꿈속에서 있었던 일처럼 생각하며 문춘의 뒤를 따랐다. 동족끼리의 싸움이기에 더욱 비참하고, 동족끼리의 싸움이기에 뜻밖의 정이 오갈 수도 있다는 상념이 애처로웠다.

"그놈, 참으로 대단한 경찰관이다."

"공산당원이 되었더라면 모범 당원이 되었을 놈이다."

등등, 김용식 경찰관은 한동안 남부군의 입에 오르내렸다.

박태영은 경찰관이 준 신문을 몰래 읽었다.

4월 9일자 신문에 다음과 같은 기사가 있었다.

'전황—지상 전투는 지극히 평온하다. 유엔군 정찰기가 문등리 계곡에서 공산군 부대를 습격해 7명을 사살했다. 유엔군 폭격기가 전주, 순천 간의 철도를 폭격하고, B29 폭격기는 선천의 군사 시설을 파괴했다.'

'미 국방성 발표—한국 전선에서의 미군 사상자 총수는 107,143명이다. 이것은 지난주 발표에 비해 178명이 증가된 수이다.'

'4월 9일 현재 지리산 지구의 종합 전과—공비 사살 12,286명, 생포 8,438명, 귀순 1,120명, 각종 포 51문, 기관총 269정, 소총 4,690정, 수류탄 2,793개 노획.'

'휴전 회담—6개월 내에 평화가 달성될 것이라고, 영국 극동 지상군 사령관 케이트리 장군이 언명했다.'

'국내 정세—국회 전원 위원회는 비공개로 예산안 본격 심의에 들어갔다. 장 국무총리가 미군 병원에 입원했다. 사회부가 4월분 구호 양곡을 각 도에 배당했다…….'

4월 10일자 신문도 지상 전투는 평온하다고 하고 공군의 활약상만 보도했다. 내각 책임제 개헌안 서명 의원이 10일 현재 125명에 달했다고 했다. 휴전 회담 진행 상황 보도도 있었다.

4월 11일의 신문은 미 육군이 발표한 공산군의 손해를 보도했다. 4월 3일까지 공산군 사상자는 1,648,456명이고 포로가 132,268명이라고 했다. 160만여 명이 죽고 13만여 명의 포로가 있다면 공산군은 궤멸된 거나 다름없지 않을까 하는 생각이 들었다.

이태가 없어졌다는 사실은 날이 갈수록 박태영을 침울하게 했다. 어느덧 정이 들 대로 들어 있었던 것이다. 박태영은 보초를 설 때에도 행군을 할 때에도 이태를 생각하며 멍청해져버릴 때가 있었다.

죽었을까. 생포되었을까. 귀순했을까. 그 사실을 확인하기 위해서라도 탈출하고 싶은 충동을 빈번히 느끼게 되었다.

사실을 말하면 이태는 생포되었다. 물론 박태영이 알 까닭이 없었지만, 이태는 그 후 자기가 생포된 경위를 다음과 같이 썼다.

이태의 수기—.

내가 떠나려고 하자 문춘이 내 작업복 포켓 언저리가 터져 있는 것을 보고 여성 대원 원명숙에게 지시했다.

"원 동무, 이태 동무의 작업복을 꿰매주시오."

원명숙은 내 윗도리를 이곳저곳 뒤적이며 몇 군데 터진 곳을 얌전하게 꿰매주었다. 그리고 다소곳한 소리로 말했다.

"자, 됐어요. 돌아서봐요. 바지는? 바지는 괜찮아요?"

나는 실을 도로 감고 있는 원명숙의 하얀 손등을 내려다보았다. 춘풍추우를 겪고, 찌는 듯한 여름의 태양에 그을리고, 엄동설한을 견디고도 하얀 빛깔로 우아하게 손을 간수할 수 있었다는 사실만으로도 대견하다고 생각했다. 그러자 문득 고약한 예감이 들었다.

'원명숙하고도, 모든 대원들하고도 이게 영 이별이 되는 게 아닌가?'

토벌군의 거점이 되어 있는 거림골 주변으로 들어간다는 것은 사지死地를 찾아드는 거나 다를 바 없으니까.

문춘의 지시는 매우 세밀했다. 그런데 한 가지 미스가 있었다. 세 사람의 단출한 그룹이지만 책임자를 지명했어야 하는데 문춘은 그러질 않았다. 그것이 잘못이었다. 아무리 적은 수의 사람이라도 효과적인 단체 행동을 하려면 반드시 책임자가 있어야 한다. 책임자의 명령에 절대 복종하는 것이 유격대의 규율이었다. 책임자가 없으면 의견이 맞지 않을 때, 의견이 대립되었을 때 당장 곤란한 문제가 생긴다.

빨치산은 계급은 없지만 직책은 있고, 직책에 따른 책임감이 있고 권위가 있다. 직책은 상관의 지명으로 결정된다.

유 동무와 남 동무는 14연대 출신으로 남부군의 하급 간부직에 있었다. 나도 말단직이긴 하나 정치부의 일원이었다. 그러니 누가 누구에게 지시할 수 있는 권능은 아무도 가지고 있지 않았다.

해가 지고 이슥해졌을 때 우리는 거림골을 향해 걷기 시작했다. 거림골과 대성골을 가로질러 반천리까지 흘러내린 능선을 L능선이라고 부르기로 한다. 이 L능선 동쪽, 즉 신작로에 연한 사면엔 약간의 나무와 산죽숲, 덩굴 등이 있지만, 등성이와 서쪽 사면은 관목 한 포기 없는 완전한 독산禿山이다.

그날 밤 우리 일행은 묵묵히 걸어 일단 L능선의 등성이까지 가서 서북쪽인 거림, 곡점 방면을 관찰해봤다. 토벌군의 모닥불이 그 일대에 점철되어 있었다.

"홍길동도 아닌데 무슨 재주로 저기 들어간다?"

"물에 빠진 사람 건지려다 같이 빠져 죽게 되지 않을까?"

"문춘이 하필 우리를 지명할 게 뭐람."

"보내기로 한다면 여자들하고 노인이니, 천상 우리밖에 더 있나."

세 사람은 능선에 서서 토벌대의 모닥불을 바라보다가 하루만 더 형편을 보고 행동하자고 합의를 보았다. 그리고 산에서 내려왔다. 뚜렷한 지휘자가 있었더라면 이런 꾀를 부릴 순 없었을 것이다. 조직체 속에서 한 개의 부속품처럼 움직일 때 사람은 자기의 의사나 능력 이상의 힘을 발휘할 수 있다. 행군에 있어서도 각 대원은 긴 체인의 조인트 한 토막에 불과하기 때문에 어떤 고통 가운데서라도 견디어낼 수 있지만, 자기의 의사만으로 그렇게 걸어야 한다면 거의가 도중에 지쳐버릴 것이다.

체계가 없기 때문에 셋은 각자일 뿐 조직체가 아니었다. 세 사람은 어슬렁어슬렁 어두운 골짜기를 더듬어 내려갔다. 잠자리를 찾기 위해서였다.

조그만한 마을 터가 나오고 빈 초가집 한 채가 있었다. 지붕이 내려앉고 문짝 하나 없는 폐옥이었다. 뒤쪽에 대밭이 우거져 있었다. 정상적인 정신이었으면 한밤중에 도깨비가 나올 것 같은 그런 폐옥에 들어간다는 것은 상상도 못할 일이지만, 빨치산의 다급한 사정으로선 도깨비고 뭐고 없었다.

흙바닥일망정 그곳은 방이었고, 바닥이 평평했다. 허리를 깔고 다리를 쭉 뻗고 누워보니 비단 요를 깐 것처럼 쾌적한 촉감이었다.

"히, 이거 방바닥에서 자보는 게 얼마 만인가. 잠이나 실컷 자보자."

유 동무가 한 소리였으나 그건 남 동무의 말이기도 하고 나 자신의 말이기도 했다. 여차하면 대나무숲으로 뛰어들어 종적을 감출 수도 있을 테니 걱정할 필요도 없었다. 세 사람은 불침번도 없이 잠에 빠져들었다.

이튿날 깨어보니 해가 중천에 있었다. 세 사람은 깜짝 놀랐다. 대숲으로 뛰어들어 발싸개를 고치면서 주변을 살폈다. 별다른 일이 있을 것 같지 않았다. 그런데도 어쩐지 그 폐옥 근처에 있는 것이 불안스러워 살금살금 능선으로 올라갔다.

등성이 가까운 곳에서 움푹 팬 산주름을 발견하고 세 사람은 그 속에 웅크리고 앉아 간혹 낮은 소리로 잡담을 나누며 어두워지길 기다렸다.

그런데 함박눈이 펑펑 쏟아지기 시작했다. 3월인데도 그곳은 겨울이 가시지 않았던 것이다.

남 동무가 천막으로 쓰던 광목을 가지고 있었다. 총대를 기둥으로 하고 그걸로 천막을 쳤다.

눈이나 비가 내리면 시야가 좁아진다. 좀처럼 우리들을 발견할 수 없을 것 같아 마음이 놓였다.

세 사람은 쌀을 모아 밥을 지어 먹고 잡담을 하다가 다시 잠을 잤다. 밤이 되었는데도 누구 한 사람, 문춘의 지시를 들먹이며 거림골로 가자고 제안하는 자가 없었다. 처음엔 이따금 능선에 올라가 서북쪽을 관망해보기도 했지만, 나중에는 그런 동작도 집어치우고 말았다.

다시 아침이 되었다. 그래도 누구 한 사람 행동을 일으키려 하지 않았다. 묘한 심리 상태가 되어갔다. 나는 곰곰이 생각했다.

일행이 셋이지만 따져 말하면 둘과 하나이다. 그 두 사람과 나는 아무래도 친밀도가 달랐다.

벌써 거림골에 두 번은 다녀왔어야 할 시간인데 아직도 L능선에서 어물거리면서 낮잠과 잡담을 되풀이하고 있었다는 사실이 발각되면 세 사람은 영락없이 총살감이었다. 두 사람도 물론 그쯤 생각하고 있을 것이다. 그걸 피하려면 토벌군에 투항하든가, 산돼지가 되어버리는 수밖에 없었다. '산돼지'란 오도 가도 못하는 형편이 되어 산야를 헤매야 하는 낙오된 빨치산을 가리키는 말이다. 산돼지가 되면 빨치산이나 토벌군 어느 편의 총에 맞아 죽을 운명이 된다.

투항하느냐.

산돼지가 되느냐.

선택은 그 두 가지뿐인데 누가 감히 그런 말을 꺼낼 수 있을 것인가.

그런데 그 두 사람은 그런 말을 터놓고 할 수 있는 처지라고 보았다. 여순반란사건 이래의 친구였으니까. 그러니 그들끼리 무슨 합의를 본다면 첫째 방해물이 되는 것은 나다. 나를 먼저 처치하려고 할 것이다.

'의심 암귀'라는 말이 있다. 한번 이런 생각을 하고 보니 자꾸만 마음속에서 의혹이 뭉게구름처럼 일었다. 그러려니 해서 그런지 가끔 둘이 서로 수상한 눈짓을 하는 것 같기도 해서 점점 불안이 심해졌다.

남 동무는 따발총을 가지고 있었고 유 동무는 M1총을 가지고 있었다. 두 사람이 잘 때 따발총을 낚아채 드르륵 해버리면 끝난다. 선수를 치는 거니까 양심의 가책을 받을 까닭도 없다. 그런데 그다음은?

부대로 돌아가 '거림골에서 적을 만나 두 사람이 전사했다.'고 거짓말을 하면 그동안 지체된 것이 해명될 수도 있지 않을까.

그게 통하지 않을 성싶으면 군경 부대를 찾아가 투항하는 수밖에 없다. 산돼지가 된다고 해도 결국은 죽을 운명이니까. 투항할 때, 두 사람이 동의하지 않았기 때문에 사살하고 왔다며 두 사람 총을 거두어 가기라도 하면 오히려 값이 오를지 모른다.

자칫 나는 그런 끔찍한 짓을 실행했을지 모른다. 그런데 무심히 자고 있는 두 사람의 얼굴을 보았을 때 도저히 그럴 결심이 서지 않았다. 다만 그들이 수상한 눈치를 보이기만 하면 대항하리라는 마음의 준비만을 다졌다. 99식 갖고도 먼저 쏘아 쓰러뜨릴 자신이 있고, 격투가 벌어진다 해도 자신이 있었다. 나는 일제 때 총검술 선수였으니까.

그런데 두 사람이 잠에서 깨어 셋이서 도란도란 얘기를 나누다보면 뭐라고 형언할 수 없는 정이 통했다. 그들 역시 나에게 있어서 다시 없는 전우들이었다.

그뿐만 아니라 그들은 너무나 선량했다. 너무나 순진했다. 추호도 남을 의심해볼 수 없는 무구한 심성의 소유자들이었다. 그래서 공산주의가 무엇이고 인민이 무엇인지도 모르는 처지에 상위자의 명령이라고 해서 반란 부대의 일원이 되어 조금도 회의해본 적 없이 그 지독한 빨치산 생활을 견디어온 것이다.

나는 공연한 망상에 사로잡힌 나 자신을 부끄럽게 여겨 죄스럽기까지 했다.

"이것 봐. 이래도 사람이 산다고 할 수 있어? 여순사건 이래 벌써 몇 핸가. 아까운 청춘이 산속에서 다 가는군."

한번은 남 동무가 동상으로 포도알처럼 검푸르게 변색해버린 발을 나에게 보이며 해명도 푸념도 아닌 투로 중얼거린 적이 있었다.

"후회돼?"

내가 물었다.

"후회하면 뭣 하겠어. 팔자인걸."

하고 남 동무는 말을 이었다.

"이 동무, 나는 다리가 성하니까 걷기는 하지만 발은 내 발이 아냐. 복사뼈 아래는 통 감각이 없어. 거림골에 들어갔다가 뛰게 되면 나는 죽어. 비겁하거나 몸을 사릴 생각에서가 아냐. 이렇게 조용히 누워 생각해보니 참으로 숱하게 많은 전투를 치렀지. 그래도 죽지 않고 살아온 난데. 당성, 그렇지, 당성이 약한 때문일까, 이런 말을 하는 걸 보면? 이 동무, 용서해."

나는, 남 동무가 나를 정치부원이라고 보고 그런 말을 했을 것이라고 짐작했다. 그러나 이제 와서 그런 해명이 무슨 소용일까. 더욱이 나에게……. 안타까운 마음이 들었다.

"용서가 다 뭐꼬. 우린 같은 처지가 되었는데."

하고 나는 한숨을 쉬었다. 유 동무도 따라서 한숨을 쉬었다.

"이 동무, 어때. 남부군은 인제 궤멸되었다고 봐야지?"

"글쎄, 그쯤 되어버렸어. 재건하기 어려울 것 같애."

나는 의식적으로 그들의 말에 영합했다. 죽으나 사나 남 동무와 나는 일련탁생一蓮托生의 운명인 것이다. 되도록 거리감을 없애고 싶었다. 그래서 이런 말도 했다.

"밤하늘을 화려하게 장식하고 흔적도 없이 사라져버리는 불꽃놀이 같은 거지. 말하자면 인생이란 그런 것 아닐까? 아니, 남부군이."

"맞았어. 그렇게 돼버렸어. 부평에서 내려올 땐 참 세가 좋았지. 몽둥이만 들고도 마구 돌격했으니까."

남 동무는 뚝 말을 끊었다가 한참 만에야 이었다.

"그 무렵의 동무들은 모두 죽어 없어졌어. 이놈 저놈 얼굴을 생각하면 내가 지금 살아 있다는 게 거짓말 같애. 기적이지, 기적."

그러자 유 동무가 투덜댔다.

"도대체 북에선 뭣하는 거야. 우리가 다 죽어도 모른 척하긴가?"

"북쪽에선들 어쩌나. 젠장, 항공력이라도 있어야 무슨 보급이라도 하지."

"보급까진 바라지 않아. 소환만이라도 해주면 갈 수 있는 사람은 갈 게 아닌가. 이 이상 어떻게 투쟁을 하란 말인가?"

남 동무와 유 동무가 주고받은 말이다. 서로 마음이 통한다는 것을 의식한 때문인지 공공연하게 불평을 쏟아냈다. 그런데도 차마 투항하자는 의사를 비치진 않았다.

"아무튼 인제 우린 어떻게 해야 옳지? 셋이 북으로 넘어가버릴까?"

유 동무가 정색을 하고 말했다. 남 동무가 덤덤한 표정으로 받았다.

"갈 수 있을 것 같애? 이런 발들을 해가지구? 설사 갈 수 있다고 해도 명분이 있어야지. 명분 없이 갔다간 책벌을 면하기 어려울 거야. 모처럼 거기까지 갔는데 총살, 이렇게 되면 너무 섭섭하잖아."

"벌써 사흘쨈데 언제까지나 이러구 있을 수도 없고, 어떻게 해야 옳지?"

"천상 부대로 돌아가는 수밖에 없지. 산돼지 신세가 될 순 없구. 돌아가 거짓말을 하지 뭐."

"뭐라구?"

"거림골에서 적 중에 갇혀 오도 가도 못하다가 겨우 빠져나왔다구."

"그게 통할까?"

"그럼 어쩌나. 죽자 사자 한번 해보는 거지. 셋이서 말만 잘 맞추면 아마 괜찮을 거야. 세 사람 다 당원이고 의심받을 여지가 없으니까 말야. 이 동무의 생각은 어때?"

하고 남 동무가 나를 보았다. 나는 말 대신 고개를 끄덕였다.

결국 거짓말 보고를 하기로 결론을 지었다. 나는 세밀한 각본을 짜서 두 사람에게 단단히 일렀다. 세 사람을 개별적으로 불러 사문할지도 모르니 시간과 지점, 보고 들은 일체가 완전히 일치하도록 마음을 써야 했다.

이렇게 단단히 약속을 하고 반천리 아지트로 향했다.

그런데 부대가 있던 자리에 돌아가보니 사람의 그림자가 보이지 않을 뿐 아니라 신호도 없었다.

"어디로 이동했을까?"

혹시나 하여 포인트 표지를 찾았다. 그런 것도 없었다. 세 사람은 그 자리에 앉아 담배 한 대씩을 피우고 다시 L능선으로 돌아가기 시작했다.

사실은 이틀 전에 군 작전이 끝나서 문춘 이하 11명은 거림골로 철수했던 것이다. 그동안 가끔 능선 위에 올라가 살펴보기만 했어도 토벌군이 철수한 것을 알 수 있었을 텐데, 산주름의 움푹진 곳에 몰려 앉아 한담과 잠으로 세월을 보냈으니 그런 상황을 알 수가 없었던 것이다.

그러니까 만일 공교롭게 문춘 일행을 만나 거짓말 보고를 했더라면 일이 최악의 방향으로 꼬였을 것이다.

세 사람은 여우에게 홀린 것 같은 기분으로 방향도 알지 못한 채 어슬렁어슬렁 산허리를 걸었다. L능선 기슭에 이르렀을 때 저만큼 솔밭 사이에서 뿌연 연기가 피어올랐다.

'문춘 일행이면 저런 연기를 내지 않을 텐데 이상하다.'

이렇게 생각하며 슬금슬금 가까이 가보니 이게 웬일인가. 한눈에도 2백 명은 됨직한 전투 경찰대가 웅성거리고 있었다.

그쪽에서도 우릴 발견한 모양이었다. 이쪽을 보고 뭐라고 외치는 소리가 들렸다. 셋은 기겁을 하여 단숨에 L능선에 기어올라 등성이를 따라 지능선 쪽으로 뛰었다. 내 위치가 맨 뒤였다. 뛰면서 생각했다.

'관목 한 포기 없는 산등성이를 그대로 뛰다간 아무리 빨라도 경찰대의 저격을 피하지 못한다. 그 대신 앞서 뛰는 두 사람과 떨어져 산죽과 덩굴이 우거진 오른쪽 사면으로 뛰어들면 추격하는 경찰대는 두 사람에게만 주의를 집중할 것이니 행적을 감추는 데 유리할 것이 아닌가.'

오른쪽 사면은 경찰대가 행동하고 있는 신작로에 면해 있을 뿐 아니라 심한 비탈이었다. 설마 그쪽으로 도망치리라곤 경찰이 짐작할 수 없을 것이란 계산도 있었다.

나는 등성이를 살짝 비켜 오른쪽 산죽숲 속으로 뛰어들었다.

내 판단은 정확했다. 내가 산죽숲 속으로 몸을 날리자 곧 총소리가 탕탕 울리며 발소리가 들이닥쳤다.

"두 놈이다!"

"배낭을 벗어 던졌다!"

이런 소리가 들리며 내 옆 10여 미터 거리를 경찰대의 줄이 이어져 가는 것이 산죽 사이로 보였다. 능선 줄기에만 눈을 쏟고 뛰기 때문에 발 아래 무엇이 있는진 생각지도 않은 것이다.

산죽이 허리 높이이고 응달이어서 바닥에 눈이 남아 있었다. 눈 위에 앉아 있으니 엉덩이가 축축해졌다.

경찰대가 지나간 것을 확인한 후 배낭을 벗어 깔고 앉아 총의 방아쇠에 손가락을 걸고 조용히 기다렸다. 능선에 올라간 경찰대가 내려올 때엔 아래를 보고 걷게 될 것이니 발견될 염려가 있기 때문이었다.

바로 밑이 수십 미터의 낭떠러지여서 자리를 옮겨 앉을 형편도 못 되었다. 만일 발견될 경우엔 서너 발 급사격을 퍼붓고 그들이 멈칫하는 순간에 언덕을 굴러내리기로 작정했다. 아무리 담대한 사람이라도 갑자기 발 밑에서 총성이 울리면 일단은 주춤해 행동의 신중을 잃을 것이다.

그 후의 일에 대해선 생각지 않았다. 경찰대에 의해 발견되었을 때 그 자리를 피할 궁리에만 몰두했다.

먼 산마루 쪽에서 총소리가 들려올 뿐 근방은 조용했다. 주위를 살피고 있는데, 내가 숨어 있는 곳에서 벼랑을 따라 40미터쯤 떨어진 저쪽에 무슨 덩굴이 한 무더기 있었다. 그 덩굴 속에 분명히 인기척이 있다는 것을 나는 감지했다. 사람이 움직이는 것을 본 듯도 했다. 경찰일 까닭은 없고, 부근에 비밀 아지트를 가진 면 당원이 어른거리다가 총소리에 놀라 숨어든 것이 분명했다.
 문득 반가운 마음이 되었다. 소리를 죽여 불러보았다.
 "동무! 동무!"
 인기척이 뚝 그쳤다. 산죽 위로 고개를 내밀어보았으나 그래도 아무런 반응이 없었다. 겁을 먹은 것이다.
 '시원찮은 놈들 같으니!'
 나는 혀를 찼다.
 두어 시간 그렇게 기다리고 있자, 왁자지껄 소리가 들리며 경찰대가 내려오기 시작했다. 땀 밴 손으로 총신을 단단히 쥐고 숨을 죽이고, 내려가는 대열이 끝나길 기다렸다. 일렬 종대의 다리들이 어지럽게 교차되며 눈앞을 지나갔다. 이윽고 발소리가 점점 멀어져갔다. 다시 고요가 왔다.
 "휴우."
 크게 한숨을 쉬고 나는 '메부루'를 한 대 말아 불을 붙였다.
 '개만도 못한 녀석들! 개쯤만 돼도 나를 발견했을 것 아닌가. 그러고 보니 인간의 동물적 감각이 둔한 것도 다행스러운 일일지 모른다……'
 얼마 후 땅거미가 지기 시작했다.
 나는 대밭에서 나와 경찰대가 완전히 철수한 것을 확인하고, 세 사람이 사흘 동안 지내던 산주름의 요지를 찾아 올라갔다.
 위기가 지난 순간부터 지능선 쪽으로 도망간 두 사람을 만나고 싶은 마음이 간절해졌다. 두 시간을 그곳에 앉아 있었으나 두 사람이 돌아올 리는 없었다. 비상선을 약속한 바도 없으니 이젠 두 사람과 만날 방도가 없어진 것이다. 별안간 무서운 고독감이 몸을 죄어왔다.
 '그 녀석들, 지금쯤 어느 지능선의 골짝에 누워서 내 얘기를 하고 있겠지. 내가 잡혀 맞아 죽은 걸로 생각하고 있을지도 몰라. 아니, 두 사람 중 누군가가 저격당했을지도 모른다. 자아, 나는 어디로 간다?'

나는 경찰대가 우글거리던 능선 기슭을 향해 터벅터벅 걸어갔다. 억새풀이 어깨를 가릴 만큼 높게 무성하게 말라 있는 속을 거닐게 되었다.

'하여간 하룻밤 자고 나서 생각하기로 하자!'

억새풀을 쓰러뜨려 깔고 누워 잠을 청했다. 누워서 밤하늘을 쳐다보니 별이 찬란했다. '천지간에 나 홀로'라는 외로움이 지그시 몸을 감싸 오는데, 한편에선 '내 행동을 내 마음대로 할 수 있다.'는 해방감 같은 것이 어렴풋이 가슴에 차올랐다. 육중한 기계에서 나사 하나가 떨어져 나가 제 마음대로 굴러다닐 수 있게 된 것이다.

아무튼 깊은 밤 지리산 속에 혼자 누워 갈 곳을 생각하는 내 모습이 처량하기만 했다.

얼마나 잤을까. 억새풀이 술렁거리는 소리에 퍼뜩 잠에서 깼다. 풀섶 스치는 소리에도 잠에서 깨고, 깨면 곧 총으로 손이 간다. 어느새 몸에 밴 빨치산의 버릇이다.

누운 자세 그대로 총을 꽉 쥐고 귀를 기울였다. 바람은 아니었다. 억새풀을 헤치며 무언가가 분명히 지나갔다. 나는 총을 들고 벌떡 일어나 낮은 소리로 그러나 날카롭게 수하했다.

"누구냐!"

억새풀 스치는 소리가 뚝 멎었다.

"누구냐!"

대답이 없었다. 낮에 L능선에 숨어 있던 그 면 당원인가 하는 생각이 들었다. 나는 조용히 말했다.

"동무요? 난 남부군이오. 빨치산이오. 안심하고 이리 오시오."

그래도 응답이 없었다.
'제기랄.'
나는 총을 안고 도로 누워버렸다. 잠시 후 다시 억새풀 헤치는 소리가 나더니 이윽고 조용해졌다.
'사람이 아니고 무슨 산짐승이었을까? 지리산에 곰이 있다는 말을 들었는데, 곰이 사람들 싸움 등살에 못 이겨 야산으로 피란 왔을까⋯⋯.'
나는 다시 잠을 청했다.
이튿날 잠에서 깨어보니 날이 벌써 밝아 햇살이 퍼져 있었다. 잘 마른 억새풀이 어찌나 포근한지 깊은 단잠에 빠질 수 있었던 것이다. 혼자이기 때문에 늦잠을 자면 어쩌나 하는 걱정이 없지 않았는데, 날이 새면 일어나게 돼 있는 모양이었다.
나 혼자의 하루가 시작되었다.
커다랗게 기지개를 켜고 L능선으로 올라갔다. 동쪽 사면 중턱의 소나무 있는 곳으로 갔다. 소나무의 밑동을 의지하고 부처님처럼 앉았다.
저 멀리 남쪽에 눈에 익은 내외공마을이 보이고, 눈 아래 신작로에선 전투 경찰 소부대가 이따금 오갔다.
나는 한 줌밖에 남아 있지 않은 쌀을 배낭에서 꺼내 눈 뭉치와 함께 냄비에 넣어 밥을 끓였다. 2년 동안 익힌 솜씨여서 담배 연기만큼의 연기도 내지 않았다.
경찰대가 오가는 모습을 내려다보면서 소금을 핥으며 밥을 먹은 다음, 길 건너 구곡산九曲山을 바라보고 별의별 망상을 다하면서 긴긴 하루를 보냈다. 나무와 눈이 얼룩진 사면이어서 이쪽에서 움직이지만 않으면 발견되지 않을 것 같아 망상을 제대로 할 수 있었다.
자꾸만 바라보는 동안, 숲이 우거진 구곡산이

―여기가 더 안전할 거다.

―여기가 더 자유로울 거다.

라고 말하는 것 같았다. 밤이 되길 기다려 신작로를 넘어 구곡산 기슭으로 올라갔다. 그저 어디론가 움직여야 한다는 막연한 마음이기도 했다. 차마 거림골을 찾아갈 용기는 나지 않았다.

L능선에서 헤어진 두 사람이 보고 싶었다. 문춘을 비롯한 일행 11명의 얼굴이 번갈아 떠올랐다. 여성 대원 원명숙의 앳된 모습이 망막에 새겨지기도 했다. 거림에서 헤어진 이봉관을 비롯한 정치부 멤버들이 안타깝도록 보고 싶었다. 신처럼 믿고 따르기만 하면 되었던 김복홍 사단장을 위시한 간부들이 그리웠다.

고락을 같이하던 대원들도 보고 싶었다. 그러나 나는 다신 거림골로 돌아갈 수 없다는 것과 돌아가지 않을 것을 알고 있었다.

뒤에 안 일이지만 유 동무, 남 동무 두 사람도 그날 무사히 경찰대의 추격에서 도망칠 수 있었지만 부대로 돌아가지 않고 끝내 산돼지 신세가 되어버렸다고 했다.

구곡산 기슭 신작로에서 50미터쯤 거리에 있는 밭 가운데 외딴 바라크가 한 채 있었다. 뭣에 쓰던 바라크인지, 대나무로 엉성하게 사방을 둘러서 서낭당처럼 지어놓은 두어 평 넓이의 헛간이었다. 그 속에서 그날 밤 잤다. 꿈도 없는 단잠이었다. 중학 시절 『바람과 함께 사라지다』라는 소설에서 읽은 적이 있는 누군가의 말이 기억 속에 되살아났다.

―내일은 또 내일의 태양이 뜨겠지.

1952년 3월 19일. 안개가 자욱한 아침이었다.

나는 일어나면서 한기를 느꼈다. 아직 한데서 자기엔 이른 계절이었다. 옷이 축축이 젖어 있었다.

안개 때문에 더욱 추웠는지도 모른다. 나는 둘러쳐져 있는 마른 대 몇 개를 뽑아 불을 피웠다. 마른 대는 쪼개서 때면 연기를 별로 내지 않는다.

신작로 길을 무장한 경찰대원 셋이 곡점 쪽으로 걸어가고 있었다. 정찰대인지 연락병인지, 태평스럽게 얘기를 주고받으며 걸어가고 있었다. 그들을 발견했을 때 조건 반사적으로 내 손은 총대에 가 있었다.

거리가 아주 가까워서 쏘아보고 싶은 충동이 일었다. 내 주머니엔 15발의 탄환이 있었다. 나는 제식대로 앉은 자세를 정확히 취하고, 댓가지 사이로 총구를 내밀고 겨냥했다.

선두의 경찰대원이 가늠쇠 속에 들어왔다. 거리는 50미터. 총의 성능은 그만이었다. 아마 실수는 없을 것이다. 내가 손가락을 당기면 저 사나이는 죽는다. 복잡한 사연, 슬픈 일, 기쁜 일 할 것 없이 그의 인생 여정은 그 순간에 끝나는 것이다.

'당겨버릴까?'

'그만두자.'

그의 옆 얼굴이 너무 여위고 게다가 수심이 있어 보였다. 경찰관이란 직업이 고달픈 까닭일까. 사랑하는 아내나 아이가 병중에 있는 걸까.

다음의 경찰대원으로 조준을 옮겼다.

'그런데 이 사람은 걸음이 왜 이 모양인가.'

들쑥날쑥 가늠쇠가 엇갈렸다.

'망할 놈 같으니. 그러나 넌 운이 좋은 놈이다. 그러니까 넌 살아라!'

셋째 사나이.

'됐다.'

유들유들 개기름이 번지르르 흐르는 얼굴이었다. 이곳으로 차출되어 오기 전에 힘 없는 백성들을 꽤나 들볶았을 것 같았다.

손가락에 조금 힘만 보태면 그만이다.

'그러나 가만있자. 저 사람을 나는 모른다. 본 적도 없다. 따라서 나와 그는 아무런 혐오도 있을 까닭이 없다. 인민의 적이니까 처단해야 한다? 웃기지 마라. 관급 전투복을 입은 말단 전투 경찰의 순경이 거창하게시리 인민의 적이라니 어울리지 않는다. 도대체 저 사람의 죽음이 역사를 변경시키는 데 얼마만한 영향을 준단 말인가!'

나의 사념은 템포를 빨리해 돌아갔다.

'그러나저러나 내가 발사했다고 치자. 그다음은 어떻게 된다? 내 몸이 벌집처럼 되어버릴 것이다. 그건 명명백백하다. 탄환에 의해 벌집이 되어 나뒹군 시체……. 영예로운 죽음? 무슨 소린가. 영광은 이미 사라져버렸다. 나는 한 마리 산돼지일 뿐이다. 내 시체는 버려져 흉측하게 썩을 것인가. 아니면 불태워버릴까? 불태우면 내 옷 속에 있는 이들도 타서 죽겠지. 그 이들을 태우는 재미로 한번 죽어볼까? 만일 태우지 않으면? 짧은 인생에 있어서 나의 의도는 번번이 빗나갈지 모른다…….'

나는 총을 내려놓고 불을 쬐면서 이 며칠 동안 혼자 생각했던 갖가지 생각들을 정리해보았다. 태평양전쟁 때 일본군 병사였던 나는 '다케우치 데루요'라는 일본 여류 작가로부터 한 장의 엽서를 받은 적이 있다. 그녀의 사상에 나는 많은 공명을 느꼈었다. 엽서의 내용은 간단했다.

—살고 있는 것은 등불이다.

의로운 죽음을 위한 하나의 표지이다.

의로운 죽음을 만난다면 어찌 등불이 꺼진다고 두려워하리.

의롭다는 것은 대체 무엇인가.

그때 수많은 일본의 젊은이들이 의로움을 믿고 죽어갔다. 하나 그것은 결국 덧없는 희생이며 죄악일 뿐이었다.

아돌프 히틀러도 의를 부르짖었다. 노르망디의 병사들도 모두 그랬다. 절대의 의란 존재하지 않는지도 모른다.

나는 무수한 살육을 보았다. 인간이 얼마나 잔인하고 추악한 동물인가를 보았고 인식했다. 인간이 인간으로 진화하기 위해선 몇만 년의 세월이 필요했지만, 인간이 짐승으로 되돌아가는 시간은 일순에 지나지 않는다는 가공할 현상을 보아왔다. 인류가 몇천 년 걸려 쌓아온 문명이란 허울이, 사람이 이 세상에 나서 자라 몇십 년에 걸쳐 쌓아올린 교양이란 허울이 마치 심해어가 바다의 수압을 벗어나는 순간 눈과 피부가 터져버리듯 그렇게 허무하게 벗겨질 수 있다는 것을 알았다.

'가미카제 특공대'의 그것처럼 광기에 찬 믿음이라도 좋다. 진화의 역행이라도 좋다.

홍 소년의 장렬한 죽음, 김복홍의 용기, 내겐 그것조차 없다.

나는 결국 위선자이며 흉내나 내는 원숭이며 비겁자이며 이기주의자에 불과했는가.

나는 훌륭한 코뮤니스트가 되려고 노력했다. 그러나 끝내 회의를 떨어버리지 못한 채 하나의 나사로서 조직이란 기계가 돌아가는 대로 따라 돌아갔을 뿐이다. 그리고 그 나사는 기계에서 떨어져 나와 지금 먼지 속에서 뒹굴고 있다…….

추위가 가시자 나는 허기를 느꼈다. 그럴 만도 했다. 반천리를 출발한 지 닷새째가 되었는데 그동안 두 끼밖에 먹지 않았으니까.

그러니 아직 나는 생리를 느낄 줄 아는 인간이구나. 정 정치위원은 꽃대봉에서, 내 발이 내 것이 아니고 '공화국의 발'이라고 했것다. 악양전투에서 부상한 어느 대원을 보고 '인민의 무력을 네 마음대로 하기냐.'고 윽박질렀다. 그렇다면 내 몸은 국가를 위하고 혁명을 위한 무기밖에 되지 않는가. 그런 무기에 무슨 의사, 무슨 감각이 있다는 말인가.

가만있자. 내 얼굴, 즉 '공화국의 것'인 내 얼굴이 어떻게 생겼더라? 거울을 못 본 지가 2년째이다. 기억이 알쏭달쏭하다. 심히 험상궂게 생긴 사나이일 것이다.

나는 잘 말린, 그러나 걸레 조각 같은 발싸개를 다시 둘러치고, 코를 짼 고무신을 전깃줄로 동여맸다. 덜미를 덮은 머리카락 속을 이가 근질거렸다. 불을 쬔 때문이다. 사타구니에 손을 넣어 이를 한 움큼 훑어내어 타다 남은 불 위에 뿌렸다. '후두둑' 소리와 함께 노린내가 코를 찔렀다. 내 살과 피가 타는 냄새이다.

나는 동상을 입은 발가락이 유난히 쑤시는 것을 의식하면서 총을 짚고 일어섰다. 거림골 언저리는 푸른 안개에 파묻혀 보이지 않았다. 멀리 백설을 인 지리 연봉이 잿빛 하늘에 어슴푸레 빛나고 있었다.

머잖아 지리산에도 봄이 오겠지.

회문산에서 변산으로 간 백인숙의 미소 띤 얼굴이 망막에 떠올랐다.

'아아, 백인숙! 그녀를 위해서라도 빨리 봄이 와야지.'

갑자기 발의 통증이 심해졌다. 나는 그 발을 질질 끌며 산기슭을 내려갔다. 눈에 익은 내외공마을이 저기 있었다. 아침을 짓는 연기가 뿌옇게 개울 바닥으로 흘러내리고 있었다. 인간이 먹는 밥과 인간이 사는 방이 거기 있는 것이다.

갑자기 견딜 수 없는 배고픔이 엄습해왔다. 나는 모든 것을 운명에 맡겨버리기로 결심했다.

논두렁으로 내려서며 다시 한번 지리 연봉을 바라보았다. 그리고 마을을 향해 몽유병자처럼 어슬렁어슬렁 걸어 내려갔다.

산모퉁이 신작로 가에 양철 지붕의 창고가 외따로 서 있었다. 그 창고와, 외공마을을 흐르는 시냇물의 가운데쯤에 이르렀을 때, 창고로부터 쏟아져 나오는 시퍼런 제복이 보였다.

그곳이 전투 경찰 205연대의 대대 본부였던 것이다.

나는 반사적으로 눈두렁에 몸을 숨겼다.

"손 들엇!"

"총을 버려라!"

고개를 들어보니 내 주위는 카키색 제복으로 메워져 있고, 총이 부챗살처럼 나를 향해 겨눠져 있었다.

나는 내 손때가 묻은 99식을 논바닥에 동댕이치고 천천히 두 손을 쳐들었다. 다음 순간 나는 손목과 상반신이 전깃줄로 송장처럼 묶였다. 구둣발이 내 옆구리에 심한 타격을 주었다. 나는 논바닥에 픽 쓰러졌다.

(이태의 수기 끝)

너무 앞지른 얘기가 되겠지만 이태의 앞날엔 신문, 재판, 징역 등 형극의 길이 연속되었다. 그러나 결국 그는 살아남아 자유의 몸이 되었다. 물론 박태영은 이태의 수기도, 그 후 전개된 이태의 운명도 알 길이 없었다.

5월 초 남부군은 뱀샷골을 떠나 이동을 시작했다. 이동하기 전에 이동규를 뱀샷골 환자트에 맡겼다. 전에 연延 지도위원이 있던 곳이다.

이동규가 탈락해 일행은 32명이 되었다. 이 32명이야말로 일당 백의

투사들인 것이다.

신록 냄새가 청량한 산길을 민첩하게 움직여 주능선에 섰다. 주능선이 백무능선으로 갈라지는 어느 지점을 비상선으로 정해 사령관은 6명의 수행원을 데리고 그곳으로 직행하고, 문춘이 이끄는 전투대는 보급 투쟁을 목표로 주능선에서 삼신능선으로 내려섰다. 삼신능선은 남쪽으로 뻗은 능선인데, 얼마 가지 않아 오봉산능선과 형제봉으로 가는 능선이 갈라진다. 오봉산능선을 타고 얼마쯤 가다가 다시 서쪽으로 뻗은 가지능선으로 빠졌다.

그 지점에 도착했을 때 날이 밝았다.

여기서 문춘이 처음으로 작전 계획을 발표했다.

"우리가 오늘 밤 노리는 곳은 하동군 횡천면의 남산리 윗마을이다. 군경은 우리가 거기까지 진출할 줄은 상상도 못할 것이다. 말하자면 그 허점을 노린다. 해가 지길 기다려 행동을 개시한다. 각 단위조는 이 근처에 뿔뿔이 흩어져 실컷 자두도록 해라."

각 단위조란 것은, 3명 내지 9명이 일단이 되어 활동할 수 있도록 미리 짜놓은 단위이다. 보초도 단위조로 서게 되어 있었다.

중간에 보초 근무가 서너 시간 끼였지만 대원들은 충분히 휴식을 취할 수 있었다. 생쌀을 씹어 요기를 했다.

일몰과 동시에 행동을 개시했다. 문춘이 박태영에게 특별히 지시했다.

"동무는 부잣집을 골라 들어가 여자 한복 한 벌을 챙겨오도록 하시오. 여자 고무신, 버선 등도 잊지 말구."

박태영에게 이런 지시를 내린 것은 그 단위조에 정복희가 끼여 있었기 때문일 것이다.

"마을에 도착하면 9시가 될 것이오. 뒷산에서 지켜보다가 10시부터 행동해 11시에 끝내고 12시까지 이곳에 집결하시오. 만일 이곳에 도착하는 시간이 늦었을 경우엔 곧바로 비상선으로 오시오."

행동이 미리 정해놓은 순서대로 시작되었다. 각 단위조는 코스를 정해 산발적으로 마을에 접근했다.

박태영의 조는 정복희와 이순창 세 사람이었는데, 목표로 한 마을 뒷산의 큰 소나무 아래를 집결 장소로 정하고 분산 행동을 했다.

박태영은 야산에서 논두렁 밑을 살살 기어 불빛을 목표로 마을 뒷산에 도착, 소나무를 찾았다. 이순창이 벌써 와 있었다. 정복희도 나타났다.

조장끼리 의논이 있었다. 여덟 개의 단위조가 각각 들어갈 집을 선정했다. 한 시간 동안 정찰하고 검토할 기회가 있었기 때문에 그 선정엔 실수가 있을 리 없었다.

박태영조가 들어갈 집은 큼직한 기와집이었다. 이순창이 앞섰다. 어두운 골목인데다 사람의 통행이 없었다.

대문을 밀어서 열었다. 빗장이 질려 있지 않았다. 이순창, 박태영, 정복희의 순으로 들어갔다.

방방에 불이 켜져 있었다. 대가족으로 짐작되었다. 대문을 닫고 빗장을 질렀다. 그래도 집 안 사람들은 눈치를 채지 못했다. 이순창이 소리 없이 민첩하게 그늘진 곳을 골라 집을 한 바퀴 돌았다. 다른 데 출입문이 있는지 살펴본 것이다.

이순창이 대문 가까이에 서고, 정복희는 축담 아래에 섰다.

박태영이 마루로 올라서 헛기침을 하고 큰방 문을 열었다.

5, 6명의 식구가 모여 앉아 잡담을 하고 있었던 것 같았다. 난데없는 괴한이 침입하는 바람에 모두들 공포에 질려 와들와들 떨었다.

박태영이 방 안으로 들어서서 나직이 말했다.

"겁내실 것 없습니다. 여러분이 조용히만 해주시면 우리도 조용하게 일을 보고 산으로 돌아가겠습니다."

아무런 대답이 없었다. 공포에 질린 얼굴들만 있을 뿐이었다.

박태영이 정복희를 불러들이고 말했다.

"청이 있습니다. 부인들이 입을 옷 한 벌만 갖추어주십시오."

가족 가운데서 안주인이 담대한 모양으로 등 뒤의 농 문을 열고 옷을 끄집어내며 물었다.

"여름 옷인가요, 봄 옷인가요?"

"각각 한 벌씩 주시면 더욱 고맙겠습니다."

안주인은 치마, 저고리, 속옷, 속치마를 각각 두 벌 얌전히 꺼내놓았다.

"버선도 있어야죠."

버선은 세 켤레를 내놓았다.

그리고 이르지도 않았는데 보따리에 싸서 정복희에게 건넸다.

"쌀을 좀 주셔야겠는데요."

"쌀은 광에 있는데……."

바깥주인이 움직이려고 하자,

"당신은 여기 가만있으소. 내가 드리고 오지."

하고 안주인이 일어섰다. 정복희를 안주인에게 딸려 보내고 박태영이 바깥주인에게 말했다.

"우리의 무리를 용서하시오. 우리도 살자니까 도리 없이 이런 짓을 하는 겁니다. 결코 잘하는 짓이라고 생각진 않습니다. 불쌍한 사람들 동정해주시는 셈치고 봐주시기 바랍니다. 그런데 이왕 무리한 부탁을 하는 김에 돈을 좀 청해도 되겠습니까. 많은 돈은 필요하지 않습니다."

바깥주인이 호주머니를 뒤지더니,

"이것밖엔 현재 가진 것이 없소."

하며 천 환권 7, 8장을 내놓았다.

"고맙소."

하고 받고 물었다.

"이만한 돈이면 쌀을 얼마쯤 살 수 있습니까?"

"쌀 백 되는 살 것이오. 구화로 치면 80만 원쯤 되오."

"화폐가 바뀌었소?"

"바뀌었소."

"흠."

하고 서 있다가 박태영은 쐐기를 박았다.

"우리가 왔다는 걸 경찰에 보고 안 할 수 없겠지만, 우리가 떠나고 한 시간쯤 후에 하십시오. 그 안에 서둘다가 우리 뒤를 맡고 있는 대원들에게 들키면 불행한 일이 생길지 모릅니다. 그리고 한 가지 더 말씀드릴 것은, 우리가 오늘 밤 여자 한복을 가지고 갔다는 말은 입 밖에 내지 말라는 겁니다. 허기야 알아서 하십시오만, 이 집에서 그 말이 나왔다고 밝혀지면 두고두고 좋은 일이 없을 겁니다. 파르티잔이 몽땅 죽어 없어질 까닭이 없고, 지금 휴전한다고 야단인 모양입니다만, 10년 후에 또 전쟁이 있지 말라는 법도 없으니, 우리에게 그만한 배려는 해두시는 게 자라나는 아이들을 위해서도 좋을 겁니다……."

이러고 있는데 안주인이 들어왔다.

"부인, 고맙습니다. 꼼짝 말고 문 닫고 계십시오."

하고 박태영은 방에서 나와 문을 닫았다.

축담엔 멜방까지 해놓은 쌀자루가 있었다. 이순창과 정복희는 벌써 쌀자루를 메고 있었다. 박태영도 쌀자루를 메었다.

방으로부턴 아무 소리도 들리지 않았다.

이순창이 빗장을 빼고 살며시 대문을 열고 골목으로 나갔다. 정복희가 그 뒤를 따르고, 박태영이 맨 뒤에서 걸었다.

남산리 보급 투쟁은 대성공이었다. 정해진 시간에 조금도 어김없이 쌀자루 또는 쌀가마를 진 대원들이 전원 집결 장소에 모였다. 문춘이 만족한 듯 낮은 소리로

"그러니까 일당백이지. 공화국의 영웅들이지."

하고 대원들을 추켜올렸다.

'강도질을 하고 영웅이 되다니, 윤리학이 드디어 파산이로구나.'

박태영은 속으로 웃었다.

강행군이 시작되었다. 단숨에 야산을 달려 삼신봉 중허리를 돌아 삼신능선을 타고 주능선으로 나섰다. 벌써 동이 트고 있었다.

휴식할 여유도 없이 비상선에 도착하니 해가 중천 가까이에 있었다.

사령관 일행과 합류한 자리에서 휴식을 취했다. 높은 산 위인데도 5월의 훈풍은 향그럽고 따사로웠다.

주위에 아무런 걱정이 없다는 것을 확인하고 사령관을 포함한 일행은 주능선을 타고 동진, 중봉中峯으로 향했다.

중봉에 도착하니 해가 저물었다. 지능선을 타고 조갯골로 내려갔다. 조갯골은 유돌골에서 5킬로미터쯤 들어간 오지로, 조개껍데기가 있다고 해서 지어진 이름이다. 조개껍데기가 있다는 것은 수천 년 전 그곳이 바다였다는 증거가 되는데, 빨치산의 흥미는 그런 것에 있지 않았다.

조갯골을 남부군이 전엔 이용하지 않은 것은, 위치상 보급 투쟁이 지

극히 곤란하기 때문이었다. 그런 까닭에 생포된 빨치산들이 경찰의 강요에 의해 자백할 경우에도 조갯골은 들먹이지 않았다. 보급 투쟁에 상당한 성과를 거두기도 했으니, 그런 안전 지대에서 장기간 휴식을 갖자는 것이 이번 행군의 목적인 듯했다.

조갯골 동쪽 사면 숲속에 천막 세 개를 쳤다. 사령부용 하나, 전투원용 두 개였다.

전기 기록을 맡게 된 박태영은 조갯골에 집결된 대원의 명단을 만들어놓고 그들의 동향을 남달리 주목했는데, 이틀인가 지난 후 세 개의 천막을 드나들며 헤아려보았지만 전원 32명이라야 하는데 30명밖에 되지 않았다. 정찰과 경계를 겸해 항상 두 단위조가 교대로 요소요소에 배치되어 있다는 것을 감안하고도 두 명이 모자랐다.

조복애와 김희숙이 빠져 있다는 사실을 발견했다. 그 두 여성이 무단으로 탈출했다고 생각할 수는 없었다. 자기가 장만해온 여자 한복과 관련이 있을 것이라고 추측할 수 있었다. 비공식적이긴 했지만 이태의 뒤를 이어 전기를 쓰는 책임을 진 박태영은 진상을 알아둘 필요가 있다고 느꼈다. 문춘을 조용한 곳에서 만나 물었다.

"조복애 위원과 김희숙 대대장은 어떻게 된 겁니까."

"걱정할 것 없어. 선생님께서 긴급한 임무를 주어 파견했으니까."

문춘은 이렇게 말하고 돌아서려다 말고

"박 동무에게 한복 한 벌만 장만하라고 일렀는데 두 벌을 가져오는 바람에 김희숙 동무까지 없어지게 되었소."

라며 빙그레 웃었다. 문춘이 조복애와 김희숙을 파견하게 된 긴급 임무의 내용을 설명하지 않았으나 박태영은 대강 짐작할 수 있었.

정세가 미묘하게 변해가고 지리산의 전력이 급전직하의 상황인데 북쪽과의 연결이 완전히 두절되었다. 어떻게든 전반적인 사정과 북쪽의 동정을 정확하게 알아야 할 필요가 생겼다. 그러자면 북쪽으로 사람을 파견해야 하는데, 그 적임자로 조복애가 지명되었다. 여자 옷 한 벌이 더 마련되었기 때문에 만일의 경우에 대비해 김희숙을 수행시킨 것이다.

요컨대 조갯골에 집결한 남부군은 30명으로 줄었다. 이 30명으로 무엇을 어떻게 하겠다는 말인가.

조갯골에 집결한 지 사흘째 되는 날 대대장급인 지연두와 여순 반란군 출신인 중대장급 대원 최대웅이 또 모종의 임무를 맡고 떠났다. 떠나기 직전에 최대웅이 박태영에게만 귀띔을 했다.

"경남 유격대와 연락을 취하라는데, 그들이 어디 있는지 감을 잡을 수가 없어."

그렇다면 지연두는 전북 유격대와 연락하러 떠난 것이 틀림없었다.

남부군사령관이 전엔 생각지도 않은 곳에 와 있으니 이쪽에서 선 요원을 파견할 필요는 응당 있었지만, 그러한 상황에서 선 요원이 얼마나 위험한가는 기왕의 경험을 통해 알고 있었다.

물론 대강의 '키 힌트'는 받겠지만 넓은 지리산, 그 수백을 헤아리는 골짝 어느 한 군데 숨을 죽이고 있을 빨치산을 찾아내려면, 지리산의 지리에 통달할 뿐 아니라 셰퍼드 이상의 후각을 가져야 했다.

'30명이 28명으로 줄어드는구나.'

이런 불길한 예감이 그늘지려는 것을 떨어버리고 박태영이 물었다.

"이리로 돌아오게 돼 있나?"

"5일 후면 이곳, 5일이 지나면 용숫골로 오라고 했어."

"꼭 돌아오길 바래."

했지만 박태영은 한숨을 머금는 게 겨우였다.

용숫골은 시천면 중산리에서 칼바윗골과 순두류 사이를 2킬로미터쯤 올라, 다시 3킬로미터를 가서 신선녀 들로 나서 깊은 숲에 덮여 있는 계곡으로 써리봉을 향해 굴곡한 곳이었다. 좁은 계곡엔 용추폭포가 있고, 중봉과 천왕봉 사이로 깊숙이 들어갈 수도 있어 경치가 명승이고 숨을 곳으로서도 거의 완벽하지만, 보급 투쟁은 엄두도 내지 못할 위치였다. 말하자면 용숫골로 기어든다는 것은 도망하기에 바빠 밥줄을 멀리하는 꼴이 되었다.

5월 말일이었다. 그날 밤엔 초승달이 제법 살이 쪄 있었으니 음력으론 7, 8일이나 되었을까. 박태영 단위조는 정찰과 초계의 임무를 겸해 쑥밭재 중허리에 있었다. 이곳과 중봉의 중허리를 지키면 조갯골에 접근하려는 적의 움직임을 미리 알 수 있었다.

단위조는 한 사람이 자고 두 사람이 깨어 있게 돼 있었다. 이순창이 바위 틈으로 자러 가고 박태영과 정복희의 차례가 되었다.

때는 오후 세 시쯤.

만산이 신록 냄새로 훈훈한데, 산속의 정적을 새소리가 누볐다. 정복희는 그 새소리에 귀를 기울이는지, 새소리가 바뀔 때마다 물었다.

"저건 뻐꾹새?"

"뻐꾹뻐꾹 하니까 뻐꾹새겠지."

가끔 두견새 소리도 섞였다.

"두견새는 슬픈 새라면서요?"

"글쎄."

"저 새소리 들어봐요."

"풀국 풀국."

"무슨 새예요?"

"풀국새."

"저 새는?"

들어보니 '씹죽 씹죽' 들렸다.

"저 샌 씹죽씹죽 구루새라고 하지."

"참말?"

"참말이고말고."

"저건?"

"소쩍소쩍으로 들리잖아. 저건 소쩍새야."

"박 동무는 어쩌면 그렇게 새 이름을 잘 알지?"

"내 고향이 지리산 근처니까. 지리산에 있는 새만도 백 가지가 넘을 거요. 그 가운데 내가 아는 것만 들먹여볼까?"

"그래요."

"뻐꾸기, 구루새, 뱁새, 물방아새, 수레기, 우훙이, 비줄이, 매새저리, 비둘기, 홍조, 부엉새, 까막수리, 올빼미, 꿩, 물새, 딱깐치, 꾀꼬리, 맹맹이, 소쩍새, 벤치새, 두견새, 꿍꿍이, 풀국새, 쑥스러기, 씹죽씹죽 구루새, ······이 이상은 생각이 안 나는데."

하다가 박태영은

"벽개최서방새라는 것도 있지."

"벽개최서방새가 어떤 건데요?"

"이곳에선 보지 못했어. 눈이 사람 눈을 닮았지. 소리는 사람이 우는 소리 같고. 새벽에 우는데 퍽 슬프게 울어요."

"그런데 이름이 묘하네요. 무슨 사연이 있는 것 아녜요?"

"있지. 벽개 최 서방이란 사람이 있었대요. 아내가 병에 걸려 죽게 되었어요. 아내의 약을 구하러 밤길을 걷다가 호랑이에게 물려 죽었지. 마누라는 그런 줄도 모르고 새벽에 죽구. 그 최 서방의 혼이 새가 되어 죽은 마누라의 무덤을 새벽이면 찾아가 울었다는 거요."

박태영은 갑자기 아득한 옛날, 아득한 옛날이라고 해보았자 6, 7년 전, 이와 똑같은 얘기를 했었다. 일제 말기 괘관산에 작은 공화국을 만들고 살 때였다. 그때, 박태영은 제2전초선으로 지정한 괘관산 중허리에 김숙자와 같이 있었다. 김숙자는 산채 표본을 만든다며 채집한 산채를 정리하고, 박태영은 그 옆에서 전방을 응시하고 있었다. 일본 경찰의 잠입을 경계하고 있었던 것이다.

그러나 긴박감이 조금도 없고, 패망하는 일본의 최후 발악을 피부로 느끼며 창창한 앞날을 바라보기만 하면 되었다. 그럴 즈음 새소리에 촉발되어 박태영과 김숙자 사이에 새를 곁들인 사랑의 대화가 엮어졌었다.

'아아, 그날! 성이여! 세월이여! 상처 없는 청춘이 어디에 있을까?'
랭보의 시를 닮은 감상이 박태영의 가슴에 밀물처럼 닥쳤다.

박태영은 옛날을 생각하다가 바짝 정신을 차렸다. 창창한 앞날 대신 절망의 앞날만 있는 현실이 아닌가.

잠잠해져버린 정복희의 존재를 의식하고 태영이 돌아보았더니, 바로 옆에서 눈물을 함뿍 담은 정복희의 눈이 태영을 바라보고 있었다. 박태영의 시선이 그것을 포착하자, 복희는 태영의 팔 위로 손을 뻗어왔다. 말을 하재도 목이 메어 있었다. '근성이 돼먹지 않았다.'고 서슴없이 내뱉던 억센 빨치산이 가냘픈 심정의 여자였던 것이다.

박태영이 비어 있는 손으로 정복희의 손등을 어루만졌다. 거친 살갗인데도 포송한 느낌이 남아 있었다. 정복희는 자기의 손을 박태영에게 맡긴 채 중얼거리듯 말했다.

"어쩌면 그 많은 새 이름을 알고 있죠?"

"고향이 바로 이 근처라니까."

"그래도 그렇긴 어려워요."

"사실은, 나는 일제 시대에도 지리산에서 파르티잔 노릇을 했소."

"아아, 그래요?"

말이 났으니 얘기를 안 할 수 없었다. 하준규 이야기, 이규 이야기, 이현상 이야기, 권창혁 이야기, 그리고 일제 때의 그 암담했던 시절 이야기.

"그러나 그땐 희망이 있었지. 머잖아 일본이 물러갈 거라는 확신이 있었으니까, 매일매일이 무슨 축제일이나 다를 바 없었어. 조그마한 공화국을 만들고, 보광당이란 당을 만들고, 두령 하준규로부터 당수를 배우며 지냈으니까. 창창한 앞날이 있었고……."

"지금 우리에겐 희망이 없을까요?"

박태영은 선뜻 대답할 수 없었다. 당성이 강하기로 소문난 여자 앞이어서 솔직할 수 없었다. 그렇다고 해서 마음에도 없는 거짓말을 할 수도 없었다.

"우리에겐 희망이 없을까요?"

정복희가 재차 물었다.

"그건 이현상 사령관이나 문춘 참모가 대답할 수 있는 질문이오."

박태영은 덤덤하게 말했다.

"전 박 동무 개인의 의견을 듣고 싶어요."

"파르티잔에겐 개인이란 건 없소."

"박 동무는 비관하고 계시는구먼요."

"……."

"그런데 왜 박 동무는 모두 '빨치산'이라고 하는데 꼭 '파르티잔'이라고 하시죠?"

"여순반란사건 전후부터 있었던 사람은 빨치산이고, 6·25 때 산에 들어온 사람은 파르티잔이고."

"그렇게 되는 거예요?"

정복희가 깜짝 놀라자 박태영이 얼른 말했다.

"농담입니다. 여순반란사건 전후부터 빨치산이란 말이 나왔지만, 파르티잔이란 용어가 정확하지 않을까 해서 그렇게 쓰고 있죠."

잠시 두 사람 사이에 말이 그쳤다. 바람이 지나가는 소리가 웅장했다. 베토벤의 감각을 스쳤더라면 위대한 음악으로 창출될 수 있는 양감이며 감촉이었다.

새소리가 그 바람 소리에 섞였다. 하늘엔 흰 구름이 있었다.

"박 동무."

나직한 알토의 목소리에 정복희의 정감이 서렸다.

"예?"

"빨치산이란 뭘까요?"

"죽지 않으면 살아 있는 게 파르티잔입니다."

"사람은 다 마찬가지 아닐까요?"

"다르죠."

'어떻게요?"

"사람에겐 여러 가지가 있지 않소. 학문이 있고, 예술이 있고, 사업이 있고, 사랑이 있고, 기타 잡스러운 일도 있고……. 그러니 악센트가 다르지. 파르티잔에겐 죽지 않으면 살아 있다는 의미밖에 없죠."

"공화국에 대한 충성이 있잖아요."

"정복희 동무는 훌륭합니다."

"왜요?"

"공화국에 대한 충성을 들먹일 여유가 있으니까요."

"그것 없이 어떻게 이런 고생을 해요?"

"허긴 그렇소."

박태영은 적당하게 얼버무릴 수밖에 없었다. 그래서 농축될 뻔했던 정서적 분위기가 빨치산의 삭막한 현실로 변했다.

이제 28명 남은 남부군이 얼마나 지탱할 수 있을 것인가. 앞으로 우리가 해야 할 일이 무엇인가. 닥쳐올 겨울에 어떻게 대비해야 할 것인가.

하나같이 막연하고 어려운 문제였다. '이러한 문제를 이현상과 문춘에게만 맡겨두어도 될까.' 하고 생각할 즈음에 정복희의 말이 있었다.

"지금 휴전 회담을 하고 있다고 하던데요?"

"그래서요."

"휴전 회담이 성립되면 혹시……."

"……."

"우리가 싸울 필요는 없어지지 않을까요?"

"경우를 따지면 그렇지요."

"그럼 그렇게 안 될 수도 있단 말인가요?"

"잘은 모르지만 아마 우리는 휴전 회담과 관계 없이 남조선이 해방될 때까지 싸워야 할 겁니다."

"언제쯤 해방될까요?"

"북쪽으로부터 쳐내려오는 걸 해방이라고 한다면……."

박태영은 말을 이을 수가 없는데 정복희는 열심히 기다리고 있었다.

"아마……."

하고 박태영은 또 말을 끊었다.

"아마 어떻게 된다는 거예요?"

"유쾌할 수 없는 말은 하지 맙시다."

"유쾌하지 않아도 좋아요. 박 동무의 말을 듣고 싶어요."

"나는 당원이 아니지만, 당의 지시는 희망적인 관측 외의 말은 못 하게 돼 있지 않소?"

"정확한 관측이면 말할 수 있어요."

"누가 이 판국에 정확한 관측을 할 수 있겠습니까."

"그런 것 구애 없이 나는 박 동무의 말을 듣고 싶어요."

"쓸데없는 소리 해서 파르티잔의 위신과 사기를 떨어뜨렸다고 사문을 당하면 어떻게 감당하려구요?"

"나만 듣고 말하지 않으면 되잖아요."

"정복희 동무의 당성이 용서하지 않을걸요?"

"당성 고집하지 않겠어요."

정복희의 눈에 애원하는 빛이 있었다.

"대강 동무도 짐작하고 있을걸요?"

"나에겐 아무런 짐작도 없어요."

하는 정복희의 얼굴은 안타까울 만큼 앳되고 순진했다. 박태영은 순간, 그 얼굴이 기가 막히게 예쁘다고 느꼈다.

"그럼 내 짐작을 말하지요. 정복희 동무가 바라는 해방은 영원히 없을지 모릅니다."

박태영은 나직이 단어 하나하나를 되씹듯 발음했다. 정복희의 얼굴에서 순간 핏기가 가셨다. 한참 만에야 정복희는 중얼거렸다.

"그럼 우리는 뭣 하고 있는 거죠?"

"단 한 사람이라도 주요 전선에서 남조선의 군대를 떼어내도록 제2 전선을 만들고 있는 거요."

정복희가 다시 박태영의 손을 잡았다. 그 손엔 표정과 의미가 있었다.

"꼭 그렇다면 박 동무의 희망은 뭣이지요?"

"내겐 희망이 없소."

"전혀?"

"전혀."

하고 박태영은 말을 보탰다.

"희망이라면 꼭 한 가지 있소. 지리산 파르티잔 가운데서 마지막으로 죽는 파르티잔이 되고 싶소. '몇 월 며칠 하나의 공비를 사살했다. 배낭을 챙겨보았더니 박태영이란 이름이었다. 그는 지리산 마지막의 파르티잔이었다. 그가 죽음으로써 파르티잔은 근절되었다. 이제 지리산에 완전한 평화가 왔다.' 남조선의 신문이 일제히 이런 기사를 쓸 수 있도록 죽는 것, 그것이 나의 희망, 아니 소원이오."

정복희의 얼굴에 공포가 얼어붙었다. 그것은 박태영에 대한 증오의 표정 같기도 했다. 그녀는 놓지 않고 있던 손으로 더 강하게 태영의 손을 쥐며,

"안 돼요. 우리는 모스크바 유학을 가야 해요. 박 동무는 모스크바 대학을 일등으로 졸업할 거예요. 스탈린으로부터 상을 받을 거예요. 나는 그걸 자랑으로 생각할 거예요. 공화국에 바치던 모든 충성을 박 동무에게 바칠 거예요. 꼭 그런 날이 있을 거예요. 지금은 못생겼지만 여자로서 얌전히 치장하면 박 동무가 날 데리고 다녀도 부끄럽지 않을 거예요."

"동무는 지금 그대로라도 충분히 아름답습니다. 세계 어떤 여자를 데리고 와도 바꾸지 않을 만큼."

"그것, 참말이에요?"

"나는 이승만의 경찰서 외에선 거짓말해본 적이 없소."

정복희가 몸을 붙여왔다. 걸친 넝마 속에서 그녀의 가슴이 뛰는 소리가 들리는 듯했다. 이윽고 정복희가 신음하듯 말했다.

"모스크바 유학을 못 해도 좋아요. 박 동무가 지리산 마지막 파르티잔이 되는 게 소원이라면, 나는 그 마지막 순간까지 같이 있다가 박 동무가 죽기 1분 전에, 아니 1초 전에 죽겠어요."

그러더니 정복희는 갑자기 쾌활한 표정으로 돌아갔다. 그리고 가슴을 펴고 심호흡을 하며 잠시 하늘을 바라보다가

"이순창 동무를 불러와야지. 박 동문 쉬세요."

하고 숲을 헤치고 갔다.

박태영은 풀을 깔고 배낭을 베개로 하고 누웠다. 나뭇잎 사이로 보이는 하늘에 벌써 초여름 빛깔이 있었다. 박태영은 아까 하다 만 회상을 다시 시작하기로 했다.

덕유산 은신골에 처음 자리 잡은 일, 구具라는 형사를 붙잡은 일, 칠선골에 있을 때의 일, 은신골을 떠날 때 소녀 순이가 울며불며 따라오려고 발버둥친 일, 함양경찰서를 습격해 동지 세 명을 구출한 일…….

그땐 마음속에 거리낌이라고는 없었다. 적이 일본이었으니까.

파노라마처럼 돌아가는 회상 속에서 박태영은 정다운 이름들과 모습들을 상기했다.

'하준규 두령은 지금 어쩌고 있을까.'

'순이는 하준규 두령 옆에서 지금도 천진하게 행동하고 있겠지.'

'노동식, 차 도령…… 그밖에 많은 동지들이 죽었구나.'

박태영은, 일제의 징용과 징병을 기피해 20여 명의 동지들이 덕유산 은신골에 모여 결성한 보광당을 상기했다. 1944년 9월 1일이었다. 보광당 결성식이 있은 그날을 박태영은 다음과 같이 기록했었는데, 그 기록을 기억 속에서 더듬어 나갔다.

─구름 한 점 없이 창천은 우리의 머리 위에 무한했다. 그 무한한 창천을 금 지은 덕유산의 능선은 우리의 의식을 위해 둘러친 병풍이 되었다. 산언덕을 장식한 그윽한 가을 꽃들은 조국과 민족이 우리에게 보낸 축복으로서 아름다웠다. 아아, 태양! 우리들의 정열처럼 빛나고 강렬한 그 빛, 그 빛 아래 펼쳐 보여 한 가닥 부끄럼 없는 가슴을 안고 모인 24명의 도령들……. 먼저 두령 하준규의 서약이 있었다.

'나는 내 몸과 정신을 바쳐 조국의 독립을 기약하는 보광당을 위해 모든 정성을 다할 것이며, 어떠한 위난을 무릅쓰고라도 동지들의 선두에 서서 기어이 우리의 소원을 성취하도록 노력할 것을 굳게 서약한다.'

이어 편제 발표가 있었는데, 박태영이 기억한 바로는 다음과 같았다. 작전책은 두령 하준규가 겸하고, 총무책 및 제1조장은 노동식, 훈련책 및 제2조장은 박태영, 두령의 비서는 차 도령, 제1조 부장은 이 도령, 제2조 부장은 박 도령…….

그리고 박태영은 다음과 같이 그날의 기록을 끝맺었었다.

'덕유산 은신골, 1944년 9월 1일! 오늘 이곳이야말로 빛나는 시간, 빛나는 고장이라고 아니할 수 없다. 보광당은 길이 민족을 보광普光하는 당이 되리라.'

'그런데 그 24명은 모두 어디로 갔는가. 두령 하준규는 지금 동해 지구에서 유격대 사령관으로 있고, 나 박태영은 여기 지리산에서 죽음을 앞에 하고 있구나. 나머지 22명은 노동식을 비롯해 전부 저 세상으로 갔다. 일본놈에 의해 죽은 것이 아니라 동족에 의해…….'

어느덧 잠이 든 것 같았다. 박태영은 성한주 노인을 만났다.

―지리산에서 살려면 산채와 산약을 소중히 해야지.

너무나 생생한 목소리에 잠에서 깨었다. 꿈이었다.

보초 교대가 있는 모양이었다. 풀을 털고 일어선 박태영의 머리 위로 반달이 떠올라 있었다.

남부군이 용숫골로 옮아 앉은 지 사흘째 되는 날 최대웅이 기진맥진한 몰골로 돌아왔다. 모두 다 그랬지만 박태영은 기뻤다. 최대웅이 제2의 이태가 되지 않을까 해서 은근히 걱정했던 것이다.

보고를 끝내고 사령부 막사에서 돌아온 최대웅을 붙들고 박태영은 경남 유격대에 관한 소식을 물었다.

최대웅이 옷도 벗지 않은 채 비스듬히 누워 한 첫말은 이랬다.

"이동규 동무의 시체가 너무나 비참하더라."

이동규란 물론 작가 이동규를 가리켰다. 뱀샛골 환자트를 찾았더니 7구의 시체가 썩어가고 있었는데, 그 가운데 하나가 이동규였다고 했다. 썩어가는 살이 걸레처럼 뼈다귀에 붙어 있었는데, 남아 있는 머리의 모양으로 판별할 수 있었다는 것이다.

'강철은 불속에서 단련되고 이동규는 지리산에서 썩었단 말인가.'

박태영은 이동규가 쓴 '왕자 호동'은 물론 아무것도 읽은 적이 없어서 그의 작품 세계를 알 까닭이 없었으나, 작가이고 보면 남달리 감수성이 예민했으리라. 그러나 그 소식을 듣고도 박태영은 슬퍼하지 않았다. 슬퍼할 수 있는 감정의 샘이 이미 메말라버린 것이다.

"그래, 경남부대는 만났나?"

"일주일 헤맨 끝에 만복대 근처에서 만났지. 형편없더만. 경남 도당 위원장 남경두는 전사하고, 이영회와 송관일이 지휘하고 있었는데, 27, 8명이나 남았던가. 그래도 이영회는 곧 초모 사업을 해서 대원을 중대 병력으로 만들 자신이 있다고 하더라만, 내가 보기엔 어림도 없더마."

"연락 사항은 잘됐나?"

"문춘 참모의 편지를 전하고 회답을 받아왔어. 무슨 내용인진 몰라. 알고 싶지도 않구."

"지연두 동무는 어떻게 되었을까?"

"지 동무는 돌아오지 않을지 몰라."

"왜?"

"전북부대는 전멸당했다느먼, 5월 중순경에. 백운산에서 도당 위원장 방준표는 최후의 순간 자기가 가지고 있던 권총을 분해해서 산산조각을 내고 수류탄을 터뜨려 자살했대. 40여 명이 죽고 10여 명이 생포되고 세 사람이 탈출해서 경남부대에 합세했는데, 그중 두 사람은 온데간데 없어지고 한 사람만 남아 있었어. 그 사람한테서 들은 얘기야, 방준표의 최후는."

박태영은 회문산回文山에서 본 방준표를 뇌리에 그려보았다. 노동자 출신의 전형적인 공상당원인 그의 다부진 모습이 선명한 윤곽으로 떠올랐다. 그러나 역시 슬픔을 느끼진 않았다. 전멸되었다는 전북부대가 애처로울 뿐이었다. 한동안 같이 지낸 정의 탓인지 몰랐다. 박태영이 남부군으로 전속되지 않았더라면 그 전멸된 군상에 끼였을 것이 아닌가.

최대웅은 몸을 저쪽으로 돌려 누우려다 말고 말했다.

"참, 권영식 동무가 안부 전하라고 하더라."

"권영식이 살아남았구나. 그 동무의 건강은 어땠어."

"건강해 보이더군. 말이 또렷또렷하고 눈방울이 반짝반짝했으니까."

"그 사람은 좋은 파르티잔이다."

"좋은 빨치산이란 게 뭐꼬."

최대웅이 피식 웃었다. 그러더니

"또 한 사람 박 동무의 안부를 물은 사람이 있었는데……."

하고 한참 생각하다가 말했다.

"옳아, 강태수라고 했어. 아직 어려 뵈던데, 박 동문 잘 있느냐고 눈물을 글썽하며 묻더라. 덕유산 은신골로 소 몰고 간 소년이라고 하면 알 거라면서."

"아아, 강태수가 그 부대에 있구나."

보광당 발족식이 있던 날, 그러니까 9년 전의 일이다. 9월 1일 해질 무렵 어떤 소년이 소를 몰고 덕유산 은신골로 찾아왔었다. 배내기로 송아지를 얻어 큰 소가 되었는데 그것을 공출해야 할 형편이 되었다는 것이었다. 소년은 정이 들 대로 든 소를 공출할 수 없었다. 그래서 가족에게도 말하지 않고 소를 몰고 도망해왔다는 사연이었다. 그 후 소년은 이듬해 해방될 때까지 박태영 등 보광당 당원들과 행동을 같이했던 것이다.

'그러니까 지금은 24세쯤 되었겠구나. 그 강태수가 자라 파르티잔이 되다니.'

박태영은 강태수 소식을 듣고 반갑다기보다 암울한 심정이 되었다.

이튿날 박태영은 사령부 막사로 불려갔다. 이현상이 기다리고 있었다. 몰라보게 초췌한 얼굴이었으나 눈빛만은 아직도 날카로웠다. 박태영은 이현상을 대하자마자 뭐라고 형언할 수 없는 노여움이 끓어올랐지만 되도록 평온하게 표정을 꾸미고 이현상 앞에 앉았다.

"박 동무, 수고가 많소."

이현상의 첫말이었다. 박태영은 잠자코 있었다.

"참모장 문춘 동무, 사단장 김복홍 동무의 의견을 받아들여 박 동무를 화선입당시키기로 했소."

"저는 사양하겠습니다."

박태영은 또박또박 말했다.

"화선입당은 대단한 명예요. 왜 사양한다는 거요."

옆에 있던 문춘이 한 말이었다.

"아직 당원으로서 수양이 모자랍니다."

이렇게 말하며 박태영은 이현상을 정면으로 보았다. 이현상의 얼굴이 굳어 있었다. 말하진 않았다.

"이건 명령과 똑같은 성질의 것이오. 사양할 순 없소."

하고, 문춘이 말을 이었다.

"박 동무는 나를 도와주어야겠소. 참모의 임무를 맡는 거요. 당원이 되는 동시, 남부군의 참모가 되는 것이오."

박태영은 입을 다물어버렸다. 말을 하기 시작하면 폭발할 것 같았다.

'부대를 이 꼴로 만들어놓고 마지막 단계에 뭘 하겠다는 말인가?'고 쏘아주고 싶었다.

문춘이 참모의 역할이 얼마나 중요한가에 관해서 누누이 설명하고, 지금 남부군이 놓여 있는 사정으로 봐서 박태영의 지혜가 필요하다고 했다.

그래도 박태영이 대답하지 않자, 김복홍이 덥석 박태영의 손을 잡고,
"박 동무, 우릴 살려주시오. 아니, 남부군을 살려주시오. 박 동무의 지혜가 꼭 필요하오."

"나는 당원이 되지 않아도, 참모라는 책임을 맡지 않아도 최선을 다해 남부군을 위해 노력할 것입니다. 그리고 제 지혜가 필요하다는 말씀이 있었습니다만, 제게 남보다 나은 지혜가 있다고는 도저히 믿어지지 않습니다. 저를 평대원으로 그냥 있게 해주십시오. 좋은 생각이 떠오르면 그때그때 참모장 동무에게 진언하겠습니다."

문춘의 간곡한 말이 있고 김복홍의 부탁이 있어도 박태영은 응하지 않았다. 그러자 이현상이

"박 동무는 내게 감정이 있는 것 같애. 허기야 감정을 품을 만도 하지. 그러나 거겐 고민이 있었소. 적당한 시기에 내가 납득이 가도록 설명하리다. 그런데 지금은 어떤 사감을 가지고 대사를 그르칠 때가 아니오. 박 동무는 당원이 되어주어야겠고, 참모의 임무도 맡아주어야겠소."
하며 구구하게 사정을 늘어놓았다.

박태영은 이현상의 말보다도 자기 내부의 말에 귀를 기울였다.

'너는 절대로 당원이 되면 안 된다. 당의 방침 전체를 넌 부인하고 있지 않은가. 당 간부 전체를 넌 불신임하고 있지 않은가. 당은 네가 원수로 생각하는 김일성의 당이란 걸 잊으면 안 된다. 너는 너 혼자를 위한 파르티잔일 뿐이다. 무엇을 위한, 누구를 위한 파르티잔도 아니다. 오직 너 자신을 위한 파르티잔이며, 너의 오산, 너의 '선택의 실패'라는 대죄를 보상하고 있다는 사실을 잊으면 안 된다. 내일 죽음이 있을지 모레 죽음이 있을지, 바로 다음 순간에 죽음이 있을지 모르는 판국인데 자기 기만이 있을 수 있는가. 타협이 있을 수 있는가……'

이 내심의 소리를 확인하고 박태영은 결연하게 말했다.

"참모장 동무의 심부름을 충실하게 하겠습니다. 그것도 직함 없이 말입니다. 그러나 입당은 한사코 거절하겠습니다."

"그 이유가 뭔가?"

이현상이 노기를 품고 물었다.

"아까 말씀드렸습니다. 당원으로선 수양이 모자랍니다."

"그건 이쪽에서 인정하는 거지, 동무 마음대로 결정할 문제가 아니오."

"이 문제만은 남이 결정할 수 없습니다."

"당원의 수양이란 뭣에 근거를 두고 하는 말인가."

"저에겐 공산당원은 이러이러한 자질을 갖추어야 한다는 몇 개의 조건이 있습니다. 그 조건에 제 수양이 모자란다는 뜻입니다."

"어렵게 생각할 것 없소, 박 동무."

하고 문춘이 말했다.

"솔직하게 말하겠소. 지금 우리 남부군엔 당원 아닌 사람은 박 동무를 빼곤 하나도 없소. 단위조로서 행동할 때라도 비당원이 당원을 지휘할 순 없지 않소. 박 동무의 능력에 대한 평가도 있거니와, 당면한 문제가 그렇게 되어 있소."

"단위조에 지휘관은 필요없습니다. 의논해서 하면 되니까요. 보다도 비당원으로서 기막힌 파르티잔이 되고 싶습니다. 제 고집을 용서해주십시오."

자기를 빼곤 모두 당원이라는 말을 들었을 때 박태영은 또 다른 의미에서 분함을 느꼈다. 이현상이 막료들의 수차에 걸친 추천에도 불구하고 박태영을 소외하고 있었다는 증거로서 명백했기 때문이었다. 자기에게 거북한 사람은 철저하게 적대시하는 기질에 있어서 이현상은 박헌영과 동질적 인간이었던 것이다.

입당 서약식까지 준비한 모양인데 박태영의 고집으로 호지부지되고 말았다.

박태영이 사령부 막사에서 나와 자기의 막사로 돌아가는데 도중의 나무 그늘에 정복희가 서 있었다.

"박 동무, 왜 고집을 피우시죠?"

정복희가 낮은 말로 힐난했다.

"무슨 얘긴데요."

"사령부 막사에서 하는 소리 다 들었어요."

"아, 그건 고집이 아니고 내 순정이오. 비당원의 기막힌 파르티잔, 얼마나 좋아요."

하고 박태영은 빠른 걸음으로 그 자리를 지나쳤다. 오후에 김복홍 사단장이 박태영을 불렀다.

"내일 천왕봉을 넘어야 할지 모르니 우리 둘이 정찰 나갑시다."

그런데 김복홍의 목적은 정찰에 있지 않고 박태영과 얘기를 나누는 데 있었다. 막사를 떠나 30분쯤 계곡을 거슬러 절벽 한 군데에 뚫린 동굴을 발견하더니 그곳으로 박태영을 데리고 갔다. 절벽 위, 좌우로 적이 접근할 수 없고, 바위 틈에서 바깥을 바라볼 순 있어도 저쪽에서 이쪽을 확인할 순 없는 자리였다. 자리를 잡고 앉아 숨을 돌리자 김복홍이

"오래전부터 박 동무와 얘기를 나누고 싶었는데 당최 기회가 있어야지."

하고, 이현상과 박태영의 관계를 물었다. 박태영은 김복홍에 대해선 깊은 존경을 가지고 있었다. 주의니 당원이니 하는 문제를 넘어 인간으로서, 전투 사령관으로서 희귀한 인물이라고 생각했던 것이다. 그런 상대

인 만큼 모든 것을 털어놓을 수 있다고 생각했다.

"1944년까지 거슬러 올라가야 합니다."

하고 박태영은 일제 시대에 지리산에 있을 때부터 시작해서 해방 직후 서울에서 있었던 일, 자기가 당에서 제명된 사건과 그 후에 있었던 일까지를 죄다 말하고,

"이현상 씨로선 박헌영 당수와의 관계가 있기도 해서 저를 용서할 수 없는 기분이 될 만도 합니다. 그래서 저는 그 어른이 제게 어떤 처우를 해도 불만이 전혀 없습니다. 아까 감정이 있느냐고 하십디다만, 제겐 아무런 감정도 없습니다."

하고 말을 맺었다.

"선생님은 편협한 분이 아니신데……."

라고 했을 뿐, 김복홍은 그 문제에 관해선 더 언급하지 않고 물었다.

"지금 우리 남부군에 가장 중대한 문제가 무엇이겠소."

"어떻게 가장 오래, 가장 효과적으로 군경의 공격을 피하느냐, 닥쳐올 겨울에 어떻게 대비하느냐, 그것 아니겠습니까."

"물론 그게 중요하지요. 하나 그것보다 더 중요한 것, 남부군의 앞날의 문제라든가 전술 전략 문제라든가."

"그런 건 김일성 장군이 정하게 돼 있지 않습니까?"

김복홍은 대답 없이 묵묵히 계곡을 내려다보더니 얼굴을 심각한 표정으로 바꾸고 조용히 말했다.

"사실을 말하면 중대한 일이 생겼소. 북쪽에서 지령이 경남부대에 와 있다는 소식을 오래전에 듣고 그것을 찾아오라고 최대웅 동무를 보냈는데, 최대웅 동무가 받아온 지령은 가능한 방법을 다 동원해서 이현상 선생을 북쪽으로 보내라는 거였소."

"간부 우대 운동인가요?"

"모르겠소, 그 진의는. 하여간 이북으로 보내란 지령인데 이현상 선생은 가시려고 하지 않습니다. 그런데 지령을 어떻게 합니까. 계속 이현상 선생을 설득하기로 하고, 그분이 떠나실 것을 예상해서 편제를 미리 짜두려는 거지요. 그분이 가시면 문춘이 동행할 작정이지요. 그렇게 되면 남부군은 내가 책임을 져야지 도리가 있겠소? 문춘이 가고 나면 참모가 필요한데, 그 적임자로서 박 동무가 뽑힌 거요. 나와 문춘 사이에 있었던 의견이오. 그분들이 떠난 후에 해도 좋지만, 이왕이면 선생님의 임명을 받고 그 편제가 평양에 정식으로 기록되도록 할 참으로 아침에 회의가 열렸던 거요. 그런데 박 동무가 거절하는 바람에 백지로 돌아가버렸소."

"가능한 방법이라면, 남부군 전부가 사령관을 받들고 가면 될 게 아닙니까?"

"그런 많은 인원이 한꺼번에 움직인다는 것도 불가능하거니와, 지령이 그렇게 되어 있지 않소. 남부군은 남아서 최후까지 항거하라는 거요."

"이 선생님이 가시겠다면 어떻게 하는 겁니까?"

"육로론 안 되오. 해변으로 빠져야지. 배편을 이용할 수밖에 없소."

"배편을 얻을 수 있을까요?"

"서해안에 우리의 거점이 있습니다. 선을 붙일 수 있지."

"그럼 보내시죠."

"본인이 안 가시겠다는데 어떻게 합니까. 그런데 문제가 딱해요. 그 지령엔 본인이 북쪽으로 오지 않을 경우엔 휴양을 취하도록 제반 조치를 하라는 거였소. 알다가도 모를 일이지. 여기서 어떻게 휴양을 취한단 말입니까. 북쪽에선 우리가 지리산 규모의 해방 지구를 가지고 있다고

보는 모양이지? 요컨대 유격대 사령관을 그만두게 하라는 얘긴데…….'

"그럴 수 있겠습니까?"

"안 되죠. 그래서 문춘 동무와 상의한 겁니다. 그 어른이 여기 계시는 동안엔 본래대로 해나가자고."

"이 선생님은 그런 지령의 내용을 아십니까?"

"북쪽에서 오라는 부분까진 말씀드렸지만 휴식을 취하란 부분은 말씀드리지 않았소."

그런데도 이현상은 무슨 눈치를 챈 것이다. 몰라보게 초췌해진 이유가 그런 사정이 아니었을까.

"휴전 회담에 관한 건 지령에 없었습니까?"

"휴전 회담은 전술 전략 문제지, 목적이 남반부 해방에 있으니, 휴전 회담이 성립된다고 해도 우리의 투쟁이 끝나는 것은 아니오."

각오하지 않은 바는 아니었지만 김복홍으로부터 그 말을 들었을 때 박태영은 섬뜩했다. 말하진 않아도 대원들은 은근히 휴전 회담에 기대를 걸고 있었다.

"투쟁이 언제 끝날까요?"

"최후의 승리가 이루어질 때. 그러나 이건 말이고, 마지막 빨치산이 죽을 때겠지."

"파르티잔의 의미는 뭘까요?"

"존재한다는 것, 그게 의미지 달리 의미가 있겠소."

김복홍의 이 말은 박태영을 놀라게 했다. 무엇에든 철저하면 그곳에 철학이 자생한다.

"사단장께선 후회해보신 적이 없습니까?"

"후회? 박 동무에게만 말하지만 나는 반란에 참가한 그 이튿날부터 후회했소. 여수시에서 인민재판인가 뭔가를 벌여 사람을 죽이는 광경을 보구. 그런데 그날 하루가 지나니까 후회하기엔 너무나 엄청난 짐을 지게 된 거요. '주사위는 굴렀다. 가는 데까지 가자.' 해서 여기까지 와 버렸다, 이 말이오."

"사단장께선 정의를 믿고 있습니까?"

"그걸 따지기 전에 내 편이냐 적이냐를 가리는 소용돌이 속에 휘말려버렸소."

"죽음에 대한 공포는?"

"공포가 없다면 거짓말이 되겠지. 그러나 있다는 것도 내 경우 거짓말이오. 죽음이 두렵다고 뻔뻔스럽게 말할 순 없소. 나는 너무나 많은 사람을 죽였으니까. 내 명령 하나로 죽은 동지만 해도 백 명이 넘소. 그런 주제에 죽음을 두려워할 수 있겠소?"

"사단장께선 좋은 나라에 태어나셨다면 세계적인 장군이 되었을 겁니다."

"좋은 나라에 이 따위 전쟁이 있겠소? 내가 좋은 나라에 태어났더라면 제법 괜찮은 목수가 되었을 거요. 마음에 드는 집 한 채 지어보는 게 소원이었는데 이처럼 사람 백정이 되어버렸소."

이런 말을 하는데도 김복흥의 미소엔 구김살이 없었다.

"사단장께선 자기가 하시는 일에 긍지를 가지신다거나 무슨 의미를 느끼신다거나 하십니까?"

"확실히 하나의 의미만은 느끼고 있소. 앞으로 우리의 후손들이 다신 이런 짓을 안 하도록 비참한 실례를 우리가 만들고 있다는 것, 이것이 바로 우리 빨치산이 죽음으로써 표현할 의미요. 그 이상은 아무것도 없을 것 같애. 그러니 우리의 죽음은 비참하기 짝이 없어야 하오. 가능하다면 우리의 시체를 시장 한복판에 끌어내 만 사람에게 보여야 할 거요. 다신 이런 짓을 하지 않도록, 다신 전쟁 같은 게 없도록."

"공화국에 대한 충성은 어떻게 되는 겁니까."

"그건 인정해야지요. 그러나 그런 인정 갖곤 우리의 수많은 죽음이 수지가 안 맞아. 그래 나는 일절 그런 건 생각하지 않기로 했소. 그런 문제는 정치위원이 다룰 일이지, 전투원인 우리가 문제로 할 건 아니잖소."

박태영은 더 많은 것을 물어보고 싶었지만, 김복흥이란 인간을 알기 위해선 이 정도로 족했다. 자꾸 물으면 엉뚱한 벽에 부딪힐지 몰랐다. '김일성 수령.' 운운하는 말이 나오기라도 하면 기분 잡치게 될 것이다. 가장 요긴한 질문은 뒤로 미루기로 하고 태영은 화제를 돌렸다.

"지금 긴급한 문제는 효과적인 대피 계획과 월동 대책 아니겠습니까."

"그렇소. 박 동무가 생각한 것 있거든 한번 말해보시오."

"사단장께선 지리산 생활이 4년간 아닙니까."

"그렇소."

"제가 지리산에 온 지도 거의 2년이 되어갑니다. 그런데 우리가 가는 곳은 정해져 있어요. 거림골, 백뭇골, 반천골, 뱀샛골, 청암골, 화갯골…… 최근에 도장골, 조갯골, 용숫골에 들렀지만, 수백에 달하는 지리산 계곡을 과학적으로 연구 검토하지 않고 우선 편리한 대로 이용하려니까 번번이 매복, 또는 포위당해 큰 손해를 입게 되지 않았습니까? 그러니 모든 지리산 계곡의 지형, 기후, 지질 등을 지휘부가 마스터해 임기응변으로 이용할 방도를 강구할 필요가 있지 않겠습니까."

"박 동무는 지리산 골짜기를 어느 정도 알고 있소."

"이름과 위치쯤은 거의 마스터하고 있습니다."

"그게 사실이오?"

"사실이지 않구요."

"그럼 나허구 시합 한번 합시다. 박 동무부터 들먹여보시오."

박태영은 싱긋 웃고 들먹이기 시작했다.

"내원골은 써리봉과 국사봉 사이에 있고 그 끝은 산청군 삼장면이며 연장은 약 16킬로미터, 지류의 계곡은 남숫골, 물방앗골, 외탑골, 장다랏골. 막은담골의 발원지는 임골용 시천면으로 흐르는데 연장은 8킬로미터, 지계곡支溪谷은 절골. 반천골은 주산 오봉산에서 발원, 시천면 외공리로 흐르는데, 지계곡은 고운동, 배바윗골, 자산골. 백운골의 발원은 임골용, 단성 백운으로 흐르고 연장은 7킬로미터. 내댓골은 세석, 연화봉, 삼신봉에서 발원, 시천면 신천리(곡점)로 흐르고, 연장 17킬로미터. 지계곡은 도장골, 거림골, 청냇골, 고동골. 중산골의 발원은 천왕봉, 제석봉, 중봉, 써리봉, 시천면 곡점으로 뻗고 연장은 20킬로미터. 지계곡은 이곳 용숫골, 칼바윗골, 통신골, 천자암골……. 이밖에 청암골, 칠선계곡, 국골, 한신골, 뱀샛골, 피앗골, 화갯골, 화엄샛골, 천은샛골, 심원골, 문숫골, 오봉골, 광댓골, 홀목잇골, 위안골, 주천골, 입석골, 금섯골, 악양골. 그런데 화갯골엔 10개의 지계곡이 있고, 밤샛골이 속해 있는 산냇골엔 7개의 지계곡이 있습니다. 이만해둡시다."

김복흥은

"두 손 바짝 들었소."

하고 정말 놀란 표정을 지었다.

"언제 그처럼 연구를 했소."

"비당원으로서 훌륭한 파르티잔이 되려면 그만한 공부와 준비는 있어야 하지 않겠습니까."

"나도 4년간 이곳을 쏘다니며 연구하느라고 했는데도 박 동무가 알고 있는 계곡의 3분의 1이나 알고 있을까? 앞으로 부대를 이동할 땐 박 동무와 의논해야겠어."

"월동 대책에 관해선, 앞으로 보급 투쟁 때 짚과 삼을 구해오도록 해야겠습니다. 대원 한 사람이 스무 켤레쯤 짚신을 가지고 있으면 동상에 걸리지 않고 겨울을 넘길 수 있을 테니까요. 그리고 산채와 산약을 캐는 데 주력해야 할 것 같습니다. 산채와 산약을 잔뜩 캐다가 그늘에 말려놓고 쌀가루나 보릿가루에 섞어 쪄서 소금과 같이 먹으면 8일씩이나 굶지 않아도 되지 않겠습니까. 보급 투쟁의 횟수를 줄이고 산채 캐는 사업을 합시다. 이렇게 해도 되지요. 보급 투쟁에 불리한 지점에 있을 땐 산채를 캐고, 유리한 지점에 있을 땐 보급 투쟁을 한다는 원칙을 정해놓고 기동성을 발휘하면 훨씬 유리할 것입니다."

"좋은 제안이오. 그 제안을 신중히 검토해봅시다. 그런데 박 동무, 솔직히 대답해주시오. 왜 입당을 거절하는 겁니까."

김복홍이 여기까지 데리고 나온 이유를 깨닫고 박태영은 신중하게 대답을 꾸며야 했다. 꾸민다기보다 어디까지 솔직해야 할까 망설였다.

"나라와 인민에 대한 충성심은 가질 수 있어도 당에 대한 충성심은 가질 수 없다고 생각했기 때문입니다."

"당에 대한 충성이 곧 나라와 인민에 대한 충성이 되지 않을까?"

"현재 당은 너무나 많은 과오를 범하고 있다고 저는 생각합니다. 과오를 범하고 있다는 걸 알면서 어떻게 입당할 수 있겠습니까."

"예를 한번 들어보시오."

김봉홍의 말에 사문하는 투가 섞였다.

내친걸음이다 싶어 박태영은 말을 골라가며 했다.

"저는 여순반란사건 자체가 큰 과오라고 생각합니다. 한국 정부의 위신을 떨어뜨리게 한 점은 효과가 있었을지 몰라도, 좌익이 인심을 잃은 정도를 한번 살펴보십시오. 그 때문에 양쪽 모두 얼마나 많은 희생자를 내었습니까. 그리고 얻은 것이 무엇입니까. 보다 더 중요한 건 전술적인 문제입니다. 그 사건으로 한국 국군 내에 있는 좌익 세력이 거의 근절되다시피 되지 않았습니까. 만일 그 세력이 그대로 온전할 수 있었더라면 이번 전쟁의 양상은 결정적으로 달라졌을 것입니다. 한국의 국군이 인민군에 호응할 수 있었을 것 아닙니까? 그렇게 되었더라면 미국군이 개입할 여지가 없었을 것입니다. 당이 믿을 만한 당이라면 어떻게 그런 전술적인 실패를 할 수 있었겠습니까. 이런 전술의 실패가 이번의 전쟁에까지 영향을 미치지 않았습니까. 당은 긴 안목을 갖고 실수 없는 전술과 전략을 짜야 하는데, 그러지 못한 당을 믿고 어떻게 입당할 수 있겠습니까. 입당하지 않는다고 해서 당을 적대하진 않습니다. 파르티잔의 규칙엔 충실히 복종합니다. 당을 거치지 않고라도 당과 보조를 맞춰 나가는 덴 앞으로도 변화가 없을 겁니다."

"좋은 말씀 들었소. 여순반란사건은 완전한 실패였소. 그 실패의 연속이 이번의 전쟁이오. 앞으로 당은 크게 반성해야 할 것이오. 입당 문제는 다시 거론하지 않겠소. 그리고 박 동무를 신뢰하오. 우리 같이 힘을 모아 싸웁시다. 우리는 존재하는 것만으로도 의미가 있소. 우리가 존재하는 한, 우리 하나하나가 승리의 깃발이 되는 거요."

김복흥이 열을 띠어 말했다. 박태영은 그 '깃발'이란 말에 살큼 감동했다. 이제 빨치산은 병력으로서가 아니라 일종의 상징으로서 의미가 있을 뿐이다. 깃발이란 상징의 뜻이 아니겠는가.

먼 산에서 뻐꾸기가 울었다.

남부군은 아무 일 없이 6월을 넘겼다. 군경 합동의 6월 공세가 치열했는데도 남부군 29명은 감쪽같이 살아남았다.

살아남았다기보다 기발한 전술로 공격의 예봉을 피했다. 군경 합동 토벌대는 20일 동안 지리산을 누볐지만 남부군의 그림자도 볼 수 없었다.

그렇다고 해서 토벌대의 전과가 없었던 것은 아니다. 지리산 이곳저곳에 잠복해 있는 군당, 면당의 간부들과 부역자의 일부를 상당수 사살하기도 하고 생포하기도 했다. 그런데 남부군만이 행방이 묘연했던 것이다.

그 공로의 일부는 박태영에게 있었다. 존재하는 것만으로도 의미가 있다는 김복홍의 방침에 따라 박태영은 철저한 도피 전법을 김복홍과 문춘에게 건의해 그 전법이 채택된 것이다.

박태영의 전법은, 총면적 약 7백 제곱킬로미터에 달하는 지리산 전역의 능선과 계곡을 한눈으로 볼 수 있도록 도면과 일람표를 작성해놓고 군경의 거점과 움직임을 '예1', '예2', '예3'으로 예상해서 안전지대를 골라 잠복하는 방법이었다.

그러기 위해서는 지리산의 지리를 활용해야 했다.

박태영은 우선 동쪽 웅석봉으로부터 서쪽 종석대를 거쳐 만복대, 소백산으로 이어지는 루트를 주능선으로 하고 지리산 전체의 능선을 다음과 같이 파악했다.

- 동쪽에 있는 능선

달뜨기능선—기산—웅석봉—임골용—감투봉—후산

성불능선—하산봉—독바위봉—성불산—깃대봉—도토리봉

조개능선—써리봉—조개산—대암산

구곡능선―써리봉―국사봉―구곡산
- 남쪽에 있는 능선

삼신능선―영신봉―삼신봉―형제봉―시루봉―오봉산―주산

팔백능선―토끼봉―팔백고지

불무장등―반야봉―날날이봉―황장산

왕시루능선―노고단―왕시루봉

형제능선―노고단―형제봉

- 서쪽에 있는 능선

서일능선―노고단―차일봉(종석대)―서일봉

간미불능선―차일봉―지초봉

덕두능선―만복대―세계사―덕두봉

소백산맥―연재―만복대

- 북쪽에 있는 능선

상투능선―독바위봉―상투봉

백무능선―제석봉―창암산

삼정능선―삼각고지―삼정산

박태영은 이상과 같은 능선에 따라 계곡과 하천, 마을 등의 일람표를 만들어 군경이 접근하지 않을 지점을 선별했다.

김복흥과 문춘의 기왕 전법도 이와 비슷했지만, 박태영의 전법과 다른 것은, 그들의 전법은 수시로 정세를 보아 임기응변하는 것이고 박태영의 전법은 앞질러 안전지대를 선정해놓고 여유 있게 행동할 수 있도록 한 것이었다.

남부군이 1952년의 6월 공세를 피한 곳은 주로 주천골, 위안골, 광댓골이었다. 주천골은 남원군 주천면 호경리湖景里에서 정령재로 치받는 계곡이다. 이 계곡에 구룡폭포가 있다. 폭포까지는 가파른 산세이고 협소하다. 그런데 폭포를 지나면 운봉 고원지대가 활연히 트인다. 그러니 다소의 군사 지식이 있는 사람이라면 이런 곳에 빨치산이 숨어 있으리라곤 상상하지 못한다. 남부군은 구룡폭포 인근의 가파른 지대에 몇 개의 호를 파고 잠복했다. 토벌대가 나타난다면 좁은 협곡의 가파른 산세를 타고 올라올 것이기 때문에 위쪽에 위치하고 있으면 소부대로 능히 격퇴할 수 있고, 세가 불리하면 정령재, 만복대 쪽으로 도망쳐 소백산맥으로 빠질 수 있었다.

위안골과 광댓골도 당시의 사정으로선 군경이 접근하지 않을 곳이라고 예견할 수 있었다.

게다가 산나물을 캐어 쌀가루를 섞어 쪄서 말린 휴대 식량을 충분히 지니고 있어서 잠복 동안 일체 보급 투쟁을 하지 않았다는 것도 남부군이 무사할 수 있는 원인이었다.

7월 들어 문숫골에 옮아 앉아 한시름 놓고 있을 때 김복흥, 문춘, 박태영은 바위 틈에 만들어놓은 비밀 아지트에서 매일 밤 한 시간씩 라디오 방송을 들었다. 그 라디오는 삼장 어느 마을을 습격했을 때 이장 집에서 약탈해온 것이었다. 라디오 방송은 김복흥, 문춘, 박태영 세 사람만 듣기로 비밀 협정이 되어 있었다.

그 무렵 이현상은 여전히 사령관 대우를 받긴 했으나 사실을 말하면 객원 취급이었다. 북쪽으로 오지 않을 땐 휴식을 취하게 하라는 지령을 그렇게 실시한다고 짐작했지만 박태영은 그 문제에 대해선 물어보지도 않고 관심을 보이지도 않았다.

7월 4일의 뉴스는 다음과 같았다.

• 철원 서쪽 유엔군 진지를 중공군 1개 대대가 두 차례에 걸쳐 공격해왔으나 이를 격퇴했다.

• 유엔 공군이 삭주에 있는 북한 사관학교를 폭격했다.

• 유엔 공군이 압록강 수풍댐 동남쪽 상공에서 미그 제트기 12대를 격추했다.

• 미 극동 공군 사령부는 최대 탑재량을 가진 C124 수송기를 한국에 배치했다고 발표했다.

• 유엔군 당국은 거제도의 중공군 포로를 제주도로 이송한다고 발표했다.

• 대한민국 국회는 18회 임시 국회 제2차 본회의에서 개헌안을 재석 168인 중 163표로 가결했다. 개헌안의 골자는 '대통령 적선제', '국무원 책임제', '참의·민의 양원제' 등이다.

• 휴전 회담 제75차 본회의가 비공개로 개최되었다.

• 국방부 보도과가 발표한 바에 의하면, 후방 지구 공비 소탕전 종합 전과는 사살 457명, 생포 48명, 귀순 16명, 소총 228정, 수류탄 21개, 무전기 1대 노획이었다.

"어디까지가 참말이고 어디까지가 거짓말인지……."
혀를 차며 문춘이 라디오의 스위치를 껐다.
"거짓말을 한대도 전혀 근거 없이 할 수야 없지 않겠는가."
김복홍의 얼굴에 침통한 빛이 있었다.
"야산에 숨어 있는 자, 그들이 말하는 부역자들을 마구잡이로 쏘아 죽여 그런 숫자를 냈는지도 모르지."

문춘이 한 말이었다.

"그러나저러나 전국적으로 유격대원의 수가 얼마나 될까. 동해 지구엔 남도부 장군이 이끄는 상당수의 병력이 있다던데."

김복홍이 말하자 문춘이

"인민군 중장이란 계급을 가진 장군이 지휘하는 부대인데 그걸 유격대로 취급할 수 있을까?"

"우리도 마찬가지 아닌가. 정식으로 임명된 사령관의 지휘 속에 들어가지 않았는가."

두 사람의 얘기를 들으며 박태영은 생각했다. '소극적으로 도망쳐 다닐 것이 아니라 적극적으로 돌파구를 만들어 전쟁에 새로운 국면을 열 방법이 없을까.' 하고. 그런 생각 끝에 '동해 지구 남도부부대와 합류할 수 있게 되었으면 좋겠다.'는 마음이 들어,

"어떨까요. 치밀한 계획을 세워 감행하기로 하고, 동해 지구 유격대와 합쳐 도시 하나쯤 점령해서 전쟁의 새로운 국면을 만들어보면?"

하고 의견을 제시해보았다.

"지리산 지구에서 떠나지 말라는 것이 상부의 지령이오. 그런 지령만 없었으면 벌써 바다 쪽으로 나가, 누구더라? 이조 때의 허 생원처럼 무인도로 가서 개간을 하든지 진남포쯤에 상륙하든지 했을 거요."

문춘이 박태영에게 이렇게 대답하고 김복홍에게 물었다.

"경남부대, 전남부대의 잔류 세력, 그밖에 지리산 이곳저곳에 산재한 병력을 끌어모으면 얼마나 될까요."

"그걸 참모가 알지 내가 어떻게 알겠소."

"대강 짐작만이라도."

"글쎄, 백 명은 되지 않겠소. 그런데 그걸 끌어모아 뭣 할 거요."

"진주를 한번 습격했으면 해서요."

그러자 김복홍이 박태영에게 얼굴을 돌렸다.

"박 참모, 진주 습격이 가능하겠소?"

"문춘 참모장께서 좋은 안이 있다면 한번 해볼 만하지 않겠습니까."

"당장 하자는 게 아니오. 3, 4개월 준비해갖고 겨울이 닥치기 직전에 결행하자는 거죠."

"3, 4개월 준비한대서 무슨 뾰족한 수가 있을까? 성패 불구하고 모험을 해보겠다면 몰라도."

"내가 3, 4개월이라고 한 것은, 진주에 우리 대원을 몇 사람 잠입시켜 내부에서 호응할 사람들을 조직하자는 겁니다."

박태영이 말을 끼웠다.

"마산을 공략하는 건 의미가 있을지 몰라도, 진주는 점령해보았자 아무런 보람도 없을 겁니다. 얼마 전 원지 쪽으로 나갔을 때 들은 얘긴데, 진주는 철저하게 폭격당해 폐허나 다를 게 없이 되어 있답니다. 그 잿더미 속에서 무엇을 얻겠습니까."

"박 동무 말이 옳은 것 같애. 진주 습격은 생각지도 맙시다."

"진주 습격은 그만두더라도 경남부대와 합류·통합하는 건 어떻겠습니까."

박태영의 의견이었다.

"존재하는 데 의미가 있으니 우리 남부군은 현재의 29명만 지킵시다. 한 사람의 희생도 없도록."

이것은 김복홍의 말이고,

"통합하는 게 유리하더라도 상부의 지령으로 그렇게 못하게 되어 있소. 초모 사업으로 대원을 증원하는 건 무방하지만, 이미 편성되어 있는 단위 부대는 지도·명령할 순 있어도 흡수는 못하도록 되어 있죠."

이것은 문춘의 설명이었다.

"아무튼 지금 우리가 할 일은 식량 비축과 월동 대책을 충분히 하고서 홍길동의 전술을 배우는 것밖에 없다."

하고 김복홍이 웃었다.

라디오가 전하는 전황은, 중부 전선에서 양쪽 군대가 일진 일퇴하고 있으며 휴전 회담도 진척이 없다는 단조로운 것이었다. 그런 가운데서도 귀를 번쩍하게 하는 것은 어쩌다 포착되는 평양방송이었다.

7월 12일 평양방송은, 미군 비행기의 무차별 폭격으로 평양의 건물이 대부분 파괴되고 시민 사망자만 해도 6천 명이 넘었다고 미국을 맹렬히 비난했다. 평양이 그 지경이라면 북한의 패배도 명약관화하지 않은가. 김복홍과 문춘은 보기가 민망할 정도로 실의에 젖었다. 같은 시간 미 극동 공군이 발표한 것도 그들의 실의를 더하게 했다. 한국전쟁 이래 7월 10일까지 미국 공군이 공산군 공군에게 입힌 손해는 다음과 같다고 했다.

북한 측 비행기 격추 1,245대, 그중 미그 제트기가 940대, 차량 파괴 5,257대, 철도 차량 파괴 8,387대, 전차 파괴 1,257대.

이에 대해 미군이 입은 손해는 제트기 266대, 기타 비행기 322대, 우군기 64대, 해병대기 67대, 도합 719대. 이 기간 중 공군의 출격은 52만 4천395대.

이에 대한 문춘의 코멘트—.

"1,245대나 파괴된 비행기가 있었으면 지리산 지구에 일개 대대 병력쯤 낙하산 부대를 파견할 수 있지 않았을까. 월동 물자쯤 떨어뜨려 줄 수 없었을까."

"완전히 우리를 소모품 취급하는데 그런 말 하면 뭣 해."

이것은 김복홍의 말.

그러나 7월도 무사히 넘기고 8월도 무사히 넘겼다. 치밀한 계획과 기민한 동작으로 보급 투쟁도 무리 없이 하고, 안전한 곳을 찾아 대피하는 데도 성공했다.

이윽고 겨울이 닥쳐왔다.

1일 1식이라면 해동될 때까지의 식량을 비축할 수 있었다. 각자 짚신을 십여 켤레씩 장만할 수도 있었다.

겨울의 안식처로 칠선계곡을 골랐다. 칠선계곡은 이 나라 삼대 미곡의 하나로 치는 곳이다. 함양군 마천면 추성골로 접어들어 천왕봉에 이르는 깊은 계곡이다. 옛날 일곱 선녀가 하늘에서 내려와 목욕했다는 전설을 실감케 할 만큼 폭포와 소沼를 이어 옥류가 흐른다. 하늘을 덮을 만큼 울창한 숲이 대부분 토벌대에 의해 불타버렸지만 빨치산 29명을 숨기기엔 충분했다. 이 칠선계곡을 깊숙이 들어가면 함숫골에 이르고, 거기서 하봉, 중봉, 상봉, 제석봉 일대의 수많은 크고 작은 계곡이 다시 시작된다. 그 계곡 이곳저곳에 암벽을 뚫기도 하고 비탈에 호를 파기도 하여, 미리 식량을 저장해두기도 하고 감쪽같은 은신처를 만들기도 했다. 함숫골 입구에 수명의 초계병을 매복해놓기만 하면 일기당천의 요새이기도 하고 만부부당萬夫不當의 험소이기도 했다. 위급할 때의 피란로도 터져 있었다. 먹을 것만 있으면 겨울을 무사하게 넘길 것이다.

이 칠선계곡은 박태영이 어릴 때 와서 놀던 곳이고 일제 말기 이곳에서 수개월을 지낸 적이 있어 바위틈 하나까지도 마스터하고 있었다.

이곳을 겨울의 안식처로 정할 때 박태영이 '수만 명이 이 계곡을 뒤져도 발견되지 않게 할 수 있다.'고 장담했는데, 그의 장담대로 군경의 치열한 동계 작전이 있었는데도 29명의 권솔을 토벌대뿐만 아니라 굶주림과 한기와 병으로부터 방어할 수 있었다.

김복홍은 박태영을 '천재적인 전술 전략가'라고 칭찬을 아끼지 않았다.

그러나 이해의 겨울은 그들에게 다시없는 시련이었다.

12월 초 원지까지 나가 약탈해온 단파 라디오가 12월 15일에 열린 노동당 중앙 위원회 제5차 전원 회의 소식을 알렸는데, 이 회의에서 한 김일성의 보고 연설이 육성으로 녹음 방송되었다. 예고되어서 정찰, 초계의 임무를 맡은 6명을 제외한 23명이 회의장으로 쓰려고 치워놓은 동굴 속에 모여 같이 그 연설을 들었다. 이현상도 물론 그 자리에 있었다.

박수 갈채가 끝난 다음 김일성은 그 특유의 목소리로, 당을 사상적으로 강화하는 것이 승리의 시초가 된다는 말을 담담하게 하더니, 갑자기 흥분된 목소리로 다음과 같이 말했다.

"종파주의 잔재들은 당과 정권 기관에서 지위를 차지하게 위해 과거의 혁명 생활에서 깨끗지 못했던 것을 서로 은폐해주며 허장성세를 부리고 있다. 또한 서로 추켜주고 자기들끼리 싸고 돌며 일부 사람들은 전문적으로 간부들을 의견 차이, 혹은 화목하지 못한 짬을 이용해 이간하며 어부지리를 얻으려고 애쓰고 있다. 종파 분자들의 이러한 행동을 그냥 둔다면 이와 같은 것들이 소그룹적인 행동으로 발전할 수 있다. 종파 분자 잔재의 표현이 되는 또 한 가지 현상, 곧 당 노선과 당 중앙을 겉으로는 받들고 뒤로는 음해하고 입으로는 다 옳고 속으로 딴 꿈 꾸는 것이라든지, 배후에서 딴 장난을 하는 양면 분자들과도 엄격히 투쟁을 전개해야겠다. 우리는 오늘 이런 분자들을 더 묵과할 수 없다. 이러한 분자들은 당 앞에서 솔직히 고백하고 자기의 비당적 행위를 그만두는 것이 좋을 것 같다. 우리 전체 당원들은 혁명적 경각성과 당성을 더욱 제고함으로써 이런 분자들의 행동을 엄격히 감시하며, 종파적으로 행동하는 분자들이 우리 당 안에서 일보도 활동할 수 없게 투쟁해야겠다. 종파주의 잔재를 그냥 남겨둔다면, 인민 민주주의 국가들과 우리의 형제 당이 가르쳐주는 바와 같이, 그들의 마지막 길은 적의 정탐배로 변하고 만다는 사실에 대해 우리 당은 심심한 주의를 돌리지 않을 수 없다."

라디오가 터질 것 같은 박수로써 김일성의 연설은 끝났다. 둘러앉아 있던 대원들은 그 연설이 무엇을 뜻하는지 알 수가 없었다. 그 연설에 귀를 기울인 것은, 김일성의 남조선 빨치산에 대한 찬양과 격려의 말을 들을 수 있으리란 기대 때문이었다. 그런데 그러한 말은 한마디도 없고 엉뚱한 종파주의자에 대한 투쟁 선언만 있었다.

종파주의자란 누구를 말하는 것일까. 궁금할 수밖에 없었다. 대원 하나가 질문했다.

"이제 막 한 연설의 골자가 무엇이며, 종파주의 잔재란 누구를 가리킨 것입니까?"

모두들 조용했다. 누구 한 사람 입을 열려고 하지 않았다. 숨막히는 시간이었다.

"선생님, 말씀해주시지요."

김복홍이 간청했다.

어두운 동굴이라서 표정은 알 수 없었으나 이현상의 말은 떨렸다.

"나도 무슨 소린지 알 수 없소."

연설의 요령부득함도 불만이었지만, 아무런 지원도 없이 지리산에서 싸우고 있는 빨치산으로선 모처럼의 연설에 자기들에게 한마디 언급도 없었다는 것이 더욱 불만이었다.

3, 4일 지나 김복흥, 문춘, 박태영은 김일성의 연설이 박헌영과 이승엽 일파를 겨눈 것이었다는 사실을 파악했다. 평양방송은 박헌영, 조일명, 임화, 박승원, 이강국, 배철, 윤순달, 이원조, 백형복, 조용복, 맹종호, 설정식 등을 맹렬히 비난하는 보도를 되풀이했다.

"이게 어떻게 된 거야. 남로당 계열을 뿌리째 뽑아버리겠다는 것 아닌가."

담대한 김복흥도 안색이 변해 있었다.

"선생님을 소환한 것도 숙청하기 위해서였구나. 그러고 보니 이번의 조치는 반년쯤 전에 준비하고 있었군."

문춘도 안색이 침울했다.

"문춘 동무도 이현상 선생님과 같이 월북했더라면 체포될 뻔했군."

무거운 침묵이 흘렀다.

"우리는 앞으로 어떻게 해야 하지?"

무거운 침묵을 깨고 문춘이 중얼거렸다.

"박 동무는 영웅이야."

김복흥이 뚜벅 말하고 덧붙였다.

"입당하지 않겠다는 박 동무의 심정을 이제야 알 것 같애."

형제처럼 되어버린 두 사람에게 자기의 본심을 숨길 수 없어 박태영은 조용히 말했다.

"나는 이런 사태가 올 줄 알았소. 명백히 전쟁엔 진 것 아닙니까. 조선 전체를 초토로 만들어놓고 얻은 게 무엇이오. 그 책임을 최고 권력자가 져야 할 게 아니겠소. 그런데 마음대로 할 수 있는 권력을 잡은 자가 물러설 수 있겠소? 책임을 전가할 죄물이 필요하게 된 거요. 김일성은 자기의 라이벌이자, 언제나 지겨웠던 존재인 박헌영과 그 계열, 즉 남로당 세력을 없애버리기로 한 거요. 전쟁에 진 책임을 그들에게 지우는 동시에 라이벌을 없앨 수 있으니 일석이조의 보람이 아니겠소. 그래서 그렇게 된 거요. 박헌영 또한 그렇게 당할 만한 소지를 가지고 있었소. 극단적인 종파주의자였으니까 적이 좀 많겠소. 누구보다도 종파주의적인 김일성이 박헌영을 종파주의 분자로 몰았으니 만화적인 광경이지. 그러나 우리는 그런 문제에 관심을 쓰지 맙시다. 지금 북쪽에선 우리를, 이현상을 추종하는 종파 분자 졸개들이라고 생각하고 있을 거요. 이현상 선생님은 박헌영, 이승엽의 직계요. 그래서 다른 부대와 통합을 못하게 한 거요. 혹시 세력이 불어날까 보아서죠. 이제야 나는 납득했소. 그러나 우린 혼란에 빠지지 맙시다. 파르티잔으로서의 체모를 지킵시다. 해동될 때까진 꿈적도 말고 숨어 있다가 해동되면 우리의 갈 길을 찾읍시다. 당이 없어도 우린 나라와 인민을 위할 수 있습니다. 부조리한 조국의 현상에 대한 항거라고 해도 파르티잔으로서의 명분이 서지 않겠습니까."

"박 동무, 말씀을 조심하셔야겠소."

문춘의 말이었는데, 그러나 웃는 얼굴로 말을 이었다.

"빨치산으로서의 우리의 태도에 대해선 걱정하지 마십시오. 당의 결정이 어떻든 우리는 당원이니까요. 당의 명령은 절대적이고, 우리는 당을 위해 죽을 각오가 벌써부터 돼 있소. 오늘 박 동무가 한 말은 계몽적이었소. 하지만 대원들에겐 비밀로 해주십시오."

문춘의 말이 끝나자 김복홍의 부탁이 있었다.

"이현상 선생님에게도 이 문제는 당분간 비밀로 해야 할 거요."

박태영은 웃고 말았는데, 부탁을 받으나 마나 그런 말을 할 생각은 없었다.

그런데 그날 밤 난관에 부딪혔다. 이현상이 몰래 박태영을 불러내어 최근의 평양방송을 들은 대로 얘기해달라고 한 것이다.

박태영은 평소에 이현상에게 반발을 느끼고 있었던 만큼 이현상을 측은하게 여겼다. 모든 것을 알리고 마음에 있는 것을 털어놓아 위로하고 싶은 심정이 솟기도 했다. 그러나 그 사실을 알렸을 때의 결과가 두렵기도 했다. 평생의 맹우가 딴 사람도 아닌 같은 공산당원에 의해 숙청될 운명에 있다는 사실을 들으면 그 일철—徹한 성격으로 미루어 자살 소동이 있을지 몰랐다. 박태영은

"죄송합니다만 그건 제 입으로 알릴 일이 아닌 것 같습니다. 같은 당원끼리 얘기해보는 것이 어떻겠습니까?"
하고 정중하게 거절했다.

"내 잘못이었소."
하고 이현상은 으스름달 아래에서 등을 돌렸다.

평생을 공산주의 운동에 바쳐 나이 많은 몸으로 빨치산까지 된 사람의 말로가 너무나 서글프게 느껴지기도 했다.

눈이 내리고 눈이 쌓였다. 계곡이 빙화로 장식되고, 얼음 밑으로 흐르는 개울물 소리가 은근한 멜로디를 닮았다. 칠선계곡이 바야흐로 겨울의 절정을 이루었지만 동면하는 빨치산에게 어떤 감흥이 있겠는가. 종파 분자와 그 졸개로 몰린 그들이 빨치산으로서의 긍지를 어디서 찾아야 될까. 긍지 없는 빨치산은 거지 꼴이 된 산적일 뿐이다.

동면하는 빨치산의 몰골이 어떠했건 세계의 정세는 급격하게 또는 서서히 변화되고 있었다.

3월 5일 소련의 스탈린이 사망했다. 삼십여 년 동안 러시아에 철의 독재를 펴오던 이 독재자의 죽음이 무엇을 의미할 것인가는 아직 아무도 판단할 수 없겠지만, 그로 인한 정세의 변화는 필지의 사실일 것이다.

3월 6일 소련공산당은 정식으로 스탈린의 사망을 공표하고 새 수상 말렌코프의 등장을 알렸다.

4월에 들어도 지리산은 아직 겨울이었다. 그런데 식량이 절멸 상태가 되었다. 용숫골에 약간의 양식을 비축해두었지만 비상 사태를 위해 남겨두기로 하고 보급 투쟁 대상지를 선정할 필요가 있었다.

춘궁기라서 양식을 얻으려면 부촌을 털어야 하는데, 부촌은 대개 원거리에 있어서 그만큼 작전에 위험이 따랐다.

드디어 산청군 주성면의 남사마을을 대상지로 선정하고 주력 부대는 웅석봉을 넘어 입석골에 옮아 앉았다. 이현상 이하 6명을 칠선 계곡에 남겨놓고 23명이 출동한 것이다.

4월 3일은 음력으로 20일이었다. 달이 뜨기를 기다려 행동을 개시, 새벽에 입석골로 돌아와 단숨에 웅석봉을 넘어 달뜨기능선을 타고 깃대봉 밑으로 잠적할 계획이었다.

남사리는 일명 남사들이라고 하는 백여 호의 부촌이었다. 칠흑의 초야에 단위조 둘로 된 정찰대가 잠입해 근처의 동정을 살피고 침입할 만한 부잣집을 골랐다.

치밀한 계획과 민첩한 행동으로, 마을 사람 십여 명에게 짐을 지워 입석골까지 무사히 돌아왔는데 문제가 생겼다. 여성 대원 원명숙을 끼운 단위조가 예정 시간이 넘었는데도 지정된 장소로 돌아오지 않았다.

그렇게 되고 보니 마을에서 데리고 온 사람들을 돌려보낼 수가 없었다. 부상을 입었거나 길을 잃어 낙오한 것이 틀림없는데, 인부들을 돌려보냈다간 낙오된 그들에게 무슨 화가 닥칠지 모르기 때문이었다. 그렇다고 그들을 산에 남겨놓을 수도 없었다. 거의 전부가 50세를 넘은 초로의 사람들이었다.

음력 20일의 달이 서쪽으로 기울어 동이 틀 시간이 얼마 남지 않았다. 할 수 없이 인부들을 돌려보내기로 하고 박태영조가 그곳에 남아 원명숙조를 기다리기로 했다. 본대는 인부들이 져다놓은 양식을 각각 나눠지고 계곡으로 깊숙이 들어갔다.

돌아가던 인부들 가운데 하나가 박태영의 소매를 끌고 언덕 밑으로 가더니

"너, 태영이재."

하는 바람에 박태영은 소스라치게 놀랐다.

"누구십니까?"

"날 모르겠나. 네 이모부다."

그때에야 태영은 으스름 달빛 아래 이모부의 얼굴을 알아볼 수 있었다.

'아아, 그렇지. 남사들에 이모가 있었지.'

"태영아, 우쩔 끼고. 아까부터 혹시 네가 아닌가 했더니만⋯⋯. 태영아, 우쩔 끼고."

이모부는 울먹거렸다.

"집에선 제가 산에 있다는 걸 알고 있습니꺼."

태영이 가까스로 물었다.

"우찌 알 끼고. 아무도 모른다. 그저 죽었는가 살았는가 걱정이 태산

이다. 그런디 참, 네 마누라가 머슴아이를 낳았대이. 네 그거 모르지?"

"숙자는 어딨습니까."

"한동안 마천 느그 집에 와 있었다. 지금은 진주에 있을 끼다."

얘기를 하면 한이 없을 것 같았다.

"이러고 있을 때가 아닙니더. 이모부, 빨리 돌아가이소. 내 여기 있단 말은 아무에게도 하지 마이소."

하고 박태영은 몸을 날려 정복희와 이순창이 기다리는 곳으로 뛰어갔다.

"아는 사람이 있어요?"

정복희가 물었다.

"이모부였소."

"이모부?"

하고 정복희가 길게 한숨을 쉬었다.

"미리 알았더라면 이 험한 골짜기까지 고생을 시키지 않았을 텐데."

이순창이 한 말이었다.

훤히 동이 터서 주위가 밝아졌다. 원명숙의 단위조는 나타나지 않았다. 유예 시간이 벌써 지나 있었다. 박태영은 나뭇가지를 꺾어 10미터 간격마다 신호를 남겨놓고 웅석봉을 향해 기어올라갔다.

조장 이순창이 20미터쯤 앞에서 가고 있었다. 정복희가 박태영에게 속삭였다.

"우리, 이렇게 같이 걸어보는 것, 얼마 만이죠?"

박태영은 사령부 일을 보게 된 이래 같은 단위조이면서도 정복희와 같이 행동한 적이 거의 없었다.

정복희가 박태영의 손을 잡았다.

거친 살갗이지만 따사롭고 정이 느껴지는 감촉이었다.

"박 동무와 이렇게 같이 있으면 난 행복해요."

나직이 한마디를 남기고, 잡았던 손을 풀고 정복희는 가파른 비탈길을 토끼처럼 뛰기 시작했다. 박태영은 자꾸만 눈앞에 어른거리는 방금 본 이모부의 모습을 지워버리고 정복희의 뒤를 따라 뛰었다. 단 얼마라도 본대와의 거리를 단축해야 했다.

원명숙, 임석진, 방정기 단위조가 깃대봉 아래 비상선으로 돌아온 것은 4월 5일이었다. 그들은 어느 부잣집에서 욕심을 부리다가 낙오된 것이다. 낙오된 대신 원명숙은 원피스 한 벌을 장만했고, 임석진은 라디오를, 방정기는 장화 한 켤레를 얻었다.
 빨치산의 군율에 비추면 중벌을 받아야 할 사건이지만
"우선 무사히 돌아온 것만으로도 반갑다."
라며 문춘은 그들을 관대하게 용서했다.
 그런데 나중에 안 일이지만, 그날 밤 도망치는 동안 길이 어긋나 원명숙과 임석진이 방정기의 행방을 몰랐다가 비상선에 도착하기 직전 어느 지점에서 합류했다고 했다. 바로 이 사건이 후일 비극의 씨앗이 된다.

1953년 7월 27일 오전 10시, 판문점에서 해리슨 유엔군 수석 대표와 남일 공산군 대표가 한국어, 중국어, 영어 등 3개국어로 작성된 전문 63조의 휴전 협정에 각각 서명했다. 그리고 전 전선에 걸쳐 오후 10시를 기하여 일체의 전투 행위가 끝났다.
 일체의 전투 행위가 끝났다고 하지만 지리산에선 전투가 계속되었다. 7월 17일, 경남, 전남북 일대에 계엄령을 선포하고 공비 소탕전을 전개한 것이다.

요컨대 지리산을 비롯한 남한 각지에서 준동하고 있는 빨치산에 관해선 일언반구의 언급도 없이 휴전 협정은 조인되었다. 바꿔 말하면 김일성 일당이 공산당에 추종하는 남한 빨치산을 극히 일부를 제외하곤 박헌영과 그 계파의 졸개들로 취급하고 그 처리를 대한민국 정부의 자의에 맡기기로 해버린 것이나 다를 바 없었다.

휴전 협정 조인 당시 남부군은 칼바윗골의 지곡인 통신골에 잠복해 있었다. 칼바윗골은 산청군 시천면 중산리에서 법계사로 오르는 계곡이다. 이 계곡엔 법천폭포와 유암폭포가 있다. 유암폭포를 지나 동북쪽으로 천왕봉을 바라보고 깊숙이 들어간 계곡이 통신골이다. 이 통신골에서 남부군 29명은, 낮이면 천막을 걷고 밤이면 천막을 치기도 하고 근처의 동굴을 이용하기도 하며 산채를 캐어 먹고 살았다.

박태영은 미군 단파 방송을 통해 휴전 협정 전문을 파악할 수 있었다. 그 조문엔 이미 말한 대로 남한에 있는 빨치산 문제는 말쑥히 빠져 있었다. 박태영은 협정 전문을 메모해 김복흥과 문춘에게 알렸다.

"대강 추측은 했지만 세상에 이럴 수가 있소? 그 협정을 위해 2년여의 끈덕진 거래를 할 수 있었던 사람들이 인민 유격대에 관해선 일언반구의 언급도 하지 않았다는 것은, 주의 주장의 문제를 넘어 원초적인 인간감정도 그들에겐 없다는 얘기가 아니오. 사단장은 어떻게 생각하시오."

박태영이 이렇게 묻자

"그래, 박 동무는 나더러 반란이라도 일으키란 말이오?"

김복흥이 약간 흥분했다.

"제1전선이 없어졌으니 제2전선은 무의미하게 되었소. 이미 무의미하게 된 파르티잔의 갈 길을 어떻게 설정해야 할지 생각해두어야 할 게 아니오?"

박태영도 흥분을 감추지 못했다.

"죽기 아니면 살기 아니오. 산돼지처럼 버티어보는 거지, 달리 방도가 있겠소."

김복홍이 시무룩하게 말했다.

암벽에 기대앉아 무슨 생각엔가 잠겨 있던 문춘이 불쑥 말을 꺼냈다.

"지리산 지구에 있는 동무들 전체와 의논해서 우리도 휴전 회담을 제의해볼까."

"누가 응해주기라도 하겠소? 이승만 측이 우리 문제를 꺼내지 않은 저의는 빤하지 않소. 그들은 우리를 독 안에 든 쥐라고 생각하고 있는 거요. 쥐 상대의 협상에 응하겠소? 그들이 바라는 것은 항복이오. 나는 결단코 항복은 안 할 거요."

김복홍이 다시 흥분했다.

"어림도 없지. 나도 항복은 안 할 거다."

문춘이 뱉듯이 말했다. 그리고 덧붙였다.

"하여간 성급한 결론을 내리진 맙시다. 혹시 평양에서 무슨 지령이 올지도 모르잖소."

박태영은 참으로 답답하다고 느꼈다. 이제 와서 평양의 지령을 기다려 무얼 한단 말인가. 그러나 그것을 입 밖에 낼 순 없었다.

"제기랄, 보급 투쟁이나 한바탕 야무지게 합시다. 소나 돼지를 한 마리 잡고 텁텁한 막걸리나 한 말씩 마시고 배가 터지도록 떡이나 먹게 말요."

하고, 화가 치밀어 견딜 수 없다는 듯 김복홍은 동굴 밖으로 나가버렸다.

문춘이 멍청하게 박태영의 얼굴을 바라보더니 갑자기 웃음을 터뜨렸다. 미친 듯이 몸을 비비 꼬며 동굴 안을 향해 웃어젖혔다.

8월 6일 치안국은, 현재 남한 각지에 잠재한 입산 무장 공비수가 약 750명으로 추산된다고 하고, 이들의 완전 소탕은 시간문제일 뿐이라고 장담했다. 그리고 1950년 10월 1일부터 1953년의 7월 말까지 34개월 동안 경찰의 공비 토벌 전과를 다음과 같이 발표했다.

사살 73,379명

생포 24,050명

귀순 45,838명

소총 노획 28,859정

중화기 1,551

수류탄 14,195

경찰 측의 손해

전사한 경찰관 2,495명

사살된 민간인 2,264명

납치된 경찰관 332명

납치된 민간인 3,582명

행방불명 경찰관 887명

행방불명 민간인 266명

이것이 어느 정도 정확한지는 알 수 없지만, 비극의 규모를 짐작하기엔 충분했다.

박태영은 '휴전 협정이 조인되었다는데 우리들의 전쟁은 지금부터다.'라고 생각하니 암담한 심정을 어떻게 할 수 없었다.

치안국 발표대로 전국에 산재한 빨치산이 750명이라면 그 750명이 수십만의 군경과 맞서야 하는 것이다.

게다가 원군의 가능성이 있는가. 없다.

국제적인 지지라도 있는가. 그것도 없다.

단지 김일성 집단만이, 지원하지도 않고 지원할 의사도 없으면서 750명의 유격대가 최후까지 싸워 대한민국을 혼란시켜줄 것을 바랄 뿐이다.

그런데 그 결과가 어떻게 될 것인가. 얼만가의 군경을 죽이고, 얼만가의 양민을 괴롭히고 처참한 시체가 되는 결과 이상도 이하도 아닐 것이 아닌가. 그런 죽음에 어떤 보람, 아니 보람의 가능성이라도 있을까. 민족 정기란 막연한 개념이긴 하지만 그 개념에 순殉하는 것이라도 될까? 어림도 없는 이야기다. 이른바 공화국의 이념에 순하는 것이라도 될까? 터무니없는 이야기다.

정의에 순한다? 진리에 순한다? 인민을 위해 순한다?

난센스다. 완전한 난센스!

박태영 자신은 이미 각오한 바 있다. 당초부터 자신의 인생을 잘못 선택한 데 대한 책벌의 뜻으로서의 빨치산이었고, 현재도 그렇고 앞으로 그렇게 죽을 작정이었다.

그러나 모든 빨치산이 그럴 까닭이 없었다. 가능만 하다면 지금까지 살아남은 전체 빨치산을 살리는 방법을 강구해보고 싶었다. 전체가 안 되면 남부군 29명만이라도 어떻게든 살리고 싶었다.

그 방법이 무엇일까. 구체적인 방법을 모색하기 전에 몇 사람의 의사를 들어보아야겠다고 생각하고 박태영은 우선 정복희를 조용한 곳으로 데리고 갔다.

"정 동무, 우리가 놓여 있는 처지를 생각해본 적 있소?"

"그런 것 생각해서 뭣 하죠?"

"생각해보았자 소용없다는 말씀인데 그건 안 됩니다. 최후의 일각까지 생각해야 합니다. 그리고 가능한 최선의 방책을 강구해야 합니다."

"그것은 벌써 결정해두었어요."

"어떻게요?"

"박 동무가 말한 적이 있죠? 지리산에서 마지막으로 죽는 빨치산이 되겠다구요."

"말한 적 있소."

"나는 마지막까지 박 동무와 행동을 같이하다가 박 동무가 죽기 직전에 죽을 거예요."

"그건 안 됩니다."

"왜요?"

"정 동무는 가능한 한 살길을 찾아야 하오."

"박 동무는?"

"나는 사정이 다르오."

"다를 게 뭐 있어요. 똑같은 빨치산 처지인데."

"그런 토론에 앞서 정 동무, 내 말을 들으시오."

"듣겠습니다."

"남부군은 의미가 없어졌소. 명분도 없어졌소. 목적도 없어졌소. 완전히 고아가 되어버렸소."

"그게 무슨 말씀이지요?"

하고 정복희는 표정이 굳어지더니

"박 동무는 말조심해야겠소. 남부군은 인민을 위한 유격대예요. 그런데 어째서 의미가 없어졌다는 거죠? 살아남을 희망은 없어졌다고 할 수 있죠. 그건 인정해요. 그러나 의미가 없어진 건 아닙니다. 명분이 없어졌다구요? 미 제국주의와 그 앞잡이 이승만이 살아 있는 동안엔 명분이 없어지지 않아요. 목적이 없어졌다구요? 어째서 목적이 없어져요? 우리가 달성할 수 없을지 모르지만 미 제국주의와 그 앞잡이를 타도한다는 목적이 어째서 없어지겠어요? 완전히 고아가 되었다구요? 천만의 말씀입니다. 북쪽에 우리 공화국이 있지 않습니까. 7억 인구를 가진 중국이 있지 않습니까. 2억을 헤아리는 소련이 있지 않습니까. 제국주의와 싸우고 있는 전 세계의 인민이 있지 않습니까. 남반부의 불쌍한 인민들이 있지 않습니까."

센티멘털한 교태까지 보인 적이 있는 정복희가 어느덧 골수 공산당원의 본령으로 돌아가 있었다.

박태영은 대화를 끊어버리려다가 정복희에 대한 다소곳한 애정, 애정이라기보다 측은함을 느꼈다. 순진한 소녀를 이렇게까지 만들기에 얼마나 많은 독소를 필요로 했을까. 박태영 자신도 경험이 있었던 만큼, 정복희를 이해하기도 하고 슬프기도 했다.

"정 동무, 흥분하지 말고 내 말을 들어요. 남부군의 의미는 제2전선으로서의 의미였소. 후방을 교란해 유엔군의 전세를 이편으로 끌어당겨 주전선의 공산군을 유리하게 한다는 데 의미가 있었소. 그런데 주전선이 없어져버렸소. 제1전선이 없어졌으니 제2전선이 무슨 필요가 있겠소."

이런 설명을 하다가 박태영은 정복희의 사나운 눈빛을 보았다. 그녀의 입에서 무슨 말이 터져나올지 몰랐다. 박태영은 거두절미하고 말했다.

"정 동무의 공화국은 정 동무를 비롯한 파르티잔을 철두철미 이용할 계산만 가지고 있었지, 위하는 마음은 손톱만큼도 가지고 있지 않았소. 휴전 회담을 하면서 어째서 파르티잔에 관해선 조그만 고려도 하지 않았을까요. 파르티잔까지 전투원으로 치고, 그 처리 문제를 의논할 수도 있었는데, 그 문제는 의제에 올리지도 않았소. 왜였을까요? 한국 정부를 괴롭히는 조건이 될 수 있다고 생각한 거요. 남한의 정국을 다소나마 혼란시킬 수 있다고 생각한 거요. 그게 올바른 판단일 수 있을까요? 한국 정부의 집계에 의하면 남쪽에 있는 파르티잔 총수는 750명이라고 합니다. 이제 전쟁이 끝났으니 이승만 정부의 모든 전투력이 이 750명을 상대로 집중된다, 이겁니다. 정 동무의 공화국은 그 사실을 누구보다도 잘 알고 있소. 머잖아 몰살의 운명에 있다는 것을 알고 있소. 그런데…… . 이런 말 집어치웁시다. 요컨대 앞으로 우리의 운명은 우리가 처리해야 합니다. 북쪽은 우리에게 명령할 명분도 체면도 없습니다."

"그러니까 어쩌자는 거예요?"

정복희가 싸늘하게 물었다.

"대원 전체가 모여 앞날에 관해 의논하자는 겁니다. 종래의 사고방식에 사로잡히지 말고 현실을 직시하고 대책을 세우자는 겁니다."

"그럴 필요가 있으면 사령관 이현상 선생님께서 말씀이 있겠지요."

"이건 내 짐작입니다만, 이현상 선생님은 사령관으로서의 권위를 잃었기 때문에 현재 지시나 명령을 내릴 형편에 있지 않소."

"무슨 말이죠, 그게?"

정복희의 전신에 경련이 흐른 것 같았다. 정복희는 전연 사정을 모르고 있었던 것이다. 정복희만이 아니라 모든 대원이 그런 상태에 있다는 걸 박태영은 깨달았다. 하지 말았어야 할 말을 해버린 것이다. '아차' 싶었으나 엎질러진 물이었다.

박태영은 지금 이북에서 진행되고 있는 남로당 계열 숙청 과정을 라디오에서 들은 대로 설명하고

"이현상 선생님은 그 숙청 대상자로 꼽힌 거요."

하고 덧붙였다.

"요컨대 남부군이 이현상 선생님을 처치하지 않는 한, 남부군은 이현상 계열의 졸개로, 즉 반당 분자들의 집단으로 지목될 거요."

"그럴 수가……."

정복희의 반신반의하는 태도를 보고 박태영은 결연히 말했다.

"나는 당원이 아니니까 당의 공식적인 승인이 없어도 이런 얘기를 할 수 있소. 앞으로 당 기구를 통해 정식으로 무슨 조처가 있을 것이오."

한동안 말이 없다가 정복희가 물었다.

"박 동무는 왜 나에게만 그런 얘기를 하시는 거죠?"

"나는 정 동무를 가장 가까운 친구로 알고 있소. 그래서 제일 먼저 정 동무와 의논해보려고 했소. 정 동무의 반응을 보고 전체 대원과 의논을 하려고 한 거요."

"왜 박 동무가 나서야 하나요? 사단장 동무도 있는데?"

"그 사람들은 내가 보기엔 어떻게 해야 할지 갈피를 못 잡고 있는 것 같소. 외람되지만 나만이 남부군의 갈 길을 객관적으로 판단할 수 있지 않을까 해서죠."

정복희가 박태영의 손을 잡았다.

"박 동무! 박 동무는 나서지 마시오. 오늘 박 동무로부터 들은 얘기는 일절 발설하지 않을 테니까요. 박 동무가 그런 말을 했다는 게 밝혀지면 무슨 사건이 날지 몰라요. 이현상 선생님이 그런 처지라면 앞으로의 문제는 김복홍 동무와 문춘 동무에게 맡기고 박 동무는 잠자코 계셔요."

하고 일어서서 나직이 속삭였다.

"앞으로 어떤 일이 있든 나는 박 동무와 행동을 같이할 거예요. 약속하시겠죠?"

박태영은 잠자코 고개만 끄덕였다.

8월 7일 평양방송은

"어제, 즉 8월 6일 하오 6시, 피소자 이승엽, 조일명, 임화, 박승원, 이강국, 백철, 윤순달, 이원조, 백형복, 조용복, 맹종호, 설정식의 조선민주주의인민공화국 정권 전복 음모와 반국가적 간첩 테러 및 선동 행위 사건에 대한 판결이 있었다."
하고, 다음과 같이 발표했다.

1. 이승엽, 조일명, 임화, 이강국, 백철, 백형복, 조용복, 맹종호, 설정식은 사형에 처하고, 이들의 재산을 몰수한다.
2. 윤순달은 징역 15년에 처하고 재산을 몰수한다.
3. 이원조는 징역 12년에 처하고 재산을 몰수한다.

이어 평양방송은 판결문 전문을 낭독하고 격렬한 욕설을 박헌영 일당에게 퍼부은 다음,

"그들의 최후 진술은 모두 자기의 죄상을 솔직하게 인정한 것으로, 최후의 순간 양심의 일단을 보인 것은 역적들에게 다행한 일이었다."
하고, 그들의 최후 진술을 다음과 같이 전했다.

이승엽 4일간의 공판 과정에서 자유롭게 진술할 수 있는 기회를 주고 변호사까지 선임해준 데 대해 감사드린다. 우리들에게 어떠한 엄중한 판결이 내린다 해도 달게 받겠다. 생명이 둘이 있어 그것을 모두 바치더라도 부족하다고 생각한다.

조일명 내가 저지른 범죄는 극악무도하고 간악무쌍한 죄악이므로 어떠한 형벌이라도 감수하겠다.

백철 나의 죄에 대해 당과 국가에서 어떠한 엄벌을 내린다고 해도 그것은 내가 범한 죄에 비해 처벌이 부족하다는 점을 잘 알고 있다.

이원조 검사의 관대한 논고를 나는 과거의 사상 근원을 개변하는 교육적 계기로 하고, 시련을 통해 반드시 개전할 것을 맹세한다. 이번 공판을 계기로 자기 사상을 개조하고 반드시 조국과 인민 앞에 재생할 것을 굳게 맹세한다.

이강국 죽기 전에 자기 죄과를 인민 앞에 자기 비판함으로써 옳은 사람이 되어 죽을 수 있는 기회를 준 데 대해 조국과 인민 앞에 다시금 감사를 드린다.

설정식 아무 여한이 없다. 내가 세상을 하직하면서 다만 깨끗이 말하게 되는 것이 고맙다. 예심에서 나의 몇째 동생이나 될 만한 예심원 동무가 '당신, 미쳤소? 미국놈 국장이 뭐요?'라고 가르쳐준 데 탄복해 나는 머리를 못 들었다…….

임화 수치스러운 말을 해야겠다. 예심 과정에서 나는 자살하려고 했다. 오늘 내가 이 자리에서 마지막 가는 길에 말하겠다. 이것은 사람으로서 가장 추한 행동이다. 내가 죽으려 한 것은 용감해서가 아니다. 용감하다면 다른 방법으로 다른 기회에 죽었을 것이다. 나는 인민의 심판이 두려워 죽으려 했다. 그래서 나의 행동이 더욱 간악하고 추악하다. 나의 공명심, 허영심, 온갖 추악한 죄악을 인민 대중 앞에 내놓기보다는 차라리 죽겠다는 것이었다. 판사 여러분! 중한 범죄를 저지른 나에게, 조국의 영광을 축원할 수 있으며 만족하게 죽을 수 있는 조건을 만들어준 데 대해 감사드린다.

박태영은 얼굴이 화끈거려 방송을 듣는 것이 고통스러웠다. 이승엽의 존대한 거동, 이강국의 자신에 넘친 언동, 임화의 우월 의식, 설정식의 재사 같은 모습 등이 눈앞에 선히 나타났다. 존경하진 않았으나 이들이 미국의 간첩 노릇을 했다고 믿어지진 않았다. 그렇다면 자기가 범하지도 않은 죄목을 뒤집어쓰고 사람이 이처럼 비굴해질 수 있는가.

8월 10일 평양방송은, 8월 5일부터 8월 9일까지 개최된 이른바 '조선노동당 중앙위원회 제6차 전원회의'의 내용을 발표했다. 아나운서는 열띤 어조로 이번의 휴전을
"역사적인 대승리."
라고 선전하고,
"전국적으로 이 승리를 축하하는 대행사가 거행되고 있다."
라고 보도했다. 이 방송도 김복흥, 문춘, 박태영 세 사람만 들었는데, '전국적으로 축하 행사가 거행되고 있다.'는 대목이 있자 김복흥이
"우리도 축하 행사를 해야 되지 않겠느냐."
라고, 정색한 것도 아니고 빈정대는 것도 아닌 알쏭달쏭한 말을 했다.
이어 방송은 그 회의의 주제는 '인민 경제 재건 문제'와 '조직 문제'였다며, 조직 문제 토의에선 '이승엽 등의 반당적 행위 및 스파이 행동'이 맹렬하게 거론되었다고 하고, 다음과 같은 결정을 보았다고 했다.

1. 주영하, 박헌영, 장시우, 김오성, 김광수, 안기성, 김용빈 등을 중앙위원회에서 축출하고 그들의 당적을 박탈한다. 권오직을 후보 중앙위원회로부터 축출하고 당적을 박탈한다.

2. 구재수, 이종진, 조복례, 이주삼을 중앙위원회로부터 축출한다.

3. 후보 중앙 위원 이용송, 함태송, 박종숙, 윤형식, 임수근을 중앙 위

원으로 한다.

4. 중앙조직위원회를 폐지한다. 중앙 상무 위원으로 김일성, 김두봉, 박정애, 김일, 박창옥, 박영빈, 최천택, 최창익, 정일용, 김황일, 강문섭, 금승화, 김광협, 박금철, 남일 등을 선출했다.

5. 새 중앙 정치위원으로 김일성, 박정애, 김두봉, 김일, 박창목을 선출했다.

6, 중앙 검열 위원장 장순명, 부위원장 이기섭이 해임되고 김웅기가 위원장으로 취임했다.

7. 중앙위원회 비서제가 폐지되고, 비서였던 박창옥, 박정애, 김일이 중앙위원회 부위원장이 되었다.

8. 조선노동당 규약 개정 위원회가 김일성을 위원장으로 하여 위원 16명으로 구성되었다.

9. 김창만이 선동부장으로, 김황일이 노동부장으로, 김명환이 사회부장으로, 이청원이 사회 과학부장으로 각각 임명되었다.

방송을 듣고 김복홍이 중얼거렸다.
"박헌영 씨가 당적만 박탈당하고 무사할까?"
"이승엽 등에 대한 판결문에 박헌영 씨와 관련된 사항이 많이 나오던데 무사할 까닭이 있겠소."
문춘이 암담한 표정으로 말했다.
박헌영도 이미 지난 3월에 체포되어 구금 중이었다.
"무사할 까닭이 없지."
박태영이 중얼거렸다.
사정이 이렇게 되고 보니 보급 투쟁을 할 엄두도 내지 못했다. 얼만가의 비축 식량을 산나물을 곁들여 하루 한 끼 먹으며 연명했다.

당원이 아닌 박태영이 간여할 수 있는 문제는 아니었지만 이곳저곳에서 선 요원의 내왕이 빈번하더니 문춘의 명령으로 반야봉 아래쪽 뱀샛골로 이동했다. 8월 25일이었다. 이튿날 지리산 현지 당, 즉 제5지구당의 조직 위원회가 열렸다. 박태영은 이 회의에 참석하지 않았으나 이순창, 최대웅을 통해 그 회의의 내용을 알 수 있었다.

이 회의엔 전남 도당 위원장 박영발, 남경두의 후임인 경남 도당 위원장 조병하가 참석했다. 두 사람 모두 제5지구당의 부위원장을 겸하고 있었다. 그 회의에서 '반당·반국가적 파괴 분자인 박헌영·이승엽 반역 도당의 잔재와 영향을 근절하기 위한 제반 대책'을 토의했다. 요는 이현상에 대한 책임 추궁이었다. 이현상은 그 자리에서 다음과 같이 자기 비판을 했다.

"나는 여러분이 내 일상을 직시하고 있는 바와 같이 반당 행위를 한 적도 없고 반국가적 행동을 한 적도 없다. 그러나 다년간 같이 사업을 해온 박헌영 동지와 이승엽 동지가 반당 행위를 했다면 나는 도의적인 책임을 아니 질 수 없다. 그들의 반당 행위, 간첩 행위가 1930년대까지 거슬러 올라갔다고 하니, 비록 내가 그 행위에 가담하진 않았더라도 그 사실을 몰랐다는 것이 당원으로서 잘못이고, 결과적으로 그들을 방조한 것이 된다. 그러니 인민과 당 앞에 사죄하며 여러분의 처단을 바랄 뿐이다."

제5지구당 당원들은 이 자기 비판에 어쩔 줄을 몰랐다. 다년간 지리산에서 고락을 같이해온 정의를 고려하지 않더라도 당장 처리가 곤란했던 것이다.

이승엽과 그 일당이 받은 사형에 준해 사형에 처해야 마땅한데 재판을 할 수 없는 이상 누구도 그런 제안을 할 수 없고, 감금하자니 시설이 없었다. 우선 이현상의 후임 위원장을 선정하는 문제가 있었다. 당원 전체가 이현상의 직속 부하라고 할 수 있었으니, 이현상이 책임을 지고 처분을 당해야 한다면 전 당원이 그 책임을 나눠 져야 할 처지였던 것이다. 이렇게 착잡한 문제이고 보니 당장 무슨 결정을 내릴 수가 없었다. 그러나 이현상에 대한 처리를 늦추면 모두 그의 동조자로 몰릴 수밖에 없었다.

9월 6일 드디어 결정을 내렸다. 제5지구당을 해체하고 당원들은 경남 도당과 전남북 도당이 인수하기로 하며, 이현상은 평당원으로 강등시켜 경남 도당이 맡기로 했다.

이러한 결정으로 인해 박태영은 다시 한번 절망을 느꼈다.

박태영은 남부군 잔존자들을 살리기 위한 수단으로 이현상을 이용할 작정이었다. 즉 대원들을 구해주는 조건으로 이현상이 대한민국 경찰에 항복을 제의하도록 권할 참이었던 것이다. 그 제의의 결과가 어떻게 될지 모르지만, 제5지구당 위원장이며 남조선 유격대 총사령관인 이현상이 자진 항복한다면 남부군 잔존자를 살릴 수 있는 방편이 생길지 모른다는 계산이었고, 남부군 잔존자를 살릴 유일한 방법이었던 것이다.

그런데 1개 평당원으로 강등되어버린 이현상은 그런 이용 가치까지 상실해버렸다. 설혹 효과가 있다 해도 몰락해버린 이현상에게 그런 방법을 강요할 수는 없었다.

조직위원회의 결정은 대원이 원하는 대로 전남, 전북, 경남 도당 어느 당이든 택할 수 있었으나, 이현상이 경남 도당으로 가게 되었다는 사실을 알고 대원 모두가 경남 도당이 있는 곳으로 이동하게 되었다.

그날이 9월 18일.

정찰을 겸해 선두에 11명의 대원이 가고, 11명이 후미가 되었는데, 그 중간에서 이현상을 포함한 6명이 각 대의 거리를 5백 미터쯤으로 유지하고 행군했다.

박태영은 선두 11명 가운데 끼여 있었다. 그 11명이 반야봉을 지나 날날이봉 가까이 갔을 때였다. 반야봉 쪽에서 갑자기 콩을 볶는 듯한 총성이 있었다. 박태영 일행은 곧 산개해 지형 지물을 이용해 매복하고 정세를 살폈다.

총성이 10분쯤 계속되었을까. 조용해져버렸다.

뒤돌아갈 엄두도 전진할 엄두도 내지 못하고 밤이 되길 기다릴 수밖에 없었는데, 그때의 그 총성으로 해서 이현상과 그의 일행 5명, 모두 6명이 죽은 것을 해질 무렵에야 알았다. 그때 이현상의 나이 52세였다.

이현상과 그 일행이 죽은 곳은 화개장터 북쪽 반야봉 동쪽 5킬로미터 지점이었다. 바로 그 지점을 박태영 일행이 지나왔었다. 그런데 박태영 일행은 무사하고 이현상 일행만이 습격당해 몰살되었다는 것은, 미리 그 근처에 매복한 경찰대가 이현상을 노렸기 때문에 박태영 일행을 무사히 통과시킨 것이 된다. 그만큼 경찰은 이미 세밀한 정보를 입수하고 있었던 것이다.

그 후 치안국에서 발표한 바에 의하면, 이현상을 포함한 6명을 사살한 것은 서남 지구 전투 경찰대 제2연대의 수색대였고, 수색대장은 김용식 경위였다. 김용식 경위가 부하 32명을 이현상이 통과할 지점에 매복해두었다가 박태영 일행은 통과시키고 안심하고 걸어오는 이현상 일행을 몰살시켜버린 것이다. 그 정보를 알린 사람이 누구일까 하는 것이 문제가 되었다. 남부군 내부에서 한 짓이 아니라는 것은, 죽은 6명 가운데 김복홍과 문춘, 기타 중요 간부가 끼여 있다는 사실로써 알 수 있었다.

경남 도당일까? 전남 도당일까? 일설엔 그 전날 생포된 군의관 이영현이라고 하지만, 아무튼 그 문제는 수수께끼로 남았다.

경남 도당을 찾아가는 도중에 이런 사고가 나고 보니, 그 방향으로 그냥 가다간 위험을 당할 것이 뻔했다.

11명의 지휘자가 되어버린 박태영은 일행을 이끌고 노고단으로 나가 피앗골의 지곡인 당잿골로 들어섰다. 후미의 11명과는 단절된 상황이 되었다.

당잿골에서 박태영은 인원을 확인했다. 박태영 본인, 정복희, 원명숙, 이순창, 진복식, 유동호, 김복길, 기만희, 정석호, 방정기, 임석진, 11명.

박태영은 그날 밤 회의를 열었다.

"나머지 11명과 합류할 수 있으면 그때 다시 의논하겠지만, 우선 지휘 계통을 정해야겠다. 위급한 단계라서 내가 어쩌다 여기까진 지휘하고 왔지만, 당원이 아닌 나로선 여러분 당원을 지휘하기가 곤란하다. 지휘자를 선출해야겠는데, 나는 이순창 동무를 추천하겠다."

"이순창은 여순반란사건 당시부터의 빨치산이었다. 이순창은

"박 동무의 지휘를 바란다."

라고 제의했다. 이 제의에 모두들 찬성했다.

박태영은 당원이 아니란 이유를 들어 완강하게 거절했지만 할 수 없이

"내가 꼭 지휘해야 한다면 여러분을 당원으로 대접하지 않겠다. 그

대신 당원 자격을 상실하기 싫거든 내일에라도 경남 도당이나 전남, 전북 도당을 찾아가라."
라고 이르고 지휘권을 맡았다.

그리고 이현상, 김복흥, 문춘, 양 준의准醫 등 전사한 사람들에 대한 묵념의 시간을 가졌다. 보다 중요한 얘기는 후일로 미루기로 했다.

이튿날부터 화엄샷골, 천은샷골, 문숫골, 주천골, 산동골 등을 전전했다. 야산 가까운 이런 골짜기를 돌아다닌 것은, 보급 투쟁에도 유리하고 숨기도 편한 곳을 찾다가보니 그렇게 된 것이다.

9월 말이면 지리산은 겨울이 시작된다. 밤 기온이 예사로 영하까지 떨어진다. 월동 준비를 서둘러야 했다.

박태영은 철저하게 '홍길동 전법'을 썼다. 홍길동 전법이란 도피 전술을 말한다. 그리고 보급 투쟁을 나가면 꼭 옷과 구두를 장만하게 했다. 가능하다면 모두 귀순 또는 자수시킬 방침이었던 것이다.

그러는 사이 최대웅이 경남부대 연락 요원으로서 박태영을 찾아왔다. 빨리 경남부대에 합류하라는 지령을 가지고 왔는데, 하룻밤을 박태영과 같이 동굴에서 자고 나더니,

"동무들을 경남부대로 데리고 갈 게 아니라, 이미 경남부대에 편입된 동무들을 이리로 데리고 오고 싶다."
라며, 경남 도당의 승인을 받아오겠다고 하고 떠났다.

그러나 최대웅의 계획은 성사되지 못했다. 차일피일 시일을 끄는 동안에 군경의 동계 작전이 시작되었다. 박태영은 미리 그런 일이 있을 것으로 짐작하고 대원 하나하나에게 쌀 한 말씩을 지우고 야산지대로 빠져나갔다. 11명의 단출한 식구이고 보니 마을과 능선을 이용한 이동이 감쪽같았다. 남해 바다 가까운 데까지 진출하기로 했다. 빨치산이

숨어 있으리라곤 상상도 못할 곳을 골라 잠복해 생쌀과 소금으로 연명하고, 어느 곳에서 보급 투쟁을 하면 밤에 백 리를 걸어 다른 곳으로 피신하는 감쪽같은 전술을 썼다.

경남부대가 대장 이영회가 사살되어 궤멸되었다는 소식을 박태영이 들은 것은 11월 하순 하동군 금남면의 금오산 속에서였다. 이영회는 이름난 빨치산이었는데, 당시 62명의 대원을 거느리고 있었다. 지리산 지구에서 최강의 병력이었다. 11월 28일 이영회부대는 만복대 부근에서 전투 경찰대 제5연대에 포위당해 접전 끝에 30여 명의 사망자, 십여 명의 중상자, 십여 명의 생포자를 내었다. 그 생포자 가운데 권영식이 있었다. 생포된 당시 권영식은 경남 도당 선전부장이었다.

이영회부대의 궤멸로 빨치산의 조직적 항거는 사실상 종지부를 찍었다. 대한민국 정부는 그 후의 빨치산들에게 '망실 공비'란 이름을 붙였다.

1953년을 그럭저럭 넘기고 박태영 일행이 금오산에서 지리산 고삿골로 돌아온 것은 1월 상순. 거기서 다시 조갯골로 옮긴 것은 1월 중순.

조갯골로 옮겼을 무렵이었다. 원명숙이 임신한 사실이 노출되었다. 겨울 동안엔 이것저것 옷을 겹쳐 입어 임신한 사실이 은폐되었는데, 1월 들어 만삭이 된 몸을 숨길 수 없게 되었다.

빨치산의 군율엔 특히 남녀 관계에 대한 엄한 규정이 있었다. 그러나 매일 쫓기고 매일 기아 선상에서 헤매는 상황에선 그 엄한 규정은 있으나마나 했다. 그래도 원명숙의 임신은 큰 사건이었다.

앞으로 공동 생활을 원활하게 유지하려면 원명숙의 상대자까지 캐내어 엄격하게 다스려야 한다는 의견이 있었지만 박태영은 생각이 달랐다. 이 기회에 원명숙을 귀순시킬 작정이었다. 보급 투쟁 때 끌고 나가 원명숙을 자수시키도록 마을 주민에게 부탁할 생각이었다.

그 기회를 노리고 있었는데 어느 날 원명숙이 높은 벼랑에서 몸을 날려 자살해버렸다. 이튿날 임석진이 같은 장소에서 자살했다.

지난 5월 남사들마을로 보급 투쟁을 나갔을 때 원명숙과 임석진이 낙오해 며칠 둘만이 지낸 시간이 있었다. 비극의 씨앗은 그때 뿌려졌을 것이라고 짐작되었다. 그 이상은 알 필요가 없었다.

박태영은 입산한 뒤 처음으로 울었다. 눈을 헤치고 구덩이를 깊게 파고 그 비련의 남녀를 정중히 묻었다.

─영혼들이여! 지리산과 더불어 영원하여라.

그때 박태영의 가슴에 괸 감상이었다.

이로써 9명이 남게 되었다. 병력도 아니고, 빨치산은 더욱 아니고, 문자 그대로 산돼지의 집단이었다.

덕유산 지구에서 2, 30명 남은 전북 도당이 위원장의 자살과 더불어 궤멸되었다는 소식이 들려왔다. 2월에 들어선 속리산의 제3지구당 위원장 박우헌의 죽음과 더불어 충청 대가 궤멸되고, 경남 도당 위원장 조병하가 생포됨으로써 경남 도당도 궤멸되었다.

칠선계곡에 순이가 나타난 것은 2월 하순이었다. 뭔가를 가득 륙색에 넣고 전형적인 빨치산의 몰골로 보초에 이끌려 막사에 나타난 순이는 박태영을 보자 짐도 내려놓지 않은 채 달려들어 엉엉 울었다.

"울기만 하면 되나. 어떻게 된 거냐."

"두령님이 체포됐어요."

두령님이란 하준규, 즉 동해 방면 유격대 사령관 남도부를 말했다.

청천의 벼락이었다.

"언제?"

"지난 1월 15일에."

"어디서?"

"대구서예."

"대구서?"

"신문에도 큼지막히 나고 라디오 방송도 있었는데 몰랐어예?"

"라디오를 갖고 있는데도 듣지 못했구나."

순이는 연방 울먹거리며 하준규 두령이 체포된 경위와 상황을 설명했다. 하준규는 대담하게도 대구 시내에 아지트를 마련하고 거기서 팔공산을 거쳐 유격대를 지휘했는데 기밀 누설로 체포되었다고 했다.

"내부에 배신자가 있었어예. 두령님을 생포하려고 일개 중대 병력이 출동했어예."

슬픈 가운데서도 순이는 자랑스럽게 말했다.

박태영은 마지막이 왔다고 생각했다. 주의며 이념이며를 포기한 박태영으로선 언젠가 하준규 두령을 만날 수 있으리란 것이 유일한 희망이고 살아가는 이유였다. 유일한 희망, 유일한 생존 이유가 없어져버린 것이다.

"그 꼴로 대구에서 여기까지 왔노?"

"두령님이 서울로 압송되는 것을 보고 박 도령을 찾아왔어예. 지난 겨울 두령님의 말씀이 있었거든예. 해동되면 순이는 지리산에 가서 박 도령을 데리고 오라고예. 그런데 이젠 박 도령을 데리고 갈 수도 없어예. 두령님은 서울로 가고, 그곳 유격대는 해체되어버렸구예."

"장하다, 순이야. 어떻게 그런 꼴로."

"낮엔 골짜기에서 자고 밤엔 걷고예. 나는 붙들리지 않아예."

박태영은 순이를 대원들에게 소개했다. 10년 전 은신골에서 만난 사연부터, 어떤 혈연보다 짙게 남매로서 맺어진 사연에 이르기까지 그리고 순이의 하준규 두령에게 바친 순진한 정열도 빼지 않았다.

순이의 출현을 박태영 다음으로 기뻐한 사람은 정복희였다. 여성 대원 혼자가 되어 쓸쓸하던 차에 순이를 만나게 되었으니 그 감격이 예사로울 수가 없었다. 본관이 같다는 사실을 알고 자매의 인연을 맺었다. 생일로 쳐서 순이가 한 달 위여서 언니가 되었다.

3월에 들어 전남 도당 위원장 박영발이 사살되고, 이어 그 후임 김선우가 사살되어 전남 도당도 완전히 궤멸되었다.

이에 앞서 신불산 지구의 제4지구당 위원장 이구형이 생포되어 그 방면의 빨치산도 완전 궤멸되었다.

그해 5월 박태영은 대원들을 모아놓고 제안했다.

"우리는 이미 파르티잔조차도 아니다. 주의도 있을 수 없고, 이념도 있을 수 없다. 우리가 할 일은 오직 생존을 위한 투쟁이다. 생존을 위한 투쟁엔 두 가지가 있다. 하나는 끝까지 지리산에 남아 죽음을 한정하고 버티는 것이고, 또 하나는 적에게 항복해 살길을 구하는 것이다. 생존을 위한 투쟁만 남았을 때의 항복은 결코 수치스러운 것이 아니다. 만책이 다 끝났을 때는 옛날의 영웅호걸도 항복을 서슴지 않았다. 나폴레옹도 항복을 서슴지 않았다. 이미 당이 없어지고 여러분의 공화국으로부턴 아무런 소식도 지원도 없는데 여러분은 무엇을 기다릴 것인가. 자기 목숨 하나를 구하는 것이 지금에 있어선 대사업이다. 지금부턴 자기 목숨 하나를 구하기 위해 용감해져야겠다."

이의를 제기하는 사람이 없었다.

"항복의 방법은 내게 맡겨라."
라고 했더니 모두 승인했다.

박태영은 항복 지점으로서 하동군 옥종면 북방리를 상정했다. 그곳에 정호영이 있어서였다. 정호영을 통해 주상중, 주영중과 연결되면 생명만은 구할 수 있으리란 계산이었다.

1954년 6월 2일은 수요일이었다. 라디오가 전하는 일기 예보는 하루 종일 비가 내릴 것이라고 했다. 박태영은 그 우중을 이용하기로 했다. 6월 2일은 음력으로 5월 2일, 칠흑의 밤이 될 것이다.

북방에 도착할 시간은 자정. 농번기에 들어선 무렵이어서 청년단의 활동이 마비되어 있을 것이고, 북방과 경찰 지서의 거리는 가장 가까운 곳이 6킬로미터가 넘었다.

예정대로 북방에 도착한 박태영은 정복희와 정순이를 경찰 지서 방향의 동구에 세워놓고 정호영의 집을 찾았다. 정호영은 집에 없었다.

다음에 박태영이 찾은 곳은 이장 집이었다. 태영은 이장더러
"8명쯤 수용할 수 있는 광이 없소?"
라고 묻고, 광을 비우라고 일렀다.

광을 비울 것까지도 없었다. 6월의 광은 텅 비어 있었다.

박태영은 대원 8명이 가진 총과 실탄을 광 앞에 쌓아두게 하고 전원을 광 안으로 몰아넣고 이장에게 자물쇠를 채우게 했다. 그리고
"이장님, 우리를 위해, 사회를 위해 큰일을 해주셔야겠소. 이장님 보시다시피 이 안에 수용된 파르티잔은 8명입니다. 이현상부대 마지막의 파르티잔입니다. 이 사람들의 생명을 구해주십시오, 항복한 사람들 아닙니까. 그들의 무기가 여기 쌓여 있지 않습니까. 그들의 죄과를 따지

면 할 말이 많겠지요. 그러나 고래로 항복한 사람들에겐 온정이 베풀어지도록 되어 있습니다. 이장님이 성의를 다해 이들을 구하려고 하시면 기필 이들은 무사할 것입니다. 나는 이장님이 어떻게 하시는가를 지켜볼 작정입니다. 이장님이 성의를 다해주시면 우리의 감사가 있을 것이고, 만일 그렇지 못하면 피차 불행할 뿐일 겁니다."

이장은 박태영의 손을 잡았다.

"모두들 참으로 거룩한 작심을 하셨소. 이렇게 대한의 품 안으로 돌아왔으니 얼마나 반가운 일입니까. 내 성의껏 주선하리다. 대한민국 정부는 귀순자에 대해선 최대로 관대합니다. 조금도 걱정하지 마십시오. 그러나 법적인 절차가 있으니 다소 시간이 걸릴지 모르지요. 하지만 그 동안에도 이들을 내 혈육처럼 보살피겠습니다."

이장은 눈물을 흘리기까지 했다.

"그럼 부탁합니다."

박태영이 절을 하고 떠나려고 하자 이장이 만류했다.

"이왕이면 당신도 이곳에 남으십시오."

"그건 안 됩니다. 이 광에 있는 청년들은 하나같이 순진합니다. 그러니 앞으로 마음 고쳐먹고 잘살 수 있습니다. 그러나 나는 그렇지가 못합니다. 대한민국이 나를 용서한다고 해도 나는 나를 용서할 수 없습니다. 아무쪼록 잘 부탁합니다."

하고 갑자기 우세雨勢가 심해진 어둠 속을 달려 복희와 순이가 있는 곳으로 갔다.

"자아, 가자."

박태영은 복희와 순이를 데리고 지리산을 향해 뛰었다.

에필로그

1956년 1월 3일, 이규는 프랑스에서 일시 귀국했다.

전쟁이 끝났지만 폐허가 된 서울의 모습이 이규의 가슴을 아프게 했다. 더욱이 진주의 모습은 참담했다. 중학 시절의 목가적인 풍경은 온데간데없고, 이곳저곳에 급조된 판잣집의 몰골이 그를 슬프게 했다.

그러나 무엇보다도 이규에게 충격적인 것은 하준규의 죽음과 박태영의 행방불명이었다. 그런 속에서도 위안이 있다면 김숙자가 의사 노릇을 하며 박태영의 아들을 잘 키우고 있다는 사실이었다.

그 아이의 이름은 태규라고 했다.

"항렬에 구애받지 않고 태규라고 이름지은 것은, 태영 씨의 '태'와 하준규 씨의 '규'를 그애의 이름으로 남기고 싶었기 때문이에요. '규'는 또 이규 씨의 규이기도 하구요."

손수건으로 눈을 가리고 김숙자가 한 말이었다.

이규는 만사 젖혀놓고 박태영의 행방을 찾아보기로 했다. 그런데 북방에서 사는 이종사촌 정호영이 이규가 돌아왔다는 소식을 듣고 고향 집으로 찾아왔다. 이런저런 인사말 끝에 정호영은 1년 반쯤 전 빨치산이 된 박태영을 만났다고 하고, 지난해 6월 다시 박태영이 북방에 나타났지만 그땐 보지 못했다고 했다.

이튿날 이규는 정호영과 함께 북방의 이장을 찾아갔다. 이장 정동근은 1954년 6월 2일 밤에 있었던 일을 자세히 기억하고 있었다. 일제 때 진주농림학교를 졸업했다는 정동근은 시골에선 보기 드문 지식인이기도 했는데, 6월 2일 밤에 있었던 일을 자세히 설명한 뒤,

"광에 수용한 산사람들을(정동근은 빨치산을 '산사람'이라고 했다) 통해 그 사람이 박태영이란 사실을 알았지요. 어두운 밤인데다 비까지 억수로 퍼부어 그의 얼굴과 모습을 잘 알 수 없었지만, 왠지 보통 사람은 아닌 것같이 느껴집디다. 그런데 그가 마지막으로 남긴 말이 마음에 걸렸어요. 당신도 같이 남으면 좋지 않겠느냐고 하니까 그는 이렇게 말하대요. '설혹 대한민국이 나를 용서한다고 해도 나는 나를 용서할 수 없다.'고요. 혹시 그 사람이 사람을 너무 많이 죽여서 그런 말을 한 게 아닌가 하고, 광 속에 갇혀 있는 사람들에게 그 뒤 물어보았더니, 모두 대답이, 전투 때엔 몰라도 그 사람은 양민을 학살하거나 한 일이 없을 뿐 아니라, 납치해온 양민을 풀어주기 위해 무척 애를 쓴 사람이라고 합디다. 지금 같으면 한사코 붙들겠지만 그땐 어디 그런 마음의 여유가 있었어야지요."

하고 아쉬운 표정을 지었다. 이규가 물었다.

"그래, 그때 박군이 광에 가둬두고 간 사람들은 어떻게 되었습니까?"

"모두 8명인데 남원의 수용소로 갔습니다. 조사한 결과 모두 하빠리들이고 순진하고 개전의 정이 역력하다고 해서 석방되었어요. 무사히 그들이 석방된 데는 주영중 대령의 노고가 있었지요. 호영이가 박태영 씨 관계라고 주영중 대령에게 매달린 겁니다. 주영중 대령의 동생을 박태영 씨가 적 치하에서 구한 적이 있었다나요."

하고 이장은 그때 석방된 사람으로서 편지를 보낸 사람이 있다며 문갑에서 편지 한 통을 꺼내놓았다.

이순창이란 이름과 주소가 있었다. 이순창은 전북 정읍 사람이었다.

다음 날 이규는 정호영을 데리고 정읍으로 가서 이순창을 만났다. 이순창을 통해 지리산에서의 박태영의 동태를 자세히 알 수 있었던 것은 다행이지만, 그 후의 소식은 전연 아는 바 없다고 해서 실망했다.

그런데 문득 이순창이 생각난 듯

"지리산 마지막 공비가 하동에서 붙들렸다는 신문 기사가 있었습니다. 이름은 정순덕인데, 박태영 씨와 같이 지리산에 남은 여성 대원 가운데 정순이란 사람이 있었습니다. 정순이의 호적상의 이름이 정순덕이 아닐까도 싶었지만, 어디 내 형편에 그런 걸 따지고 살필 수가 있어야죠."

하고 이렇게 덧붙였다.

"하동서 붙들렸으면 지금쯤 진주형무소에 수감되어 있지 않을까요."

부랴부랴 진주로 돌아온 이규가 변호사를 시켜 알아보았더니 정순덕이 진주형무소에 수감되어 있었다. 일심에서 사형을 받았는데 상소하지 않아 그대로 형이 확정되었으며, 사형장이 있는 대구형무소로 불원 이송하게 될 것이라고 했다.

정순덕이 정순이라면 이규도 잘 알고 있었다. 이규가 해방 직전 1년 동안 괘관산, 지리산 등지에서 지낼 때 정순이도 같이 있었던 것이다.

정순덕이 정순이가 아니더라도 지리산 마지막 빨치산이라고 하니 박태영에 관해 아는 것이 있을지 몰랐다.

변호사의 알선으로 이규는 정순덕을 면회할 수 있었다.

형무소로 찾아간 이규에게 소장은

"정순덕을 면회하긴 힘들 겁니다. 여간 독종이 아닙니다."
하고 이런 말을 했다.

"지리산 마지막 공비라고 해서 일전 서울 모 신문사에서 취재하러 기자가 왔었지요. 정순덕이 면회장에 나오길 거절해서, 상부의 지시도 있고 해서 기자를 정순덕의 감방 앞까지 데리고 갔더니 정순덕은 돌아앉아버립디다. 기자가 무슨 말을 물어도 대답하지 않아요. 보다 못해 내가 소장이라고 하며 한마디 했더니 대뜸, '네놈들이 나를 죽일 순 있겠지만 내게서 말을 꺼내진 못할 것이다.'라고 쏘아붙입디다. 마지막으로 무슨 부탁이 없느냐고 했더니, '빨리 문이나 닫아라. 그게 내 부탁이다.' 이럽디다. 그러나 한번 불러보기나 합시다."

소장의 명령을 받고 정순덕을 데리러 간 간수가 돌아와서 면목이 없다는 듯 말했다.

"강제로 끌어내지 않곤 어림도 없습니다."

"도리가 없군요. 감방까지 갑시다."

앞장선 소장이 어느 감방 앞에 서더니 도어의 상부에 달린 시찰통을 열고 이규더러 들여다보라고 손짓했다.

이규는 시찰통으로 들여다보았다. 장방형으로 생긴 방에 여수女囚 다섯이 넝마 뭉치처럼 앉아 있었다. 하나하나를 살펴보는데 어느 순간 하나가 고개를 들었다. 정순이였다. 10년의 세월이 흘러 소녀가 숙성한 여자로 변해 있었지만 순이의 선명한 윤곽은 변하지 않았다.

"문을 좀 열어주십시오."

이규가 소장에게 부탁했다. 철커덕 육중한 감방 문이 열렸다.

일제히 쏘아보는 다섯 얼굴을 보며 소장이 말했다.

"정순덕, 널 면회하려고 멀리 프랑스에서 손님이 왔다."

정순덕의 눈이 이글이글 불타고 있었다. 이규가 앞으로 다가섰다.

"순이야, 날 모르겠나? 이규다. 일제 때 왜 우리 같이 안 있었나? 하 두령하고 박태영 군하고 말이다."

순이의 눈이 크게 뜨였다. 크게 뜨인 눈에 금세 눈물이 가득 찼다. 입언저리가 떨렸다. 그러나 다음 순간의 말은 야멸찼다.

"이규 도령, 너 프랑스 갔다가 반동이 되어 돌아왔구나."

이규는 목구멍이 칵 막혔다. 가까스로 한다는 말이 고작

"순이야, 널 이렇게 만나다니……."

흘러내리는 눈물을 감당할 수가 없었다.

"순이야, 우리 이야기 좀 하자."

겨우 이렇게 말했는데 순이는

"이규 도령, 너하고 할 말이 있었지만, 나는 반동하곤 얘기하기 싫다. 하 두령님도 반동놈들 손아귀에 죽었대이. 박태영 도령도 죽었대이."

하고 통곡을 터뜨렸다.

"박태영 군이 죽었나?"

순이가 고개를 끄떡였다.

"소장님, 이 사람과 조용히 얘기할 장소가 없겠습니까."

소장이 부하에게 일렀다.

"정순덕을 내 방으로 데리고 오라."

"순이야."

하고 이규는 울먹거리며 말했다.

"나는 반동도 아니고 아무것도 아니다. 너나 두령님, 박군이 고생하고 있을 때 나는 프랑스에서 편하게 지내 죄스럽다. 그렇지만 어쩌나. 네가 보고 싶어서 찾아왔다. 소장실로 가서 우리 얘기 좀 하자."

순이가 순순히 일어섰다. 보니 손에 수갑이 채워져 있었다.

"저걸 풀어줄 수 없을까요?"

이규가 애원했다.

"그건 안 됩니다. 규칙입니다."

하고 소장이 민망한 얼굴을 했다.

순이의 얘기는 차분하고 요령이 있었다. 학교 근처에도 가보지 못한 시골 처녀라곤 믿어지지 않을 만큼 번뜩이는 지성의 자락마저 있었다. 다음은 정순이의 얘기를 간추린 것이다.

―8명의 빨치산을 북방리 이장 집 창고에 수용해놓고 산으로 올라간 박태영, 정복희, 정순이는 토벌대의 수색망을 용케 피하면서 재미있는 나날을 보냈다.

여가만 있으면 박태영은 글을 썼다. 복희와 순이는 산채와 산약을 캐기도 하고, 감쪽같이 마을에 내려가 도둑질을 해오기도 했다. 도둑질해온 찹쌀로 떡도 해 먹었다. 떡을 먹으며 박태영이

"우리가 하는 짓은 도둑질이지 보급 투쟁이 아니다."

하고 복희와 순이를 웃긴 적도 있었다.

"이러다간 지리산에서 백 년이고 천 년이고 살겠다."

라고 뽐내기도 했다.

그런데 지난해 8월 말에 탈이 생겼다.

그때 박태영 일행은 청학동 동굴에 있었다.

지리산엔 청학동이라고 불리는 곳이 일곱 군데나 있다. 박태영 등이 있었던 청학동은, 하동 악양에서 형제봉을 향해 올라 세 개의 석문을 지난 곳에 있는 청학동이다. 최고운崔孤雲 선생이 신선으로 화했다는

전설이 있는 곳이다. 그런 만큼 풍경에 신비로운 빛깔이 있었다.

어느 날이었다. 박태영 등은 상당한 병력의 경찰대에 포위되었다. 청학동의 신비만 믿은 만심 때문이었는데, 누군가가 그들의 거처를 발견해 경찰에 알린 것이다. 대강 짐작으로는 경찰의 포위망은 두꺼웠다. 메가폰으로 경찰이 소리를 질렀다.

"너희들은 완전히 포위되었다! 총을 버리고 나와라!"

세 사람은 서로 얼굴을 보았다.

"나는 절대로 항복하지 않을 거다."

하고 박태영은

"정복희 씬 항복하라."

라고 했다.

"나도 항복 안 해."

정복희가 다부지게 말했다.

"그럼 좋다. 나와 복희 씬 여기서 죽자. 그런데……."

하고 박태영은 순이에게 일렀다.

"너만은 살아남아야 한다."

"왜? 나도 여기서 죽겠다."

라고 순이가 말하자 박태영은 무서운 얼굴이 되었다.

"순이야, 너는 살아남아야 해, 넌 살아남을 수 있어. 자아, 이 보따리를 갖고 뛰어라. 엄호해줄 테니까. 어떻게든 너는 살아남아 이 보따리를 김숙자에게 갖다줘라. 그리고 김숙자에게 일러라. 이규가 프랑스에서 돌아오면 이걸 그에게 주라고."

그래도 순이가 응하지 않자

"네가 살아남아 이 기록을 숙자에게 전하지 못하면 지리산에서 죽은 파르티잔은 죽어도 눈을 감지 못한다. 영원히, 영원히 죽을 수도 없다. 산돼지처럼 죽어야 한다."

라며 눈물을 흘렸다.

"빨리 나와라. 손을 머리에 얹고 나와라."

메가폰 소리가 또 들렸다. 이어서

"지금부터 3분의 여유를 준다. 3분이 지나면 너희들 있는 곳을 폭파한다."

그리고

"170초 전, ……160초 전……."

하고 카운트하기 시작했다.

"순이야, 빨리!"

순이는 자기의 사명이 중대하다는 것을 깨달았다. 보따리를 허리에 동여맸다.

"150초 전, ……140초 전."

이때 순이는 냅다 뒤쪽 숲속으로 뛰어들었다. 동시에 박태영의 사격이 시작되었다. 정복희의 사격이 뒤따랐다. 박태영과 정복희의 사격에 응사하는 경찰관의 사격 소리가 요란하게 울렸다.

순이는 대강 목표를 정하고 뛰었다. 필사의 주력이었다.

그렇게 해서 무사히 산마루에 뛰어올라 바위 틈에 몸을 숨겼다.

30분쯤 사격전이 계속되었다.

그러다 총성이 뚝 그쳤다.

해가 저물기 시작하자 경찰대는 철수했다. 경찰대의 철수를 확인하고 순이는 아까 있던 자리로 돌아가보았다.

박태영과 정복희의 시체가 십자형으로 겹쳐져 있었다. 두 사람 모두

머리에 탄환 자국이 있었다.

최후의 순간 박태영과 정복희가 서로 쏘아 죽은 것이라고 순이는 짐작했다. 단 1분이라도 늦게 박태영이 죽었을 것이다.

총과 배낭은 경찰대가 가지고 간 모양이었다.

순이는 어두워지기를 기다려 근처 숲속 땅을 깊이 파고 두 사람의 시체를 묻었다. 그 작업이 새벽까지 걸렸다.

피로에 지쳐 근처의 풀밭에 퍼져 앉은 것이 잘못이었다. 어느덧 잠에 빠져든 것이다. 경찰대가 시체를 그냥 두고 간 것은 그것을 덫으로 하기 위해서였다.

이상한 동정을 느끼고 눈을 떴을 때 5, 6명의 경찰관이 순이를 둘러싸고 있었다. 지리산 마지막 공비가 생포된 것이다.

"그렇게 해서 박 도령은 자기의 소원을 이뤘지만, 나는 내 사명을 다하지 못했어."

하고 순이는 울었다.

"박군이 이뤘다는 소원이란 게 뭔가, 순이야."

이규가 물었다.

"박태영 도령은 지리산에서 제일 마지막에 죽는 빨치산이 되는 게 소원이었거든."

순이가 울먹이며 한 대답이었다.

"김숙자 씨에게 갖다주라는 보따리는 어떻게 되었지?"

"개놈들이 뺏어갔어."

"그런데 왜 상소하지 않았지?"

"개놈들에게 상소를 해?"

순이는 어느덧 냉정한 태도로 돌아가 있었다.

"무엇, 필요한 것 없나?"

"내게 뭣이 필요하겠어. 놈들에게 빨리 죽이라고나 일러줘."

순이가 체포된 날이 9월 1일이었다고 하니, 박태영이 죽은 날은 1955년 8월 31일이 된다. 그때 박태영의 나이 35세.

순이를 면회한 직후부터 이규는 순이의 구명을 위해 백방으로 노력했다. 그러나 전혀 개전의 정이 없는 악질 공비로 단정되어 이윽고 대구형무소 사형장에서 교수형을 받았다.

이규는 프랑스로 돌아가는 것을 반년쯤 연기하고 박태영에 관한 일들을 조사하기 시작했다. 주영중의 도움으로 박태영이 지리산에서 기록한 문서를 필사하기도 하고, 생존한 빨치산 경력자들을 찾아다니며 얘기를 듣기도 했다.

청학동의 무덤을 비롯해 박태영이 누비고 다닌 지리산을 두루 답파하며 그의 생과 사에 얽힌 의미를 살피려고 애썼다.

그러나 그 모든 것은 다시 시작해야 할 이야기의 주제와 내용이 될 것이다.

'나폴레옹의 묘비에 묘비명이 없듯이 박태영의 묘비도 무명無銘으로 남아야 할 것이다.'

이규는 이렇게 생각하여, 박태영의 무덤 앞에 아무런 글자도 새기지 않은 비석 하나를 세웠다.

왕년의 급장 김상태의 말에 의하면

"박태영은 자기가 자기를 용서할 수 없다고 스스로 과한 자기 형벌로 해서 용서받을 수 있는 인간이 되었다."

덧붙여두고 싶은 사실 두 가지가 있다.

1946년 1월 이규는 김상태와 함께 간 다동 어느 술집에서, 그로부터 10년 후인 1956년 1월 25일 정오, 그 술집 아가씨 김정란과 화신 앞에서 만나기로 약속했었다. 이규는 그날을 잊지 않았다. 그런데 그날 화신 앞에 나타난 사람은 이규, 김상태, 양혜숙뿐이고, 김정란은 약속을 지키지 못했다. 6·25동란 중 폭격을 맞아 쓰러지는 집에 깔려 죽었다며 양혜숙이

"지독하게도 운수 나쁜 년."

이라고 한숨을 섞어 혀를 찼다.

또 한 가지는 박태영의 아들 박태규에 관한 이야기다. 아버지를 닮아 총명한 박태규는 이규의 주선으로 파리 소르본대학 화학과에 유학해 수석으로 졸업했다. 소르본대학 창설 이래 동양인으로선 처음 누린 영예라고 해서, 1971년 9월 1일자 파리의 신문들이 일제히 이 사실을 대서 특필로 보도했다.

작가후기

해방 직후부터 1955년까지 꽉 차게 10년 동안 지리산은 민족의 고민을 집중적으로 고민한 무대이다. 많은 청년들이 공비를 토벌한다면서 죽었고, 역시 많은 청년들이 공비라는 누명을 쓰고 죽었다. 그들의 죽음이 의미하는 것이 무엇일까. 두고두고 민족사의 대과제가 될 것이다.

공산당이 범한 최대의 죄악은 순진무구한 청년들을 자기들의 야망을 달성하기 위한 그 목적만으로 민족의 적으로 만들었다는 바로 그 사실에 있다. 설혹 공산당의 주장이 옳았다 하더라도 실패한 결과만으로 그들은 준열한 역사의 심판을 받아야 한다. 그런 까닭에 다음과 같이 역산할 수 있다. 옳은 사상, 옳은 주장이 그런 무모한 짓을 할 까닭이 없다. 따라서 공산당은 악이라고.

정치에 있어서 성패는 있게 마련이다. 그러나 정치는 스포츠도 아니고 장난도 아니고 로맨스도 아니다. 냉엄한 현실이다. 그 냉엄한 현실임을 깨달을 때 조선공산당은 시작부터 착오의 연속이었다.

갖가지 이유가 있지만 내가 조선공산당은 철저한 실패작이었다고 보는 결정적인 이유는 다음과 같다.

김일성 일당은 박헌영 일당을 미국의 스파이라고 몰아 처단했다. 박헌영 일당이 미국의 스파이였다는 것이 사실이라면 남로당과 남로당의 지휘를 받은 빨치산은 스파이에 의해 놀아난 집단이 된다. 박헌영 일당이 아무리 허울 좋은 주장을 내건다 해도 미국 스파이인 공산주의자를 민족이 용납할 까닭이 없다. 그런데 김일성이 박헌영 일당의 죄를 그렇게 조작했다면 이것 역시 용납할 수 없다. 그런 가공한 짓을 예사로 하는 김일성 일당은 분명히 범죄 집단이다.

사실이라고 해도 용납할 수 없고, 사실이 아니라면 더욱 용납할 수 없는 것이 박헌영 일당에 대한 김일성의 처단이다. 김일성 일당은 그 사건을 통해 공산당의 명분을 스스로 액살扼殺한 것이 된다.

그러나저러나 이런 분자들의 선동과 조종을 받아 그 많은 청년들이 공비라는 누명을 쓰고 죽어야 했다고 생각하면 의분을 억제할 수가 없다. 말하자면 소설「지리산」의 주제는 바로 이 '의분'이다.

작중에 등장하는 대부분의 인물은 실재 인물이다. 특히 하준규, 박태영은 세상을 제대로 만났더라면 큰 인물로 성장할 자질이 있는데, 그들에게 운명은 너무나 가혹했다. 작자의 미숙으로 등장인물의 진실된 모습을 왜곡한 부분이 있지 않을까 두렵다.

이 소설의 마지막 부분은, 등장인물의 한 사람인 '이태'의 수기가 없었다면 서술이 가능하지 못했을 것이다. 그의 본명을 밝힐 수 없어 유감이지만, 그는 현재 한국의 중요한 인물로 건재하다는 사실만은 밝혀둔다.

주제가 너무나 무겁고 방대해서, 그것을 다룬 내 재능의 미흡을 새삼스럽게 느낀다.

최근 하준규의 자녀 삼 남매를 만났다. 큰딸은 하와이로 시집가서 살고, 남매는 서울에 있다. 딸들은 미인으로, 아들은 미장부로 자라 있었다. 부모 없이 건장하게 자란 그들을 보니 눈시울이 뜨거워졌다.

지리산의 사상과 「지리산」의 사상

김윤식   문학평론가·서울대 명예교수

1. '실록소설'로서의 「지리산」—하준수와 하준규

이 소설의 표제 '실록대하소설'이란 말은 모순으로 가득 찬 표현이다. 소설이 허구이며 상상력의 소산이라면, 실록은 사실의 영역에 속하기 때문이다. 상상력의 과학이란 보편성을 가리키는 것으로서 그 나름의 빈틈없는 법칙이 작용하고 있는 아주 제한된 것이어서 주관성이 감히 얼굴을 내밀 수 없는 영역이다. 소설이란 이러한 극히 제한된 구속 속에서 그 규칙에 따라 생산되고 제작되는 것이기 때문에, 상상력의 구속에 자신을 단련할 능력이 없는 작가가 아니라면 소설 앞에 '실록'이라는 말을 덧붙이지 못할 것이다. 그렇기 때문에 '실록소설'은 상상력에 대한 능력부족을 실록으로 채우거나, 반대로 실록의 취약점을 상상력으로 넘어서는 불확실성의 영역으로 떨어질 우려가 있다. 그럼에도 불구하고 이처럼 모순적이고 위험스러운 '실록'을 작가가 소설에 도입하는 것은 '지리산'에 접근하는 것이 현실적으로는 금기사항이었음과 무관하지 않아 보인다. 그 금기를 범하는 것은 상상력의 소관이 아니라 현실 쪽의 영역이다. 작가가 실록을 내세우지 않을 수 없었던 것도, 그리고 하준규를 중심으로 인물들이 움직일 수밖에 없는 것도 이 때문이 아니었을까. 만일 하준규의 실록이 없었더라면 결코 작품 「지리산」은 쓰일 수도 없었고, 설사 쓰였더라도 높이나 무게를 가지기 어려웠을 것이다.

그렇다면 하준규는 누구인가. 「신판 임꺽정 - 학병거부자의 수기」 (『신천지』, 1946. 4~6)에 그 해답이 있다. 이 글의 필자는 하준수. 이 글에는 중앙대학 법학부 졸업반인 그가 학도병 지원제 실시(1943년 8월)를 맞이하여 겪었던 고민이나 학병을 거부하고 덕유산에 은신하기까지의 과정, 덕유산을 거쳐 괘관산(지리산)으로 가 보광당普光黨을 조직하여 해방을 맞이하는 과정이 그려져 있다. 그 자신의 기록에 따른다면 그는 지리산을 바라보는 함양의 지주집 출신으로 일본유학생이었으며, 무술에 뛰어난 인물로 요약할 수 있다. 게릴라전에 가장 적합한 무술 능력을 그가 가지고 있으며, 치밀하고 냉정한 논리와 감각, 직관력을 그가 가지고 있다면, 그리고 그것이 그로 하여금 보광당의 두목이 되게끔 만들었다면, 이와는 맞서는 감상주의적인 측면도 또한 이 글 속에서 번뜩이고 있다. 이 글의 제3회분은 실성한 과부의 이야기로 가득 차 있다. 남편은 징용으로 죽고 유복자 수돌도 홍역으로 잃어 실성한 과부의 외침은 이러한 것이었다. "흥, 이놈들, 내일 봐라, 어디 내일도 너이놈들이 힛자를 부릴 텐가……." 실성한 과부의 외침으로 글의 말미를 장식한 하준수의 열정주의와 감상주의는, 그를 보광당 두목으로 만든 엄격한 이성적 판단력과 마찬가지로 수기를 지배하는 중요한 요소이다.

그렇다면 「지리산」의 작가의 눈에 비친 하준수는 어떠한가. 제2권 중반에 비로소 하준규라는 이름으로 등장하는 하준수는 이 작품의 중심에 놓여 있다. 순이의 입으로 전해진 하준규의 체포 소식으로 이 작품을 끝맺고 있는 데서도 그것을 알 수 있다. 작가에 의해 포착된 하준규의 결정적인 판단은 세 단계로 나뉠 수 있다. 첫째는 일제의 항복을 알았을 때 보광당 두령으로서의 하준규의 태도. 보광당에는 이현상과 권창혁이라는 두 고문이 있었는데, 이현상의 사상에서 역사에의 열정과 논리를, 권창혁의 사상에서 허무주의를 본 그는 공산당에 가입하기를 보류한다. 둘째는 해방된 지 1년 만에 다시 지리산으로 도피해야 되었을 때의 하준규의 판단. 해방과 함께 공산당 조직책이 된 그는 하향식 지령에 반발하면서 "나는 무식하니까 조리있게 분석하고 비판할 수 없지만."이라고 하면서 이지적 판단력에서 벗어나고자 애썼다. 무예를 몸에 익힌 하준규가 동시에 이지적이고 기민한 동작과 감각을 지녔지만, 역사적 상황 속에 놓인 현실적 조직 운용이나 제도적 장치로서의 당의 구조에 대해서는 무지했다. 셋째는 하준규의 내적 갈등의 극복과정. 당과의 갈등이 극에 달한 그는 탈당과 보광당으로의 복귀도, 공산당에의 굴복도 선택하지 못하는데, 이것을 해결한 것은 남로당 간부 김삼룡의 전략적인 판단이었다. 그는 하준규의 부대에 중앙당 지령 이외의 어떤 지령도 따를 필요가 없는 독립부대의 성격을 부여했던 것이다. 이것으로 소영웅주의에서 벗어난 그가 1948년 8월 16일 덕유산을 떠나 육로로 양양을 거쳐 해주에 도착한 것은 20일이었고, 그는 남한에서 파견된 최고인민회의 대의원 360명 가운데 한 사람이 되었다.

「지리산」 제7권, 그러니까 이 작품의 마지막 부분이 하준규의 체포를 알리는 순이의 울음소리로 이루어져 있는 것은 주목할 만하다.

두령님이 서울로 압송되는 것을 보고 박 도령을 찾아왔어예. 지난 겨울 두령님의 말씀이 있었거던예. 해동하면 순이는 지리산에 가서 박 도령을 데리고 오라고예. 그런데 이젠 박 도령을 데리고 갈 수도 없어예. 두령님은 서울로 가고, 그곳 유격대는 해체되어버렸구예.

이렇게 보아올 때, 작품 「지리산」은 '실록'으로서의 면모를 크게 부각시키고 있음이 판명된다. 학병 출신의 하준수가 보이지 않는 곳에서, 이 작품의 중심부에 놓여 있음을 부인할 수 없기 때문이다.

2. 근대의 두 얼굴―이규와 박태영

작품 「지리산」은 이데올로기 비판소설도 아니고, 빨치산 소설도 아니며, 일종의 교육소설의 범주에 드는 것이다. 계몽소설처럼 이것은 교사와 학생 관계가 중심구조를 이루며, 이 구조는 또 다른 유사한 작은 구조를 낳는다. 이 관점에서 보면 하영근이야말로 이광수의 「흙」에 나오는 한민교 선생과 흡사하다. 그는 수만 권의 원서를 갖춘, 만석군의 지주이며, 일본 여자와의 사이에 딸을 두었으며, 일본 외국어학교 출신의 인텔리이다. 그의 사상은 넓은 뜻에서는 허무주의이지만, 근대의 몸짓을 하고 있음이 특징이다. 그에게는 두 명의 제자가 있으며, 이 둘은 모두 하영근이라는 공통된 뿌리에서 나온 쌍생아에 지나지 않는다.

하영근이 표상하고 있는 한 측면, 즉 제도적 성격=보편성으로서의 근대성을 보여주는 인물은 이규이다. 그는 전주의 중학, 경도 삼고, 동경제대라는 근대의 교육과정을 거친 인물이다. 이러한 교육과정은 한국인의 처지에서 보면, 서양의 근대와 동격인 보편성으로서의 근대성과 밀접한 관련을 가지고 있는 반면에, 자본주의·제국주의의 원리에 의해 만들어진 제도적 장치이다. 이규는 '삼고→동경제대' 코스를 지상목표로 밀고 나갔으며, 그것으로 그는 출세할 수 있었고, 그것이 그가 바라던 근대적 삶이고 보람이었다. 그에게는 보편성과 제도적 성격으로서의 근대성 사이에는 아무런 모순도 없었다. 근대는 그 자체가 제도적인 장치에 이어진 합리주의이기 때문에, 그 제도가 지배하는 영토에서는 언제나 정당한 것이라 할 수 있기 때문이다. 일제 강점기를 통해 이러한 제도적 장치가 식민지에서도, 일본이 만들어주었건 아니건 간에 불가피하게 만들어진 마당에서는, 이규의 '삼고→동경제대' 코스는 긍정적인 측면을 갖추고 있다.

이에 비해 하영근의 또 다른 얼굴인, 반제도적 성격=보편성으로서의 근대성을 보여주는 인물은 박태영이다. 그는 가난한 집 출신이며, 머리와 체력이 뛰어나 고학으로 이규에 육박하며, 마침내 하준규 노선에 서고, 공산주의 운동에 뛰어들지만 끝내 그는 당원 되기를 거부한다. 그러나 이러한 반제도적 성격조차 일본제국주의의 구조 자체, 더 나아가면 근대 자체에서 연유되고 있음을 그는 알지 못한다. 그러니까 제국주의와 민족주의가 자본주의를 모태로 한 이복형제임을 몰랐다는 사실이다. 민족주의와 제국주의가 동일한 것임을 모른다면, 그것에 맞설 수 있는 다른 사상을 모른다는 뜻에 가깝다. 박태영은 다만 눈먼 행동주의자에 지나지 않으며, 그 범위에서 끝내 벗어나지 못하고 죽게 된다.

이 둘을 한 몸에 지니고 있는 인물이 바로 하영근이다. 소작인을 착취하는 일과, 이에 반역하는 일을 동시에 할 수 있는 것, 그러니까 제도적인 장치로서 근대성을 받아들였으면서도 이에서 벗어나고자 하는 관념에의 지향성을 지니고 있었던 것이다. 이를 두고 '허망한 정열'이라 부르는 것은 아주 적절하다. 교사의 처지에 있는 하영근은 두 제자를 두고 있다. '삼고→동경제대' 코스를 대표하는 이규와 『고리키 전집』→고학' 코스를 대표하는 박태영이다. 이 둘은 근대가 낳은 쌍생아이다. 소작인의 착취와 그것에의 반역이 한 몸에 들어 있는 정신구조이다. 이 구조는 1930년대 일본 제국주의의 정신구조와 똑같은 것이다. 1920년대 일본사회는 소작인, 노동자를 착취하는 일을 제도적인 차원에서 완성하였으며(근대화), 이에 대한 역기능의 분출로 말미암아 고리키 전집(사회주의)을 어느 수준에서 허용하지 않으면 안 되었다. 이러한 사실이 교육상으로 드러난 것이 '삼고→동경제대' 코스와 『고리키 전집』→고학' 코스였다. 이규와 박태영은 실상은 일본의 이러한 사실을 반영하는 인물이며, 이런 인물을 만들어낸 하영근은 일본의 30년대 교육 자체를 알게 모르게 대변하고 있다. 말을 바꾸면 이규와 박태영은 이복형제인 만큼 어느 다른 쪽을 비판할 수도 극복할 수도 없는 형편에 놓여 있다. 이규와 박태영은 그들이 아무리 지리산 곳곳을 헤매고 총쏘며 뛰어다녔다 해도, 한갓 허수아비에 지나지 않는다. 하영근의 운명이 거기에 있다. 하영근은 일제 근대교육의 더도 덜도 아닌 수준에서 멈춘 일종의 허수아비에 지나지 않는다. 계몽주의 치고는 수준 낮은 것이라 규정되는 이유도 이 때문이다.

3. 이데올로기의 두 얼굴—권창혁과 이현상

근대성의 보편적 성격과 제도적 성격 사이에 벌어지는 모순과 매개현상은 이데올로기 속에서도 벌어진다. 그것을 공산주의를 포함한 이데올로기의 사상적 성격과 제도적 성격으로 말해볼 수 있다. 이는 「지리산」의 또 다른 교사인 권창혁과 이현상으로 대별되어 나타난다.

권창혁이란 어떤 인물인가. 작품에서는 하영근의 입을 빌려 다음과 같이 말해지고 있다.

> 권창혁 씨의 고향은 경북 안동이다. 나와는 동경외국어학교 동문인데, 권씨는 노어과露語科를 나왔다. 그 뒤에 하얼빈 학원의 강사로 초빙되었다가 만철 조사부滿鐵調査部로 자리를 옮겼는데 만철 재직서부터 사상 운동에 가담하여 몇 번인가 옥고를 치렀다. 나와는 유일무이한 친구이다. 금번 6년형을 치르고 출옥하자 곧 내게로 왔기에……

권창혁은 사상운동가이며 6년의 감옥생활을 치른 대단한 투쟁력을 지닌 인물이지만, 공산주의에 환멸을 느껴 전향한다. 그의 전향동기는 부하린의 재판기록을 읽은 데에서 비롯된다. 부하린의 억울한 죽음과 비합리적인 재판과정을 보고 공산주의야말로 신뢰할 것이 못 된다고 느끼고 전향한 권창혁은, 요컨대 어리석게도 공산주의라는 것을 한갓 사상으로만 파악하고자 했던 것이다. 공산주의란 사상이자 일종의 조직(당)이며 제도의 일종임을 깨닫지 못했던 것이다. 이 문제는 30년대에서 40년대에 걸쳐 있는 지식인의 두 유형을 구별짓게 하는 거멀못이라 할 만한 것이다. 공산주의를 순수하고 단순한 사상으로만 본다면 그것은 참으로 이상적이며, 유토피아에의 도래를 눈앞에 그리고 그것에로 열정적으로 나갈 수 있다. 그러나 그들은 항상 사상을 현실로 매개하는 제도 속에서는 좌절할 수밖에 없으며, 그 결과 허무주의에 빠질 수밖에 없다. 책상물림의 지식인 권창혁의 전향은 바로 이를 의미한다. 「지리산」에서 작가가 제일 공들인 인물, 다시 말해 주인공 중의 주인공격인 박태영은 권창혁의 직계제자로서 스승의 노선을 그대로 따라가는 인물이다. 그가 최고의 빨치산의 자질과 능력을 갖추고 행동하지만 끝내 당에 가담하지 않는 것은 이 때문이다. 이데올로기의 사상적 성격과 제도적 성격을 매개시키지 못하고 사상으로만 치달을 때 허무주의로 빠질 수밖에 없는 것은 근대성이 가진 보편성과 제도적 성격을 매개시키지 못하고 보편성으로만 치달을 때 허무주의로 빠질 수밖에 없는 것과 대응한다. 권창혁이 허무주의자인 것은 하영근이 허무주의자인 것과 동일한 의미를 지니는 것이다.

한편 공산주의를 일종의 조직, 제도적 장치의 하나로 보는 지식인도 있다. 자본주의가 그러하듯, 공산주의도 엄격한 제도적 장치이며, 그 때문에 사회적 변혁이 가능하다고 생각하는 쪽은 제도, 즉 당과 조직을 강조할 수밖에 없다. 이를 대표하는 인물이 「지리산」에서는 이현상이다. 그는 조선공산당 창당 멤버이며 12년간 옥살이를 한 인물로 괘관산 보광당 위에 권창혁과 나란히 군림하고 있다. 그가 보광당 앞에서 교육에 임할 때 내세운 모든 연설은 "진실한 공산주의자가 되려면 공산당 당원이 되어야 한다."에 집약된다. 사상적 측면과 제도적 측면을 확연히 구별하고, 후자의 처지에 서는 일이야말로 이현상의 신념이자 과학이었다.

「지리산」에는 보광당 위에 군림하는 두 교사, 권창력과 이현상이 있고, 이들이 각각 대표하는 노선에 따라 공산주의자의 두 가지 인간유형이 훈련되고 교육받는다. 지리산의 빨치산 운동의 중심부는 공산주의의 두 가지 유형의 실험장의 성격을 보여주고 있다. 사상으로서의 공산주의(권창혁-박태영)와 당과 조직으로서의 공산주의(이현상)의 대결·실험·결말을 보여주는 것이 작품 「지리산」의 참주제가 놓인 곳이며, 이 때문에 「지리산」은 갈 데 없는 교육소설이자 계몽소설이라 할 수 있다.

4. 허망한 정열

「지리산」이 권창혁, 이현상 두 사람의 교사를 축으로 한 교육소설이라면, 작가의 세계관은 어떠한 것일까. 이 두 인물이 각각 공산주의의 사상적 측면과 제도적인 측면을 대변하고 있다면 이 가운데 공산주의의 사상적 측면이란 한갓 허망에 지나지 않는다고 보는 것이 작가의 세계관이다. 다시 말해 권창혁의 공산주의 부정은 공산주의의 사상적 측면에서 왔을 뿐이라는 점이다. 공산주의의 사상적 측면에서 보면, 공산주의의 제도적 측면은 이해 불가능하며, 용납할 수 없는 것이었다. 자본주의의 경우도 사정은 똑같을 것이다. 모두 허망한 정열에 지나지 않는다. 작가가 말하고자 하는 것은 바로 공산주의 사상의 허망함이었다.

제도적 측면을 떠난 마당이라면 사상에의 정열이란 하나의 일반적 성격을 띤 것이 아니겠는가. 유독 공산주의만 허망할 이치가 없다. 자본주의도, 민족주의도, 파시즘도, 민주주의도 그것의 사상 쪽만을 보면 저 도스토옙스키가 『악령』에서 스타브로긴의 입을 빌려 말해놓은 다음 구절에 수렴될 것이다.

> 황금시대, 이것이야말로 원래 이 지상에 존재한 공상 중에서 가장 황당무계한 것이지만 전 인류는 그 때문에 평생 온 정력을 다 바쳐왔고, 그 때문에 모든 희생을 해왔다. ……모든 민족은 이것이 없으면 산다는 일을 원치 않을뿐더러 죽는 일조차 불가능할 정도이다.

산다는 일을 원치 않을 뿐 아니라 죽는 일조차 불가능할 정도의 '이것'이야말로 모든 사상의 핵심이 아니었겠는가. 그런 뜻에서 작가 이병주는 옳다. 작가는 파시스트에 저항한 스페인 인민전선의 허망한 정열을 거듭거듭 인용하고 있다. 「지리산」에는 이현상만 있는 것이 아니다. 실상은 지리산 골짜기마다 스페인 인민전선의 목소리가 메아리치고 있음이 어찌 우연이겠는가.

어디에서 죽고 싶으냐고 물으면 카탈루냐에서 죽고 싶다고 대답할 수밖에 없다.
어느 때 죽고 싶으냐고 물으면 별들만 노래하고 지상엔 모든 음향이 일제히 정지했을 때라고 대답할 수밖에 없다.
유언이 없느냐고 물으면
나의 무덤에 꽃을 심지 말라고 부탁할밖에 없다······.

이것은 스페인 내란 때 죽은 시인 가르시아 로르카(Garcia Lorca)의 시 구절이다.

작가연보

1921 3월 16일 경남 하동군 북천면에서 아버지 이세식과 어머니 김수조의 사이에서 태어남. 호는 나림那林.
1931 북천공립보통학교(7회).
1933 양보공립보통학교(13회) 졸업.
1936 진주공립농업학교(27회) 졸업.
1941 일본 메이지대학 전문부 문예과 졸업, 와세다대학 불문과에 재학 중 학병으로 동원되어 중국 소주蘇州에서 지냄.
1948 진주농과대학과 해인대학(현 경남대학)에서 영어, 불어, 철학을 강의.
1954 등단하기 이전 이미『부산일보』에 소설「내일 없는 그날」을 연재함.
1955 『국제신보』에 입사, 편집국장 및 주필로 언론 활동.
1961 5·16 때 필화사건으로 혁명재판소에서 10년 선고를 받고 복역 중 2년 7개월 후에 출감. 외국어대학, 이화여자대학 강사 역임.
1965 중편「소설·알렉산드리아」를『세대』에 발표함으로써 등단.
1966 「매화나무의 인과」를『신동아』에 발표.
1968 「마술사」를『현대문학』에 발표.「관부연락선」을『월간중앙』에 연재(1968. 4~1970. 3). 작품집『마술사』(아폴로사) 간행.
1969 「쥘부채」를『세대』에,「배신의 강」을『부산일보』에 발표.
1970 「망향」을『새농민』에 연재.
1971 「패자의 관」(『정경연구』) 등 중·단편을 발표하는 한편「화원의 사상」을『국제신보』에,「언제나 그 은하를」을『주간여성』에 연재.
1972 단편「변명」을『문학사상』에, 중편「예낭 풍물지」를『세대』에,「목격자」를『신동아』에 발표. 장편「지리산」을『세대』에 연재. 장편『관부연락선』(전2권, 신구문화사) 간행. 영문판『예낭 풍물지』(번역: 서지문, 제임스 웨이드) 간행.

1973 수필집 『백지의 유혹』(강남출판사) 간행.

1974 중편 「겨울밤」을 『문학사상』에, 「낙엽」을 『한국문학』에 발표.

1976 중편 「여사록」을 『현대문학』에, 단편 「철학적 살인」과 중편 「망명의 늪」을 『한국문학』에 발표. 창작집 『철학적 살인』(한국문학)과 『망명의 늪』(서음출판사) 간행.

1977 장편 「낙엽」과 중편 「망명의 늪」으로 한국문학작가상과 한국창작문학상 수상. 창작집 『삐에로와 국화』(일신서적공사), 수필집 『성 – 그 빛과 그늘』(상·하, 물결사) 간행.

1978 중편 「계절은 그때 끝났다」와 단편 「추풍사」를 『한국문학』에 발표. 「바람과 구름과 비」를 『조선일보』에 연재. 창작집 『낙엽』(태창문화사), 장편 『망향』(경미문화사)과 『허상과 장미』(범우사) 그리고 『조선일보』에 연재했던 『미와 진실의 그림자』(대광출판사), 『바람과 구름과 비』(전9권, 물결출판사) 간행. 수필집 『사랑받는 이브의 초상』(문학예술사), 칼럼집 『1979년』(세운문화사) 간행. 『지리산』(세운문화사) 간행.

1979 장편 「황백의 문」을 『신동아』에 연재. 장편 『여인의 백야』(상·하, 문음사), 『배신의 강』(범우사), 『허망과 진실』(상·하, 기린원) 간행. 수필집 『사랑을 위한 독백』(회현사), 『바람소리, 발소리, 목소리』(한진출판사) 간행. 장편 『언제나 그 은하를』(백제) 간행.

1980 중편 「세우지 않은 비명碑銘」과 단편 「8월의 사상」을 『한국문학』에 발표. 작품집 『서울은 천국』(태창문화사), 소설 『코스모스 시첩』(어문각), 『행복어사전』(전6권, 문학사상사), 『인과의 화원』(형성사) 간행.

1981 단편 「피려다 만 꽃」을 『소설문학』에, 중편 「거년의 곡」을 『월간조선』에, 중편 「허망의 정열」을 『한국문학』에 발표. 장편 『풍설』(상·하, 문음사), 『서울 버마재비』(상·하, 집현전), 『당신의 성좌』(주우) 간행.

1982 단편 「빈영출」을 『현대문학』에 발표. 「그해 5월」을 『신동아』에 연재. 작품집 『허망의 정열』(문예출판사), 장편 『무지개 연구』(두레출판사), 『미완의 극』(상·하, 소설문학사), 『공산주의의 허상과 실상』(신기원사), 수필집 『나 모두 용서하리라』(집현전), 소설 『역성의 풍·화산의 월』(신기원사), 『행복어사전』(전3권, 문학사상사), 『현대를 살기 위한 사색』(정음사), 『강변이야기』(국문) 간행.

1983 중편 「그 테러리스트를 위한 만사」를 『한국문학』에, 「소설 이용구」와 「우아한 집념」을 『문학사상』에, 「박사상회」를 『현대문학』에 발표. 작품집

	『그 테러리스트를 위한 만사』(홍성사), 고백록『자아와 세계의 만남』(기린원),『황백의 문』(전2권, 동아일보사) 간행.
1984	장편『비창』(문예출판사)으로 한국펜문학상 수상. 장편『그해 5월』(전5권, 기린원),『황혼』(기린원),『여로의 끝』(창작문예사) 간행.『주간조선』에 연재했던 역사기행『길 따라 발 따라』(전2권, 행림출판사),『당신의 뜻대로 하옵소서 - 소설 김대건』(대학문화사) 간행.
1985	장편「니르바나의 꽃」을『문학사상』에 연재. 장편『강물이 내 가슴을 쳐도』,『꽃의 이름을 물었더니』,『무지개 사냥』(전2권, 심지출판사), 수필집『생각을 가다듬고』(정암),『지리산』(전7권, 기린원),『지오콘다의 미소』(신기원사),『청사에 얽힌 홍사』(원음사),『악녀를 위하여』(창작예술사),『산하』(전4권, 동아일보사) 간행.
1986	「산무덤」을『한국문학』에,「어느 낙일」을『동서문학』에 발표.『사상의 빛과 그늘』(신기원사) 간행.
1987	장편『소설 일본제국』(전2권, 문학생활사),『운명의 덫』(상·하, 문예출판사),『니르바나의 꽃』(전2권, 행림출판사),『남과 여 - 에로스 문화사』(원음사),『남로당』(상·중·하, 청계),『소설 장자』(문학사상사),『박사상회』(이조출판사) 간행.
1988	『유성의 부』(전4권, 서당),『그들의 향연』(기린원) 간행. 역사소설「허균」을『사담』에,「그를 버린 여인」을『매일경제신문』에, 문화적 자서전「잃어버린 시간을 위한 메모」를『문학정신』에 연재.『행복한 이브의 초상』(원음사) 간행.
1989	장편『소설 허균』(서당),『포은 정몽주』(서당),『내일 없는 그날』(문이당) 간행.
1990	장편『그를 버린 여인』(상·중·하, 서당) 간행.『꽃이 된 여인의 그늘에서』(상·하, 서당),『그대를 위한 종소리』(상·하, 서당) 간행.
1991	인물평전『대통령들의 초상』(서당),『달빛 서울』(민족과 문학사) 간행.
1992	4월 3일 오후 4시 지병으로 타계.『세우지 않은 비명』(서당) 간행.

지리산 7

지은이 이병주
펴낸이 김언호

펴낸곳 (주)도서출판 한길사
등록 1976년 12월 24일 제74호
주소 10881 경기도 파주시 광인사길 37
홈페이지 www.hangilsa.co.kr
전자우편 hangilsa@hangilsa.co.kr
전화 031-955-2000~3 팩스 031-955-2005

부사장 박관순 총괄이사 김서영 관리이사 곽명호
영업이사 이경호 경영이사 김관영 편집주간 백은숙
편집 박희진 노유연 김지수 최현경 김영길
관리 이주환 문주상 이희문 원선아 이진아 마케팅 정아린
디자인 창포 031-955-2097
인쇄 예림 제본 예림바인딩

제1판 제1쇄 2006년 4월 20일
제1판 제5쇄 2021년 12월 20일

값 14,500원
ISBN 978-89-356-5930-2 04810
ISBN 978-89-356-5921-0 (세트)

• 잘못 만들어진 책은 구입하신 서점에서 바꿔드립니다.